# 福建民间文学概论

FUJIAN MINJIAN WENXUE GAILUN

陈毓文 ◎ 著

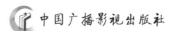

中国广播影视出版社

**图书在版编目（CIP）数据**

福建民间文学概论 / 陈毓文著 . -- 北京：中国广
播影视出版社，2022.4
ISBN 978-7-5043-8813-1

Ⅰ.①福… Ⅱ.①陈… Ⅲ.①民间文学—文学研究—
福建 Ⅳ.①I207.7

中国版本图书馆 CIP 数据核字（2022）第 050612 号

福建民间文学概论

陈毓文　著

---

责任编辑　王波
装帧设计　中北传媒

- - - - - - - - - - - - - - - - - - - - - - - - - - - - - - - - - -

出版发行　中国广播影视出版社
电　　话　010-86093580　010-86093583
社　　址　北京市西城区真武庙二条 9 号
邮政编码　100045
网　　址　www.crtp.com.cn
电子邮箱　crtp8@sina.com

- - - - - - - - - - - - - - - - - - - - - - - - - - - - - - - - - -

经　　销　全国各地新华书店
印　　刷　廊坊市海涛印刷有限公司

- - - - - - - - - - - - - - - - - - - - - - - - - - - - - - - - - -

开　　本　710 毫米 × 1000 毫米　　　1/16
字　　数　308（千）字
印　　张　20.25
版　　次　2022 年 4 月第 1 版　　2022 年 4 月第 1 次印刷

- - - - - - - - - - - - - - - - - - - - - - - - - - - - - - - - - -

书　　号　978-7-5043-8813-1
定　　价　95.00 元

# 目　录

# 绪 论

民间文学是一个民族、一个地区的历史记忆。福建民间文学同样承载着记录福建人民开发福建、建设美好家园的伟大实践的重要使命。与起步较晚的作家文学相比，福建民间文学则要早得多——在遥远的石器时代就已经开始了对生活的反映。福建人民通过神话、传说、故事、歌谣、谚语、说唱、小戏等民间文学体裁，谱写了一支色彩斑斓、瑰丽神奇的民间文学交响曲。

## 一、福建民间文学的发展历程

福建属典型的亚热带雨林气候，天气诡谲多变。在靠山面海的自然环境为福建人民带来了较为丰盛物产的同时，各种神秘的自然现象也很容易引起先民们的好奇与对大自然的敬畏之心。森林里的猛兽、海上的风浪也在严重威胁着人民的安全。这样的生存环境逐渐孕育了福建地区信鬼尚巫的风气。先民们总是倾向于相信有各种各样神灵的存在，并为之广建庙宇，祈求神灵的佑护。对于老百姓来说，造神是轻而易举的。只要有需要，随时随地就能创造出一个新的神灵来。在沿海地区，一个村镇有二三十个民间宫观不足为奇。福建的宗教建筑数量更位居于全国前列。在福建民间，不仅佛道有很大市场，福建人民也不排斥外来宗教，尤其是五代以后，随着福建与外界交流的增加，伊斯兰教、景教、摩尼教、印度教等也逐渐有了一席之地。这种多神崇拜服务于具体的功利目的，其本质就是福建人民讲究实用的文化性格。然而，这并不意味着福建人民容易被外来影响所左右。一方面，多山地丘陵的地理环境所造成的半封闭生活状态，在一定程度上培养了福建人民安土重迁、不乐仕进的封闭心态，正如韩愈在《欧阳生哀辞》中所说："闽越地肥衍，有山泉禽鱼之乐，虽有长才秀民通文书吏事与上国齿者，未尝肯出仕。"[①]这也使得福建人民的性格中有着坚定执着的一面，不容易被外来文化同化。另一方面，山林地区多变的热带雨林气候和漫长的海岸线也在不断激发着福建先民们的探索精神和冒险意识。他们的内心里常有一份走出大山、征服大海的渴望。这种矛盾心理使福建人民既强调个人奋斗又注重集体力量、既积极进取又保守内敛；福建民间文学所表现出的既尊重传统又不囿于传统、既求同存异又广收博取的特点就根源于此。

福建民间文学的发端应始于福建地区有人类活动的旧石器时代，虽没有直接的书面证据证明这一点，但从文学发展的一般规律而言，民间文学的产生是伴随着人类的生产劳动一起出现的。文献中较早反映劳动艰难困苦的当为春秋时期的古越歌《采葛妇歌》。春秋以后，随着闽地与外界交流的增加，特别是外来移民的大量进入，民间交流逐渐增多。三国时期吴在占领闽地后，于永安三年（260）设置建安郡，这一时期有大量江浙移民入闽。西晋末年的永嘉之乱，又使大量北方民众南逃入闽。东晋元兴年间吴地农民起义、南北朝时"侯景之乱"都造成了大量人口涌入闽地。移民的迁入有力地推动了福建地区的经济文化发展，也使福建民间文学与外来文化的交流逐渐频繁，尤其是与邻近江浙地区民间文化的相互影响日益加深。各种传说故事开始在民间流传，比如载于托名陶潜《搜神后记》的《白水素女》，就是魏晋时期福建民众对爱情幻想的传达。

唐总章年间（669）闽南畲民起义，河南中州人陈政、陈元光父子受命入闽平叛，中原的歌舞乐伎也随之传入闽地，福建民间文学迎来了发展的重要契机。唐德宗时，前宰相常衮出任福建观察使，当时闽地文化还处于未开发状态。为了鼓励闽人读书，常衮设立乡校，创作了歌谣《月光光》："月光光，照池塘。骑竹马，过洪塘。洪塘水深不得渡，娘子撑船来前路。问郎长，问郎短，问郎此去何时返。"[②]他先用方言教唱，会唱后再写字逐一教授，甚至立下

---

① 董皓：《全唐文》，上海：上海古籍出版社，1990，第 2542 页。

② 里人何求：《闽都别记》，福州：福建人民出版社，1987，第 43 页。

了"识一字得一钱"的奖赏，歌谣随后传遍闽地。唐末，王潮、王审知兄弟入闽建立闽国，大力发展经济文化。北方大量民众企羡闽地的太平安宁而掀起了再一次的移民入闽浪潮。至此，福建文化开启了飞跃发展的模式，民间文学也因几次外来文化的传入而繁荣壮大。也可以说，唐末五代就是福建民间文学初具规模的时代。

进入宋代以后，在宋代统治者崇文国策的影响下，越来越多的福建人走出了福建，逐渐成为宋代政坛、文坛的佼佼者。福建由此日益受到外界的关注，文化交流也越来越多，这些都极大地促进了此期福建民间文学的发展。《太平广记》等书中就记载了许多来自福建地区的民间文学作品，民间传说故事在这个时期开始大量涌现，而民间曲艺形式也在这个时期迎来了较大的发展，孕育了福州评话这样既有着唐代"转变"及宋代诗赞类平话的痕迹，同时又有鲜明的福建地域特色的民间说唱形式。此外，宋元时期较为兴盛的杂剧、南戏等曲艺也在这一时期逐渐传入福建，这对福建地区各种民间说唱、民间小戏的发展同样产生了巨大的推动作用。

明清至近代时期，中国封建社会发生了巨大的变化，福建民间文学的内容也随之日益丰富。福建人民充分利用各种民间文学体裁，将各种社会问题、家庭问题、阶级斗争问题都纳入民间文学的表现视野，广泛而深入地反映了时代的变化。民间传说、故事、歌谣、谚语、谜语、说唱、小戏等民间文学体裁都推出了大量的代表作品，不仅数量远超前代，也出现了新的题材——叙事类作品，如反映明清时期沿海戚继光、俞大猷等人抗倭斗争的传说、郑成功收复台湾的传说、林则徐整顿海防和禁烟的传说，以及近代爱国人士为国作贡献的传说等；抒情类作品中的民间叙事长诗大量出现，代表作有福州、宁德等地的《陈妙娘与潘必正》，福州、古田、南平等地的《钓鱼郎》，闽南地区的《陈三五娘》，福安的《红连歌》，古田和福州等地的《担花记》，福州的《莲姐》等。此外，明末清初民间艺人团体开始出现，如福州洗马桥、六柱桥一带涌现了"果子王""王孝堂""橄榄全"等一批民间演唱艺人。这些都反映了这个时期民间文学的繁荣，可见民间文学已经走进了人们的日常生活。

新中国成立后，福建民间文学迎来了再一次的繁荣发展。福建人民用各种民间文学作品尽情表达人民翻身当家做主的喜悦，讴歌中国共产党为建设新中国做出的巨大贡献，赞颂改革开放给中国人民带来的新生活。歌颂党的英明领导、歌颂祖国的伟大富强、歌颂新生活的日新月异，成为新时期福建民间文学的重要核心内容。

## 二、福建民间文学的总体特色

在漫长的发展过程中，福建民间文学与外来民间文学既相互影响又相互交流，广泛涉及民间文学体裁、思想内容、艺术形式、表现技巧等方面，总体上呈现出既吸收借鉴又保持自身独立个性的特色，比如福建地区流传的民间传说、民间故事就有很多带有全国性质的文本，带有明显的外来输入的痕迹，但这些文本传入福建后又入乡随俗，在福建民众的改造过程中被打上了鲜明的福建本土印记。这一特色主要体现在鲜明的地域色彩、富有本土气息的人物形象塑造、深受作家文学与通俗文学影响等三个方面。

福建独特的地理条件所孕育出的福建人民多样化的文化性格，使福建民间文学一开始就表现出鲜明的地域色彩，这是福建民间文学最重要的特性，也是我们看待福建民间文学首先必须注意的问题。

从地理环境视角看，福建地形地貌较为复杂，一向有"东南山国"之称。境内百分之九十以上的面积为山地、丘陵地区，覆盖着茂密的亚热带雨林。纵横交错的山脉、河流把福建分割成几个相对封闭的自然区域，因而也造成了"十里不同风，一乡有一俗"的奇异景象，比如：福州地区"其性舒缓，其志强力"；兴化府"质行醇谨"；泉州府"习俗之趋，尚为豪侈"；漳州府"俗好讼……民喜争斗"；延平府"其民猾急，然质直，远奇邪"；建宁府"尚气而有节"；汀洲府"士知读书，民安稼穑"；邵武府"治生勤俭，人信巫鬼"。[1] 福建民间文学也因此表现出了明显的地域性差异，最为明显的就是山海民间文学的分野，比如民间歌谣中就有山林地区的劳动号子、林业歌、茶歌和沿海地区的渔歌、船歌的不同；民间传说中，沿海地区多妈祖娘娘的传说、抗倭民族英雄

---

[1] 沈瑜庆、陈衍：《福建通志》，北京：方志出版社，2016，第 2232–2248 页。

的传说，而内地多临水夫人的传说、文人传说；民间故事中，山林地区多老虎外婆、蛇郎故事，平原地区多两兄弟故事、长工与地主故事，而沿海县市又以家庭生活故事居多。民间谚语的情况也基本类似。

从区域方言视角看，福建是个方言非常驳杂的地区，全国七大方言在福建起码就有五个：闽方言、北方方言（闽北南平一带）、吴方言（闽浙交界）、赣方言（闽赣交界）、客家方言（闽西）。而闽方言又有闽北话、闽东话、闽中话、闽南话、莆仙话之分。即使是同一方言，内部也存在很大差异，比如闽南话中厦门、漳州比较接近，但与泉州就有较大不同，至于与同为闽南方言的大田、霞浦的差异就更大了，有时甚至是隔一个村或一座山就无法正常交流，这也造成了福建民间文学独特的乡土气息。另外，民间文学各体裁对方言的运用比例有所不同，韵文类作品的方言运用远远超过散文类。歌谣、谚语类作品因为篇幅相对较短，受到方言的影响较大。民间说唱和民间小戏是直接与老百姓面对面的交流，方言的运用也比较多。相较而言，神话的方言运用最少，然后是民间传说、民间故事。

从思想文化视角看，福建是个宗教大省，佛教、道教、基督教、伊斯兰教在福建地区都有不少信众。它们在福建地区的流传，广泛地影响了福建民间文学的各种体裁的创作。这种影响是相当广泛的：一是思想上的影响。福建人民素来崇奉佛道，认为善恶有报，所以要行善积德不做坏事。这种因果报应的思想深深植根于福建民间文学之中，由此也形成了一系列带有固定模式性质的情节母题；二是素材方面的影响。佛道为了宣传教义，多以俗讲方式在民间传播。老百姓对其中的故事非常熟悉，在创作传播民间文学时也多将其融入文本当中，二者形成了相互依托的关系——民间文学从宗教文化中提取创作素材，而宗教文化依托民间文学进行传播；三是艺术手法上的影响。佛道对神仙灵国的描绘，对佛道人物神通法力的渲染，都深深烙印于民众脑海，这些在民间文学作品中往往容易被民众转化成各种浪漫神奇的想象和幻想，借以表达人民的理想和追求。

其次，福建民间文学中涌现了大批生动感人、富有本土气息的人物形象。福建人民在他们身上寄寓了自己的思想情感和理想愿望。有的艺术形象以历史名人为原型，比如欧阳詹、黄滔、柳永、蔡襄、朱熹、严羽、张元干、郑思肖、谢翱、李贽、马乐、叶向高、黄道周、严复、陈宝琛、林纾等福建文化名人；郑成功、俞大猷、戚继光、林则徐等民族英雄；妈祖、临水夫人、保生大帝、三平祖师、观音、如来、八仙等各路神灵；王审知、陈政、陈元光等帝王将相。福建人民通过讲述这些历史文化名人的行为事迹，表达了赞赏和敬奉之情。有的艺术形象以生活中的普通人为刻画对象，如福州郑堂、泉州陈振赐、漳州丘蒙、永安刘火索、建宁赵六滩、尤溪郑德明、古田包国生等民间机智人物，福建人民用这些普通人的智慧故事表达了战胜剥削、压迫人民的统治阶级的决心。有的艺术形象则出自福建人民的艺术想象，如十兄弟、蛇郎、田螺姑娘等。十兄弟故事反映了民众反抗强权暴政的愿望，而蛇郎、田螺姑娘则汇聚了青年男女对爱情的渴望和幻想。老百姓用各种喜闻乐见的艺术手段，将各种事迹附会到他们喜欢的人物身上，使其成为箭垛式的典型人物形象，借以传达出对家乡的热爱与自豪之情。

再次，福建民间文学在发展过程中不断汲取各种营养成分来壮大自己，其中，作家文学与通俗文学扮演了较为重要的作用。作家文学对福建民间文学的影响主要体现在形式和情节两个方面。民间歌谣、谚语等抒情体裁所受作家文学的影响主要体现在形式上。民间歌谣和谚语大多数是较为整齐的句式，注重押韵，而尤以五言、七言句式为多，如民间叙事长诗多为七句式，讲究韵律，或一韵到底或不断换韵，读起来抑扬顿挫，极富音乐性。中国是诗的国度，民间长期流传着众多著名诗人的经典作品，老百姓在创作民间歌谣、谚语时不自觉地借鉴、参考是非常正常的行为。民间传说、故事等叙事文本则在情节内容上受作家文学、通俗文学影响较大。民间传说中的主人公如果是有名的文人，有关的传说就有很多表现他才华的情节，而对对子、作诗自然是民间百姓在文人形象的塑造上最常用到的手段。这些对子往往并不是主人公的作品，而是民间村姑、老人所作，然后被主人公拿来应对困局。老百姓对此种情节乐此不疲：

这年正值大比之年，马乐打点行李上京应试。他匆匆赶路，一天到一个小村庄，当路遇到一个村姑大模大样地坐着剥笋壳。因为路狭不上一尺，路下就是溪涧。马乐央求村姑让一让路。那村姑问他："你匆匆去哪儿？"马乐说："小生上京求名。"村姑笑了笑，说："书虫子，肚里文章怕沤烂了？我出个对子，你对得出就让你过；对不上，只好委屈你这读书人蹚水绕过去啦。"马乐信心十足："请吧。"村姑就出了一句："八刀分米粉。"

平时千伶百俐的马乐这下可变木了，他这是心急，越是对不上来，这时日头已偏，他满面羞红，遮着脸，下了狭路，蹚着涧水，败兴地绕过村姑。村姑乐得嗤嗤笑，马乐大气也不敢出，一溜烟逃去。

到京城，三篇文字得心应手，马乐高中了皇上赐宴，请了状元、榜眼、探花三鼎甲。皇上心里欢喜，命人拿出金盅给新贵们斟酒。皇上想试一试他们的才华，谁若有捷才，就委以重任。谁若愚钝，就让他到翰林院晾起来。皇上出了一句："千里重金锺。"

另两位新贵一下难住了，汗上头。马乐突然想起那日狭路上自己的窘状。踏遍铁鞋无觅处，得来全不费工夫，他来个借花献佛："八刀分米粉。"

《一日君马乐》（寿宁）

村姑对马乐身份的第一反应是"书呆子，肚里文章怕沤烂了？"然后就考了秀才最擅长的对对子，结果秀才落荒而逃。这种对主人公的善意嘲讽，实际上正体现了民间大众对读书人的普遍认识。在民间故事中，这种情节更是多见，《考中状元又得妻》（南安）说秀才进京赶考，途中求宿农家，看到农家贫苦，秀才赠予银两。农家女子心中感激，就随口念了一首诗："昨夜蒙君到妾家，灶中无火难烧茶。望君此去金榜中，雨打无声鼓子花。"秀才听后，一直琢磨不透最后一句的意思。秀才进京考状元，皇帝指着一幅风草图出对相试："风吹不响铃儿草"，秀才脱口而出"雨打无声鼓子花"。

这些传说故事将文人吟诗作对的风气移植进情节之中，这既是作家文学对民间文学影响的具体体现，同时也是民众借以表达对旧社会文人高高在上不满的重要方式。如"三女婿拜寿"故事中就有大量的吟诗作对情节，对所谓的文人们进行了无情的讽刺。当然，这些对子、诗歌常常不符合写作规矩，也不一定有诗意，但就是通过这种戏剧性的颠覆方式——文状元作诗竟然比不过一个穷庄稼汉,民众的爱憎情感得到了酣畅淋漓的释放,听故事的愉悦感油然而生。

通俗文学的情节同样也对民间叙事文本产生了重要影响。明清时期,《三国演义》《水浒传》、家将系列等通俗小说、话本小说在民间的影响极大,几乎每个村落都有说书艺人在讲述这些故事。对于其中脍炙人口的情节,老百姓也经常进行吸收和借鉴,将其纳入创作视野。比如,诏安、惠安流传的"荒岛得宝"故事就基本上与"三言"中"转运汉巧遇洞庭红"的情节一致,只不过老百姓将其套入了福建人民下南洋谋生的框架之中进行表述而已。

# 第一章 神 话

对于"神话"的界定，历来有狭义、广义之分。狭义的"神话"，界定以马克思为代表。马克思认为，神话是先民在童年时代"用想象和借助想象以征服自然力，支配自然力，把自然力加以形象化。因而，随着这些自然力实际上被支配，神话也就消失了"①。按照马克思的观点，神话的产生消亡是有时间界限的，它只能产生于人类的童年时代。而广义"神话"的提出者袁珂则认为，任何一个时期都有新的神话产生。他把传说、成仙得道的神仙故事、狐鬼故事等都纳入了神话的范围。与此相类似的是，民间故事也有狭义与广义之分。刘守华、陈建宪《民间文学教程》认为："广义的民间故事指民众口头创作的所有散文体的叙事作品，包括神话、传说、幻想故事、生活故事、民间寓言、民间笑话等。狭义的民间故事指神话、传说之外的散文体口头叙事，包括幻想故事、生活故事、民间寓言、民间笑话等。"②而《中国民间故事集成·福建卷》采取了广义的民间故事概念，收入了神话、传说和故事，但在书中还是按神话、传说和故事进行分类介绍。这些区分实际上也说明神话、传说、故事是三种不同的民间文学体裁，不宜笼统归为一类。基于这样的认识，我们对"神话"概念的界定仍然沿从马克思的"神话"概念，认为神话是人类童年时代这一特定历史时期的产物，是先民们对宇宙天地由来、万物起源及早期生活的形象化记述。

---

① 马克思、恩格斯:《马克思恩格斯选集（第二卷）》，北京：人民出版社，1972，第 113 页。

② 刘守华、陈建宪:《民间文学教程》，武汉：华中师范大学出版社，2001，第 141 页。

# 第一节　概　述

根据考古发现，旧石器时代福建就有先民活动的痕迹。同安县新墟出土的打制小石器、漳州莲花池遗址和竹林山遗址出土的打制石器，说明数万年前福建人民已开始了狩猎生活。昙石山遗址发现的石器、骨器、陶网坠、蚌器，则反映了新石器时代福建先民已掌握农耕和捕鱼的生产技术。福建神话大约就萌芽于这段历史时期，而福建地区独特的自然地理环境也使得神话在其孕育产生过程中，逐渐形成了自身的地域特色。

福建三面靠山一面临海，森林覆盖率高，素有"八山一水一分田"之说，属典型的亚热带环境气候。西部有绵延五百多公里的武夷山脉，中部有鹫峰山脉、戴云山脉、博平岭山脉将福建分隔成西部山区和东部沿海地区，其间水系交错，闽江、九龙江、晋江、汀江等河流把福建境内切割成一个个半封闭的生存环境。东部还拥有占全国海岸线总长 20% 的曲折海岸线。这种地理环境使福建的文化开发远远落后于中原地区，但也正因为这个原因，福建神话逐渐形成了自己独特风貌。独特的山海环境引发了先民无穷的想象和幻想。山林中电闪雷鸣、山火自燃，天空中繁星闪闪，大海里波涛汹涌、一望无际，这些都成为神话产生的源泉。先民们无法理解自然变迁的奥秘，只能归诸于超自然的力量，"万物有灵"逐渐成为主导思维。他们以自身为参照对象，创造出一个个具有非凡力量的神灵，构建起一个充满神奇色彩的神话世界。在与大自然斗智斗勇的过程中，对周边世界的探索，对自然现象的阐释，对族群由来的思考，构成了神话的主要内容，这也造成了福建神话主要是自然神话而较少人文神话的特点。福建神话也因此充满了对宇宙自然的种种幻想和想象，极具人类童年时代天真烂漫的特点。

福建神话以对自然现象和万物起源的阐释为主，自然神话占据了绝对的主导地位。从其主要内容来看，包括创世神话、人类起源神话、日月星辰神话、雷电神话和畲族聚居区流传的盘瓠神话等。

## 一、创世神话

福建的创世神话主要以盘古为主人公，其内容与三国东吴太常卿徐整《三五历纪》对盘古神话的记载一脉相承。盘古孕育于卵形的混沌之中，开辟天地后极度劳累而死，身体化为宇宙万物，而盘古开辟天地的形式则较为多样，或是不依靠工具，用双手双脚推开，或是用工具打开。盘古所使用的工具大多是劳动人民经常用的斧头和凿子，这反映了早期福建人民对劳动创造世界的认识。

各地流传的盘古神话大同小异，多有开辟天地后发现天小地大之叙述。此一想象或与福建地区山峰高低错落、地形复杂有关。从生活经验来看，天像盖子一样盖住大地是先民的普遍认识，而多山的自然环境又容易引发对天地关系的联想。与中原盘古神话中盘古独自一人开辟天地不一样的是，福建地区流传的开辟神话的主人公大多是盘古和他的老婆，或是一男一女，如南平地区流传的《盘古做天地》说盘古和他的老婆，一个人负责造天，一个人负责造地。结果老婆造出来的地太大，盘古只好把地捏小，最终天罩住了地，可是地面变得凹凸不平，有山峰，有低谷。三明地区的《盘古开天地》也是说盘古公和盘古婆一起开天辟地。盘古婆很勤劳，每天鸡一叫就去辟地了，而盘古公则要日上三竿才出门，干活也干得慢慢吞吞。待约定时间到了，盘古婆让盘古公把天拉过来遮住地，结果盘古公开辟的天只遮住了三分之一的地。后来盘古婆想出一个办法，解开她的裹脚布把地的边缘兜上，使劲一拉把地拉皱了，刚好让天遮住了地，地面皱的地方就成了山峰、低谷和大海，所以世间分为"三山六海一分田"就是因为盘古公懒惰造成的。除了盘古公、盘古婆外，天地的开辟者还有阿公阿婆、男人女人等，如福安畲族的《男造天、女造地》说男的偷懒把天造小了，女的勤劳把地造得很大。寿宁畲族流传的《天地是如何形成的》说阿公和阿婆各自造天地，结果地比天大，只好挤压捏合。阿婆因为地没造好而伤心，流下的眼泪掉落坑坑洼洼之处，汇成了湖海。

除了夫妻创世神话外，还有兄弟创世之说。华安畲族流传的《兄弟俩造天地》说造天地的是兄弟二人。玉皇大帝派兄弟二人去造天地，要限期完成。哥哥领一碗白土和一碗水造天，弟弟领一碗黄土和一碗水造地。哥哥勤劳耐心，提前造完了天，把剩下的两块泥巴捏成圆形和弧形，分别贴在天的东西两面，这就是太阳和月亮。弟弟懒惰，哥哥去劝他干活，他反而抓起泥巴朝哥哥扔去，泥星四溅，全沾在天上。待限期到了，弟弟只好随便造地，黄土蘸了水就扔，地面高高低低的就成了山峰和低谷。玉帝派雷神电母来催，弟弟慌乱中踢倒了水，填满了还没造的地，就成了江河湖海。玉帝派哥哥和仙女到人间繁衍人类，惩罚弟弟每天搬动太阳和月亮运转。弟弟孤零零地住在天上，看着哥哥的幸福生活经常难过得大哭。他一哭，天就下雨了。这则兄弟创世神话与夫妻创世神话在如何创世上有着明显的差异。天地是用土和水混合造成的，太阳和月亮有专人负责运转，下雨是有人在哭，这种创世表述基本未见于其他神话，但有一点是相同的，那就是在开辟天地的过程中表达了对勤劳的赞颂和对懒惰的批判，体现了劳动创造世界的主题。

这些创世神话有几个地方值得注意。首先是开辟者的数量、性别。福建地区流传的开辟神话大多表述为男女共同开辟，而且男女所起到的作用还不尽相同，不论是汉族神话还是畲族神话均是如此。这种人物设置源自何处已不可考，但其中反映的阴阳和合化生万物的观念却非常鲜明。其次在开辟天地这件事情上，两个创造者似乎根本没有协商规划，完全就是按自己的意愿来办。因此天和地的完成情况总是出现不同，需要后期进行补救。这一表述更多反映了福建先民对劳动过程中因为不能协同合作造成效率低下情况的认识与反思。第三，在创世神话中，女性得到了不约而同的强调。天地的开辟并非男性的专利，女性在其中也扮演了重要的作用，而且是不可或缺的作用。女性用她的勤劳开辟了人类赖以生存的大地，这种大地之母的情结在世界各地普遍存在。大地孕育了人类，女性孕育了人类，因此福建的开辟神话中更多强调了女性——母亲的重要性，这也是福建人民对女性地位的认识与表达。

## 二、人类起源神话

在人类的起源问题上，福建各地流传的神话大多以大神造人为主。开篇一般是天地开辟，然后交代人类是怎么由大神创造出来的，主体情节基本上是捏泥造人。其特色主要体现在细节上有许多非常有意思的表述，比如，上杭县流传的盘古女娲成亲，说盘古刚开始用泥土捏人，结果捏出来的人被水淹死了，然后改用木棍做人，结果人又被天火烧死了。后来盘古在女娲的启发下与女娲成亲，生下的孩子每胎都是一公一母的双胞胎，以此来解释为什么人类男女各半。福鼎畲族流传的造人神话在捏泥造人的基础上，进行了奇特的想象，解释为什么人类有不同肤色、不同语言。当地流传的《皇天爷和皇天姆造人》说天地分开的时候，只有天神住在天上，地上是一片茫茫的五色土。皇天爷和皇天姆决定用五色土来造人，后来因为太累了，就用筛子来筛土，土落地而成五色人种，这就是地球上各色人种的由来；起初人类只会哭笑，啥事都不会做，所以人类的哭声和笑声是一样的；皇天爷、皇天姆把五色人种赶到各自所属颜色泥土的地方，然后皇天姆边走边用竹管吹奏以教人学讲话，每到一个地方就吹出一种调子，所以各地的语音语调都不相同；因为皇天爷、皇天姆是用土造人，所以地面被他们挖得坑坑洼洼，高的成山，低的便成了低谷。又比如，在人有无尾巴这件事上，畲族地区的传说一般都解释为：因为天热，人躲到森林里睡觉，结果一觉醒来，尾巴被白蚁吃了个干干净净。福鼎《太阳和月亮》、寿宁《日头月亮和人祖》、宁德《十个太阳的传说》等均是如此表述。

此外，世界各地的神话在人类起源神话中普遍都有大灾变后人类复生的记载，比如各国神话中普遍都有的洪水神话，这反映了地球在远古时代可能经历了全球范围的灾难。福建神话中关于大灾变的表述较少有洪水灭世的记载，更多是集中在天火灭世上，这与福建的森林覆盖率高容易引起火灾有关。如光泽、南平、建宁、福鼎、柘荣、宁德等地都有此类神话流传，躲过大灾变的往往是一对兄妹，之后兄妹成亲，人类得以延续。而建宁神话则是女子与狗幸存，最后女子和狗结为夫妻。

### 三、日月星辰神话

斗转星移、风雾雷电、不知名的奇异生物等大自然的神秘莫测吸引着福建这片土地上的居民，不断冲击着他们的视野。旭日东升、晓月西沉，人们一次又一次重复着对日月神话的演绎。长期的农耕渔猎生活使人们对日月有着异乎寻常的情感，既有对万物生长靠太阳的依恋，也有对盛夏酷热的强烈愤慨，于是一批鲜明的体现劳动人民爱憎情感的日月星辰神话开始流传于八闽大地。

《太阳和月亮》（福鼎畲族）说天上原来有 11 个太阳，给老百姓带来了巨大的灾害。有一对英雄夫妻出发去射落太阳。在丈夫射落 9 个太阳，准备射第10 个太阳的时候，妻子出于对太阳的同情，拨了下丈夫的手臂，箭就射偏了，擦掉了第 10 个太阳的一层皮，结果把太阳的脸吓白了，身子吓凉了。于是天上只剩下两个太阳，一个在白天出现，另外一个被吓白了脸的太阳（月亮）在晚上出现。这无疑是后羿射日的福建版，这样既表达了福建先民战胜自然的信心和能力，同时又使得神话极富劳动人民的生活风趣。

星辰神话中也有一些奇特有趣的想象，如流传于福建南安地区的《北斗七星》说海边一对渔民夫妇招赘了一个山里女婿。有一天，老渔夫赶海捕鱼满载而归，交代女婿搭架晒鱼。结果女婿不勤快，架子竖得歪歪斜斜。老渔夫一怒之下，抢斧追赶。岳母怕伤着女婿，紧随其后。忽然一阵风把他们吹上了天，化作北斗七星。老人是正中间最亮的那颗星，前面是女婿，后面是丈母娘，而那不方正的四颗星就是没竖好的晒鱼架。从内容上看，这则神话源自福建沿海居民捕鱼生活的奇妙幻想，富有生活气息。

### 四、雷电神话

福建几乎每个地区都有雷电神话，这应与福建地区多山多树有关。早在先秦时期，人们就赋予雷公代天执法、惩恶扬善的职能。《史记·殷本纪》载："帝武乙无道，为偶人，谓之天神。与之博，令人为行。天神不胜，乃僇辱之。为革囊，盛血，卬而射之，命曰'射天'。武乙猎於河渭之间，暴雷，武乙震死。"① 不敬天、不敬神的武乙被雷劈死的记载反映了早期人类对雷神的崇拜。福建地区的雷公电母神话多与传统孝文化相结合，以释源为主，如《"闪刀婆"的来历》（将乐）、《雷公电母的传说》（尤溪）、《闪电的由来》（南安）、《雷公和雷闪的来历》（霞浦）、《为啥打雷之前先有闪电》（漳州芗城区）、《电母的来历》（漳浦）等，情节大同小异，大多是围绕孝顺媳妇被婆婆误会的情节而展开。龙岩、上杭一带流传的《雷公的传说》说孝顺媳妇与瞎眼婆婆相依为命。婆婆整天要吃这吃那，甚至还要三餐吃肉。媳妇割下大腿肉煮给婆婆吃，婆婆刚开始说好吃，后来又嫌都是皮。有一天雷雨大作，婆婆在大厅哭诉媳妇不孝顺，自己吃肉给她吃皮。恰好雷公听到，不分青红皂白击死了媳妇。媳妇冤魂上天申冤，玉帝查明真相后封其为闪亮娘，凡发现不孝之人，先由闪亮娘拉开天幕，让雷公根据闪亮娘的指点，雷击不孝之人。南平地区流传的《雷公与电母》则说媳妇孝顺，把细粮留给婆婆吃，自己忍饥挨饿。一天，媳妇看到棕树结籽，就采下洗净、蒸熟，结果又苦又涩。媳妇把吃不完的粽籽倒在水缸旁，结果婆婆见了误以为媳妇偷偷吃白米饭，宁可倒掉也不给她吃，于是大骂媳妇不孝顺，会被五雷劈。玉帝听见后，派雷神去查。雷神也以为媳妇不孝，便劈死媳妇并勾走其魂魄。玉帝审案后，方知是误会。为了避免类似情况的发生，玉帝安排媳妇做电母，每次打雷前都先闪电，让雷神看清再劈。雷神至阳至刚，老百姓将其视为天道的化身，行使惩恶扬善之职责。而在民间，老百姓最重视的就是孝道。不孝是重大的罪行，违反孝道就要受到上天的惩罚，因而雷电神话大多以婆媳关系为中心，将孝顺媳妇作为电母的前身，一方面是强调媳妇的孝顺；另一方面也不乏对长辈的提醒，要好好对待媳妇。在雷电神话中，这种类型的内容占了多数。其他如《雷公与电母》（大田）说雷公误打死小孩，从而改变了以前先打雷后闪电的习惯。建阳的《眨刀婆》则说娘团二人相依为命，团仔饿得嗷嗷叫，娘把棕花籽煮了给团仔吃，可是棕花籽苦涩不能吃，被团仔吐在地上，玉帝看见后误以为是团仔糟蹋粮食，命雷神打死娘，后来娘得以沉冤得雪。为防止此类悲剧再发生，玉帝封娘为眨刀婆，协助雷神。这种类型内容的数量相对较少。

---

① 司马迁：《史记》，北京：中华书局，1959，第 104 页。

### 五、盘瓠神话

盘瓠神话最早的文献记载见诸东汉应劭《风俗通义》，然应书早佚。比较完整的记载见《后汉书·南蛮列传》，说的是高辛帝患犬戎之寇，访募天下，有能得犬戎之将吴将军头者，重赏并妻以少女，结果盘瓠衔头来献，高辛氏不得已以女配之，盘瓠负女入南山，住于石室之中。后来东晋郭璞《玄中记》也记载了盘瓠神话，增加了"盘瓠与美女生男为狗，生女为美人，封为狗民国"的情节。到了干宝《搜神记》，又增加了三个细节，一是盘瓠的来历，乃高辛氏宫中老妇人耳中挑出顶虫所化；二是高辛帝不想实现诺言，少女劝说高辛氏并自愿嫁与盘瓠；三是少女与盘瓠成亲后，产下六男六女，在盘瓠死后，六男六女自相配偶，好五色衣服，裁制皆有尾形。这三个文献所记载的情节合起来大概就是福建各地流传的盘瓠神话的基本面貌。

福建的盘瓠神话广泛分布于宁德、三明、南平、漳州等畲族聚居区，其内容与文献记载基本相同，如《狗祖先的传说》（建阳畲族）、《龙犬的传人》（将乐畲族）、《盘瓠的传说》（三明畲族）等都是如此。不同的地方主要在一些细节上，如与盘瓠成亲的女子不是某个少女或美女，而是高辛帝的女儿三公主。这样的人物安排，不乏畲族人民对自身血脉的重视：畲族是高辛氏和盘瓠大神结合的后代。而在盘瓠的形象安排上，也增加了盘瓠化成人身的细节。三明地区流传的盘瓠传说是说高辛帝为三公主要嫁与一条狗而感到为难时，一个道士献策说只要盘瓠在金钟罩下焚烧四十九天即可化身为人。没想到第四十八天时，三公主因为担心盘瓠，闹着要揭开金钟罩。但是因时间不够，盘瓠变为狗头人身。罗源畲族神话《龙麒的传说》情节与此类似，担心的人换成高辛娘娘。龙麒叼回番王头后，高辛帝不愿将女儿嫁给狗，龙麒告诉高辛帝只要将它罩在金钟下七七四十九天就能变成人。结果，高辛娘娘担心龙麒饿死，提前揭开了金钟。在异类婚故事中，这种变身的情节比较常见。进入文明时代后，人们越来越不能接受人与非人的结合，因此异类一定要转化成人类。盘瓠神话形成于图腾崇拜时期，可见这一情节是后来增入的。

此外，福建的盘瓠神话中还普遍增加了对畲族四姓来历的解释。如柘荣畲族流传的《畲族姓氏及世居山脚的来历》说盘瓠与三公主生了三男一女，请高辛帝赐姓。长子用珍贵的宝盘托上朝，就赐姓"盘"；次子用珍贵的宝篮奉上朝，而那天晴空万里，就赐姓"蓝"；三子用彩绸包裹抱上朝，恰好天空响雷，就赐姓"雷"；女儿赐名"淑玉"，后招赘女婿姓"钟"。建阳畲族《雷、兰①、钟三姓的由来》、惠安畲族《畲族四姓的来历》等神话内容基本一样。

除了这些外，福建神话还有数量不少的动植物神话。这些神话也以释源为主，其中牛神话的数量最多，其原因应与农耕时代牛与人类的密切关系有关。很多牛神话中，对牛的由来的阐释往往与牛爱吃草的习性相结合。如闽清流传的神话《牛命》说天地开辟后世间没有草和五谷，玉帝派牛神带百草和五谷到人间栽种，要"百草浅栽，五谷深栽"，并限期十五日完成。结果牛神到了凡间后一觉睡了十四天，第十五天播种时又忘了如何分辨草谷，就把五谷浅栽，百草深栽，造成五谷需要年年季季种而百草却总是锄不尽的情况。于是玉帝把牛神贬落凡间，吃百草住草棚，世世代代为人类耕作。宁德畲族的《牛与草》则是说牛神把玉帝吩咐的"一里撒一粒草籽"听成"每隔一粒米撒一粒草籽"，结果人间长满杂草。玉帝一脚把牛神踢下南天门，牛神把两颗大门牙都摔断了。牛神赶紧大口吃草，晚上反刍。地底的草根纠结，人间的犁翻不动，于是牛神就把轭套上帮人们犁田。古田的《牛与草的由来》说从前田里没草，老百姓因粮食易收获而不思进取。玉帝便派撒草仙子下凡把草籽撒到田里，让人们勤劳除草耕作。撒草仙子第一次下凡，迷恋于人间景色，直到回天庭前才记起来撒草籽的事，于是就把草籽乱撒一通，结果到处长满草影响了收成。玉帝罚撒草仙子下凡做牛，帮人们耕田。撒草仙子担心会被人类宰杀，玉帝认为人懂礼义不会忘恩负义，并许诺如果牛被人类宰杀，就把眼珠挖下来。起初人类还很善待牛，可随着牛老了不能耕田，便觉得牛成了累赘，就把牛杀了。玉帝觉得愧对牛，就把脑门中的智慧眼挖下，丢到田里后变成了田螺。人类吃了田螺后眼睛明亮，良心发现，从此就不准后人杀牛。这些神话生动地解释了牛的由

---

① 新中国成立初期，登记户口时因"蓝"笔画较多，登记时常简写为"兰"。《第二次汉字简化方案》（于 1986 年废除）实施后，"蓝"也被简化成"兰"，但实际上畲族的"兰"姓应为"蓝"。

来、习性，牛与人类之间的关系，甚至还把四月初八作为牛的生日（古田《牛到人间和它的生日》），表达了福建先民对牛的深厚情感。其他诸如与人类关系密切的动物，如狗、羊、猫等也多有类似的情感表达。

## 第二节　基本特征

从福建地区流传的神话来看，其基本特点是熔铸了中原神话和本土神话，具有共性又有个性。神话的内容大部分都具有全国性，既有中原神话的痕迹，但在具体情节表述上又有着明显的地域特色。比如，盘古神话广泛分布于中国南北地区，其情节内容也大多大同小异。晋江、上杭一带流传的盘古开天地、与女娲成亲繁衍人类的神话与中原神话基本没有区别。在盘古形象的塑造上，常见的人头蛇身的形象在福建盘古神话中则多以龙头蛇尾的面目出现，这明显与闽地人民的蛇图腾观念密切相关。中原神话中女娲用五色土造人的情节传入福建后与福建人民的认知和想象相结合，如前面所提及的福鼎畲族地区流传的《皇天爷与皇天姆造人》就在造人这一情节上进行再想象生发，非常细致地演绎了人种不同肤色的由来。又如天火灭世神话中，人类要再次复生，只能让幸免于难的兄妹二人成亲。在兄妹成亲问题上，福建神话很明显受到了中原神话的影响，通过种种的测试来证明这是老天爷的安排，如南平地区流传的神话就有兄妹两人到山顶往山下滚石磨，石磨滚到山下重合在一起的情节，这是中原神话的常见模式。但在细节表述上又有典型的福建特色，比如，在灾难面前如何避难？福鼎的神话说猴子抢走了兄妹的饭篮，使兄妹追赶猴子进山洞，从而躲过了天火；南平地区的神话说兄妹好心把饭给大蛇吃，在天火发生时躲进了大蛇的肚中；宁德地区的神话也说兄妹好心喂饭给大石母吃，灾难发生时就躲进了大石母的口中；建宁县的神话则说婢女带着一条狗躲进了山洞，后结为夫妻繁衍人类。山洞、大石头、蛇、猴等藏身之所的设置即是福建地区多山地丘陵、林中多蛇的典型反映，这也是中原神话入乡随俗的体现。

福建神话的个性则较多体现在本土神话的创造上。如宁化一带流传的神话

《人死蛇蜕壳》，说玉帝宠信人讨厌蛇，赐令"蛇死人蜕壳"，意思是蛇会老死，而人老了只要在门角背脱下一层皮又可以恢复年轻。没想到蛇死老鼠为患，连猫都吃；人终老不死，人满为患。太上老君受命下凡查看，改赐令为"人死蛇蜕壳"，又增加了新规则——人终老必死，但能通过行善积德延长寿命。蛇如果作恶也可以即刻被打死，并受竹神监督，所以蛇见竹如见舅，十分害怕。神话中人可以像蛇一样蜕壳不死的表述所反映的其实就是福建先民对蛇图腾的崇拜，这也印证了许慎释"蛇"为"东南越，蛇种"的看法，这则神话就是典型的古闽越神话。如古田的《人为什么会死》说以前人是不会死的，只要像老蛇那样蜕壳就会变成后生，但是蜕壳的过程很痛苦，要十几天不吃不喝，一寸寸蜕壳。有一个人实在忍受不了蜕壳之痛，就向老天爷请求早死。老天爷听到后满足了这个人的愿望，从此人老了就会死去。这则神话也是以蜕壳不死为中心进行阐释。

福建神话以自然神话为主体，大多属于释源性神话，反映了福建先民对周边世界的认识，其特色还表现在神话中充满各种奇思妙想，极富天真情趣。比如，对日月由来的阐释，畲族神话中对日月的想象最多也最有特色，《太阳和月亮》说太阳被箭擦去了一层皮，吓得浑身发凉，脸都吓白了，变成了月亮；《日头月亮和人祖》也说第九颗太阳被一声弓弦吓得变成煞白的、浑身凉冰冰的月亮；《十个太阳的传说》说第九颗太阳转身逃走，结果被射中了背后，减少了光芒成了阴影，变成了月亮。"太阳被吓得浑身冰凉变成月亮"这种解释与常见的"太阳月亮是兄妹或夫妻"的表述大相径庭，既富有童趣又有其独特性。又比如对人种由来的解释，石狮流传的造人神话说上帝以捏泥人然后烤制的方式造人，第一次由于时间太长烤焦了，就成了黑种人。第二次吸取经验，稍微烤了一下，就成了白种人。第三次烤了一周，时间刚好，就成了黄种人。柘荣的《天帝造人》则说天帝用白泥土捏了三个人放在火里烧。因为性急，第一个还未烧透就拿出来，还是白生生的。等了一会儿，拿出第二个，黄澄澄的。天帝爱不释手，结果忘了拿出第三个，已经烧得黑乎乎了。福建人民把烧制陶器的生产经验移入到人类肤色的由来阐释，虽有些荒诞却又有其合理性，而且在神话叙述中充满了身为黄种人的自豪。

此外，福建神话对一些现象的阐释也有很多新奇的想象，比如为什么会有
"单身汉"这个问题。《天地是如何形成的》（寿宁）解释说天地形成后，皇天
和后土捏泥造人，男女各半。然而皇天粗心，男人捏多了，又不好意思再麻烦
后土，于是天地间就多出了"单身汉"这种人。而为什么男女结婚后又会离婚
呢？《最初的人和后来的人》（寿宁）解释说最初人类是男女同体，后来被天
神分开，远近四处抛撒，所以人生就是在寻找另一半的路上，有些找到了真正
的另一半，有些找到了又发现两人格格不入，所以又分开了，以此来解释男女
婚姻问题。这种联想与想象还涉及了人类自身，比如背脊骨为何是一节一节的
原因。三明的《盘古开天地》解释说盘古开天很不上心，干几下就躺在锄头柄
上睡觉，一直睡到日头西斜，才懒洋洋地再干几下就回家了。从此人的背上就
被锄头柄枕出一条背脊骨的沟痕来，而且锄头柄上还有蚂蚁，将背脊骨咬成了
一节一节的。罗源的《人为什么没尾巴》也将蚂蚁作为罪魁祸首，说人的祖宗
有一次吃了一种能让人睡死的野果，睡了七七四十九天，结果在昏睡中，一群
蚂蚁把他的尾巴吃掉了。

在福建神话中，强烈的浪漫主义色彩源自福建独特的山地自然环境，也源
自福建先民对社会人生的经验体会、对周边世界的细致观察。神话所体现的
源自思维直觉的整体认知的创作方式、奇特的想象和幻想、简单纯朴的情感表
达，在福建人民的文化性格塑造中扮演了极其重要的作用，是凝聚福建魂的重
要基石。

# 第二章 民间传说

## 第一节 概　述

神话反映的是远古时代人们对宇宙诞生、万物起源等问题的认识。神话以神为主人公，在艺术上多采用以人拟神的表现方式。民间传说则产生于神话之后，它是在神话时代结束后对历史人物、社会生活、自然风物等的传奇性描述。根据刘守华、陈建宪《民间文学教程》对民间传说的界定："民间传说是围绕客观实在物，运用文学表现手法和历史表达方式构建出来的，具有审美意味的散文体口头叙事文学。"[①] 其中"客观实在物"就是民间传说的核心所在，它有着明确的时间、地点、人物和相对稳定的主体情节，在艺术上多采取以神拟人的表现方式。因此，传说在一定程度上可以看作是神话的世俗化，二者在产生的时间线上存在先后延续的特点。

### 一、传说的分布与分类

从福建民间传说的基本内容来看，一般是围绕家乡的名人、方物和重要事件来展开。根据《中国民间故事集成·福建卷》所附福建省重点传说分布图及各县市《民间故事集成》分卷所载民间传说，全省流传较广的民间传说共有 13 个，如表 2-1 所示。

---

[①] 刘守华、陈建宪：《民间文学教程》，武汉：华中师范大学出版社，2001，第 126 页。

表2-1　福建重点民间传说列表

| | |
|---|---|
| 1. 妈祖的传说 | 2. 罗隐的传说 |
| 3. 山峰传说·宝物开山 | 4. 山峰传说·物化成山 |
| 5. 庙宇传说·纪念型 | 6. 塔的传说·镇邪型 |
| 7. 朱熹的传说 | 8. 画师传说 |
| 9. 八仙传说 | 10. 茶叶的传说 |
| 11. 戚继光的传说 | 12. 郑成功的传说 |
| 13. 林则徐的传说 | |

　　这些传说或是全省流传或是局部流传，具有较大的影响力。为了方便了解，我们将各县市这些传说的分布情况列表显示，如表 2-2 所示。

表2-2　福建重点民间传说各县市分布表①

| 县市 | 民间传说分布 | 县市 | 民间传说分布 |
|---|---|---|---|
| 福鼎 | 1、3、4、9、10 | 寿宁 | 3、6、9、10 |
| 柘荣 | 3、6、10 | 周宁 | 3、6、10 |
| 霞浦 | 1、3、10、11 | 政和 | 3、4、9、10 |
| 福安 | 5、6、10、11 | 松溪 | 3、10 |
| 宁德 | 1、2、3、11 | 浦城 | 10 |
| 武夷山 | 2、3、7、10 | 光泽 | 2、3、4、9、10 |
| 邵武 | 3、4、7、10 | 建阳 | 2、3、7、9、10 |
| 建瓯 | 3、6、7、9、10 | 屏南 | 3、4 |
| 顺昌 | 2、3、4、7、9 | 古田 | 3、5、6、9 |
| 建宁 | 2、3、4、10 | 泰宁 | 3、4、5、10 |
| 将乐 | 3、4、6、7、10 | 南平 | 2、3、4、6、7、9 |
| 沙县 | 2、3、9、10 | 尤溪 | 2、3、7、8 |
| 三明 | 2、3、4、10 | 明溪 | 4、8、9、10 |
| 宁化 | 3、5、8、9、10 | 清流 | 3、4、5、9 |
| 永安 | 2、4、6、9、10、12 | 罗源 | 1、10、11 |
| 连江 | 1、5、10、11 | 福州 | 2、3、5、10、11、13 |
| 闽侯 | 2、5 | 闽清 | 2、5、8 |
| 长乐 | 1、2、5、11 | 永泰 | 2、3、4、6 |
| 福清 | 1、2、3、6、8、11 | 平潭 | 1、2、11 |
| 莆田 | 1、5、6、11 | 仙游 | 1、2、5、8 |

---

① 表中数字对应表 2-1《福建重点民间传说列表》中的具体传说。

| 县市 | 民间传说分布 | 县市 | 民间传说分布 |
|------|------------|------|------------|
| 德化 | 3、4、5 | 大田 | 3、4、6、10 |
| 永春 | 3、4、5、10 | 安溪 | 2、3、5、8、9、10 |
| 南安 | 2、3、4、10、12 | 惠安 | 1、8、11、12 |
| 石狮 | 1、6、12 | 晋江 | 1、6、12 |
| 泉州 | 1、5、6 | 同安 | 2、3、7、11、12 |
| 厦门 | 1、4、12 | 长泰 | 2、3、7、12 |
| 漳浦 | 1、2、7、8、12 | 漳州 | 2、3、5、6、7、8、9、12 |
| 东山 | 1、2、7、8、12 | 龙海 | 1、2、3、7、12 |
| 平和 | 2、6、8 | 云霄 | 1、2、7、8、12 |
| 华安 | 2、3、7、8、10 | 诏安 | 1、2、3、8 |
| 上杭 | 3、8、10 | 南靖 | 2、3、7、8 |
| 长汀 | 3、4、5、6、10 | 永定 | 3、4、9、10 |
| 连城 | 3、4、5、10 | 武平 | 3、8、10 |

从表2-2中大致可以看出重点民间传说在全省的流传情况。结合各县市民间传说的分布,我们将福建地区流传的民间传说分为人物传说、地方风物传说和史事传说三大类。

从分布的范围、涉及的文本数量来看,人物传说在福建民间传说中明显处于重要位置。福建的文化开发虽然较晚,但福建的人才数量、质量却不输其他任何地区。对于这些为自己家乡带来荣耀的人物,福建人民总是不吝给予最高级别的礼待,围绕他们生发出许许多多民间传说,包括文人传说、民族英雄传说、地方神明传说、帝王将相传说等。

文人传说是人物传说中的大宗,所占比重较大。中唐以后,福建文化开发的速度大大加快,宋以后文人开始呈现井喷状态。从唐代福安的薛令之、泉州的欧阳詹,到宋代的大词人柳永、书法家蔡襄、诗论家严羽、闽学开山的南剑三先生(杨时、罗从彦、李侗),明代的思想家李贽直到近代的严复、林纾等,正可谓群星闪耀、人才辈出。福建人民对自己家乡的名人如数家珍,对他们的传说津津乐道,充满了强烈的自豪感。从表2-2可以看出,文人传说以朱熹和罗隐二人为最。朱熹的传说广泛分布于福建各地,而又以闽北、闽东、闽南一带最为集中。对于这位儒学宗师,人们并没有把他塑造成板着面孔的道学家,而是一个活生生的人，有着普通人的喜怒哀乐，当然也不乏儒学宗师的光环所带来的想象式叙述。罗隐是晚唐文人，并不是福建人，但有意思的是，福建的罗隐传说却是各县市几乎都有，甚至比他的家乡浙江分布得还要更广泛。文人罗隐在民间成了"皇帝嘴乞丐身"的神奇人物。

民族英雄传说和神明传说的数量也为数不少。一方面，由于福建有着漫长的海岸线，明清时期常有倭寇侵袭，晚清以来又有西方列强殖民入侵。面对外来侵略，福建人民同仇敌忾，共御外敌。郑成功、戚继光、林则徐等民族英雄成为福建人民极力歌颂的对象。另一方面，福建自古以来巫风就较为兴盛，民间信仰极为丰富。沿海居民祈求妈祖佑护，妇女儿童有临水夫人相助，求医问药则敬奉保生大帝，日常生活祈求平安更有漫天神佛可供参拜，因此，福建的神明传说自然也成为人物传说的重要组成。除此之外，人物传说还较多涉及对历代帝王、王公将相事迹的传奇化演绎。受明清时期通俗文学繁盛的影响，福建人民将所熟悉的帝王将相事迹编排传播，形成了帝王将相传说系列，代表有秦始皇、赵匡胤、正德、乾隆等和开漳将帅、国姓军将帅等传说。

地方风物传说是福建民间传说的另一个主要内容。福建靠山面海，地理条件较为复杂，各种奇特的地形地貌、奇峰异石，各地迥然各异的民风民俗、地方名特土产都成为福建人民演绎的对象，由此繁衍出数量庞大的自然风物传说、人造景物传说、土特产传说、地方风俗传说等。

福建地形以山地丘陵为主，两列西北—东南走向的大山斜贯福建中部，其间盆谷、溪流交错，生于斯长于斯的福建人民面对各种奇特的自然景观，生发出无穷的想象和幻想，在自然景物传说中寄寓了改造自然、征服自然的理想愿望，也表达了对家乡自然风光的骄傲与自豪之情。在表 2-2《福建重点民间传说各县市分布表》中，山峰传说的分布范围极广，除了沿海几个县市之外，其他县市几乎都有流传。武夷山、太姥山、鼓山、冠豸山、九日山等福建名山都有不止一则传说流传，更何况有山就有石，有山就有洞，各种奇石、各种奇洞也都附会了神奇动人的传说。如出米石的传说，就广泛流传于福建各地。很多地方都有神奇的出米石传说，而最后的结局往往都是因为人类的贪婪而使出米石失去了神奇的功效。福建奇洞数量也很多，比如，被誉为"闽山第一洞"的天下四大名洞之一的将乐玉华洞,还有永安桃源洞、连江皇帝洞、清流狐狸洞等都有不少传说流传。此外,福建省内河道纵横,大大小小的溪河江湖遍布境内,幽深绵长的小溪、奔腾汹涌的大江、浩渺空濛的大湖也都有各自的神奇传说,代表有屏南《鸳鸯溪的传说》、武夷山《九曲溪的传说》、长汀《汀江的传说》、漳州《九龙江的传说》、泰宁《大金湖的传说》、仙游《九鲤湖的传说》等。

人造景物的传说包括寺庙道观、亭台楼阁、古塔石桥等,其中又以庙宇传说和塔桥传说最多。福建大大小小的寺庙无数,其建造也各有特色,或依山,或傍水,或藏于闹市,或隐于深林。围绕这些寺庙的兴建由来同样有各种各样的传说流传,代表有泰宁《甘露寺的传说》、平和《三平寺的传说》、安溪《清水岩的传说》、福州《涌泉寺的传说》、泉州《开元寺的传说》、漳州《南山寺的传说》、厦门《南普陀的传说》等。塔桥传说则有福州《乌塔白塔的传说》、泉州《紫云二塔的传说》、泉州《姑嫂塔的传说》、泉州《洛阳桥的传说》、晋江《五里桥的传说》等。亭台楼阁传说则以土楼系列传说最有代表性,代表有《天下第一楼》(漳平)、《云峰楼》(南靖)、《望云楼》(平和)等。

土特产传说亦是地方风物传说的重要构成。福建地区物产丰富,再加上福建人民的一双巧手,或是精心制作,或是因偶然而成功,各种名特土产越来越多被创造出来。与此相应的土特产传说则自然担负起推介产品、吸引顾客的重任。首先,福建是茶叶之乡,茶叶传说自然是福建民间传说的重要成员。举凡乌龙茶、白茶、红茶都在名茶传说中占有一席之地,最出名的还是《大红袍的传说》(武夷山)、《铁观音的传说》(安溪)。其次,民以食为天,福建人民善于创造各种美食。《佛跳墙的传说》(福州)、《猫仔粥的传说》(诏安)、《上杭腊货的传说》(上杭)等美食传说生动演绎了福建人民的美食文化。再次,福建的工艺品四海驰名,福州三宝(脱胎漆器、油纸伞、角梳)的传说、寿山石的传说、脱胎漆的传说、漳州八宝印泥的传说、德化白瓷的传说也随之流传各地。此外,福建人对医药亦有专长,片仔癀、乌鸡白凤丸、三蛇酒的出世虽有很大的偶然成分,但在福建人民的精心研究试制下,终成驰名于世的良药。各种良药传说细致描绘了良药的诞生过程,代表如《三蛇酒》(漳州)、《蕲蛇酒》（寿宁）、《漳州片仔癀》（漳州）等。

地方风俗传说以展现福建各地的民风民俗为主，这其中既有带有全国性质的风俗传说，也有体现地方色彩的风俗传说，但即使是流传全国的风俗传说，如年底祭灶、清明插柳、端午挂菖蒲等，在福建各地的流传内容也有不小的差异。至于说地方性的风俗传说那就更加多样了，同一个节日在不同地方有不同的名称、不同的传说都属于正常情况。风俗传说的内容遍及社会生活的各个方面。人们用风俗传说来表达对神明的敬奉、对伦理孝道的褒扬、对善与恶的认识、对爱情婚姻的理解等，代表有《过年风俗的来历》（宁化）、《"孝九节"的来历》（福清）、《"妈祖生"为何要吃豆芽韭菜炒面线》（莆田）、《出嫁为何备筛、镜》（漳州）、《凤凰装束的由来》（罗源）等。

福建民间传说的第三方面内容是史事传说。史事传说主要反映了各个时期福建人民的生活。按时代的不同，我们可以将史事传说分为古代部分与近现代部分。在阶级社会中，史事传说以表现阶级矛盾，反映民众的思想愿望为主。首先，史事传说展现了旧社会人民因不堪受欺凌、受压迫而奋起反抗的过程，其主要题材为农民起义。传说通过对官逼民反的黑暗现实的揭露，反映了唐以后福建农民起义战争史事。史载黄巢入闽杀人如麻，但福建的黄巢起义传说的内容并不相同。福建传说中的黄巢义军入福州是秋毫不犯，福州安民巷的传说即由此而来。福建人民是把黄巢当成自己人来看的，因为黄巢是农民起义军，他的敌人是土豪劣绅，是剥削压迫民众的统治阶级。从这样的思维出发，有关邓茂七起义、陈吊眼起义、吴赞郎起义的传说皆是这样的表述视角。其次，福建沿海地区在明清时期屡受倭寇侵扰，人民苦不堪言，而率军入闽平倭的戚家军自然就成了福建人民的救星。戚家军平倭的传说在福建宁德、福州、莆田等沿海地区广泛流传。除此之外，史事传说还广泛涉及忠奸斗争、民风民情、地方故事等多方面。

近现代史事传说主要反映历史转折时期的社会变化，内容同样极为广泛，其中最有代表性的是反映国内革命战争时期，中国共产党、革命群众联合起来与国民党反动派作斗争的革命传说，以及表现福建人民下南洋谋生的辛酸甘苦的侨乡传说。

福建作为革命老区，一直有大量的革命传说在民间流传。上至红军领导人，如毛泽东、朱德、陈毅等人，下到一名普通的红军战士、一位普通的人民群众，都在为打倒国民党反动派而齐心合力。革命传说生动展现了红军在福建苏区与老百姓同甘共苦，建设美好家园的过程，再现了红军与反动派军队之间的剧烈交锋。代表有漳州地区流传的《毛主席东征漳州的故事》《邓子恢巧打棺材仗》《陶铸同志和他那群芋卵头》等，龙岩地区流传的《陈毅拜师》《草鞋船》等，南平地区流传的《神被》《陈牯老脱险》等。

侨乡传说则反映了特定年代下的特定群体——下南洋谋生者的悲欢离合，表现了福建人民背井离乡，奔赴南洋谋求生计的艰辛以及思念家中妻儿老小的悲苦。传说的情节并不复杂，但其悲苦处却往往能扣人心弦，催人泪下。较具代表的有《姑嫂塔》（石狮）、《情义值千金》（莆田）、《金顶针》（晋江）、《思乡曲》（安溪）等。

## 二、主要特色

福建民间传说是老百姓"口传的历史"，有助于我们进一步了解福建本土文化和掌握福建精神的真谛所在。人物传说、地方风物传说、史事传说构成了福建民间传说的三大版块，其内容指向虽各有不同，但所表现出的思想内涵和艺术特色却是相通的。

首先，民间传说的情感真率质朴，充满对家乡的热爱之情和自豪感。人物传说中出现的主人公绝大多数都是历史上的真实人物，尤其是那些从自己家乡走出去的名人，更容易引发老百姓情感上的认同。人民群众在传播这些本土名人传说时，普遍将其当作是真实的事件来传颂，将其当作福建人民的"儿女"来看待，因此，我们在传说中特别能够感受到福建民众的真诚情感，比如长乐《董奉与董奉山》描写的是三国时候官人董奉行医看病不收钱。

看病不收钱，那他吃什么呢？不要紧，他一边看病，一边种田，生活非常俭朴。可病人过意不去，总想表示点什么吧，表示什么呢？就种树吧，长大了也好让董奉在树下歇歇凉，但种什么树呢？种杏树，对，杏树高大，开起花来又香又好看。于是，病人就为董奉种杏树。①

叙述口吻轻柔舒缓，字里行间无不透露着对董奉的亲近之意，而这种真情是我们在认识福建民间传说时体会最深的，从中能感受到福建人民对家乡的无比热爱。又如福安流传的《鸭娘皇后》就借鸭姑娘之口表达了对家乡的情感。普普通通的草楼居所、山林田野在鸭姑娘的心中变成了：

臣妾家，黄金为梁，白玉做瓦，上有七十二天窗，下有三十六鱼池，门前百亩塘，千里花园，六十八厨娘煮饭不够吃，七十二柴夫砍柴不够烧，三十六船运货不够用。

我的家乡，左有金溪玉林，右有章龙龟风，南有南门，东有东门，四周有九村做蔽护。

鸭姑娘住的是草楼，菅草经过日晒风吹，草秆呈金色，叶片为白色，是为"黄金为梁，白玉做瓦"。一下雨就四处漏雨，故曰"七十二天窗""三十六鱼池"。尽管鸭姑娘的表达有夸耀的成分，但其中所体现出来的对家乡的情感却是真实的。而在地方风物传说中，这种源自家乡美景的自豪感表达得更为明显。人们赋予一山一水、一景一物以种种美好的想象——山是神奇秀丽的，洞是神秘幽深的，甚至连一颗石头也能吐出米粮供人们享用。这种想象是非常普遍的，人们也习惯以这种手法来增加家乡自然景物的神秘感，吸引更多的人关注自己的家乡。

其次，福建民间传说广泛而深入地表达了福建人民的心声，寄寓着福建民众对历史人物、事件和各种事物的情感评价。在民间传说中，人们融入了对生活的种种体悟，或是借以表现家庭问题，或是反映社会问题，或是表达人们反抗封建暴政，渴望独立自主的理想愿望。其中，歌颂劳动人民无私奉献的精神则是民间传说中最闪光的部分。

---

① 本书涉及的民间文本众多，故只标明流传地区。

各种自然风物传说背后往往都包含着人类战胜自然、征服自然的奋斗历程，无数先辈的牺牲才换来眼前这风光无限的美景。正是因为对家乡的热爱，才更珍惜这份来之不易的爱。比如浦城县流传的《南浦溪的传说》说浦城大旱，生水的父母抗旱逝世。生水哭了七天七夜，泪水汇成泪河流入东海。虾将指点生水到形如巨斧的山脚下，搬去其中任何一堆乱石，往下深挖就有泉水涌出。虾将同时又告诫生水，不可把全部乱石搬光，否则会有性命之忧。生水到达目的地后，辛苦奋战了九天九夜，终于使泉水涌出，灌溉了附近农田。但是生水不满足于此，决定以个人的牺牲换取后代的幸福，于是经过九百九十九天的苦干，搬走了全部乱石，使滔滔泉水汇成了南浦溪，而生水则积劳成疾而亡。

"七天七夜""九天九夜""九百九十九天"的表述虽有些夸张，但生水思念父母之情、为乡亲谋幸福的不懈努力却是很容易被人们感受到的，这种为了后代的幸福而牺牲自己的情节普遍反映在各种风物传说当中。比如汀江是驯龙驯服蛟龙，打开龙门穿流而出形成的（长汀《汀江的传说》）；白马三郎勇斗恶鳝，杀死恶鳝后力竭身亡（福州《鳝溪》）；更鼓和石笋姑娘杀死为祸人间的九条恶龙后，化作了更鼓石和石笋尖山（九龙江《九龙江的传说》）；三兄弟为民除害，与海中怪兽相搏斗而壮烈牺牲，后化作大帽山与三进屿（连江《大帽山与三进屿》）；"黑岩哥"历尽千辛万苦为乡亲寻找到水源，死后还化作黑煤炭造福百姓（永春《天湖山的传说》）；麒麟变成年轻后生消灭山怪，为老百姓建设美丽家园，最后累得躺下去就再也没醒来，化作了麒麟山（三明《麒麟山》）。人们通过一个个传说演绎了前人种树、后人乘凉的朴素哲理，极大增强了福建人民的凝聚力。

再次，民间传说塑造了个性各异的福建名人群像。民间百姓有很深的崇拜名人的情结，在传播文人传说时总是习惯于将各种事迹附会到名人身上，使其成为"箭垛式"的人物形象。其中多采取将主人公神秘化的做法，这种以神拟人手法的运用似乎更能满足老百姓的崇拜心理。比如，民间有人身上有三盏灯、三把火的说法，很多名人传说就借用其表现主人公的神奇。如《一日君马乐》（寿宁）说马乐从小读书勤奋，很晚才从书馆回家。

他母亲每回总看见儿子从岭上下来时面前有一把火,这火不管天多黑、风多狂、雨多骤,总是光芒耀眼。马乐却满以为走夜路原该这样,大家都能亮堂堂地看路回家。

又如《神灯》(南安)演绎了当地名人陈瑞山的传说,也将少年时代的陈瑞山神秘化,说其走路时有一盏神灯在前面照路。这种塑造人物的浪漫主义手段广泛运用于各种人物传说中,如关于朱熹的民间传说中就有很多对朱熹的神秘化描写。《朱熹写"桃"》(尤溪)说其练字,写完一千个桃字后天突然放晴,原先已经落叶满地的桃树又开出了满树桃花。《朱公青蛙披枷》(连江)说朱熹剪枷状白纸散落池塘中,恼人的蛙噪声顿时消失。罗隐在福建的传说也主要是表现其说话灵验,极富浪漫主义色彩。还有《神鸭》(宁化)说黄慎画的鸭子被老农买去变成了真鸭子,《陈北溪画月》(漳州)说陈北溪所画之月照亮厅堂等,均可为代表。

需要指出的是,这种箭垛式人物的塑造方式也容易造成某些情节上的重复。比如描写主人公因为穷困去当塾师,可是薪金微薄只能以稀饭度日,但又怕学生耻笑,所以削了一支木鸡腿蘸酱油,假装天天有鸡腿吃这样的情节广泛见诸于各地名人传说当中,如南安陈瑞山的传说《烧庙还愿》、古田余正健的传说《蒙冤受屈》、漳州黄道周的传说《蘸木鸡腿》、福州南训蒙的传说《闽中为何不见五帝庙》均出现了一模一样的表达内容。这一情节对表现人物、推进情节发展当然有很好的效果,但如果出现的频率过高,势必会影响到人物形象的塑造与被接受程度。

民间传说在塑造人物上还较多使用烘托映衬的手法来表现,这种烘托往往与情节的重复、细节的刻画相结合。这种做法是作家文学比较少见的。民间文学口头相传的传播特点决定了其情节结构的简单性,因此,在重复的情节中对细节略作变化来塑造人物也就自然而然了。比如《吴夲医太后》(厦门)中悬丝诊脉的情节重复了两次,第一次是宋仁宗为了测试吴夲,故意把红丝线绑在床腿上。

吴夲就把三个手指头轻轻地按在红丝线上,侧着脑袋,眯缝双眼,细心地诊了一会儿,然后叹口气说:"没治了,没治了,太后的脉搏已经停止了。"说完,站起来就要往外走。

绑在床腿上竟然也能听得出来,这个细节把吴夲高超的医术非常形象地表现了出来。然后同样的情节再次出现,因为有了前面的烘托,吴夲最后治好太后的怪病也就顺理成章了。

# 第二节 人物传说

顾名思义,人物传说是以福建历史上的名人(包括本土文人和外来文人)为主人公,记载他们的事迹,寄寓老百姓对这些人物的情感评价。需要说明的是,福建人物传说中还有少量的虚构人物,但这些虚构人物却往往寄托着老百姓真实的情感,老百姓是将他们当作真实人物来看待,所以也将其纳入人物传说之中。

人物传说是福建民间传说最重要的组成部分。福建人民一般采用民间人物塑造最常用的箭垛式手法,将众多情节聚集在喜爱的名人身上,使得福建人物传说大放异彩。按照人物的身份、地位等来区分,人物传说可以分为以下几类。

## 一、文人传说

福建文人传说包括外来文人传说和本土文人传说,但不管是外来文人还是本土文人,福建人民一视同仁,都把他们看成是福建的孩子,对他们身上的优点不吝赞赏之词,编织了许多动人的传说。

### （一）外来文人传说

福建山清水秀，又地处偏远。中原改朝换代抑或是战乱之际，经常有大批文人选择福建作为栖身之所，尤其是唐五代时期这种情况更是普遍。福建与中原地区的往来最早应在吴越争霸时期，越王无疆被楚所败后，越人中的一支南下入闽，与闽地土著通婚形成闽越族。秦统一后，闽地设闽中郡，此后历代皇朝均有于闽地建立行政区划，但在唐前闽地还是长期处于蛮荒状态。第一次较大规模的文人入闽发生于西晋末，北方士人避乱入闽。之后，梁末又有侯景叛乱，大批北方士人迁入闽地。这些北来士人大多是整个家族南迁，在福建定居后兴办私塾教育子弟，这在客观上也极大地促进了福建地区的文化发展。从相关文献来看，大概从东晋开始民间开始流传着外来文人的传说，如刘宋时被贬为建安郡吴兴县（今浦城）县令的江淹，当地就流传着"妙笔生花"的传说。江淹有一天在浦城郊外的一座小山上休憩，梦见张景阳、郭景纯授予五彩绢、五色笔，自此文思泉涌。晚年又于梦中返还绢笔，结果梦醒之后文章一天不如一天，俗谓"江郎才尽"。

随着唐代福建的开发，唐人尽管仍视闽地为畏途，但或是任职，或是贬谪，入闽的文人也在逐渐增多之中，特别是唐末五代时期，中原战乱不断，而王审知建立的闽国俨然是一片乐土，所以有大量的文人迁入闽地。较早的有中唐时五言诗人秦系。《高士峰》（南安）说其曾隐于九日山，自号南安居士、东海钓客。当地人为了怀念秦系，便把其隐居的九日山西台叫作"高士峰"。德宗时宰相姜公辅也隐于九日山，当地人把其隐居的九日山东台称为"姜相峰"，民间有《姜公辅吟诗退窃贼》等传说流传。《韩学士夜宿书馆》（泉州）说唐末入闽的韩偓夜宿清源山下一闹鬼书馆。韩偓不信鬼神坚持留宿，晚上被神龛中吟对子的声音所惊吓，却对出了对子。原来闹鬼的真相是看守人为了实现教书先生的遗愿而扮鬼求对。这些传说大多集中于对文人才学品行等方面的肯定，体现了当时福建人民的"名人崇拜"观念。宋以后入闽的外来文人渐多，如王安石、陆游、辛弃疾、文天祥、冯梦龙等，他们在福建都留下了不少传说。

福建地区广为流传、最具代表性的外来文人传说则非罗隐的传说莫属。据不完全统计，罗隐传说在福建地区流传的县市超过三十个。与其他文人传说不同的是，罗隐的传说并没有过多关注罗隐的才学、勤奋或是爱情故事，绝大部分都围绕罗隐"皇帝嘴、乞丐身"的奇特能力来结撰情节。因为口头流传的缘故，罗隐在各地的称谓不尽相同，比如闽南地区的"卢远"，三明地区的"罗永"等。

罗隐"皇帝嘴、乞丐身"的由来是福建各地老百姓津津乐道的主要内容。沙县《皇帝嘴乞丐身》说罗永与其母常被村里万姓财主欺负，有一次乡人开玩笑说罗永长大会做皇帝，正在洗碗的罗母听后用筷子在灶上敲了几下，说若罗永将来能做皇帝，她就把石臼底打掉套在万家脖子上。灶君把万家误会成万户人家，便将此事禀报了玉帝。玉帝命灶君把罗永的皇帝命换成乞丐命。在换骨过程中，罗永浑身发冷不停发抖，罗母不知缘由只让罗永咬紧牙关，结果灶君无法换下罗永的嘴巴。这就是"皇帝嘴、乞丐身"的由来。泉州《罗隐赶石》则说罗隐原是天上的乞丐大仙，受玉帝命下凡做人间的皇帝。与其有隙的吕洞宾趁其熟睡，要把罗隐的皇帝骨换给同宗吕蒙正，换到牙槽骨时被铁拐李赶到而阻止。结果罗隐就变成了啥事都懒得做的乞丐身，但说话却很灵验，而吕蒙正则因有富贵骨高中状元。漳州《乞丐身皇帝嘴》的内容大同小异，说罗隐曾与赵匡胤争帝，兵败后观音托梦让其填海称王，不料其母忘乎所以得罪了灶君，所以灶君将其帝王骨与吕蒙正的乞丐骨对换。

围绕"皇帝嘴、乞丐身"这一中心，各地传说大多以罗隐的行程为线，篇幅长短不拘——有的一则就一个传说，有的一则容纳了七八个传说。结撰手法上采取与地方风物附会的方式，解释它们的由来，如岩溪石蛤，说是罗隐的头所变。情节模式大多是罗隐受人恩惠或者遭人轻视，结果一语成谶，如《罗隐的传说》（古田）说有一次罗隐路过一个碗厂，受到老板的热情招待，罗隐就说了句："烧碗慢慢烧，烧烧歇歇，碗自然会好。"又有一次他路过一个瓦窑，老板嫌他脏，把他赶了出去。罗隐就说："烧瓦要不停不歇地烧，不然瓦烧不透，全窑红掉。"所以，烧碗烧瓦至今都不一样，一个用慢火，一个用急火。《半仙罗隐》（同安）说罗隐想向晒烟叶的人讨烟叶卖钱，结果被叱骂驱赶。罗隐气不过，就说："免赶免赶，烟叶慢干，潮湿起蛀虫，慢晒香味差。"所以种烟人都恨罗隐——晒烟叶很麻烦，早上晒晚上收，慢干又容易潮湿，不注意又容易蛀虫。《闽书》也载有罗隐至晋江时"乞食山下，人侮之，隐乃画马于石，每夜出食人禾，追之则复入石。山下人乃改礼焉，隐为画桩系马，马不复出"的传说。历史上的罗隐"貌古而陋"，富有才华却又十举不第，也许是这样的遭遇让处于同一时期在科举上也是屡败屡战的福建文人们感同身受而为之显声扬名，从而造就了这么一位出语成谶的罗隐仙吧！

### （二）本土文人传说

福建开发较迟，自安史之乱以后，福建地区才开始受到朝廷的重视。大历年间李椅任福建观察使期间，福建儒学气氛日渐浓郁，"俎豆既备，乃以五经训民，考校必精，弦诵必时。于是，一年人知敬学，二年学者功倍，三年而生徒祁祁，贤不肖竞劝。家有洙泗，户有邹鲁，儒风济济，被于庶政"[1]。建中元年（780），常衮任福建观察使，"使作为文章，亲加讲导，与为主客钧礼，观游燕飨与焉。由是俗为一变，岁贡士与内州等"[2]。在入闽官员的努力下，福建文化事业开始有了长足的进步。从南安诗人欧阳詹开始，福建开始涌现越来越多在全国知名的文人。王审知入闽后大兴文教事业，更是为福建文化的发展打下了良好的基础。宋代开始，福建一直是文人辈出，泉州欧阳詹、莆田黄滔、崇安柳永、泉州蔡襄、莆田郑樵、南平李侗、将乐杨时、尤溪朱熹、邵武严羽、福州张元干、连江郑思肖、福安谢翱、泉州李贽、长乐马乐、福清叶向高、莆田陈经邦、漳浦黄道周、南安洪承畴、古田余正健，以及福州严复、陈宝琛、林纾等文人的传说在福建民间广为流传。

欧阳詹是福建泉州地区第一个进士，号称"破天荒"。唐贞元八年（792），与贾棱、韩愈、崔群等同年及第，时号"龙虎榜"。欧阳詹对文人走出福建登上政治大舞台产生了极大的激励作用，其名人效应也催生了许多传说，如有关他爱书如命、勤奋好学的《烈火中救书》《著述达旦》，与荔枝姑娘情投意合的《欧阳詹和荔枝姑娘》等。柳永是北宋第一个专力填词的大词人，以其风流俊赏、蔑视功名享誉民间。他的家乡武夷山地区把他塑造成一个具有独特个性的

---

[1] 董皓：《全唐文：卷390》，上海：上海古籍出版社，1990，第1754页。

[2] 欧阳修、范镇、宋祁等编：《新唐书：卷150》，北京：中华书局，1975，第4810页。

风流词人，代表有《金鹅峰下柳相公》《清歌妙曲定姻缘》等。

南宋时期福建理学名人辈出，涌现了上承洛学、下开闽学的杨时、罗从彦、李侗、朱熹等"延平四贤"。前三位都是南平人，时号"南剑三先生"。关于他们及其弟子们的传说，也广泛流传于顺昌、将乐、南平、三明等地。如《杨龟山的传说》（顺昌）包含"杨龟山出世""龟山号的由来""程门立雪""五马架槽""四知堂""杨龟山还健在"等，其中最出名的当属"程门立雪"，说将乐人杨时与学友欲向老师程颐求教，恰逢程颐正在打坐养神，两人不敢惊动，遂立于门前等候。程颐醒来后，发现二人脚下的积雪已有一尺多厚。老百姓赞赏他们身上这种求学精神，也正是这样的求学精神造就了闽学的发展兴盛。史载罗从彦曾五次徒步往返于沙县至将乐、延平至将乐等地向杨时求学，尽得杨时不传之秘。这些富有传奇色彩的经历在民间传说中被老百姓所津津乐道，民间传说将杨时、朱熹等人的得意门生也纳入了创作视野。除了罗从彦外，还有讲杨时弟子的《廖刚的传说》、朱熹弟子的《廖德明的传说》等。

在闽学先贤的传说中，影响最大的还是朱熹的传说。关于朱熹是哪里人，历来有江西人、福建人、安徽人之说。朱熹祖籍婺源，婺源原属徽州治下，但从其祖父朱森开始就迁居福建。朱熹一生除了从政出省的几年外，几乎都在福建定居，其自书"建人"，自署籍贯为"建州建阳"等都可以证明朱熹是福建人，因此我们将朱熹的传说归入本土文人传说。朱熹的传说广泛流传于南平、宁德、三明、漳州、泉州、福州等地。朱熹出生于三明尤溪，其童年在此度过，因此尤溪地区有不少朱熹的传说流传，内容上主要侧重于其少年早慧，如《六龄朱熹胜棋王》《朱熹进贡》等。武夷山是朱熹生活了四十多年的地方，在这里朱熹建了武夷精舍，传经授道、著书立说，是当时的"道南理窟"，故而传说也很多。从创作手段来看，各地的朱熹传说常将朱熹神化，赋予朱熹非凡的超能力，如连江《朱公青蛙披枷》说朱熹嫌池塘中蛙声吵人，便剪白纸如枷状散落池塘中，蛙声顿息；尤溪《朱熹写"桃"》说朱熹写完一千个"桃"字后，半亩方塘的桃花二度盛开。甚至衍生出朱熹与狐仙的爱情，如武夷山流传的《丽娘心》说千年修炼成人的胡丽娘仰慕朱熹，与朱熹互生情愫结为连理，不料被乌龟精所害。乌龟精被朱熹朱笔掷中，化作九曲溪上的上下水龟。这些传说常与地方风物附会，在一定程度上也可视为地方风物传说。

李贽是明代重要的思想家，其家乡泉州南安一带流传着不少他的传说。[①] 因为李贽自 29 岁外出做官后，除了两次回乡奔丧，其他时间大半在外省，所以传说主要集中在青少年生活及故乡生活两方面，如反映其少年时代就不受唯圣贤是从的教条束缚的《书馆戏孔》；表现其聪明才智的《断萝卜案》《妙对拜师》《劝架还鸡》《打瓮赔牛》；叙说其与丫环桃花终成眷属的《桃花奇缘》；奔丧期间抗击倭寇的《白衣将军》；卸任后箱子里全是书的《两袖清风》等。这些传说刻画了一个不受儒家传统思想束缚，为争取个性解放和思想自由而奋斗的斗士形象。不仅如此，传说还以通俗易懂的形式表现了李贽的文学创作观念，如《三袁访师》说"公安三袁"远道来拜访李贽，学习文章之道。李贽以破鼓、新锣、单眼笛为喻："时移世易，质文代变。抄袭古人，就如破鼓发出'不通不通'的叫声；文章要有新意，必须发于性情，由于自然，抒发己见，不人云亦云，才能像新锣发出响亮的声音；如果束缚在一种格式里，就如吹单眼笛子，单调乏味，一派死气，那样的文章不会受人欢迎。"巧妙说明文章需要创新、出于自然的道理。

清康熙年间古田出了个被御赐"天下师表"的余正健，当地也流传着不少他的传说，大多是围绕其成名前后的轶事来刻画其人物性格。《家贫好学》刻画其勤奋多智；《错怪贤妻》写其书生意气，错怪了妻子对他的一片情义，留下了一辈子的遗憾；《三个书生》《特别座椅》《规劝族人》写其做事为人、清正自律。有关余正健的传说中还有一个常见的情节：《蒙冤受屈》说其被邻人误会偷鸡，到城隍庙求菩萨明断，不料菩萨也断余正健偷鸡，余正健发誓将来若有出头之日就让城隍无家可归。后来余正健当了大官，城隍爷的香炉就自己飞到城外了，人们也就干脆将城隍庙搬到那里，因此古田的城隍庙不在古田县城。对于这种书生受屈、神明不公的桥段民众似乎特别喜欢，也常借以表达对黑白不分的旧社会的不满与讽刺。此外，福州西门外有座祭酒岭，流传着五代闽国国子监祭酒湛温的传说，但古田民间则认为，那里埋的是康熙年间国子监祭酒余

---

① 可参见李辉良搜集整理的《李贽的传说》（海峡文艺出版社 1987 年版），收录李贽传说 49 篇。

正健。孰是孰非已难考辨，但民众对这些一心为民的文人的敬仰是共同的。

宋代以后，福建也涌现了不少书画家，如建阳惠崇、仙游蔡襄、连江郑思肖、长汀上官周、上杭华嵒、诏安谢琯樵、宁化黄慎等。这些书画家同样深受民众喜欢。刻画这些画家神奇的作画本领是画家传说的主要着力点，如清代诏安画家谢琯樵的传说，其中有一则《画〈百鸟归巢〉》说太后过寿诞，想要一幅新画，当朝宰相至谢家请谢琯樵作画。谢琯樵先用画绫把桌上弄翻的茶水擦拭干净，然后把这幅画绫钉在墙上，用甘蔗渣蘸墨掷向画绫，最后用笔勾勒而成《百鸟归巢》图。情节很生动，从最早宰相看他用画绫擦桌子的不满，到最后看到《百鸟归巢》图的目瞪口呆，再到谢琯樵拒绝宰相在画上题寿词的结局处理，塑造出一个画技高超而又有一身傲骨的画家形象。《面线写画》刻画道光、咸丰时期诏安画家沈瑶池用筷子夹寿面蘸墨作画的本事。《黄慎学画》说黄慎学上官周画，几可乱真，但黄慎仍努力创新，终于以"狂草画法"独树一帜，成了"扬州八怪"之一。黄慎所画的鸭子能换来活鸭，能卖出一百两银子的高价（《黄慎画鸭》），甚至还变成了活鸭，惩罚了贪心的财主（《神鸭》）。对于这些奇才异士，民众总是不吝赞赏之词，表达了为这些家乡名人而自豪的情感。

## 二、民族英雄传说

福建有着漫长的海岸线，老百姓长期受到倭寇、海盗、外国势力的侵扰。明清时期，情况尤为严重。这时期也出现了一批坚决打击外来侵略者、立下赫赫战功的民族英雄。老百姓热情地歌颂这些人民的保护神，一直传唱着这些民族英雄的光辉事迹，代表有郑成功的传说、戚继光的传说、林则徐的传说等。

郑成功的传说主要流传于南安、厦门、尤溪、晋江以及台湾等地。郑成功以厦门、金门为根据地，驱逐了盘踞台湾38年之久的荷兰侵略者，收复了台湾，为祖国的统一做出了巨大的贡献。李冬青、陈瑞统等编著的《郑成功的传说》编选了42则传说，涵盖郑成功少年时代、誓师起义、驱逐荷夷、收复台湾等重要事迹。郑成功曾被南明隆武帝赐朱姓，所以民间百姓都亲切地称其为"国姓爷"。"国姓"系列传说（包括"国姓井""国姓鞋""国姓兵""国姓麦""国姓榕"等）典型地反映了老百姓对郑成功的热爱尊敬之情。对于这样一位一心为民、大公无私的将军，老百姓赞叹其少年聪慧（《父子做对》），求贤若渴（《招贤桥》），知人善任（《陈豹投军》《戏场选将》等），执法如山（《执法如山》《海上誓师》等），甚至将其神化，说他三箭射羊山神平海上大浪（《射羊平浪》），能令田螺复生（《无尾田螺和剑井》）等。这些传说共同塑造了一位坚持民族大义、反对外来侵略，为祖国统一大业奋斗不息的英雄形象，表达了福建人民对这位民族英雄的崇敬之情。此外，在漳州地区还广泛流传着国姓军将领的传说。

戚继光的传说主要流传于宁德、福州、莆田等沿海地区。明嘉靖四十一年（1562），戚继光由浙入闽抗击倭寇，先后在宁德、福州、莆田等地大败倭寇，肃清了倭寇在福建的势力。福建沿海地区因此流传着许多戚继光的传说，这些传说除了表现其英勇善战外，还表现其经验丰富、富有智慧等性格特征。福州《思儿亭》说有倭寇欲进犯福州，戚继光决定先发制人，派儿子戚印为先锋，严令"许进不许退"。结果戚印率军在高山丛岭中忽遇大雾，军队迷失方向，戚印不能决断，便自己飞骑赶回禀报。戚继光因为戚印贻误了战机，导致倭寇逃离，下令斩了戚印。后来戚继光消灭逃离之倭寇，回师时经过斩子之处，泪流不止。福州人民为纪念戚继光抗倭功绩，就在福州东门外建了一座思儿亭。传说塑造了一位掌军严明、不徇私情的将军形象，也写出了英雄的逝子之痛。其他如《麒麟井水》（宁德）讲戚继光入闽经过宁德县城来到漳湾驻军，侦察横屿敌情。漳湾缺水，戚继光一边下令禁止士兵与百姓争水，一方面带人四处勘探水源。一日，戚继光来到麒麟山，看到一棵大树长得很茂盛，附近又没河流，便判断地下有水源。戚继光派士兵在大树旁打井，果然从地下冒出一股泉水，戚继光应百姓所请将其命名为"麒麟井"。《"光饼"和"征东饼"》则讲述戚继光因为部队经常急行军而做出来的一种特制面饼，比银元略大，中间有孔，可用绳子串成串挂在腰间，行军或打仗中肚子饿了随时可吃。老百姓为了纪念戚家军剿寇的功绩，将其命名为"光饼"，另外制作了略大一点的饼，称为"征东饼"。有些传说还演化成谚语，如《油三油，不如一道漆》说戚继光未至宁德之前，当地有一游姓将军有勇无谋，三次攻打盘踞在横屿一带的倭寇都失败了，而戚继光一入闽就大败倭寇，所以当地百姓用此谚语表达对戚家军的钦佩之情。

林则徐的传说在福建的民族英雄传说中流传最广。林则徐是最早放眼看世界的政治家，也是禁毒先驱，其被贬新疆的途中所作诗句"苟利国家生死以，岂因祸福避趋之"激励着一代又一代福建人民。老百姓对这位民族英雄予以了极大的敬意。民间传说围绕其惩治贪官、修浚西湖、抗旱防涝、禁烟等重要事迹展开，从各个角度表现其一心为国为民办实事。《林则徐巧布尿壶阵》说林则徐禁烟，英军军舰围攻虎门。林则徐吩咐手下将黄蜂装入尿壶内，用瓜络堵住壶口，然后将八百顶斗笠拴在八百个装有黄蜂的尿壶耳上，放到海里顺着水流朝英军军舰漂去。英军以为是清军进攻，纷纷开枪，结果尿壶被打破，洋人被黄蜂蜇得阵型大乱，林则徐趁机率军进攻，大破敌军。传说刻画了一位有勇有谋的儒将形象。《林则徐京城认"弟"》说诏安人林则荣吸食鸦片成瘾，被误以为是林则徐之弟。林则徐微服私访，向林则荣陈说吸食鸦片之害，使林则荣痛下决心戒烟。《林则徐劝友戒烟》说林则徐发布禁烟令，违反者轻者罚款、重者杀头，其好友吴三泰染上鸦片烟瘾，接连三次违背林则徐发布的禁烟令，林则徐强忍悲痛下令把吴三泰绑赴法场正法。这些传说侧重表现林则徐有情有义，但在民族生死存亡面前又能明辨是非、大义灭亲。

## 三、神明传说

福建"信巫鬼、重淫祀"的风气十分浓厚，民间信仰异常复杂多样。本着实用的心理，老百姓虔诚地崇奉着能给他们的生活带来安定幸福，能解决他们生活难题的各路神灵。妈祖、陈靖姑、吴夲等普通人逐渐成为民众眼中的海上保护神、保童神、保生大帝，观音、如来、八仙等广受崇奉的神灵也无不有着大量的传说流传。

武夷君的传说在汉代之前已在闽北一带流传。武夷君的记载较早见于司马迁《史记·封禅书》："古者天子常以春解祠，祠黄帝用一枭破镜……武夷君用干鱼。"① 言及祭祀黄帝用枭和破镜（即獍）两种生物，祭祀武夷君用干鱼。而在武夷山市的传说中，武夷君原是闽越族的一名首领，因厌倦政治斗争率民来到武夷山隐居，后修道有成，遂成地方神灵。此外，在闽南地区也有太武夫人的传说，据清光绪《漳州府志》卷四十《古迹》词条引《漳州图经》云："太武山，其上有太武夫人坛，前记谓闽中未有生人时，夫人拓土而居，因以名山。武一作姥，其说荒远。但列仙传称：皇太姥，闽人婺女之精，而闽越负海名山多太姥者。"这两则神明传说反映早期福建人民对庇护安全的神灵的景慕之情。

本着对人生多难的认识，福建人民创造出了各式各样的保护神来满足自己的情感需要。福建的海岸线绵长，靠海为生的人口众多，然而航海造船技术还比较落后，海上还多风险，于是妈祖逐渐成为沿海人民供奉的海上保护神；古代医疗条件落后，女子生育风险大，所以陈靖姑成了集保胎、救产、送子于一身的妇幼保护神；人生多疾患，常为病苦所扰，于是救死扶伤的医生吴夲成了大众眼中的保生大帝。

### （一）妈祖传说

妈祖是五代闽王都巡检林愿的女儿，从出生至满月不闻哭声，故取名为"默"。林默于 987 年重阳日为救渔民而殉身，终年 28 岁。老百姓为了纪念她，立庙祭祀。妈祖信仰不仅在汉族当中流传，少数民族人民也信奉妈祖。《"山哈"为何也拜妈祖》（霞浦）说畲族人民虽以山居为主，但沿海也有畲民居住，靠海为生，再加上畲族素有信奉女神、重视女性② 的习俗观念，妈祖也成为畲族人民信仰的神灵。时至今日，妈祖已成为东南亚沿海地区人民普遍信奉的海上保护神，有关妈祖的传说广为流传。《妈祖出世》（莆田）从说妈祖降生时天上一声巨响，林府屋顶上空金星闪闪开始，演绎了妈祖的传奇一生。《窥井得天书》（莆田）说妈祖见海上渔船经常出事故，便每天观看天时变化，想找到为渔民保驾护航的方法，终得观音指点，每天对井默念《观音经》，历四十九

---

① 司马迁:《史记》，北京：中华书局，1959，第 1386 页。

② 畲族女子在生产生活中有着较高的地位，比如排行与男子一样，有继承权，婚嫁仪式中盛行新郎下跪、新娘不下跪等。

天得无字天书，每逢危难即于书中寻找解决办法。莆田地区流传的妈祖传说还有《妈祖降怪》《收服晏公》《镇两妖》等，讲述其降妖除魔的事迹，《伏机救亲》《焚屋引航》《济度饥荒》《圣泉救疫》《雾海神灯》等传唱其救助人民的神迹，这些传说充满了福建民众对海上保护神妈祖的景仰之情。

早在先秦时期，闽越人就以习水善舟闻名。汉代福州（当时为东冶）已经是重要的海上交通口岸，东晋左思《吴都赋》中称："篙工楫师，选自闽禺。习御长风，狎玩灵胥。"①"灵胥"即指波涛，福建人在海上的能力当时已经受到世人的肯定。唐宋以后，福建的航海事业开始腾飞。面对浩瀚的大海，福建人民不畏艰险，从没放弃对大海的探索。然而大海也给他们带来了无尽的痛苦——海难时常发生。福建人们渴望能有神灵佑护，能为渔民保驾护航。正是在这样的愿望驱使下，妈祖从一个地方神逐渐演变成救助人们于海上的天后、圣母，并且在流传过程中与各种文化思想不断结合：宋代崇道，妈祖被列入道教诸神，甚至与西王母相提并论；元代礼佛，妈祖与观世音结缘，民间流传的各种妈祖显灵救人的传说与观音事迹极为相似；清代倡儒，妈祖形象中汇入了儒家"忠、孝、节、义"的思想因素，其身上所体现的热爱人民、见义勇为、扶危济困、无私奉献的高尚情操，展现了中华民族的传统美德，成为促进国家昌盛、民族团结的巨大助力。

### （二）临水夫人传说

陈靖姑应该是福建地区仅次于妈祖的女神，其影响范围遍及福建、浙江、江西、广东、台湾等地，自唐至清，陈靖姑也被屡加封号，福建人民大多以"临水夫人""陈太后"称之，视其为救产、护胎的保童神。

古田地区陈靖姑的传说特别多，因为相传其丈夫是古田人，她为民献身得成正果也是在古田（《"顺天圣母"陈靖姑》）。在传说中，陈靖姑有着神奇的出身来历。观音经过闽江时，对着江面梳发，结果不小心梳掉一根头发，化为白蛇离去。观音料定白蛇必然为祸人间，就咬破手指滴下一滴血，这滴血化作

---

① 迟文浚、许志刚、宋绪连：《历代赋辞典》，沈阳：辽宁人民出版社，1992，第 333 页。

杨梅顺江而去，被福州下渡尾葛氏所吞，十个月后陈靖姑诞生（《靖姑出生》）。陈靖姑的婚姻乃是天缘所定，《靖姑婚配》说当年观音为帮百姓建设洛阳桥，坐在江心小船让百姓用石子丢她，谁丢中就许配给他。结果吕洞宾与观音开玩笑，让卖菜小哥王成用碎银子丢中观音①，王成喜极而亡。观音遂让王成转世到古田刘通家，日后与靖姑成婚。此外，《靖姑学法》《靖姑斩蛇》《靖姑殉难》等传说描绘其与白蛇精的斗争。因闽地干旱，陈靖姑不顾身怀六甲和师父的警告，脱下腹中胎儿去江中做法求雨，不料胎儿被长坑鬼吞吃。陈靖姑强忍腹痛，追杀蛇精和长坑鬼，将蛇精镇压后殉身。这些传说表达了福建人民对这位为民牺牲的奇女子的敬佩之情，同时也将许多理想愿望熔铸于陈靖姑的传说之中。如旧时代女子生产风险很大，希望有神灵能佑护女子生产，因而传说中就有当年陈靖姑的师父想教她"扶胎救产保赤佑童术"，结果陈靖姑因不愿学，致使自己的胎儿遭难，因此陈靖姑临死前发愿"若不能替天下人救产保胎不做神明"，死后遂成为妇女儿童的保护神。又如老百姓认为从前妇女生孩子是不会腹疼的，都是因为长坑鬼吃了靖姑的胎儿导致陈靖姑腹痛难忍，故而此后女子生产都会腹痛。长坑鬼变过雄鸡害过靖姑，而鸭仔救过靖姑，所以民间供奉靖姑就只能用鸡不能用鸭。

陈靖姑的传说还体现了福建人民所相信的万物有灵的变形观。人、动物、植物之间可以互相转化，比如观音梳掉的一根头发变成一条白蛇；观音的一滴鲜血化作杨梅，被吞吃后又变作胎儿；陈靖姑把白蛇斩成三段后，蛇头逃脱而去，其身、尾被陈靖姑烧成灰后竟然又变成山上的蚊仔和山下的苍蝇，等等。

### （三）保生大帝的传说

吴夲是宋代名医，一生救死扶伤无数，民间称其为"神医"。传说吴夲乃其母梦吞白龟，十月怀胎所生。吴夲长大后潜心医术，治病救人，死后百姓为其立庙。如今在龙海白礁、厦门青礁均有供奉吴夲的慈济宫。保生大帝的传说

---

① 此情节与泉州地区流传的《洛阳桥的传说》中观音助人的情节类似。

也以漳厦地区流传最为广泛。自宋以后，民间多有其传说流传，尊其为"大道公""保生大帝"等。

传说主要围绕吴夲高明的医术和济世救人的高尚品质两方面展开。吴夲凭借其经验判断难产妇人未死，施针救了母子二人（《一针救两命》）；割除孩子鼻子上长的大肿瘤（《巡医救儿童》）；用香菇煎茶治好将士的中暑之症（《香菇能解郁》）。他不仅通药性，还通人心，用"竹枝仔炒肉"惩治了装疯卖傻的农村女子（《竹枝仔炒肉》）；他失足坠下悬崖差点身亡，就为了寻找治好小伙子尿床症的草药（《单方治奇症》）。在保生大帝的传说中，有两则传说流传最为广泛：一则传说是"丝线诊脉"。说明朝永乐皇后患乳疾，吴夲揭榜去诊治。皇后羞见医生，吴夲说可以悬丝诊治。在这个细节上，各地传说具有不同的刻画，往往采用情节重复的方式，如第一次皇后把丝线绑在床腿，第二次把丝线绑在猫腿上，最后皇后把丝线系在乳上，吴夲准确判断出皇后是得了乳疾，甚至用隔着屏风艾灸的方式治好了皇后，表现了吴夲神乎其神的医术。另一则传说是"大道公风，妈祖婆雨"。大道公与妈祖均为闽南地区人民信奉的重要神灵，一生都未娶未嫁。因此，老百姓创造了两个神灵之间的斗法来解释闽南农历三月多风雨的自然现象。在传说中，大道公或是追求妈祖未成，或是在未成仙前就与妈祖互相看不顺眼，双方都决定在对方诞辰那天给对方难堪，所以大道公在三月二十三妈祖诞辰那天施法下雨，想冲掉妈祖脸上的脂粉。妈祖则在三月十五大道公诞辰那天施法刮大风，吹掉大道公的帽子。每年三月十五就会刮大风，三月二十三就会下大雨的传说由此而来。传说中神灵不再高高在上，而是与普通人一样有着喜怒哀乐，老百姓也津津乐道于他们之间的爱恨情仇。

除了这三个影响较大的神灵之外，其他像闽南的三平祖师的传说、福州的戏班祖师神田元帅的传说、建阳的理发祖师吕洞宾的传说，还有福建人民广泛信奉的土地公、土地婆的传说，以及各种宗教人物如八仙、彭祖等的传说，亦深受福建人民喜爱并广为流传。

### 四、帝王将相传说

封建专制社会等级森严，老百姓饱受欺凌之苦而又求告无门，无法找到解决困苦的答案，只能将希望寄托于虚无缥缈的幻想，希望能有圣明天子革除弊政，特别是在"自古衙门朝南开，有理无钱莫进来"的黑暗政治中，迫切渴望能有青天大老爷能够为他们消除苦难。在这样的心理驱使下，老百姓们创造了各种各样的帝王传说、将帅传说、清官传说等来表达爱憎情感，尽管这在很大程度上只能是一种幻想，但这些传说也给处于底层的民众一些心灵的慰藉和希望的光芒。

福建地区流传的帝王传说众多，如秦始皇、王审知、朱元璋、永乐、正德、崇祯、乾隆等。福建人民从不同的侧面，或褒或贬对这些帝王做出了自己的评价。秦始皇在民众印象中多以残暴好色的面目出现，因此有关秦始皇的传说也大多围绕这些特点进行表现，如《秦始皇与"屎壳螂"》（顺昌）、《秦始皇变吃屎虫》（将乐）等。此外也有将秦始皇塑造为正面人物的传说，如福鼎畲族的《秦始皇巡游遇"山哈"》说秦始皇微服私访，看到老太太在割稻起了同情心，在得知老太太的三个儿子全被抓去修筑长城后，大骂手下官吏违反前朝规矩，把高辛帝铁书规定免差徭的畲族"山哈"也抓来修筑长城，命令把老太太的三个儿子旺旺、三旺、八旺放回去。结果官吏听不清名字，又不敢问，就干脆把总人数为八万三千人的"山哈"全放回，这才使畲族延续到今天。不可否认，秦始皇残暴不仁的形象深入人心，但民众也没彻底否定他，这种做法在其他帝王传说中也较为常见。

唐宋以后，福建的帝王传说涉及王审知、朱元璋、正德、康熙、乾隆等，内容上大多反映帝王与老百姓之间的关系，在一定程度上体现了民众盼望君主圣明的理想，如关于闽国缔造者王审知的一系列传说就歌颂了这位贤王。在王审知统治期间，闽国可谓是北方民众向往的乐土。福建地区流传的王审知传说大多表现其保靖安民的功绩，如肯定其"宁为开门节度使，不为闭门天子"（《不为闭门天子》）的做法，赞颂其不徇私情、有错必惩的公正态度（《监斩王舅》）。和其他帝王传说一样，老百姓也将其视为天命人物，将其行为神秘化，如《王审知拜剑》说王绪谋夺王审知白马失败后自尽，军中无主，而王审知不愿当首领，大家就商议用拜剑的方式决定，结果王审知一拜，宝剑自动跃起。

正德皇帝和乾隆皇帝游江南的传说在江南地区广泛流传，其在福建的传播区域有自北而南的过程，而尤以闽西、闽北地区流传较广。其构造模式大致有两种：一种是与地方风物相结合，这也是民众对家乡自豪感的一种体现，如三明梅列区流传的《"空肚村"与"饱饭坑"的来历》《"飞天白马尊王"庙的来历》《虎跳桥》《吕峰寺的传说》等关于明朝正德皇帝的传说等，以及乾隆传说中的《乾隆皇帝游玉华洞》（将乐）、《"游旦"和"礼帝岩"的由来》（泰宁）等。另一种是围绕这两位皇帝的微服私访展开。在这些传说中，帝王不再高高在上，他们也如同平民老百姓一样有血有肉，有烦恼有不足，如泰宁、将乐一带流传的《正德皇帝做媒》《正德君在将乐》《乾隆受骗》《乾隆君闹洞房》《乾隆看相》等。明清时期是小说的繁荣阶段，清人何梦梅《大明正德皇游江南传》、佚名《圣朝鼎盛万年青》（又名《乾隆巡幸江南记》）等小说在民间的广泛流传在一定程度上影响了正德、乾隆传说在福建地区的传播。

将帅传说主要有开漳将帅的传说、国姓军将领的传说等。唐初陈政父子奉命入闽平叛，乱定后开始开发漳州，闽南人民为纪念他们父子的贡献，创作了大量传说传唱他们的事迹。《中国民间故事集成·福建卷·漳州市分卷》收录了二十余则传说，这些传说围绕陈政、陈元光、陈珦三代首领及其手下将士，按时间顺序讲述了平叛的过程。其中既有对陈政礼贤下士（《归德将军礼贤聘丁儒》）、自大轻敌（《陈将军困守九龙山》）的现实主义描写，也有杀蝙蝠精（《丁七娘巧取飞龙洞》）、收猫仔精（《许天正收服猫仔精》）、杀蝴蝶精和蚯蚓精（《白石光助战灭群妖》）等浪漫主义的表现方式，塑造了开漳将帅的群像。国姓军将领的传说亦围绕郑成功及其手下将领展开，《郑成功进长泰》系列传说由《晋庵识反王》《令旗护长泰》《国姓访塘边》《兵渡乌龙江》四则构成。讲述长泰林晋庵观天象知有反王出世，郑成功军队南下时，林晋庵用郑成功赠予的两面令旗护住长泰。郑成功登门欲聘请林晋庵为军师，其故意不见并赠予金、银、草、土四盘礼物，结果郑成功收下了金、银、草三盘礼物，把土泼在地上。林晋庵知其格局不大，遂推荐刘国轩代己。传说的情节曲折，语言生活化气息浓郁。《刘国轩的传说》亦有多则，内容上与郑成功的传说前后相承，刻画了一位足智多谋的军师形象。

清官传说在福建各地亦多有流传，内容上或是反映其刚正不阿、执法如山，即使面对皇亲国戚也毫不妥协，如明末福清监察御史林汝翥的传说。《大义灭亲》讲述其翦除为祸乡里的族侄渔溪十八盗；《敢斗魏忠贤》说其任南城兵马司时借"官不夜行"禁令拦下魏忠贤车舆，欲将轿中人杖毙，不料魏忠贤醉酒未归，逃过一劫；《生不做清官死不埋清土》说其被清兵俘虏，誓死不屈，最后吞金而死。家人按其遗愿，在墓室内用铁链吊起棺木。或是表现其明察秋毫、断案如神，如南安流传的"七省巡按"陈瑞山的《智断冤案》讲述一女子将饭菜放在田边，不料其夫吃后七窍流血而亡，女子被判谋杀亲夫。陈瑞山通过复原案情，发现是饭菜被蜈蚣精吃过，真相大白。或是讲述其未发迹前的遭遇，如讲述陈瑞山少年时代的《神灯》，说陈瑞山少年时每天都要到骑龙寺读书，很晚才回家，母亲每晚都看到有两盏神灯给儿子照路。有一天，母亲发现神灯不见了，便问瑞山做什么坏事了。原来瑞山帮一位农民写了卖妻子的文书。母亲赶紧让儿子设法取回文书，果然神灯又亮了。这则带有神异色彩的传说反映了民间对大人物皆有神灵佑护的认知心理。需要指出的是，在这些反映清官未发迹前遭遇的传说中，存在同一情节在不同传说中重复出现的情况。南安陈瑞山传说《烧庙还愿》说陈瑞山当塾师时因为好面子，用木雕假鸡腿浸于豆油中，假装每天都有鸡腿吃。不料一次晒书时，无意间把人家的大公鸡罩入书筐中，被乡人误会。陈瑞山为证清白，在观音大士神像前掷杯求信，不料次次都证明是其所为。陈瑞山后来钦点七省巡按，为报此仇，回乡第一件事就是火烧三及寺。他一路见庙就烧，说要看到佛嘴流血为止。后来惠安人想出法子，用红木造神像，终于使其消怨。《蘸木鸡腿》讲述黄道周当教书先生，生活清苦，每天只能关起门来吃稀饭蘸酱油。后来用番石榴树根雕成一条鸡腿蘸酱油，此事被学生发现。恰好村里频频发生偷鸡事件，众村民怀疑黄道周是偷鸡贼。黄道周有口难辩，遂到五显庙请神灵明断。不料五显神不在，庙中小鬼势利眼，在掷杯筊断案时断定黄道周偷鸡。黄道周悲愤莫名，发誓如果将来高中必定把五显庙夷为平地。福清、闽侯一带流传的《闽中为何不见五帝庙》说南训蒙设馆课徒，怕失体面，把木鸡腿浸在豆酱碗中。村中董家大娘丢失一只大公鸡，遍寻不着，发现南训蒙碗中鸡腿。两人起争执，相约去五帝庙掷杯，以酒杯代卜杯，杯破则董家诬良，杯不破则南训蒙偷鸡。结果各卜三次杯均未破，南训蒙被扒掉长衫赔偿。董家大娘回家后发现鸡藏在竹箩中。后来南训蒙高中状元，任闽浙巡按，查明真相后用尚方宝剑削去五帝雕像的脑袋，拆除境内所有五帝庙。从此，闽中沿路再无五帝庙。

这三则传说的情节基本相似，反映了福建民间"人在做，天在看"的崇神心理，更重要的是这种被冤枉的情节发生在未来的清官身上的设计更多是民众心态的一种表现，希望为官者亲身体验到被冤枉的滋味，这样以后也就不会轻易乱断案了。这种心理正根源于福建民众长期以来对官府黑暗的深刻认识，这也是清官传说产生的根本原因。

# 第三节 史事传说

史事传说主要以记载事件为主，在人物塑造上更强调对人物群体的整体性刻画。传说中的主人公多为普通老百姓。封建社会中，史事传说主要表现阶级斗争、抵抗外来侵略等具体事件。近现代以来，史事传说主要反映了中国共产党艰苦卓绝的革命斗争，表达了福建人民对中国共产党的坚决拥护和不惜牺牲的革命精神，同时也展现了福建人民生活的方方面面。

## 一、古代史事传说

阶级社会中，社会矛盾尖锐，官府的黑暗、地主劣绅的盘剥常常使劳动人民挣扎在死亡线上。史事传说主要展现了福建人民反抗压迫、抵抗外来侵略的不屈精神，表达了劳动人民对美好生活的向往，以及为了实现美好生活而付出的不懈努力。这部分传说以反映地方史实为主，其内容广泛涉及农民起义、抗倭、忠奸斗争、民间纠纷等方面。

有压迫的地方就有反抗。福建古代的农民起义传说以三明的铲平王邓茂七和漳州的陈吊眼兄妹起义，以及围绕黄巢入闽展开的传说最为出名，此外还有表现清顺治年间白莲乡起义的《吴赞郎起义》（三明）、清咸丰年间惠安邱二娘起义反抗清兵的《邱二娘重举义旗》（惠安）、清咸丰年间永春林俊起义的《割耳示众》《智除奸细》等。这些传说多以神秘主义方式渲染起义的天授性——是老天爷的旨意。如《锄头上天》（沙县）讲邓茂七起义之前，和乡亲们一起下地，结果走到一个山坡时，乡亲们听到了"邓茂七为王"的声音，原来是两只小鸟在不断地叫：

乡亲们平时受尽了官府、地主的欺诈，巴不得有人领若他们起来造反，就齐声说："邓大哥，今天小鸟口出此言，可见是天意。"

邓茂七说："若是天意，我手中的锄头可挂在天上。"说完，顺手把锄头往天上一丢。说来也怪，邓茂七的锄头果然稳稳当当地悬挂在半空，好像天上钉了枚钉子似的。乡亲们看呆了，伏倒在地拜了几拜，那锄头才"扑通"一声掉下来。

为了表现起义的正义性、正确性，也为了形成一个具有凝聚力的革命团体，将领袖者神秘化是大多数农民起义传说的常用手段。漳州地区流传的《鸟叫"陈吊反"》说陈吊眼下地犁田，有一只小鸟也一直在叫"陈吊反"。陈吊眼兄妹为了确定是否天意，先后把犁扔进河里、把油煎小鱼扔进河里，结果犁浮在水面上、小鱼在河里游荡。于是陈吊眼兄妹分头去传播天意鼓动起义。类似的还有《万人锅》（沙县）中出现了永远烧不完的三根神柴、不管煮什么东西永远舀不完的神锅等。这种浪漫主义的表现方式也是民众最喜闻乐见的，因为它使民众长期被压迫、被欺凌的愤懑在这种幻想中得到了极大的释放。当然，传说更多还是立足于现实，表现农民起义乃官逼民反。老百姓实在是没有活路了，才会铤而走险。这类史事传说深刻地揭示了农民起义的深层原因，更具有批判性。如《陈吊眼起事》（云霄）说陈财主欺凌百姓，陈吊眼用木叉杀死陈财主。兄妹俩躲到空壳山，官府抓捕不到，只好上报朝廷，说其"一叉捅两空，柴刀刲死人，安营在空壳"。兵部尚书理解错了，以为陈吊眼能用木质的刀砍死人，是个危险人物，于是派兵围剿，终使陈吊眼竖起起义大旗。《邓茂七放鸭母》（沙县）也是说邓茂七在家乡受恶霸欺凌，杀死恶霸后逃到沙县，在给一个财主放养鸭母时突然有所领悟：

> 他想："只靠一个人的本事，是斗不过地主老财的。我在老家杀死一个恶霸，就被迫从江西逃到福建来，老家的乡亲们还是照样受地主的欺压。看来，穷人要不受气，就要抱成一团；人们造反了，就要有人带兵打仗。我如果连鸭子都指挥得去，带兵就不成问题了。"

福建地形复杂，劳动人民之间很难形成有效的联系。邓茂七所想实际上也是势单力薄的劳动人民如何战胜强大敌人的问题，可惜邓茂七自己也犯了同样的错误，没有团结一切可以团结的力量。当时闽浙边界矿工起义的领导者叶宗留、叶希八派人前来与邓茂七商量军事合作问题，被邓茂七拒绝了。起义最后走向失败，也与此有关。

除了这两类内容外，传说还表现了起义军与老百姓之间的关系，如《黄巢试剑石》（长乐）讲述黄巢入闽进攻福州，由于官府造谣说黄巢乃杀人魔王，福州百姓纷纷逃难。黄巢向百姓声明只杀贪官污吏，不会侵害百姓，并以自己的实际行动赢得福州人民的信任。罗源《黄巢畲山过端阳》讲述黄巢起义军与罗源畲乡人民一起打败官军，和畲民欢度端午节的故事。

对于农民起义的对立面，也就是官府中的人物，人们并没有将这些官吏一棍子打死，正如也没有对农民起义一味褒扬一样。起义领袖的身上并不乏各种性格缺陷，如《鸟王的故事》（云霄）中陈吊眼因为妒忌杀死自己的妹妹。而官府中那些正直善良的人也是民众肯定的对象，如《双节庙的传说》（漳州芗城区）中对阚文兴夫妇死节的同情与赞颂。此传说讲述陈吊眼攻占漳州，府衙知事阚文兴为报将军知遇之恩，力战身死。其妻王氏被陈吊眼叔父看上，王氏要求先找到她丈夫才肯依顺。王氏找到丈夫尸体后，借着给丈夫火葬趁机跳入火堆，与丈夫共赴黄泉。当地人感动于夫妻之贞烈，为之立双节庙。

抗倭传说以戚继光入闽抗倭为主要内容，反映了倭寇在沿海地区的烧杀抢掠给人民带来的深重灾难，表达了民众对倭寇的强烈愤慨和消灭倭寇的决心，同时也塑造了一批抗倭的普通人形象。传说的名字大多直观地体现了这一点，如《抗倭父子》（永春）、《抗倭兄弟》（泉州）、《兄妹共擒海贼王》（惠安）、《铜身铁骨"十二爷"》（惠安）、《林成巧摆"夜壶阵"》（惠安）等，其中流传最广的当属《月光光、照泥滩》（宁德）。横屿岛上青年黄志山与渔家女江水莲青梅竹马，但尚未完婚。在倭寇侵占横屿岛的头天夜里，黄志山母亲让水莲去姑母家避难。第二天倭寇登岛，大肆捕抓壮丁。黄志山母亲为了给儿子争取逃离的时间，被倭寇杀死。戚继光的军队来到漳湾后，黄志山投入戚家军，并为其入横屿岛查探倭寇虚实。黄志山找到了江水莲，江水莲用她的小渔船把黄志山送上了岛。水莲姑娘边摇船边唱着自己编的歌谣："月光光，照泥滩，骑木马，去南塘。南塘水深不得过，娘子撑船来送郎。送郎长，送郎短，不知郎你何时返？"后来，水莲姑娘在一次送完戚家军后被敌人捉住，壮烈牺牲。传说将《月光光》歌谣融入宁德百姓帮助戚家军打败倭寇的故事当中，大大增强了传说的抒情色彩，塑造了一位柔情似水却又坚毅刚强、宁死不屈的抗倭女英雄形象。

抗倭传说还表现了民众的对敌智慧。沿海地区多滩涂，涨潮时船可通行，落潮时一片淤泥。倭寇正是利用了这一点进行骚扰，涨潮时出兵骚扰，落潮前撤退，等官军赶来时刚好碰到落潮而无法追击。对此难题，沿海各地都有民众巧妙利用生活工具智取倭寇的传说，如罗源的《"土溜"打耿变》说康熙年间福建的靖南王耿精忠背叛清政府被杀，其残部勾结倭寇作乱，人称"耿变"。耿变人员随潮的涨落进出罗源湾，弄得沿海人民惶惶不可终日。松山岛渔民黄英向朝廷献计，贼寇自恃有泥滩阻隔官兵，如果用"土溜"①必定能迅速接近敌人。当夜，黄英带领土溜队滑行到贼船旁，登船全歼倭寇。连江的《土橇破倭》也运用了同样的表现方式，不过将主人公附会到连江名人陈第身上。倭寇盘踞连江近海弧岛，该弧岛三面临海，一面临靠一大片淤泥的海滩。倭寇在涨

---

① 土溜：当地一种用宽厚木板制成的可以在滩涂上前进的东西，类似于滑板。

潮时乘船到沿海劫掠，在退潮前回到弧岛，戚家军对此束手无策。陈第在海边思考破敌之策时，受到老渔民所使用的土橇的启发，赶制千百条土橇，在夜里突袭弧岛，端掉了倭巢。在表现民众智慧的同时，传说也尽情嘲笑了倭寇的愚蠢无知，如《倭寇为什么打晓沃》（连江）说明朝嘉靖年间，倭寇入侵东南海域，在选择闽江口登陆地点时，倭寇受到地名的误导，以为"长沙"意味着沙深陷足，"赤（七）湾"路径弯曲，地形复杂，"大沃"肯定是地域广阔，人多势众，"百胜村"则名字对他们不利，只有"小沃"听起来村小人少。结果倭寇一到小（晓）沃，却发现地方广阔，而且乡民早已严阵以待，最后只落得仓皇而逃。

此外，还有很多抗倭传说与当地自然景物、特产等相附会，寄寓了福建民众对戚家军的赞美之情，如连江的《"骨带环"和"千军饮"》讲述连江乌岩岭景物名胜的由来。《红石》（连江）中的红色巨石则说是戚家军打败倭寇，倭寇的血把岩石都染红了。福州小吃"鼎边糊""光饼"的来历也与戚家军有关，《戚家军吃"鼎边糊"》（福州）说老百姓准备款待凯旋而归的戚家军，不料又有倭寇残部出现。下渡伯急中生智，把刚磨好的米浆和切好的菜葱虾米等一股脑倒进大锅，煮熟加上虾油给战士们吃。战士们吃了气力倍增，一举消灭了倭寇。后来人们就把这种配料的锅煮食品称为"鼎边糊"。

忠奸斗争的史事传说内容十分广泛，既有帝王与民众的矛盾、奸臣与忠臣的矛盾，也有民间百姓与奸臣的矛盾等。在古代帝王中，秦始皇无疑是福建人民最喜欢的反派角色。民众创造出有关秦始皇的很多荒唐事来表达对这位暴君的批判，流传最广的当是对秦始皇造万里长城这段史事的演绎，如三明流传的《秦始皇造长城》讲述仙人赠予秦始皇一盛开一含苞的两朵花，告诉他花插在妇人头上，妇人会变得很漂亮。秦始皇把盛开的鲜花插在皇后头上，把含苞的花插在皇太后头上，结果皇后漂亮了几年就开始衰老，而皇太后却越来越年轻漂亮。秦始皇动了邪念，想把皇太后封为皇后。皇太后非常生气却没有办法，提出除非秦始皇把西边的太阳遮住才能答应。秦始皇马上下令调集民工修建万里长城，可是等万里长城造好了，国家财力也空了，皇太后也得暴病死了，不久秦朝就被刘邦所灭。两朵花的情节也常见于福建流传的孟姜女传说之中，此处不赘。将秦朝灭亡的史实与秦始皇的好色荒淫联系起来，以浪漫主义方式来解说历史，成为史事传说在反映阶级矛盾内容的重要手段，如三明地区的《杨家将传说》解释杨潘斗的由来就与风水相附会，说杨家之所以能代代为将是因为找到了风水宝地。这块宝地的形状像闯海的公牛，一个穴位在牛角，主代代出将军，一个穴位在牛嘴，可出一朝天子。可是两个穴位都在海里，无法安葬祖先。杨家最后找到一个绰号"下得海"的赵姓赌徒，让他把杨家的骨灰罐挂在牛角上，把赵家的骨灰罐放入牛嘴中。下得海一入水，海水就自动分开，于是下得海顺利安放了杨家的骨灰罐。本是杨家小心眼，以为下得海会调换骨灰罐的放置位置，没想到下得海是个老实人。杨家后悔已晚，下得海已无法再次入水。后来赵家果然出了个皇帝，而杨家只是代代出将军。杨家在海边设祭坛时，有一潘姓放牛娃闯入，结果被杨家赶走。放牛娃很生气，随口说了句："你杨家出将军，我家偏要害你。"于是，就有了后世潘仁美害杨令公一家的一段公案。

除了这三类外，史事传说还广泛表现了社会各阶层的生活，涉及民风民情、地方史实、掌故等诸多方面，构成了一部具有鲜明地域特色的民间生活史。莆田的《无林不开榜》讲述莆田林氏家族科场专美的故事。明宣德年间，福建莆田九牧祠莲塘在清明时节提前开了9朵莲花，其中一朵莲花格外鲜艳。族人以为吉兆，提前办状元酒庆祝。县官将此事上报朝廷，当年科考主考官故意将林姓9位贡士和林家一位女婿的试卷弃于一旁不取。不料当晚贡院失火，毁去原先选好的十份试卷，主考官无奈之下只好重评，结果林姓二位贡士被宣德皇帝钦点为状元和探花，其余录为二甲进士。民间遂以"无林不开榜"俗谚称之。

永泰流传的《嵩口司》则以正德皇帝下江南为背景，演绎了地方官员与人民大众的鱼水情。传说讲述永泰嵩口"巡检司"衙门周巡检居官清廉，致使家计艰难。一年年关，家中寄信述说日子难过，周巡检愁思无计。这时一阵风吹来，家信被卷到天上消失无踪。第二天，衙门大堂摆满米面鱼肉等物。原来家信被乡民捡到，大家都想帮周巡检又怕他拒绝，于是就一家出一点东西连夜送到衙门。周巡检感于百姓恩义，但又不能违背自家做官原则，于是命令门房送还各家。门房无法分辨东西是哪家送的，就暗中拿到街上售卖，把钱偷偷寄给周巡检家里。周巡检知道此事后想回报乡亲，于是就把衙门口附近百姓不敢栽种的空地整理出来开垦，老百姓也纷纷前来帮忙。恰逢正德皇帝下江南，经过嵩口时发现衙门破旧，而巡检正在和衙役、百姓一起干农活，觉得周巡检有失官体。但在了解事情经过后，正德皇帝深受感动，特赐予"嵩口巡检司"铁印，准许直接上奏皇帝。闽侯流传的《宫祝斩巡按》讲述当地灵济宫宫祝斩钦差的传说。明永乐年间，闽侯草医曾神孙治好国母怪症。永乐帝下旨为其修建"灵济宫"，允许按皇宫样式兴建。成化年间，七省巡按王羽听说灵济宫有许多先帝御赐的宝贝，就带着尚方宝剑前往灵济宫，欲行巧取豪夺之计。不料曾神孙被拿下剥去衣袍后，露出了胸前所挂的"御赐见官大三级"七字金牌，众官跪倒赔罪。曾神孙查明王羽搜刮民财、残害百姓的罪行后，以尚方宝剑将王羽处死。福州流传的《黄三俤刺杀江屏藩》则以解放前的福州为背景，演绎当时发生的一起命案。福建省建设厅厅长江屏藩为自家祖先造大墓，逼隔壁黄家祖墓迁移。黄家不同意，江屏藩就故意让工人在黄家墓边挖粪坑，让屎尿漫到黄家祖墓。身处台湾的黄三俤赶回福州与江屏藩交涉，江屏藩以势压人。黄三俤气急不过，将江屏藩刺杀后投案自首。消息传出去后，同乡会请律师替黄三俤辩护，老百姓也纷纷控诉江屏藩的横行霸道。最后，法官顺从民意，宣判黄三俤无罪。这些带有浓厚地方色彩的史事传说惩奸除恶、褒扬正义，是了解地方思想文化的重要材料。

　　控诉封建礼教的吃人罪恶，表现封建思想对人性的毒害，也是古代史事传说的重要主题，福州鼓楼区流传的《节烈坊下的卧尸影》可为代表。此传说是以福州鼓东左营司小巷中一座"节烈坊"的由来为主要内容，讲述光绪年间福州左营司巷尾朱儒士的女儿朱小莺与林秀才儿子齐庆自幼定亲，不料后来齐庆得了小儿麻痹症，身体畸形，生活不能自理。后来齐庆病死，朱小莺以为从此摆脱了不幸。结果五天后，父亲朱儒士前来劝说女儿殉夫：

　　"儿呀！圣贤云'小死小，失节事大'，又云'人死留名，虎死留皮'。如今你夫婿死了，你理该随夫同赴黄泉。"

继母说："儿呀！这次你走好运了，县太爷说：'择定这月初七，在双门前搭座高台，抬举儿在高台上悬帛吊死。当吾儿上吊之时，全省通城官都要下跪拜祭，皇上还要为吾儿赐节烈坊，万古留名。'"

这朱儒士与《儒林外史》中的王玉辉何其相似！更有甚者，当朱小莺表示不愿殉夫时，朱儒士勃然大怒：

"大胆妖精！岂不闻圣贤云：君叫臣死臣不死不忠，父叫子亡子不亡不孝。你敢违抗君父之命，罪该万死！"

"你再胡言乱语，我就活活打死你！"

女儿的死可以显亲扬名，可以让朱儒士和她的继母享受"全省通城官都要下跪拜祭"的殊荣。女儿不死就是不孝，朱儒士恪守"父叫子亡子不亡不孝"的礼教，"活活打死你"的凶残背后所展现的恰恰就是封建礼教对人性的扭曲！

## 二、近现代史事传说

近现代史事传说以反映中国共产党与国民党斗争的革命传说和福建沿海人民下南洋谋生的侨乡传说为主体，展现了特定历史时期福建人民的精神面貌。

### （一）苏区革命传说

福建是中央苏区的重要组成部分，也是中央红军最后的主战场。福建人民倾尽全力支援红军，留下了许多可歌可泣的传说。这些革命传说真实地展现了老百姓对红军从刚开始的躲闪，到接受认可再到积极配合红军对抗国民党反动派的转变过程，表现了红军与老百姓之间亲如一家的关系。漳平《红军不骗百姓》讲述1929年红四军从江西进入福建永福乡休整，当地陈姓老农民因为平时受反动宣传的影响，吓得从后门赶猪上山，猪受惊窜到溪边。正在溪边洗衣的红军战士赶紧帮忙，结果陈姓农民以为红军要抓他的猪，急得晕倒在地。在陈姓农民醒来后，朱德军长向他介绍了红军不侵扰百姓的原则，使之打消了疑虑，接受了红军战士。《"算盘"叔卖菜》（武平）开头写红军经过闽西金龙村，刚开始老百姓不了解红军，所以红军一来就都锁门闭户到山上躲起来。

红军只好住檐下，宿庙堂。司务长买柴草计捆数，按价把钱留在草堆边；摘蔬菜，掂重量，将买菜款放在菜地里。这时近冬天，红军打了一些锄头、铁锹，帮乡亲们把未翻的土地全部翻了过来。红军走后，乡亲们陆续从山上回来，见家中物件一样不少，柴禾堆矮了，但旁边放着钞票；菜园的菜瓣稀了，篱笆门上却挂着沉甸甸的包，那是菜叶包的银元或铜板，房前屋后打扫得干干净净的。

传说展现了红军严明的纪律，与老百姓公平买卖，不掠不抢。正是这样的红军使凡事爱计较的"算盘"叔在算了红军给他的菜金和自己的支出后，深感自己占了红军的便宜，于是摘了一担翠嫩的芥菜挑到红军驻地与红军讨价还价：

"算盘"叔一口气把前几天事儿详细说了。

司务长听完后说："这是我们红军应该做的。"

"算盘"叔说："那怎么行呢？这不就成了买卖不公平了？""算盘"叔边说边把菜从箩里递出，执意不收这担菜的钱。

司务长说："即使红军前次多给你二角钱，也买不到这一担菜呀！"

"算盘"叔笑着说："哈！这里有红军帮翻地的工钱在里面，我应付六角四分，刚好！"

司务长一边打趣地说："啊，怎么能这样算呢，那也不对呀！还多一角六分哪！"一边还是想把这担应付的菜钱如数的丢进"算盘"叔的菜箩里。

"嘿！多一点点，不过几斤菜，算咱大叔对红军的一点敬意。""算盘"叔连忙挑起空箩筐奔出厨房，飞也似地走上回家的路。

司务长追也追不上，这担菜只好破例没付钱了。

红军待老百姓以真诚，老百姓也时刻把红军的事挂在心上，一心一意为红军。《陈毅拜师》（龙岩）写攻克龙岩后，陈毅与当地石老伯下棋，两战皆胜。而陈毅率军大败反扑的国民党军队后再与石老伯下棋，结果三战皆负。

陈毅忙请教石老伯，老伯笑笑说："不瞒将军，我想，红军一定要与陈国辉决一雌雄，将军尚未出师，岂可在棋盘上失利？因此，我让了将军二盘。现在陈部已被歼灭，为了不使将军滋长骄傲情绪，我就不客气地连胜三盘了！"

红军在老百姓心中就如同自家的孩子一样，石老伯的话中所表现出的对红军将士的深切关心正是红军与老百姓之间深厚情谊的体现。也正因此，人民群众积极拥护红军，创造各种条件帮助红军战胜一个个困难。《陈牯老脱险》（浦城）写游击队被反动派围剿，队长陈牯老下山时被敌人发现，在"白皮红心"[①]的伪保长的帮助下，乔装打扮顺利脱险。《红军洞》（福安）讲述闽东老革命根据地的红军游击队与革命群众在红军洞建立枪械厂，与国民党军队斗争的故事，塑造了一批"像爱护眼睛一样"保卫红军洞，不惜献出宝贵生命的革命英雄形象。

革命传说还反映了红军将士、革命群众齐心合力建设革命政权，与国民党反动派斗争到底的决心。《瑞云畲族乡苏维埃政府成立》（福鼎）讲述了瑞云畲族红色政权诞生的过程，平和的《群猪落槽伏击战》《水尖山战斗》《红军桥》《大坪战斗》《东楼战斗》等传说细致描写了靖和浦苏维埃政权在平和成立红三团与反动民团之间的激战，洋溢着革命乐观主义精神。《王占春巧摆西瓜阵》（龙海）描述游击队王占春胆大心细，巧妙利用西瓜堆战胜敌人：

为了活捉王占春，敌人不敢开枪，只是拼命地追，他们追得上气不接下气。

六月天、七月火，匪兵们追得满身大汗，喉咙冒烟。这时，山路尽头忽然出现了一堆小山似的西瓜，王占春一下不见了身影。"先吃口瓜再说，"敌人

---

① 白皮红心：明里为敌人办事，暗中帮助游击队。

发疯似地朝西瓜堆扑去。不等敌人靠近，西瓜堆"哗啦"一声倒塌下来，一个个西瓜在地上骨碌碌地打滚，敌人收不住脚步，个个踩在西瓜上，摔得头晕目暗、鼻青脸肿。没等敌人回过神来，在西瓜堆后面的王占春拔出双枪，左右开弓，一枪一个，追来的敌人一下子被干掉了十多个，余下的敌人爬起来就跑。哪里还跑得掉？埋伏在四周的游击队战友们端着明晃的刺刀冲杀过来，匪连长还想顽抗，被紧追在后头的王占春一枪击毙。心惊胆战的匪兵们只好举起双手，跪地投降了。

这段描写读起来酣畅淋漓，王占春的神勇与匪兵们的不堪一击形成了强烈的对比。《抓"苏维埃"》（龙岩）说1928年春末，永定城贴满了"打倒土豪劣绅、实行土改分田""一切财经土地归苏维埃统辖"等标语。结果，县长以为苏维埃是一个人名，全县戒严搜捕苏维埃。

全县进行户口检查，到处打听苏维埃，整整查了一个多月。姓苏的被抓不少，有居民，有过往客。其中名字与"苏维埃"同音或谐音的就更倒霉了，传说有位老商人的家中厅上有苏东坡的《赤壁赋》，他名叫苏威谒，被误为苏维埃，而苏东坡的《赤壁赋》当作他搞"赤化"的"罪证"。聂团副将苏威谒抓到县长那里去领赏，哪知道这人是县长太太的干爹，闹出了一场大笑话。

毛泽东主席曾经说过"一切反动派都是纸老虎"，敌人的强大只是表面的强大，敌人的本质是贪婪而又愚蠢。革命传说通过对这一本质的揭示传达出了战胜敌人的强大信心。

革命传说在艺术上的最大特色是塑造了一个个鲜明的人物形象，这其中既有毛泽东、朱德、陈毅、邓子恢等中国共产党的领导者，也有普通的党员、坚定的革命群众，如《消灭虱母、臭虫、跳蚤》《滚地龙》《智除林一株》《大义灭亲》等传说中的主人公——闽西红军和苏区创建人郭滴人；《夜袭龙岩城》《驳壳枪点名》《智灭大脚王》中的闽西红八团团长邱金声；《卖茶叶的女人》《抢救红旗》《智斗中央军》《三根扁担》《一切从我做起》《赤胆忠心》《通缉双枪老太婆》中的龙岩苏维埃政府妇女部长张龙地。更有《小红军三枪伏"霸王"》（龙海）、《小英雄智擒中央军》《儿童团巧施妙计买电池》（龙岩）中的小红军形象。人物形象从红军将领到红军战士、游击队员、普通老百姓，个个栩栩如生。其中最感人的人物莫过于那些为革命牺牲的女革命者形象——她们只是普普通通的农家妇女，但她们为革命付出了一切，无怨无悔。闽西地区流传的《神奇的复活》《粪桶送粮》《巧施棺材计》等传说讲述了英雄母亲陈客嫲的传奇故事。陈客嫲原名邱清玉，嫁到后田村后被村人称为"客嫲"，她送子参加红军，在儿子被杀害后投身革命，为游击队送情报、运送物资。在一次为游击队放哨中被国民党逮捕枪决，子弹穿过了陈客嫲的下巴，陈客嫲幸运地活了下来，仍然继续投身革命。后来再次被捕，敌人严刑逼供，陈客嫲始终不屈服，最后被敌人活活烧死。陈客嫲的事迹感动了无数人民，民众把她当作闽西人民革命的领路人。

其次，这些革命传说既有现实主义的表现手段，更有充满浪漫主义色彩的幻想传达。前者如诏安的《打双枪的红军姑娘》，主人公是有胆识、有魄力的妇女部长张华云。面对白军即将搜到山村的危险，张华云镇定自若，勇敢果决：

她到接头户家中拿出了早已准备好的一桶黄泥浆水来，双手各抓起一团布，沾着黄泥水，在一块显眼的墙壁上，左右开弓地写起标语来。

这时，索索怪叫的枪啸声都可以听得见了。向导又前来催她："白狗子就要到村口了！"

她却连头都没抬起来说："这就好了。"

……

她刚从曲巷穿出来，迎面却来了几个白狗子。她二话没说，猛地从腰间抽出两把手枪来，"叭！叭！"二声，就把当头两个撂倒，等其余的敌人从惊恐中清醒过来，她早已穿过横巷不知去向了。

后者如建宁《神被》、龙岩的《草鞋船》等。《神被》讲述 1932 年朱德和周恩来率领红军到建宁，住在贫农黄冬英家里。晚上朱军长看到房东黄冬英大娘一家五口只盖一件破棕衣，就把自己的被子送给了他们。红军走后，黄大娘的孙子忽然病了，大娘把"朱德被"给孙子盖上，结果小孙子出了一身汗，病好了。左邻右舍听说后，都来借"神被"给病人盖，真治好了不少病人。溪口村伪乡长赵秃子的小儿子突然患重病，他听说"神被"可以治病，便上门抢了"神被"给儿子盖，结果他儿子憋死在棉被里。赵秃子大怒，将黄大娘绑紧放在"神被"上，要把她烧死：

熊熊烈火包围了黄冬英和"神被"，突然一阵龙卷风，"神被"呼地一声托着黄冬英大娘飘呀，飘呀，飘到了很远的地方。

《草鞋船》（龙岩）说红军攻打龙岩，在小池乡扎营，十二岁的放牛娃陈哥缠着朱军长要当红军，朱军长送给他一双"红军鞋"。红军离开后，国民党反动派又在小池乡重新组建民团，四处搜查。在"红军鞋"被发现后，陈哥抢过鞋子就逃：

陈哥一会儿钻小巷，一会儿跑田塍，跑到龙津河边，急流恶浪挡住了他的去路。眼看黄皮狗越来越近了，陈哥捧着那双草鞋，心里一急，就喊出声来："朱叔叔，快，快来救我呀！"他手中的那双草鞋，随声飞了出去。突然，一道白光划过，那双草鞋变成了张满风帆的大船靠在岸边。

一床被子、一双草鞋……红军送给老百姓的东西都带有某种魔力，能够帮助老百姓在红军离开后渡过难关。这实际上是一种象征的传达，是民众对中国共产党领导下的红军必将战胜一切困难，带领人民走向胜利的坚定信心。

### （二）侨乡传说

福建是著名的侨乡。从明朝至近代这段历史时期，福建、广东一带的老百姓因生活贫困难以维持生计，再加上当时南洋地区在英、荷等殖民统治下得到较大开发，急需大量廉价劳动力，于是福建人民多有到南洋谋生的情况。他们有的拖家带口，更多的则是别妻离子，独自到南洋谋生。围绕这些下南洋谋生的人群而诞生的侨乡传说就反映了这一段史事，其内容涉及主人公到南洋后对亲人的思念，诉说南洋生活劳作的艰辛等多方面。

福建人民素来有安土重迁的心理，不到万不得已是不会轻易背井离乡的，侨乡传说有不少都表现了这种离别的痛苦。

村里有几个穷小哥，正议论着去南洋找生路，阿明就跟阿秀商量。一更说了，阿秀没吭声；二更说了，阿秀流眼泪；三更说了，阿秀咬了咬牙，说了声："你去吧！到了南洋，千万别忘了唐山的妻和仔！"说完，泣不成声。

阿明要走了，阿秀送了一程又一程，路上叮咛一遍又一遍："到了南洋，莫忘了给家里捎信。"

《阿秀巧识奇信》（福清）

妻子日夜思念，脸上生出了皱纹，头上也长出了白发。这些年，她靠丈夫给她的金顶针为人拆补衣服赚一口饭吃。连金顶针也磨穿了，日子过得好艰难啊！可丈夫渐渐连音讯也没了，莫非他遇上什么灾祸？妻子常常来到海边，对着磨穿了的金顶针伤心痛哭。

《金顶针》（晋江）

这种痛苦不仅是下南洋的丈夫有，在家苦苦等候的妻子更是满腹愁肠，思念、担心、盼望、失望……种种情思缠绕在一起，不能自拔。传说几乎毫无例外地把描写的重点放在妻子的这种离别的痛苦上，对丈夫的思念往往只是寥寥几笔带过。此外，如石狮的《姑嫂塔》、福清的《寡妇塔》，可以归入地方风物传说，也可归入侨乡传说。从其反映的内容来看，也以表现下南洋的丈夫与家中妻子、亲人之间的相思之苦为中心。

家乡的亲人在苦苦等候，而下南洋的丈夫更是在陌生的环境苦苦挣扎。仍以《金顶针》为例。大旱年月，种田已没有生路，阿奇决定去南洋谋生，走之前把最后一点积蓄打造成了一个金顶针留给妻子为人缝补衣裳度日，而阿奇到了南洋后一心挣钱：

为了多挣钱，早日返家和妻子团聚，他不顾烈日晒、暴雨淋，每天拉着车子穿街走巷，招揽生意，晚上就睡在竖起的人力车下。可老天不睁眼，专和穷人作对，阿奇原本硬朗朗的身体终于累垮了，积攒的一些钱还不够治病，到头来卖了人力车，两手空空，一贫如洗，每日里靠好心的同乡接济一口饭吃。

早日回家和妻子团聚的愿望落空，阿奇不敢给妻子写信但又放不下对亲人的思念，身心遭受着双重煎熬。离别的痛苦、生活的不如意就像那老乡返乡后带回的包在元宵里已经被磨穿的金顶针一样扎在阿奇的心间……阿奇的遭遇其实也就是千万下南洋谋生者的生存状况，南洋并不如想象中那么美好。

除了表达离别的痛苦外，传说也反映了一部分下南洋人发迹后的生活。安溪的《思乡曲》写林仁和林义到吕宋谋生。林仁学开车，碾到人被关了一年，出狱后沦为乞丐。后来林仁遇到了已经发家的林义，被林义收留在店里。林仁感慨人生，唱起了南曲《远望乡里》，乡曲让林义幡然醒悟，后悔自己忙于生意忘了家中亲人。最后，林义与林仁一起返乡。千好万好不如家乡的美好，因为根在那里。不管在外面有多大的成就，其身份始终是漂泊在外的游子，游子最后总是要回家的。福建人民在侨乡传说中鲜明地表达了这方面的理念。

另一方面，传说也表现了赚了钱的人回到家乡后面临的人情冷暖，真实地反映了特定历史时期的社会生活。最常见的内容就是从南洋返乡的人遭遇了"只爱钱财、不念亲"的家人。《情义值千金》（莆田）讲述老华侨回乡，儿子认为父亲赚了大钱而格外孝顺。可当老华侨告知儿子，自己只剩了 1000 元回乡后，儿子的态度就逐渐冷淡下来，并且在这 1000 元花完后就故意不给父亲吃食，想把父亲赶出去。邻居小王打抱不平，愿意领老华侨回自己家住。尽管小王自己也是"把米缸放米店里"的穷汉，但他却真心对待老华侨，把他当父亲一样孝顺。最后老华侨被小王感动，想把自己十几万元存款给小王，但小王坚决不肯接受：

老华侨把存折交给小王，小王怎么也不肯接，说："我同情你不是为了钱，这钱应该交给你儿子。"老华侨激动得流下了眼泪，说："我早就看出来，我儿子无情无义，这钱不能给他。你对我这么好，古语说'情义值千金'，你的情义不是用这十几万元钱可以买到的。"

龙岩的《番客说怕》也表现了同样的内容。有一个人有三个女儿，大女儿、二女儿嫁了有钱人，三女儿嫁了个穷小伙。他想到南洋去闯闯，可是没有盘缠。他到大女儿、二女儿家借盘缠却一分钱都没借到，反而是三女儿、三女婿拿出了家里仅有的 20 元钱。这个人到南洋发了财，衣锦还乡。他拿了一皮箱值钱的东西跟三个女儿说，如果谁能说得他害怕就把皮箱给谁：

大女儿说了几种，她爹都不怕。二女儿接上去讲神、讲鬼、讲妖、讲怪，七讲八讲讲得自己吓出一身冷汗，她爹仍然面不改色心不跳。轮到三女儿了，三女儿跑到门外，前瞧一下，后瞧一下，回头跑来说："爹！外面有四五个人要向你借钱。"她爹一听，赶紧躲进房间里去了。结果这一皮箱的东西就给了三女儿。

大女儿、二女儿问爹说："爹，大蛇、老虎、鬼、怪、妖精你都不怕，为什么一听到有人来借钱，你就这么怕？"他说："借钱是因为穷，穷人要借钱，借钱怎么不使人害怕呢？"

大女儿、二女儿回想当初父亲借钱过番的事，羞愧难言。

人间自有真情在，这世界上还是有许多好心、善良的人，这是福建人民的朴素认识，也是各种民间传说传达的重要主题之一。

需要指出的是，也有一些侨乡传说侧重于表现人们对南洋的幻想。南洋路途遥远，海上又多奇珍异宝，所以人们就借下南洋这一框架来表现冀希获宝暴富的心理，代表如诏安、惠安等地流传的《荒岛得宝》等传说。这一类传说实际上属于识宝传说，此处不赘。

## 第四节 地方风物传说

地方风物传说，指的是围绕自然景物、名胜古迹、土特产、风俗习惯、动植物等，来解释其由来、特点的口头叙事文学。福建境内的山地、丘陵占全省面积的 80% 以上，奇峰异石层出不穷，蕴藏着丰富的自然资源，再加上四通八达的水系、绵长的海岸线，这些都引发了崇巫尚鬼的福建人民浪漫主义的想象创造。地方风物与民间传说的结合，孕育出了数量众多的自然风物传说、人造景物传说、土特产传说、乡土风俗传说等，充分表达了福建人民对这片土地的热爱，对家乡的认识和理解。

### 一、自然风物传说

自然风物传说是以自然景物为表现对象，将历史人物、爱情故事或宗教信仰等因素附会其上解说其由来。在长期口耳相传的过程中，自然风物传说成为福建风物传说中占比最大的一部分，每个县市都数量众多。按其内容分，主要有山、石、洞、江河湖溪等自然景物的传说。

### （一）名山传说

福建名山众多，南平武夷山、连城冠豸山、福安白云山、永泰青云山、泉州清源山、宁德太姥山、福州鼓山、三明猫儿山等，几乎每一座名山都有自己的传说。其内容主要围绕山名的由来展开，较具代表性的有武夷山、太姥山、九日山、鼓山、冠豸山等名山传说。

武夷山最早见载于宋朝祝穆的《武夷山志》。民间相传武夷山名源自隐居于武夷山幔亭峰下彭祖两个儿子的名字（彭武、彭夷）。而《武夷山名的来历》（武夷山）则说武夷山居住着武族和夷族，两族为了争夺地盘经常发生战争。仙人武夷君出面劝导武夷两族要和睦相处，他们生活的地方于是被称为武夷山。号称《天下第一山》（福鼎）的太姥山乃是因为东方朔奉汉武帝之命为天下名山敕名，走至太姥山时遇太姥娘娘显圣。感于太姥山之雄伟壮丽、山海相成，东方朔奏明汉武帝册封太姥山为"天下三十六名山"之首。《九日山名的由来》（南安）说天上十个太阳并行，人间面临灭绝的灾难。后羿请命射日，接连射下八个太阳后，第九个太阳被射中后变成一团大火落在晋江灯台山峰顶，化作一块大石头，远远看去就像一支蜡烛，这就是九日山的由来。另外《高士峰》则说，晋代中原八姓南迁至福建南安江两岸居住，遂改南安江为晋江。中原八姓又有九月九日重阳登高赏菊之俗，于是就把所登之山命名为九日山。《鼓山的传说》（福州）说鼓山原名白云峰，山上灵源洞被恶龙占据，将白云峰糟蹋得只剩光秃秃的奇峰怪石。一对青年夫妇为保护乡里而被恶龙杀害，其子被观音所救，长大后皈依佛门，法号神晏。神晏至白云峰建庙，发现到处是荒山秃岭，大风吹过，山石"咚咚"作响，鼓山之名由此而来。后来神晏设计让恶龙沉睡，于鼓山上建了涌泉寺。《冠豸山的传说》（连城）说有个叫杨建平的半仙，因为闽江缺口走漏风水导致福建出不了天子，所以拿赶山鞭赶石去闽江堵水口，使自己能得天子之福。在经过连城时，他的师父两次报信说他的母亲去世、妻子弥留，要他赶紧回家。结果杨建平置母亲之死于不顾，一听老婆快死了却放下赶山鞭马上回家。师父认为杨建平没有德行，就废去了他的仙术，而杨建平所赶的山就此留在了连城东郊。因为山形像古代执法官员的帽子——獬豸冠，所以取名为冠豸山。

这些名山传说多与名人、神仙相联系以解释其由来，紧密围绕名山的特点展开想象，体现了民众对家乡自然景物的热爱与自豪之情。

### （二）奇石传说

有山就有石，各种奇特形状的石头也容易引发民众的联想与想象，促成各种奇石传说的诞生。在这些奇石传说中，出米石传说占据了绝大比例，南安、仙游、厦门、安溪、明溪、光泽、福清等地均有流传。《杨飞师公与仙公山出米石》（南安）说杨飞师公将米存于仙公山石头中，每天都会定量出米给香客食用。后来有一香客贪心，想用凿子把出米孔挖大，没想到凿子黏在里面，出米石再也不出米了。《出米石》（福清）说福清大旱，少年黄郎受仙人指点找到出米石，让乡人渡过灾荒。财主欲霸占出米石，凿大出米孔，结果被关进石头中。《出米石的传说》（明溪）说石头山五谷仙庙有神石出米，和尚吃饭不用化缘。一游方和尚偷偷凿大孔洞，不料不仅没出米反而流出鲜血。住持道出缘由，原来神石在晚上会化作公鸡至田间收集遗落的米粒，白天出米给人吃，结果因为游方和尚的贪念，神石被凿死不再出米了。除了出米石外，还有出油、盐等生活必需品的传说，如《洞光岩下"盐洞"》（光泽）说财主高三仁把出盐的石缝凿成洞，结果再也不出盐；《大洋坪"米油石"》（光泽）说莲花峰寺有神石，有两个洞——一个出米，一个出油、盐，小和尚嫌每天取米、盐很麻烦，想将洞凿大，结果石洞不再出米、盐了。

这些传说在情节上大同小异，一般都会设置正反两面角色，通过言行的对比来体现主题，而其结局也总是诸如出米石因人们的贪心而不再出米。传说一方面反映了老百姓在灾荒年月对粮食的渴望，对美好生活的向往；另一方面也体现了人们对人性贪婪的讽刺，告诫人们不要有贪婪之心，要知足常乐，极富有教育意义。

### （三）奇洞传说

各类奇洞的传说也是福建自然风物传说的一个重要组成，代表有将乐玉华洞、清流狐狸洞、永安桃源洞、龙岩龙岩洞、连江皇帝洞等传说。山洞是早期人类的栖身之所，山洞的幽暗深邃、洞中栖息的不明生物经常会引发老百姓的好奇心和浪漫主义的幻想，将其视为充满神秘色彩的所在，或是神仙、妖怪的居所，从而创造出各种奇洞传说。被称为"闽山第一洞"的将乐玉华洞的传说数量最多，从《玉华洞的发现》到洞口第一胜景冬暖夏凉的一扇风（《一扇风的传说》），再到洞中的六个支洞《藏禾洞的传说》《雷公洞的传说》《果子洞的传说》《黄泥洞的传说》《溪源洞的传说》《白云洞的传说》，组成了玉华洞传说群。

连江畲族流传的《皇帝洞传说》情节奇特曲折，具有浓厚的幻想色彩。小洋乡有两兄弟，弟弟出生时霞光万道，香飘十里，却是个哑巴。十八岁那年逢异人传授法术，并赠予一副弓箭，上刻"小洋神箭，除暴安良"八字。哑巴用泥巴捏了只土鸡，朝夕供拜，又剪纸人线马、武器刀枪封于十个酒坛中。一日，哑巴开口对嫂嫂说，明早一听到供桌上的土鸡蹄叫就叫醒自己。嫂嫂突然听到哑巴开口，欣喜若狂。嫂嫂一夜难眠等天亮，等得不耐烦就用竹片拨弄笼里的公鸡，结果公鸡叫出声，嫂嫂马上叫醒弟弟。哑巴起床面向东方连射三箭后回房休息，等天亮准备举义旗反进京都。没想到嫂嫂是提前叫醒了哑巴，所以三支神箭都落空了，射在了皇帝宝座上。皇帝上朝后拔出神箭发现上面的刻字，便派兵镇压。哑巴交代嫂嫂立即把酒坛砸碎，让神兵杀尽官兵，而自己则躲进了水帘洞。没想到嫂嫂不舍得打破酒坛，慢吞吞撕开封泥，结果待神兵神将一个个跳出，便一个个被杀死。最后官兵搜捕哑巴，而哑巴被困在水帘洞中绝食而亡。因为哑巴起义胜利会做皇帝，可惜法败身亡，后人就将其藏身的水帘洞称为"皇帝洞"。罗源《起步草头黄》说草头黄埋下能变成神兵的植物，叮嘱其未婚妻49天后于午时三刻下挖，不料其未婚妻等不及了，便提前挖土，导致幻化的人马残缺不全，草头黄兵败自杀。福鼎《资国寺》也有细叔让嫂嫂在五更叫醒他，结果嫂嫂等得不耐烦，用水泼醒细叔，细叔提前射出了神箭，纸人纸马化为纸浆的情节。这种同又不同的情节运用是民间叙事作品的常用手段，也是民间文学文本有众多异文的原因之一。

### （四）江河湖溪的传说

福建水道纵横，河流众多。大江就有九龙江、汀江、闽江、晋江、交溪等五大水系，其间更有无数的溪流湖泊，这种自然环境同样也孕育了各种各样的江河湖溪传说。《汀江的传说》讲述驯龙与化龙两兄弟在湖中捡到一粒发光的卵石，在嬉闹抢夺中卵石被化龙吞入，第二天化龙变成了暴戾的蛟龙。大水吞没了化龙的母亲和乡亲们，驯龙逃脱大难后拜紫竹林师父为师习得仙术，打开紧锁的龙门让蛟龙随江水进入大海。这条打开龙门穿流而出的江水就是客家的母亲河——汀江。《九龙江的传说》说石笋姑娘喜欢上了小伙子更鼓，两人成亲后生活幸福，可是九条恶龙来到了小龙潭为非作歹。为了拯救乡亲，更鼓在搏杀了八条恶龙后壮烈牺牲。石笋姑娘钻进第九条恶龙腹中，以笋尖刺死了恶龙。九条恶龙死后化为九龙江，更鼓与石笋姑娘化作更鼓石和石笋尖山。这些江河传说的内容往往与蛟龙有关，盖因民间向来就有"走江大蛟，入海为龙"的说法，如果是江河大浪发洪水，那就是有蛟龙作祟。而且江河形状狭长，蜿蜒曲折，与蛟龙的身形相似，故民众往往将其想象为蛟龙所化，从而衍生出江河传说。

湖泊与溪流的传说在福建地区也非常丰富，代表如《大金湖的传说》《九鲤湖的传说》《鸳鸯溪的传说》《南浦溪的传说》《九曲溪的传说》等。其内容或与仙人附和，如《九鲤湖的传说》讲述汉武帝时淮南王谋反，庐江太守何氏九兄弟避难逃到福建仙游，在谷目山石湖畔炼丹济世。湖中九条鲤鱼吃了何氏兄弟炼的丹药后化龙升天，九兄弟乘龙而去，九鲤湖的名称由此而来。或是借以表达民众的情感愿望，如屏南《鸳鸯溪的传说》讲述张锦在与柯素珍成婚前被调往前线剿灭起义军。临行前，柯素珍为张锦披上手织的五彩锦袍。张锦因不愿屠杀无辜却又不能违抗君命，自刎身亡后化作了五彩雄鸟。柯素珍为躲避昏君而逃入山中，死后化作灰黑白三色羽毛的小鸟，最后寻到了五彩雄鸟。人们因为张锦、柯素珍两人是含冤遭殃而死，故称他们所化的小鸟为"鸳鸯"，把它们相见的溪流命名为鸳鸯溪。这些传说最早的由来已无法考求，但通过这种幻想方式，人们赋予山水景物丰富的情感内涵，借以传达出福建民众鲜明的爱憎和对美好生活的理想与追求。

## 二、人造景物传说

人造景物传说主要讲述各种名胜古迹的由来，包括寺庙宫观、古塔古桥、亭台楼阁等传说。寺院庙宇的传说在人造景物传说中占据主导位置，这与福建人的多神崇拜及福建境内的众多寺庙密切相关，如《涌泉寺的传说》（福州）、《雪峰寺的传说》（闽侯）、《南山寺的传说》（漳州）、《开元寺的传说》（泉州）、《吴真人的白礁慈济宫》（龙海）、《广济大师和三平寺》（平和）等无不带有浓厚的宗教意味。

漳州千年古刹南山寺传说是唐时李邕所建,其受李林甫排挤贬官至漳州。因住宅修建过于华丽被李林甫诬以僭越之罪,其女自愿出家为尼,改宅为寺逃过一难。此后李家家业兴盛,于闽南建寺一百多所(漳州《南山寺的传说》)。泉州开元寺的兴建亦带有浓厚的宗教色彩。唐垂拱年间,泉州富豪黄守恭梦见一和尚向其索要一袈裟影子大小的土地建寺,黄守恭以桑树开白莲为条件。后来桑树真的开了白莲,和尚施法用袈裟遮住了黄守恭几乎全部的土地,在这块土地上建起了开元寺,又名白莲寺。开元寺建成当天有紫色祥云笼罩,故又名紫云寺(泉州《开元寺风传说》)。福州鼓山有座涌泉寺,关于它的由来也有神晏向恶龙借地(福州《鼓山的传说》)与老和尚向大蟒蛇借地的不同传说(福州《涌泉寺的传说》)。闽侯雪峰寺则是大财主蓝文卿在义存法师的感召下献良田七千亩、房屋五百间而建成,因"山顶暑月犹有积雪",故号"雪峰"(闽侯《雪峰寺的传说》)。安溪流传的《清水岩》说清水岩是清水祖师所建,建寺所用木料是清水祖师用法力从远方运来,从清水岩的浮杉池中涌出,木匠拿走一根浮一根。有一个木匠贪心想拿一根回家做木桶,不料才拔出一半就拔不动了,至今浮杉池中还有半根杉木,这一情节与杭州灵隐寺的建寺传说类似。

福建古塔数量众多,既是古代建筑智慧的体现,同时又蕴藏着丰富的文化资源。从民间文学角度来看,数量众多的古塔传说寄寓了福建人民丰厚的情感寄托和文明感悟。福州的乌塔、白塔、罗星塔,漳州的龙文塔,龙岩的龙门塔,泉州开元寺的紫云双塔[①],建瓯的水南塔,石狮的姑嫂塔等多有传说流传。福州《乌塔与白塔的传说》说一对师徒揭榜建造乌石山塔和于山塔。师徒两人的建筑方式不同:师父建乌石山塔是采取推土方式建石塔,进度虽慢但塔建得很坚固,而徒弟使用砖木混搭建于山塔,进度很快,但是大风却把于山塔吹歪了。师父入塔帮徒弟稳定地基,力竭而亡。徒弟很伤心,就把塔身涂成白色后逃走他乡。闽王命令丞相将军继续建乌石山塔,可是推土后发现塔身变得倾斜。所以至今乌塔还是斜的,于山塔依旧是白色塔身。石狮流传的《姑嫂塔的传说》则产生于福建人民下南洋谋生这一段特定的历史阶段。讲述石狮宝盖山

---

① 紫云双塔:泉州开元寺中的镇国塔、仁寿塔东西二塔。

下有一户人家，哥哥去南洋谋生一去全无音信，姑嫂二人日日登山远望盼归。因为山不高，姑嫂两人日日搬石垫脚，久而久之垒成了一高高的石台。一日，姑嫂将血书绑于风筝上放飞，风筝飘到南洋为哥哥所捡。哥哥马上动身赶回，不料临近宝盖山时海上起了大风浪，哥哥落海身亡。姑嫂二人悲痛欲绝，亦投身大海。人们感念二人之深情，于姑嫂所站高台建起了姑嫂塔。这些古塔传说体现了福建人民的建筑智慧，丰富了福建民众的精神生活，同时又传承了地方悠久的历史文化，具有多方面的研究价值。

福建水系纵横，桥梁的建造对当地老百姓有着巨大的便利，而建造这些桥梁的人自然就成为民众歌咏的对象。老百姓用这些桥梁传说讲述了造桥的艰辛过程，表达了对建筑者的赞美之情，也体现了劳动人民战胜自然、征服自然的决心和能力。

桥的传说以泉州洛阳桥和晋江五里桥最为著名。洛阳桥是跨海梁式大石桥，位于江海汇合处，波涛汹涌，兴建难度极大。福建人民创造性地使用了抛石条入江，在江底形成石堤，再在石堤上建桥的方法，然后又利用种海蛎的方式加固桥墩，可以说是生物学与工程学的完美结合，而这一切都发生在近一千年前的宋代。老百姓用传说的方式形象地演绎了洛阳桥的建设始末。《蔡夫人渡江》（泉州）渲染了洛阳桥与蔡襄之间的缘分，说真武大帝得道时将自己的肚肠抛入洛阳江，化为龟精蛇怪为害一方。蔡襄母亲在渡河时，因蔡襄未来大人物的身份而化险为夷。蔡母许下宏愿，如果蔡襄将来有成就，就让他在江上建一座大桥。紧接着《蔡端蔡端，本府做官》（泉州）解决了官员不得回原籍做官的难题。蔡襄用蜂蜜在芭蕉叶上写下"蔡端蔡端，本府做官"八字，使蚂蚁排成字阵，引诱君无戏言的皇帝念出这八字。皇帝在得知缘由后，就派他任泉州太守。之后《夏得海投书海神》《猪母石》《义波和尚烧脚》《酒井涌杉》《观音化美女》《八仙显神通》等传说，则演绎各路神仙齐心协力帮助蔡襄建洛阳桥，这也更进一步显示出洛阳桥修建的困难[①]。晋江安平桥又称"五里桥"，是中国现存最长的石桥，素有"天下无桥长此桥"之说。安平桥的跨度极广，

---

① 泉州洛阳桥前后共用了六年时间才建成。

从晋江安海跨过海港直到南安的水头镇，长达 2500 米。传说这是仙人制服兴风作浪的孽龙，老百姓模仿大仙的镇妖七彩锁链建造而成（晋江《安平桥的传说》）。福州流传的《万寿桥》则传说是元时万寿寺和尚王法助募捐建造，桥未建成王法助就圆寂了。后来，王法助投胎为王御史继续建桥，前后用了 20 年的时间终于建成万寿桥。

亭台楼阁的传说以土楼系列传说最有代表性。土楼以石为基，用土和竹木等夯筑而成，墙体厚度一到两米，外层再抹以石灰等物，非常坚固。土楼的形状各异，尤以圆形最有特色。土楼传说即围绕此展开，内容不外乎土楼名称的由来、兴建过程、土楼的特点等。

福建土楼主要分布于闽西、闽南漳州南靖一带，这一地理区域多山地丘陵地形。为抵御战乱、流寇，土楼大多建为群体居住、对外防御性建筑，再加上山区建筑用地较少，要找到一块适合的建筑用地也并不是那么容易，所以土楼传说围绕地理风水展开比较常见，甚至还出现了破坏别人风水，抢地盖楼的情节，如南靖《八卦楼的传说》说陈竹管为抢建楼宝地，不惜害人性命，最后全家死于非命。又如南靖最大的土楼"云峰楼"说一江西人至福建寻亲，昏倒在农民陈锡庆家门口。为了感谢陈锡庆的救命之恩，江西人指点其在"睡虎"地上修建祖宗祠堂，不料对面的"猪穴"被睡虎威慑，出现牲畜死亡现象。其村地理先生发现缘由，又因与江西人相识，故在祠堂外围地 30 亩防止睡虎跳出。云峰楼就是陈氏子孙在此围墙基础上修建而成。平和的《天下第一楼》说叶长文无意间帮助了山贼王，受其馈赠逐渐发家。其弟丹玠学地理风水有成，回乡后与其兄合建大土楼。除了与地理风水相结合外，土楼传说还围绕其建设过程、特点等展开描述，如永定振成楼、馥馨楼、遗经楼、承启楼，华安二宜楼、凌云楼、雨伞楼、升平楼、齐云楼，平和旗杆楼、莲花楼、上半楼、崇庆楼、店前楼、洛阳楼，南靖和贵楼、松竹楼、月眉楼、后贯楼、鸡母楼、云峰楼、报恩楼等几乎是楼楼有传说。

### 三、土特产传说

土特产传说的数量众多，也是最具有福建地方魅力的风物传说。福建地理环境独特，山林、平原、盆地均有不同的物产，又有着曲折绵长的海岸线，海洋资源极为丰富。福建人民在长期的生产生活实践中，创造出带有各地区域特色的名特产品，这些都是福建名特土产传说众多的源泉所在。根据传说反映的内容，我们将名特土产传说分为饮食、工艺、医药等几个大类。

#### （一）饮食类

福建是著名的产茶之地，茶叶品种居全国之首。在长期的采茶、制茶、售茶实践中，福建人民创造了数量众多的茶叶传说。这些茶叶传说大多带有释源性质，最有代表性的是青茶（乌龙茶）的传说，如《乌龙茶的传说》（泉州）、《大红袍的传说》（武夷山）、《铁观音的传说》（武夷山、安溪等地）等。

乌龙茶的传说有多种说法，一说是有一株野生茶树上常有大黑蟒蛇盘踞，但当茶农前来采茶时，黑蟒蛇就会主动离去。这棵茶树采摘制成的茶芳香扑鼻，故命名为"乌龙茶"。另一说是有一名叫乌龙的小伙，上山采茶后忘记将茶青进行焙制，直到第二天才记起来，没想到炒制出的茶叶特别甘醇。经过不断的尝试，乌龙总结出一套制茶工艺传给乡亲，乡亲们遂将此茶命名为"乌龙茶"。

《大红袍的传说》则说唐初一名书生进京赶考，途宿于武夷山北天心庙，半夜腹痛难忍，知客僧泡以腊面（茶名）让其饮下，腹痛立消。后来书生高中返乡，途径武夷山，向僧人询问当日所饮之物。方丈带其至九龙窠，见峭壁上三丛腊面。书生携腊面进京治好皇后腹痛之宿疾，皇帝大喜，赐腊面名"大红袍"。

铁观音的由来亦有观音托梦与皇帝赐名两种说法。一说是茶农魏兴家中不慎失火。在废墟中魏兴找到一尊瓷制观音像，遂搭佛堂供奉。观音托梦赠予宝茶一株。魏兴醒后，于一岩石裂缝处发现一株奇形的茶树。茶树经魏兴精心培植后，制成好茶。因茶乃观音所赐，故名"铁观音"。一说是安溪王土让偶然发现一株奇特茶树，采制成茶。进献朝廷后，为乾隆大加赞誉。因其茶芯乌润，形沉似铁，犹如"观音"，故赐名"铁观音"。我们不必去探究茶叶为何长得像观音，观音在福建有着庞大的信众，以观音命名似乎更多是为了体现出茶的地位、特点等。

除了乌龙茶外的传说外，还有白茶的传说《银针茶》（政和）、红茶的传说《云雾茶》（光泽）等。《银针茶》以三兄妹为搭救百姓上山求取仙草的故事附会福鼎、政和名茶白毫银针的由来，表现了劳动人民不畏艰险，为集体大众谋幸福的牺牲精神。《云雾茶》则以青年男女反抗闽越王暴政，追求自由爱情来解释正山小种的由来。

民以食为天，闽菜也是全国八大菜系之一。福建人民在长期的实践中创造出了很多脍炙人口的美食，也孕育了各种奇特的美食传说，其中最著名的应属《佛跳墙的传说》（福州）。这道菜为清朝同治年间福州菜馆"聚春园"首创，据说当时有一大老板在聚春园点了菜单上所有的菜。厨师无奈之下将八十道菜的原材料全部倒进一坛子里煮。没想到大老板尝后叫好不绝，并把剩下的半坛菜带上鼓山，在游玩鼓山后在古刹围墙外继续吃。其香味引得寺中和尚爬墙窥探。路旁文人见此情景，不禁吟了句"坛启荤香飘寺院，佛闻弃禅跳墙来"，"佛跳墙"之名由此产生。类似的做法也常见于福建各地都有流传的"猫仔粥"传说，如诏安的《猫仔粥》说妻子操持厨房，老是吃剩饭剩菜，丈夫心疼妻子就用海鲜、肉类煮成稀粥，看起来像用平常给猫吃的剩菜拌成，所以叫猫仔粥。有些异文还加入了婆婆虐待媳妇，儿子煮猫仔粥骗过母亲的情节。《荷叶包的传说》（诏安）在讲述荷叶包传说的同时，也穿插了猫仔粥的做法，说厨师陈山出外帮别人办婚宴，想起妻子在家，就用荤料加干饭猛火煮成粥。东家看见后便询问，陈山灵机一动，就说是煮给猫仔吃的猫仔粥。这些美食的诞生多属偶然，隐有美好的东西本是天然而成的意味。《诏安山枣糕》说一医术高明的和尚在采摘草药时发现了野果金枣，果肉白而且多胶，可是吃起来又酸又涩。在病人张三的启发下，和尚将金枣剥皮和糖一起熬煮。其间因为有病人急诊，忘记关火，回来时发现已熬成糊状。和尚尝后发现，味道鲜美。村民纷纷效法，并且将其晒干切条，成为馈赠亲朋好友的佳品。

除了以偶然来解释美食的诞生外，神仙馈赠也是这类传说的情节来源，如顺昌的《岩根琵琶》乃仙人所赠；福安的《四季橄榄》源自一棵神奇的植物；上杭的腊货乃灶君菩萨所传（上杭《上杭腊货的传说》）等，而更多的则是直接将生活中的喜怒爱憎附会其中来解释其由来，表现出了鲜明的阶级倾向性。美好的东西也总是容易引来恶人的觊觎，建宁的《建莲的传说》说李直在屋旁水塘种下他在金铙山发现的一株粉红色的莲花，地主李歪嘴硬说池塘是他家祖业，派人把满塘的莲花打烂。结果池塘中重新长出一株新莲，化作莲花姑娘，池中莲花又重新绽放。第二天，李歪嘴又派人打烂莲花，同样的情景再次出现。第三天，李歪嘴再来时，被莲花姑娘引入池塘深处而淹死。而漳平的《香菇》则是说被财主逼下悬崖的兰香菇死后化为香菇。龙海的《兰竹荔枝》则以惩恶扬善为主旨，讲述龙海九湖九宝窟财主王大捌之女与长工大田私奔至荒山安家。他们宁可自己挨饿，也要连续三天把饭食给了要饭的老人。结果这对老人乃南斗星君所化身，在得知大田想要难得的种子后老人赠予他们从离方采来的难得离枝。此事被王大捌知道后，不仅抢走难得离枝，同时也学开荒等神仙，并把老人身上的八宝葫芦抢走，结果王大捌被葫芦里的八种恶蜂叮死。大田用难得离枝种下的大荔枝树，被称为兰竹荔枝。《金定鸭》说饱受继母虐待的亚莲在放鸭时丢了一只又瘦又小的鸭子，路上遇见一白胡子老头拿出肥母鸭、大公鸭、又小又瘦的鸭让亚莲辨认哪只是她丢失的鸭子，亚莲选择了自己那只又小又瘦的鸭子，结果这鸭子抱回家后变成了又肥又大的金鸭子。继母逼亚莲找到白胡子老头后，把最肥最大的鸭子装了两大袋，又贪心地把两锭金子含在口中。回家途中继母落水，变成了一只大肥鸭，而且这只大肥鸭每日必下一个双黄蛋。人们就将这种下双黄蛋的鸭子称为"金锭鸭"，也叫"金腚鸭"。这类传说更多是老百姓借以反抗恶势力欺压的载体，抒发了对剥削阶级的强烈愤慨之情。

## （二）工艺类

福建的工艺品技艺高超、种类繁多，蔚为大观。寿山石、脱胎漆器、软木画、八宝印泥、建盏、德化白瓷、永春漆篮、角梳、刺绣等工艺品驰名中外，围绕这些工艺品也产生了许多工艺品传说。如《寿山石的传说》说其乃凤凰蛋变化而来，或说是女娲之五彩珠链化作彩花飘飞，落入水田而成田黄石，最后落入溪涧而成冻石。《田黄石的传说》说朱元璋年轻时杀人亡命逃至福建，结果因为水土不服脸上长了许多脓疮。没想到在一山洞住了一夜后，脓疮竟然结疤收皮。朱元璋细心查看后发现，夜里枕着睡觉的石头光洁可爱，就把这石头带在身边，从此脓疮再也没发作过。后来朱元璋就用这块田黄石刻成了帝玺，成为独一无二的皇帝印。漳州的《八宝印泥的传说》说药材店老板的儿子魏长安用各种贵重药材精心制成了外用软膏，专治外伤炎症。有一次，魏长安用药膏治好了游戏人间的铁拐李脚上的脓疮。在铁拐李的指点下，魏长安将药膏改制成"浸水色不褪、火燎痕迹在"的八宝印泥。福州的《脱胎漆器的传说》讲述清乾隆年间，在福州鼓楼城隍庙隔壁经营杂货铺的沈氏夫妇因生意惨淡想改做布面具生意，遂与卖画为生的小舅子李仿宜商议用布做花瓶、茶具，但屡试不成。沈绍安抑郁成疾，其妻在城隍庙庙祝的指点下，用泥土做模具，经过不断尝试终于制成了具有独特风格的各种布制漆器皿。

### （三）医药类

福建多蛇，在长期与蛇打交道的过程中，人们逐渐发现了凶狠的毒蛇有益于人的一面，有关蛇酒的传说就源于此，如民间有用三蛇酒祛风除湿、治疗皮肤病的做法。所谓"三蛇"就是金环蛇、眼镜蛇和草花蛇，老百姓还设计了动人的爱情传说来解释三蛇酒的由来。漳州流传的《三蛇酒》说财主王来福的独女阿春得了全身溃烂化脓的不治之症，需要将病传染给他人才能好。青年林明遇难被王家收留，与阿春互生情愫。王财主欲将阿春许配给林明，以便将病症传染给林明。阿春坚决不同意，在新婚之夜向林明道出实情并让他逃走。阿春也被王财主赶出家门，流落山间。林明逃走后无意中救下神医，得其传授一身本领。后来林明返乡开明春药店，四处寻访阿春的踪迹。终于有一天阿春出现了，但林明还是无法治好阿春的病，只好将其专门安置，并请了个伙计酿酒，用中草药泡成药酒给阿春喝。一次，三蛇打架跌入酒缸醉死缸中，不知情的阿春喝了三蛇酒后竟然慢慢痊愈了。林明得知事情经过后经过精心研究，终于制成了三蛇酒。其他像《蛇酒治麻风》《乌目蛇与麻风女》等传说情节也基本相同——男女爱情加好人有好报成为药酒传说最常见的情节模式。

"乌鸡白凤丸"被誉为妇科圣药，药效神奇，其诞生也自有奇妙之处。《乌鸡白凤丸》（漳州）说漳州同善堂生意兴隆，却常为药材被虫蛀而苦恼。有一次，老板配置妇科药时发现这一批药有异香，而且疗效显著。经仔细调查，老板发现是药童在用牛拉磨研磨药材时，一只乌白绒鸡飞上磨盘啄食药虫，被磨盘夹住一起研磨导致。老板经过精心研究，每次在制作妇科药时用一只活乌白绒鸡做药引，终于制成了享誉海内外的乌鸡白凤丸。此外，与神仙、大人物、名人等相联系也是这类传说的常用创作手法，如专治腹胀不消的咸金枣秘方得自黄烟支所救道士（诏安《黄金兴咸金枣的传说》），它还治好了暹罗王妃胃纳不佳、呕酸胀气的病（诏安《咸金枣治暹罗王妃痼疾》）。又如漳州名药片仔癀方子传自少林了尘和尚，直到十二代延侯和尚还俗后始见于世（漳州《漳州片仔癀》）等。

## 四、乡土风俗传说

福建向来有"十里不同风，一乡有一俗"之说，举凡当时节日、婚丧嫁娶、生产劳动，都有众多的风俗传说与之相伴，不仅名目繁多，而且差异十分明显。即如年底祭灶、清明插柳、端午挂菖蒲这样带有全国色彩的民间风俗，在福建各地也仍然存在诸多差异。比如，关于灶神的传说在福建宁化地区就有不一样的表述。《过年风俗的来历》说玉帝的小女儿喜欢上人间的穷小伙张单，私自下凡与张单成亲。玉帝很生气就把女儿打落凡间，王母娘娘心疼女儿，屡次向玉帝求情，让玉帝封女儿女婿做个官。玉帝见张单在人间老替人烧火帮灶，就给个无权无职的灶王头衔，这就是灶公、灶母的由来。在王母的宠爱下，灶王夫妻经常上天串亲，从娘家带回很多东西分给老百姓。于是，玉帝下令只准女儿女婿每年年底回天庭一次。年底到了，灶公、灶母见乡亲们年关难过，决定年底二十三日上天串亲。因为路途遥远，老百姓纷纷送灶糖、灶饼给他们路上当点心。灶王夫妇向玉帝禀报了人间疾苦，玉帝不爱听，又看到他们空手来，就命令他们当天就回去。灶母跑去和王母娘娘撒娇，第二天说要扎扫把，第三天说要磨豆腐、第四天杀猪……一直磨蹭到年三十天黑的时候才带了好多东西回人间。老百姓三十这天点灯熬夜，盼望灶王夫妇回来，等到第二天大年初一五更的时候，灶王夫妇终于到家了，老百姓高兴极了，家家户户放鞭炮。于是过年就形成这样的风俗：二十三祭灶、二十四扫尘、二十五做豆腐、二十六杀猪、二十七杀鸡、二十八蒸糕、二十九温酒、三十守岁，年初一五更时放鞭炮开门。在这个传说中，过年习俗的由来与灶神的传说很好地结合在一起，也传达了民间对灶神的敬奉之情，至今福建民间仍有每月初一、十五拜灶公的习俗。

又如清明插柳、端午节挂菖蒲的风俗全国各地都有，福建人民将其与黄巢入闽这一历史事件联系起来。《清明插柳的传说》（福州）说黄巢军队在福州安营扎寨。福州东郊东山寺和尚法济直入黄巢大营，劝黄巢不要杀人，说如果黄巢杀人就得不到地。黄巢不肯，结果军队久攻福州不下。黄巢想起法济和尚的话，就去向他求教。法济见黄巢仍不肯放弃杀人的想法，就说自己有好多朋友都在福州城内，请黄巢手下留情，不然就不告诉他怎样攻破福州城。黄巢便要法济和尚的朋友们都在身上插根柳条作标记，最后当黄巢军进入福州后发现人人身上都插根柳条，福州百姓因此逃过大难。只有那些贪官污吏，不肯听法济的话，都被黄巢军杀死。由此，民间还流传着"清明不插柳，死在黄巢手"的俗语。《端午节挂菖蒲的来历》（南平）情节类似，说黄巢看到妇人一手抱着五岁的孩子，一手牵着三岁的孩子逃难，觉得很奇怪。询问之下才得知抱着的孩子是她的小叔子，牵着是她自己的儿子。黄巢很受感动，让妇人回家去在门框上挂上菖蒲做记号，黄巢军见了就不会去扰乱。结果一传十，十传百，家家户户都挂上了菖蒲，黄巢军队见了果然秋毫无犯，这一风俗也就流传至今。历史上记载黄巢入闽所过之处劫掠一空，福州、建州一带都遭损毁。老百姓将这段记忆移植到挂菖蒲、插柳的习俗中，曲折表达了对和平生活的向往。

至于带有明显地域性的风俗传说，数量就更多了，其内容也非常广泛，涵盖日常生活的方方面面。家庭、社会问题向来都是福建民众最关心的问题，比如民间对孝道非常注重，在老百姓眼里，孝顺父母天经地义。福建人民专门把正月二十九作为孝顺父母的节日，并创造了各种各样传扬孝道的传说。福清流传的《"孝九节"的来历》说在兵祸中，老母亲与九个儿子失散，流落山间成了野人，最小的儿子走遍八闽大地，终于找到母亲，可是母亲已经失去了人性。要想让母亲认得亲人，必须吃熟食去野性，所以九弟就用野果煮米粥，并沿途摆放，又把母亲穿过的衣服挂在树上。母亲一路寻米粥吃，终于找回了自己。那一天正是正月二十九，后人为了纪念孝子九弟，就在那天煮一锅七搅八混的杂果粥，称作"孝九糜"，农历正月二十九这天也被称为"孝九节"。古田的《冬节搓糍》则说老母亲患疯癫病，跑入深山。儿子在从家门到山上的每棵树上都粘上糯米糍，使老母亲找到回家的路。此后相延成俗，每年冬至家家户户都搓糍团。平潭的《后九节的来历》说五十八岁的老汉被人诬告，打入死牢。老汉的儿子每日送饭到牢里，却都被狱卒所吃。老汉的儿子想出一个办法，把糖枣、柿饼捣成泥再裹上糍粑，外面再沾上薯丝、饭渣送入牢中。狱卒嫌其又脏又难看，就把糍粑给了老汉吃。老汉的儿子在外面四处为父亲喊冤，终于为父亲洗雪了冤屈。乡亲们感念老汉儿子的孝道，就把老汉出狱那天——正月二十九定为孝父节。还有，因为老汉消灾脱险过了五十九岁，所以福州人59岁时要做"过九"的仪式。

福建人崇奉宗教，有关神明的风俗传说也非常多，如妈祖、临水夫人、八仙、关公、土地等都有相关风俗传说，如《"妈祖生"为何要吃豆芽韭菜炒面线》是为了纪念妈祖以纱线救父兄返航，人们在三月二十三妈祖生日那天吃豆芽韭菜炒线面，祈求妈祖保佑平安、发财；《五月十三，关公磨刀》是为了感念关公降恶龙解除民间灾难，老百姓将那一天作为"关帝救生之日"；《正月十六"抛草屑"》是为了纪念介子推割股食君的忠义，鄙弃功名利禄宁可与其母相抱被焚而死的气节，于是在正月十六那天，人们便请出介子推神像，拿泥浆互相抛掷，以人神同乐的方式让介子推能感受到天伦之乐。

福建人民也善于通过讲述各种地方风俗的由来，对当时的社会生活进行反映。既有对日常民风民俗的解释，如《柜台前摆条凳的传说》（厦门）、《洞房花烛夜为啥要放鞭炮》（平和）、《为什么祭祀杀鸡不杀鸭》（南平）、《为什么初四过端午节》（寿宁）等。也有民众鲜明爱憎情感的寄寓，如福建人把油条叫作"油炸桧"。为什么叫这个名字呢？这实际上就是源自民众对专权误国的奸臣的痛恨心理，借助传说的方式来进行表达。古田《油炸桧》说有一卖炸油丸的老人听说书先生讲秦桧和王氏害死岳飞之事，怒从中来，就把油丸胚子捏成两个面人仔，一个是秦桧一个是王氏，然后把它们重叠在一起用刀一压说："你这奸臣，吃我一刀。"说完还觉得不解恨，再往油锅里一摔，炸酥后把"秦桧"和"王氏"吞吃了，这就是"油炸桧"的由来。此外，老百姓最为注重的婚丧嫁娶各种习俗也通过各种传说而广泛传播，如《出嫁为何备筛、镜》说周公给彭仔算命，断定他活不过二十岁。彭仔后遇桃花女，桃花女指点其向八仙求救，八仙各为彭仔增寿一百年。周公恼恨桃花女坏了自己的声誉，想在桃花女出嫁那天施毒手。但桃花女早有准备，让人捧着镜子站在前面，照得周公不敢近身。身后让人放上画有三个圆圈的米筛，障了周公的眼使自己免于灾难。后人嫁女时仿效此做法，将米筛和镜子作为避邪祈福的吉祥物。

福建是畲族的主要聚居地，畲族的风俗传说也是福建地方风俗传说的重要组成，展现了其与汉族截然不同的风貌。如畲族有自己的民族服装，《凤凰装束的由来》（罗源）说盘瓠被高辛帝招为驸马，帝后娘娘赐给三女儿凤冠和镶着宝珠的凤衣。后来盘瓠的女儿长大后招钟志清为驸马，三公主也赐给女儿凤冠和珠衣。凤凰装束于是就成为畲族女子的装束。根据结婚与否，还有大凤凰衣与小凤凰衣之分。《畲族女人衫里有两个凤凰印》（福安）说高辛帝最爱三公主，在三公主出嫁时拿帝印盖在两人对叠的衣衫上，一人衣上半个印。高辛帝还不放心，又在女儿肩内再盖一个大印，作为自家人永久的印记。畲族人民有自己的节日、禁忌，这些也都在风俗传说中一一展现，如《不要做寿》（顺昌）讲述畲族不拜寿的缘由。一个注定三十二岁死亡的人临死前在家乡盖了一座大庙供奉菩萨，由于未完工而死期已到，各路菩萨为其向阎王求情，给他增加寿命。此人因此活到了一百多岁，子孙们为老祖宗大做拜寿酒，庆祝其长命不老，结果被本已忘却此事的阎王所知，便勾去了此人姓名。《请神节的传说》（罗源）是为了纪念为当地百姓开辟水路而牺牲的高氏三兄弟。老百姓把三兄弟出发那天——九月十五日定为"请神节"，邀请三兄弟回人间接受百姓的祭奠。《五通神的来历》（云霄）采用神话射日情节，写五兄弟为解救百姓，老大至老四先后射日失败身亡，老五化悲痛为力量，射落了八个太阳，射伤了一个太阳。正当他要射下最后一个太阳时，玉帝把箭拨落，不料掉下的箭正中老五额头。畲族人为纪念五兄弟，立庙祭奠，尊为"五通神"。《苦嫁与伴娘》（柘荣）讲述一女子不愿嫁给财主家的痴呆儿子，在出嫁前哭骂爹娘、财主，最后用剪刀自尽。从此姑娘出嫁就有伴娘陪护，家人都要陪哭，劝解、安慰新娘的习俗。这些传说虽与汉族传说的差异较大，但其中所表达的歌颂英雄、礼赞先人、反抗暴政的精神是相通的。

这些富有地域性、民族性色彩的风俗传说，从不同的角度反映了福建民间风俗文化的多样性，表达了各个历史时期福建人民的理想愿望，具有极大的参考价值。

# 第三章　民间故事

## 第一节　概　述

如果说民间传说是围绕"客观实在物"展开，在流传过程中其主体情节基本保持不变，具有一定的历史真实性的话，那么民间故事就是为了满足人们的各种情感需要而创造出来的，带有明显的虚构性、幻想性和娱乐性。与民间传说的时间、地点、人物、事件"四固定"原则相比，民间故事则是时间、地点不明确，主人公多为普通人或异类，主体情节不固定，随时可以改变情节的发展进程，以追求情节的趣味性和吸引力为创作目标。以福建地区乃至全国都普遍流传的牛郎织女、孟姜女、白蛇传、梁山伯与祝英台这四大民间传说为例，它们也往往有"四大民间故事"的称谓。这其中的区分标准主要就是看"客观实在物"，也就是其主体情节是否发生改变。比如孟姜女传说，它的主体情节一般由千里送寒衣、哭倒长城、滴血认骨、投海自尽等构成，最后的结局是孟姜女自杀身亡。而只要是围绕这一主体情节进行演绎的文本，都可以视为传说。但如果主体情节发生变化，比如主要写孟姜女投海自尽后，秦始皇要填海见尸，因而扰动龙宫，引出龙女化身孟姜女与秦始皇斗智斗勇，那就可以称为民间故事了。因为这样的叙述已经脱离原先稳定的情节框架，而进入以虚构为主的故事创作领域了。

与民间传说相对稳定的传承不同，福建民间故事具有较强的变异性特点。这种变异性在福建地区由于其"十里不同风"的复杂的地理因素，而表现得尤其明显。从福建民间故事的类型上看，源自福建人民自身创造的民间故事并不是太多，绝大多数都是带有全国性质的民间故事。这一情况表明，与福建民间传说相比，福建民间故事更多体现了外来文化与福建本土文化的结合。

秦汉以来多次的人口迁入，传入了大量的中原文化，中原一带及其他地方的民间故事也大量进入福建，它们入乡随俗不断发生着变异。福建沿海港口的开通，各种思想的涌入，也在潜移默化地影响着福建人民的思想观念。福建人的多神崇拜观念与外来宗教相结合，孕育出了奇思异彩的幻想故事，而半封闭式的生存环境造成的落后闭塞，也使福建人民饱受封建奴役之苦，从而创造出具有高度现实主义精神的生活故事。因此，福建人民在追求理想生活的同时，牢牢植根于现实生活。他们眼里不仅有幻想，更多还有脚踏实地的实干精神。他们在幻想故事中表达美好的希望，释放被压抑的情感；在生活故事中，则尽情倾诉现实生活的痛苦，控诉社会黑暗和官府的不公，反对阶级剥削和压迫。尽管生活有许多不如意，但他们绝不因此而低头妥协。大量的幻想故事、生活故事，生动地表明了福建人民对生活的热爱之情。

## 一、故事的分布与常见类型

根据《中国民间故事集成·福建卷》所附福建省常见故事类型分布图，及各县市民间故事集成所载，全省流传较广的民间故事类型共有23个，具体如表3-1所示。

表3-1　福建重点民间故事列表

| 1. 老虎外婆 | 2. 田螺娘子 |
|---|---|
| 3. 寻宝 | 4. 人心不足蛇吞象 |
| 5. 蛇郎 | 6. 感恩的动物忘恩的人 |
| 7. 老虎重义气 | 8. 神蛙丈夫 |
| 9. 西天问佛问三不问四 | 10. 善与恶的兄弟 |
| 11. 狗耕田 | 12. 超凡的好汉兄弟（十兄弟） |
| 13. 感恩的动物 | 14. 仙磨 |
| 15. 隐身帽 | 16. 斧头落水 |
| 17. 连理枝 | 18. 呆女婿 |
| 19. 巧媳妇 | 20. 鬼生儿 |
| 21. 秀才赶考 | 22. 巧姻缘 |
| 23. 草医 | |

这 23 个故事类型在各县市分布情况，如表 3-2 所示。

表3-2　福建重点民间故事各县市分布表①

| 县市 | 故事类型分布情况 | 县市 | 故事类型分布情况 |
|---|---|---|---|
| 福鼎 | 1、4、6、8、10 | 寿宁 | 2、4、5、6、8、9、15 |
| 柘荣 | 2、4、5、6、8、23 | 周宁 | 2、4、5、6、9、10、11 |
| 霞浦 | 6、10、12、14、15 | 政和 | 2、4、5、7、8、10、14、18 |
| 福安 | 6、7、8、11、12 | 松溪 | 1、12 |
| 宁德 | 2、4、11、12、20 | 浦城 | 10 |
| 武夷山 | 2、12 | 光泽 | 1、2、4、11、12 |
| 邵武 | 6、15 | 建阳 | 7、8、9、12 |
| 建瓯 | 12、13、15 | 屏南 | 2、5、7、8、9、11、12 |
| 顺昌 | 12 | 古田 | 10、11、15 |
| 建宁 | 11、12、14 | 泰宁 | 12 |
| 将乐 | 9、13 | 南平 | 1、2、4、10、14、18、19、22 |
| 沙县 | 4、8、11 | 尤溪 | 4、14 |
| 三明 | 4、8、10、11、12 | 明溪 | 2、7、12 |
| 宁化 | 8、12、13 | 清流 | 3、12 |
| 永安 | 12、13 | 罗源 | 10、14 |
| 连江 | 8、14、19 | 福州 | 12 |
| 闽侯 | 19 | 闽清 | 15 |
| 长乐 | 14 | 永泰 | 5 |
| 福清 | 2、14 | 平潭 | 1、11 |
| 莆田 | 2、4、8、12 | 仙游 | 2、4、10、12、14、15 |
| 德化 | 1、11 | 大田 | 4、12、14、19 |
| 永春 | 2、4、5、11、12、13、15 | 安溪 | 7 |
| 南安 | 2、12、13、15、21 | 惠安 | 1、2、5、6、11、13、14 |
| 石狮 | 11 | 晋江 | 6、11、12、17、22 |
| 同安 | 1、3 | 长泰 | 11、12 |
| 厦门 | 5、11、12 | 漳州 | 1、3、8、12、14 |
| 漳浦 | 1、12 | 云霄 | 15 |
| 东山 | 1、2、13 | 诏安 | 3、4、5、6、8、12、13 |
| 平和 | 3、4、10 | 南靖 | 5、6、7、12、23 |
| 华安 | 5、10 | 永定 | 2、8、12、16 |
| 上杭 | 12、22 | 武平 | 8、11、12 |
| 长汀 | 2、5、7、8、12、19 | 连城 | 1、12、14 |

---

① 表 3-2 中的数字指表 3-1《福建重点民间故事列表》中具体的故事类型。

这 23 个故事类型密集分布于福建省六十余个县市，平均每个县市拥有常见故事类型三个以上，如果再加上没有列入表 3-1 的其他故事类型，可以想象福建民间故事集体的庞大。按照民间文艺学对民间故事的通用分类，根据其反映内容与方式的不同，我们将福建民间故事分为幻想故事与生活故事两大类。

从神话时代开始，福建人民就已经逐渐展现其爱幻想的特质，地方风物传说就已经将这一特质展示了出来，而民间故事在创作上几乎不受限制的虚构性特点，更使福建人民得以尽情展现这种幻想能力。尽管与民间传说相比，福建地区流传的幻想故事较多属于外部输入，但只要一进入福建地区，福建人民就让它们入乡随俗，成为具有浓郁福建地方特色的民间故事。从福建幻想故事的类型看，我们可以将其分为变形故事、魔幻人物故事、动物故事三大类。

变形是民间故事的重要母题，它源自早期人类万物有灵的观念，盘古化生万物就是这种观念的神话表述。在民间故事中，这种变形观念也深深烙印其间。从变形故事的具体情况来看，大多数是由动物到人的变形。或许是因为化作人可以更好地满足其动物本性，或者是化作人可以过上人类的生活，由此也延伸出变形害人与变形成人两种类型。前者以老虎外婆故事为代表。老虎变形成人或者乔装打扮成外婆、母亲的样子，骗留守在家的姐弟俩打开家门，晚上吃掉了弟弟。老虎外婆故事在福建流传极广，几乎每个孩子在孩提时期都有听过。福建人民更多是将它作为教育孩子的典型教材，以血淋淋的事实来告诫孩子，当大人不在家时，守好门户不要轻信陌生人，不让陌生人进入家中的重要性。故事情节中，姐姐脱身的详细描述更具体的展示了处于危险之中孩子应该如何自救。这说明老虎外婆故事在福建地区的广泛传播，有着重要的教育意义。

后者以蛇郎故事、神蛙丈夫故事、田螺娘子故事等为代表。蛇化身为男子，娶了三姐妹中最小的妹妹；神蛙脱去蛙皮，变成英俊的小伙子；田螺姑娘化身为女子，嫁给勤劳善良的农家小伙子。这种异类婚故事在幻想故事中颇为常见。以蛇郎故事为例，福建山地丘陵多，蛇也比较多。蛇郎故事最开始时，应该是福建人民对蛇图腾崇拜的体现，但随着文明的进步，蛇也就慢慢化为或富有或英俊的青年小伙，它实际上是女性对理想男性的幻想性表达。有意思的是，尽管故事的名称叫"蛇郎"，但蛇郎在故事中似乎只是个穿针引线的人物。故事中的大姐、二姐丝毫也没考虑父亲的处境，坚决不嫁给蛇郎，只有最小的妹妹愿意替父分忧。而当两个姐姐发现妹妹嫁给的蛇郎英俊而富有时，又想方设法想要取而代之。这样的情节安排显示老百姓更多是借故事来表达什么是孝顺、应该怎样正确对待婚姻等问题。田螺，是溪边河流常见之生物，但这样一个不起眼的生物却变成了一个温柔善良、会操持家务的田螺姑娘（有些是蚌姑娘）。如果说蛇郎故事是对理想夫婿的幻想，那么田螺姑娘就是古代青年男子的爱情幻想。福建人民为何对田螺姑娘情有独钟？蛇女、龙女故事在福建地区都有流传，但老百姓最喜欢田螺姑娘，也许是田螺姑娘的柔弱温婉、勤劳善良更加符合福建人民对理想妻子的幻想。

魔幻人物故事之魔幻，或者指人或者指物。前者代表为超凡的好汉兄弟类型，后者代表为两兄弟故事类型。超凡的好汉兄弟一般多以"十兄弟"为题。故事中的十兄弟本身就具有各种非凡的能力，但他们并没有仗着超能力而为非作歹，反而总是循规蹈矩，只有在面对外来压迫时才爆发出惊人的力量。福建人民讲述了一个个十兄弟战胜强敌的故事，情节非常简单——面对强敌众兄弟轮番上阵，但每一次的胜利似乎总能让读者完成一次欢呼，获得心理上的强烈满足，在欢呼过后还理解了团结协作的故事内蕴。

单从名字上看，两兄弟故事似乎与十兄弟故事差不多，但它们是两种故事类型。两兄弟故事侧重于表现家庭内部矛盾，而这一矛盾也总与分家产有关。两兄弟故事有许多亚型，其中有些亚型幻想成分并不太多，但从整体上看，还是将其归入幻想故事当中。年幼的弟弟无法战胜年长的兄嫂，他必须依靠外来的力量，于是两兄弟故事就常常与具有某种神秘力量的宝物相结合。依靠这个宝物，弟弟完成了人生的逆袭，而贪婪的哥嫂一再仿效却总是失败。通过这一情节，两兄弟故事更多表达了福建人民对家庭伦理关系的态度。

动物故事在民间故事当中数量很多。福建靠山面海，因此陆地生物与海洋生物均成为福建人民幻想的来源。除了对动物习性由来等的释源故事外，福建地区的动物故事更多是借以反映现实人生，表达对人性、对社会问题的看法。从表3-2可见，人心不足蛇吞象、感恩的动物忘恩的人、感恩的动物三种类型的故事广泛分布于福建全省。其中又以"人心不足蛇吞象"最有代表性，故事探讨了施恩与报恩的限度问题。没有休止的一味索取最后注定换来悲剧性的结局，人们用对比的方式揭示了人性的贪婪，具有深刻的教育意义。

## 二、主要特色

福建民间故事数量庞大，类型众多，从各个方面反映了福建人民在各个历史时期的生活、情感、愿望，感动了一代又一代福建人民。其特色主要来自于其与神话传说截然不同的创作自由性，它不需要遵循什么固定规则，只要有衔接各种母题的合理过渡，故事的长度可以是无穷无尽。因此，民间故事呈现出多样复杂的思想内容，成为福建人民倾吐心声、表达喜怒爱憎情感的最佳载体。从艺术表现角度看，福建民间故事迷人的艺术魅力主要来源于以下几个方面：

### （一）有共性，有个性

福建民间故事的主要类型虽然大多数是属于全国范围流传的故事，但它们在福建的传播不可避免会入乡随俗，融入福建人民的情感体验，因此福建民间故事既有与其他地区相同的地方，也有自己的独特性，尤其是与日常生活密切相关的生活故事更是如此。以机智人物故事为例，其共性在一些情节的设置上比较突出，比如机智人物斗争的对象总是地主或县官，斗争的方式一般为智斗。而与地主斗争的故事又往往套上地主与长工故事的情节构架，使人产生熟悉之感。但是福建机智人物故事区别于其他省市的独特性也非常明显。首先，每个机智的人物背后都有着鲜明的地域属性。他们是当地的名人，为老百姓解决的大多是地方性事务问题。福建内陆山区的机智人物故事斗争的对象多是山主、田主、山贼盗匪，沿海地区的机智人物故事多以乡村城市生活为背景，其所斗争的对象则是巫婆神棍、店主老板等。从故事内容来看，也大多以表现地方性问题为主。其次，每个机智人物都由一系列故事组成，各个故事之间彼此独立但又存在时间或逻辑上的联系，很多时候可以连缀起来。比如漳州地区谢能舍的故事就由《投胎出怨气》《新春耍邻童》《坐轿去剃头》《元宵放大炮》《清明买鸭旦》《端午戏轿伕》《死狗请朋友》《中秋叫相命》《年暝误大士》《灯芯焖猪蹄》《投水了终生》构成。从故事题目上看，其内在关联展现得很清楚，基本是谢能舍一生的演绎。

### （二）贴近生活，立足于民众的情感表达需要

福建民间故事较为全面地体现了人民对社会生活的感悟、对社会不公的愤怒、对理想生活的向往等。以婚姻故事为例。幻想故事中的异类婚故事传递出了古代青年男女对自由婚姻爱情的渴望，螺女、狐女、龙女、蛇郎、青蛙丈夫，民众将这些动物幻化成人并与人间青年男女婚配的想象，实际上正是旧社会男子娶亲难、女子婚姻不受自己支配的曲折呈现。而生活故事中，人们也总让社会地位低下的庄稼汉、打渔郎、补鞋匠等娶到了社会地位高的妻子。当然，如何娶到也是有多样的表述方式，或是有人暗中帮助，如《鞋匠与尚书女》（古田）中尚书女出对招亲，补鞋匠在秀才的暗中帮助下连续作对成功，娶了尚书女；或是运气好，如《王俊娶亲记》（古田）说退休宰相因女不听话而把她嫁给渔民王俊；或是巧合，如《砻鞋驸马》（晋江）说公主出一百字试题，承诺谁如能全部认识就招为驸马。砻鞋匠看着皇榜，叹了口气说"可惜一字不识"，结果被当作只有一字不认识而变成了驸马。民众对这类故事的喜欢与传播，恰恰就在于它们满足了现实生活中婚姻不自由、穷小伙娶不起亲的愤懑心理的宣泄需求，获得了一种情感上的满足。又如对现实生活处境的表现，旧社会中广大人民与统治阶级之间的矛盾始终不可调和，但力量分散、没有有力的群众组织等问题，使民众一直处于被剥削、被压迫的地位，无力反抗的现实处境同样使长工与地主这类表现阶级矛盾的故事非常流行。原因无他，与爱情婚姻故事一样，在故事中消解现实的痛苦，表达对美好生活的理想展望。因此，福建民间故事作为对社会现实生活或直接或间接的反映，它们所投射出的福建民众的理想情感是极为真实而且深刻的。

### （三）想象奇特，极富浪漫主义色彩

民间故事充满着对能改变命运的宝物的幻想，并借助想象的方式开发出宝物的神奇功能。如能满足人们每日生活所需，想要什么只要敲敲它的《聚宝盆》（安溪）；夜晚不用点灯就能照亮全屋的《夜明珠》（光泽）；能起死回生的珍珠《青蛙赠珠》（建瓯）；能拉出银元宝的糟毛狗《四方鸭蛋》（宁化）；放到龙井里就能让龙王脑袋瓜疼的《七彩石》（寿宁）等，有些故事中还不止出现一个宝物，如"两兄弟故事"中随着情节的展开，弟弟一路奇遇，宝物也不断出现。

宝物虽能改变命运，但毕竟获得宝物带有运气的成分。因此，民间故事也借助想象开发出人身体的宝藏，这就是十兄弟故事中对各种超能力的想象。千里眼、顺风耳是最常见的，而铜身铁骨、身轻如燕、力大无穷更是十兄弟的标配。如《六兄弟》（罗源）中能用鸟枪打中五里外苍蝇的千里眼；把腿绑起来走，一松开就如箭跑得飞快的王四；一把帽子戴正，气温就下降的五哥；用一个鼻孔吹气，就能吹得五里外的石磨不停转的郑凤仙。《十个兄弟》（漳州）中不怕蒸的"蒸桶五"、不怕淹的"长脚六"，以及脚上扎入一根刺，把这根刺拔出来后劈成的柴火可以蒸熟八十担鱼虾的"捡柴七"等，这些奇特的想象虽然并非完全是福建人民的创造，但其中对这些能力的详细描述的功劳非福建人民莫属。这实际上也是我们在看待这些外来故事流入福建地区后的变化时所必须注意的。换句话说，故事的框架是外来的，但其内容填充却是大部分在福建本地完成的。

### （四）塑造了性格鲜明、令人印象深刻的人物形象

与民间传说不同的是，民间故事中的主人公大部分是出自民众的虚构。民间故事在人物形象的塑造上，完全服从于民众情感表达的需要。在老百姓眼中，人往往只有好人、坏人之分，即使是异类也是如此，因此，赞扬好人、批判坏人永远是民间故事的主旋律。故事中的人物形象，也往往以非常鲜明的姿态出现在听众面前。从这一特点出发，民间故事较多采用重复、对比的手法来强化人们对故事中主人公的印象。巧媳妇故事中的主人公机智聪明，而刻画的

方式就是解决各种难题，再与平庸的嫂嫂作对比；三女婿故事刻画穷女婿形象，让他在寿宴上一次又一次通过作诗的方式打败富女婿；长工与地主故事中的长工更是在地主的不断刁难中，完成了机智聪明的形象塑造；两兄弟故事中的弟弟总是善良宽厚的，他的一次次善良换来了生活境遇的一次次改善，而哥哥则成了对比的另一方。而那些由异类变成的女子，则总是善良能干、富有同情心，在危险到来时又总能运用本身的超能力化解危难。

对于故事中的反面角色，则往往表现了民众对他们的刻板印象。作为老百姓对立面的地主、县官等基本都是凶残、贪婪而又愚蠢的，家庭生活中的嫂嫂、哥哥、岳父等也大多是自私、傲慢、贪婪等个性形象，如《俩兄弟》（明溪）中对嫂嫂的刻画：

> 他的老婆名叫笊篱婆，是全柳里的泼妇人，人家说她的心像青竹蛇的牙齿一样毒，手像屠夫杀猪一样狠。

形容地主，则往往是"刮尽民间财宝，吸尽百姓骨髓"（《"金马驹"与"火龙衣"》武平）、"心比野蜂还毒"（《巧捅"野蜂窝"》大田）……这些地主也往往被冠以"铁公鸡""剥皮鬼""铁算盘""小气鬼"等绰号，或是蕴含讽刺的某善人、百万福、刘大富等称谓。这种模板式的人物塑造手法虽然不利于表现复杂的人物个性，但对于民间故事而言，这样的人物形象已经能够完全满足老百姓的情感表达需要了。

事实上，因为民间文本口耳相传的传播方式，也不需要塑造太过复杂的人物形象，这恰恰是民间故事人物塑造的基本特点。

### （五）故事结构既单一又有变化，富有情感意蕴

人物形象简单鲜明，与之相对应的故事结构也呈现出同样的特点。民间故事普遍采用重复式结构来展开情节，比如两兄弟故事总是重复弟弟得利、哥哥仿效失败的情节，长工与地主故事也总是重复地主刁难、长工应对的模式。但在这种单一式结构中，又包含着变化。仍以两兄弟故事为例，弟弟每次获利都

衔接不同的故事母题，这就使情节结构显得单一但不单调。狗耕田故事类型中，弟弟让狗学会耕田得利，哥哥仿效失败把狗打死。这个情节结束后，衔接上了"坟上神奇植物"的母题。弟弟把狗埋了，狗坟上长出了能满足弟弟生活需要的神奇植物，而哥哥再次仿效失败，把植物砍了。故事再次衔接上"神奇篮子"的母题，篮子被哥哥烧了。故事与"卖香屁"母题又衔接起来，弟弟在灶前哭，发现了一颗神奇的蚕豆，吃下去就能放香屁，给衣服熏香……这样的情节结构看似简单重复，但老百姓听起来却不觉得单调，相反还引发了一个又一个悬念，使故事情节不断延伸。

　　民间故事这种情节结构上的特点，既使得故事的结局呈现无限延展的开放式特点，同时也使得各种故事类型经常出现母题雷同、构思雷同等问题，但这些并不影响民间大众对民间故事的喜爱。福建民众并不太注重这些，情节合不合理、情节过渡需不需要等问题从不在考虑范围内，只要能够把情感表达出来也就足够了，这可能也是民间叙事与作家文本叙事最大的不同。

## 第二节　幻想故事

　　幻想故事主要借助丰富的想象和虚构来传达人们对社会生活的看法、愿望，具有浓厚的浪漫主义色彩。福建民间故事以幻想故事居多，大多具有较广泛的传承范围。刘守华先生曾仿"四大传说"列出我国十个最有代表性的民间故事，在福建都可以找到它们流传的痕迹。其中广泛流传于福建各地的就有七个，如《老虎外婆》《田螺娘子》《蛇郎》《神蛙丈夫》《西天问佛问三不问四》《狗耕田》《十个兄弟》等，至于其他故事类型就更多了。根据故事情节与主人公形象特点上的不同，福建幻想故事大致可以分为以下几类。

## 一、变形故事

这类故事中的主人公在某种神奇力量的帮助下幻化成各种形象，进入到人类的生活当中。比较典型的有流传于福建各地的"老虎外婆"故事，以及多见于沿海地区的"田螺娘子"故事，流传于内陆地区的"蛇郎"故事、"神蛙丈夫"故事等。这些故事普遍表现出老百姓对人心善恶的种种思考和对自由理想爱情的憧憬与追求，曲折反映了现实生活。

### （一）老虎外婆故事

老虎外婆故事属于狼外婆故事类型，广泛分布于漳州、漳浦、同安、惠安、东山、福鼎、松溪、光泽、南平、连城、德化、福清等县市。其情节模式有两种：一种，母亲去探望外婆，临走前交代姐弟俩不要给陌生人开门，老虎利用弟弟容易轻信他人的弱点乔装打扮进入家里，晚上睡觉时老虎吃掉了弟弟，姐姐和老虎斗智斗勇，最终逃离虎口并杀死老虎；另一种，姐弟或姐妹出门去探望外婆，路上碰到老虎，被骗入老虎洞穴，此后情节基本相似。前一种情节模式多见于闽南地区，后一种情节模式则多见于闽西北山区。

一般在以姐弟或姐妹为主人公的故事中，年幼的弟弟、妹妹总是备受疼爱。他们身上代表着善良、可爱等优良品质，而姐姐总是与贪婪、狠毒等负面形象分不开，就像蛇郎故事或者灰姑娘故事中的姐姐总是欺负妹妹，但这种情况在老虎外婆故事中基本看不到。与之相应的是，老百姓赞赏的目光总是投射在姐姐身上。为何会有这种变化？很大原因与他们面对的矛盾有关。当矛盾发生在兄弟姐妹之间，也就是属于家庭内部矛盾时，做哥哥、姐姐的如果不能善待年幼的弟弟、妹妹，必然会受到唾责。可当这个矛盾是来自外来的威胁时，如何逃脱危险也成了首先必须考虑的问题，对于哥哥、姐姐或是弟弟、妹妹均是如此。年幼的弟弟、妹妹往往缺乏必要的生活经验，这时天真可爱就成了他们身上的致命弱点，而拥有独立思考解决问题能力的姐姐则更有可能解救自己。老虎外婆故事经常成为福建民众教育孩子的经典教材，其意义就在于此。面对危险，应该如何应对？老虎外婆故事中的姐姐给年幼的孩子们做了示范。

逃离危险、解决问题有两种方式，一是依靠自己的智慧，二是向他人求救。在前一种方式中，孩子临危不乱，沉着应对。大部分文本都有姐姐提出要到屋外厕所撒尿，趁机爬到树上躲避的情节。因为老虎不会爬树，所以姐姐暂时摆脱了困境。可是如何才能逃离虎口？姐姐或是引诱老虎爬树，然后把尖刀投向老虎的喉咙；或是把热油倒入老虎的口中，把老虎烫死；或是把老虎引开，自己趁机逃离。如福鼎的《虎外婆》：

跑呀！跑呀！姐姐跑不动了，老虎精赶上来了！姐姐赶紧爬上一棵大松树。老虎精跑到树下，瞪着两只大眼张牙舞爪，气得嗷嗷叫，叫了一会儿，就用大嘴巴咬树根。咬啊咬，老虎精嘴皮上、牙齿上粘满了松树油。老虎精又气得嗷嗷叫。姐姐在树上说："老虎精，老虎精，我反正跑不了了，你放心到前边小溪，洗洗牙再来咬吧！"

老虎精看看树下不远处果然有条小溪，又看看树上的姐姐正怕得发抖，叫她跑也跑不了，就到小溪去洗嘴巴了。姐姐赶紧脱下衣衫，挂在树上，偷偷滑下树来逃跑了。

在后一种求救方式中，姐姐爬到树上，向外界呼救。在路过的货郎或猎人的帮助下，姐姐顺利逃走。福清地区流传的《虎外婆》则选择了浪漫主义的求救方式：

山路弯弯，明月当空。金仔跑啊跑啊，老虎追啊追啊，眼看就要追上了！恰好路旁有棵大树，树梢几乎够着月亮。金仔噌噌爬上去，老虎咚咚咚追上来。老虎追到树下，发疯地摇树干，啃树皮，大树丝纹不动。老虎急得团团转，找来一堆枯树枝，就在树下点起火，火焰腾腾冲上树。金仔对着月亮大声喊："月亮婆婆快救我，老虎要烧死我！"忽然，月亮上"忽啦啦"落下一条五彩带，金仔一把抓住，随着彩带升到了月宫里。老虎气得一头撞在树干上，被它自己点燃的大火烧死了。

不管是自救还是求救，老虎外婆故事都在试图向孩子提供解决问题的不同思路。从这一点上看，故事的教育意图相当清晰。不仅如此，故事中还通过各种有趣的细节教育孩子要学会分辨善恶：

> 虎姑婆一进门就把屋里的灯吹灭了，说道："农家人晚上不干什么，应该节省点灯油。"可是阿慧的眼睛尖，一看走进门的姑婆是个满脸皱巴巴的，两只眼睛大大的还闪着绿光，是个样子很凶的怪模怪样的老太婆。
>
> 阿慧说："您真是我们的姑婆吗？为什么您的模样长得这样丑呢？"
>
> 虎姑婆说："乡下穷人家整天得种田干活，风吹日晒，年头多了，自然满脸皱纹了。"
>
> 《虎姑婆》（福鼎）

> 姐弟俩听了，仔细看看这个老婆婆说："你不是我们的外婆，妈妈说外婆下巴有一颗大黑痣！"老虎婆婆一听，赶紧从地上捡来一颗苦楮壳，按在下巴上，变成一颗大黑痣，说："哦！你们看，我下巴这里不是有颗痣吗？好孩子！我真是你们的外婆，放心跟我走吧！"
>
> 《虎外婆》（漳州）

老虎掩盖了身上的动物特征，用花言巧语进行蒙骗，年幼的孩子总是容易上当受骗，年长的姐姐则时时抱有警惕之心。故事通过三个人物的不同表现，把如何辨别坏人、如何识破坏人诡计向孩子们做了展示。

故事中不乏老虎吃人的血腥场面，虽然没有直接描写，但深夜时分姐姐听到老虎外婆在嘎嘣嘎嘣咬东西时向老虎讨要，老虎随手扔了个血淋淋的小孩指头的情节实在令人印象深刻。尤其在有些故事的表述中，姐姐要到外面去小便，让老虎外婆用绳子绑住她的脚，结果姐姐走到屋外透过月光发现绳子是妹妹肠子的描写更令人毛骨悚然。很明显，民众是想通过这种血淋淋的场面，让孩子们认识到不听父母告诫而给陌生人开门的严重后果。故事的训诫意义在于每一个听过这故事的孩子心中都留下了极为深刻的印象，以至成人后还经常用这个故事来教育下一代。有意思的是，孩子们经常是躲在被窝里听老虎外婆的故事，而且是听了一遍又一遍，害怕并快乐着。故事的结局总是大快人心的，姐姐逃离了危险，老虎最终被杀死。但弟弟/妹妹被老虎吃掉总归是一个遗憾，因此有些文本就改成了小红帽式的结局，如漳州地区流传的《虎姑婆》说母亲回来了，发现了被姐姐用热油烫死的老虎，便把虎姑婆的肚子剖开，发现妹妹在里面呼呼大睡。这样的结局固然很圆满，但之前老虎深夜吃妹妹、把手指头扔给姐姐这一情节并没做出改动，故事因而就出现了前后矛盾的问题。

### （二）田螺姑娘故事

早在东晋时期，署名陶潜的《搜神后记》卷五就有一则记载田螺姑娘的白水素女故事，故事发生地点在福建福州地区。其情节和我们现在所知道的田螺姑娘故事并没有很大不同，其全文不长，转录如下：

晋安，侯官人谢端，少丧父母，无有亲属，为邻人所养。至年十七八，恭谨自守，不履非法。始出居，未有妻，邻人共愍念之，规为娶妇，未得。端夜卧早起，躬耕力作，不舍昼夜。

后于邑下得一大螺，如三升壶。以为异物，取以归，贮瓮中，畜之十数日。端每早至野还，见其户中有饭饮汤火，如有人为者，端谓邻人为之惠也。数日如此，使往谢邻人。邻人曰："吾初不为是，何见谢也。"端又以邻人不喻其意，然数尔如此，后更实问，邻人笑曰："卿已自取妇，密著室中炊爨，而言吾为之炊耶？"端默然心疑，不知其故。

后以鸡鸣出去，平早潜归，于篱外窃窥其家中，见一少女，从瓮中出，至灶下燃火。端便入门，径至瓮所视螺，但见壳，乃至灶下问之曰："新妇从何所来，而相为炊？"女大惶惑，欲还瓮中，不能得去，答曰："我天汉中白水素女也。天帝哀卿少孤，恭慎自守，故使我权为守舍炊烹。十年之中，使卿居富得妇，自当还去。而卿无故窃相窥掩，吾形已见，不宜复留，当相委去。虽然，尔后自当少差，勤于田作，渔采治生。留此壳去，以贮米谷，常可不乏。"端请留，终不肯，时天忽风雨，翕然而去。

端为立神座，时节祭祀，居常饶中，不致大富耳。于是乡人以女妻之。后
仕至令长云。今道中素女祠是也。

陶潜《搜神后记》[①]

拾螺、心疑、窃窥、留壳、归去等情节，在柘荣、周宁、政和、武夷山、
南平、光泽、宁德以及福清、莆田、仙游、南安、惠安等地的田螺姑娘故事中
都有着较普遍的表现。如果从故事的产生时间来看，将白水素女视为田螺姑娘
的原型也未尝不可。福建人民在白水素女故事框架的基础上，融入了对爱情生
活的各种想象，极大地丰富了田螺姑娘的思想内涵。

### 1. 田螺姑娘的情节模式

从情节模式来看，福建"田螺姑娘"的故事大致可以分为基本型、延伸型
和复合型三种。基本型主要围绕《白水素女》进行演绎，如寿宁流传的《田螺
姑娘》前面情节与《白水素女》基本一样。一单身后生仔捡到一个大田螺，便
养在水缸里，第二天回家发现饭菜已经做好，后生仔疑心是邻居大婶帮忙，后
通过偷窥发现田螺姑娘变成了一个美丽的女子：

伊秀眉俊眼水灵得像白菜心子，瞄一眼，使人觉得样样东西都变得纯洁
顺眼。

《白水素女》中，田螺姑娘因"卿无故窃相窥掩，吾形已见，不宜复留，
当相委去"，《田螺姑娘》将其演绎成一段曲折的情节。后生仔与田螺姑娘成亲
后，生下了阿欢、阿喜一双儿女。有一次，阿欢、阿喜到山头给父亲送饭：

田埂上走得好好的，可是田埂当中老大一个水缺子，浊水"哗哗"响得吓
人。阿欢、阿喜跳不过去，就大声喊阿爹来抱他们过去。阿爹饿坏了，火气特
别大，直着嗓吼："真真没用的田螺团，会过田埂不会过缺！"阿欢、阿喜从未
见过阿爹这么难看的面色，都撅起小嘴哭了。阿爹更辣火，抢过饭篮和汤桶，

---

[①]　陶潜:《搜神后记》，北京：中华书局，1981，第30–31页。

自顾埋头"劈哩卜噜"吃喝。

阿欢、阿喜抹着目汁回厝，田螺娘子问："谁欺负你们啦？"小兄妹抽抽搭搭讲："阿爹骂我们田螺囝没出息，会过埂不会过缺！"田螺娘子一听这话，目汁抛沙样①，伊从丈夫枕箱里找出螺壳，悄悄来到深潭边，跳进螺壳，悄悄沉入黑洞洞的深潭。

田螺姑娘离去的原因不再是因为田螺现形，而是因为父亲对孩子的恶毒言语。后生仔的话中透露出对田螺妻子的轻视，极大刺痛了田螺姑娘的心。故事最后只留下了后悔莫及的后生仔和哭哭啼啼的两兄妹。

这种结局明显不符合老百姓追求圆满的心理，因此对这个故事的结局处理也就成了延伸型故事的着力点。从田螺姑娘与青年男子成亲，过上幸福生活这一情节出发，民众继续融入对现实生活的种种感受，继续演绎田螺姑娘的故事。最有代表性的是阶级斗争内容的加入，人们很清楚地意识到，美满的生活既容易被家庭内部矛盾所破坏，也容易受到外部恶势力的觊觎。福清流传的《田螺姑娘》就演绎了这么一个延伸型故事——田螺姑娘与罗汉生结婚后生了个胖男孩，两人过上了虽清苦但很欢乐的生活。可是有一天，平静的生活被破坏了，地主刘万四看上了田螺姑娘：

第二天，刘万四就带着一群狗腿子冲进罗汉生家里，恶狠狠地说："汉生！你现在生活好过了，你爹欠我的银子现在要还了。"管账的狗腿子故意把算盘拨得乒乓响，说："本利总共九百两银子。"罗汉生说："老爷！你该记错了吧！我从来没听说过我爹有借你的钱。"地主吆喝道："来人！他想赖账不还，把他的老婆抓到我家里抵债！"一声令下，狗腿子们就把罗汉生打倒在地，七手八脚地把田螺姑娘抓走了。

这就是活脱脱的现实生活的缩影，地主老财随时可以编造莫须有的罪名诬陷贫民大众，可以肆无忌惮地为所欲为。老百姓把生活的真实融入了故事，极

---

①　目汁抛沙样：眼泪"哗哗"地流。

大扩展了故事的内涵和外延。

复合型的故事则多将田螺姑娘与其他母题相结合，多方面表达民众的思想情感与生活体悟，如明溪流传的《蚌姑娘》就结合了田螺姑娘、两兄弟、神奇的宝物等母题。故事开头是典型的两兄弟故事：小成子与哥嫂共同生活，但哥嫂嫌弃小成子是拖累，于是提出兄弟俩分家，小成子只分得一根钓竿和一间破茅屋。小成子用这根钓竿钓到了一个黝黑发亮的大河蚌，小成子把蚌扔回了河里，结果不久又把它钓上来了。如此几次三番都钓到河蚌，小成子就把河蚌带回家放入水缸。接下来是小成子取走蚌壳与蚌姑娘成亲的情节。故事在蚌姑娘离开的情节设置上又回到了两兄弟故事。嫂子妒忌蚌姑娘长得漂亮，弟弟生活美满，就整天用恶言恶语诽谤蚌姑娘，终使蚌姑娘弃家离去。故事至此并未结束，蚌姑娘因为思念丈夫和儿子，回来探望并告诉丈夫：

"若要团圆，你要随我到海底去生活。等到明年清明节那天，这儿会长出一株竹笋，那时，你父子就顺着笋竿下到海底，我会在家门口迎接你们。"随即递给小成子一个小葫芦，说是可以定量取食，说完一转身不见了。小成子有了宝葫芦，对口一叫，三餐的食物都涌出来，父子俩的生活无忧无虑。

神奇的宝物引起了嫂子的贪心，先是想方设法把小成子父子俩接回家共同生活，然后又整日琢磨怎样才能让宝葫芦吐出更多东西。她把葫芦口挖大了，结果宝葫芦失去了宝性。最后，小成子父子顺着笋竿到龙宫与蚌姑娘相会，而嫂子则被水淹死了。这个可以定量取食的宝葫芦实际上就是《白水素女》中的螺壳，但又与民间故事中的宝物母题相结合，使情节更加曲折。

福州的《田螺姑娘》则更多与当地地方风物相附会，地方特色更加显著。故事以《白水素女》为底本，主人公就是家住武夷山下的谢端。谢端的母亲双目失明，靠邻居阿香嫂的帮助煮饭煎药，谢端才能不误农时。有一次阿香嫂回娘家没来帮忙，可是谢端家依旧做好了饭菜。故事以回忆的方式引出谢端救田螺的情节。原来田螺姑娘是龙王三公主，因触犯法规被贬为田螺，遭鸭子啄食，幸好被谢端所救。地主垂涎田螺姑娘美色，用假借据要谢端偿还父亲欠下的六十担谷子，田螺姑娘便施法从地主粮仓"借来"谷子。地主又诬陷田螺姑娘偷谷，并与官府勾结要把田螺姑娘烧死。在外祖父龙王的帮助下，谢端的儿子带着螺壳出现，救出了母亲。螺壳变成了一艘船，载着谢端一家离开了家乡。他们来到闽江边开拓良田，定居下来。五年以后，天帝因螺女私至人间，要把她抓回天庭问罪：

　　暴风在头顶呼啸，怒涛在脚下咆哮。她挣开了谢端的手，说："端郎呀！我主意已定，尽管天帝残暴，我死也死在人间。"一刹那，雷电交加，田螺姑娘不见了。一个大田螺随着汹涌的波涛，忽浮忽沉地在江心漂荡。突然，电闪一道白光，江面霹雳一声，卷起巨浪排空。接着，金光腾出水面，浪头发出了凄切的悲鸣。一直到了傍晚，才云散，水落，江平静。然而，从此这条江水再不像过去那样平静，而是日夜奔腾，日夜呜咽，回响着，回响……

　　后人为了纪念田螺姑娘，把这条江叫"螺女江"；把当初船泊的洲岸，也就是田螺姑娘洗衣的码头叫"螺仙道"；把这个荒凉的岛屿叫"螺洲"。

### 2. 田螺姑娘的形象塑造

　　田螺姑娘是典型的异类婚故事，但不同于龙女、狐女、蛇女等女强人形象，田螺姑娘似乎总给我们以温柔善良的感觉，即使有些故事中的田螺姑娘乃是龙女所化也是如此。人们在田螺姑娘故事中，似乎总是倾向于去描摹理想中的妻子应该是什么样的。她的美丽在大多数故事里都只是一两个字就带过，更多的描写则是其勤勤恳恳操持家务的行为：

　　他从村后山林中一望到，便急冲冲赶回家，掩入后门，蹑手蹑脚，观察动静。果然，灶前有一个漂亮的姑娘，衣着朴素，举止端庄，双手勤快，正在边忙烧柴，边忙切菜。

《田螺姑娘》（福州）

她很容易脸红，胆子也很小，当男子发现真相冲进屋子里时：

那姑娘半眯起眼，红着脸，合着手放在胸口上。

《田螺娘子》（寿宁）

姑娘被这突然的袭击弄得惊慌失措，又羞又恨地呆在水缸边……

《田螺姑娘》（福清）

然而，田螺姑娘对爱情的追求又是很大胆的。明溪的田螺姑娘是小成子用钓竿就会钓到的，即使小成子换了个地方也是如此。寿宁的田螺娘子是怜惜后生仔孤孤零零；福州的田螺姑娘则直接回答："我就爱你这劳动人家。"旧社会中，穷苦青年男子的婚姻问题是很难解决的大问题。贫穷使很多穷小伙一辈子打光棍，异类婚故事大多是这种情爱幻想的表达，田螺姑娘故事也是如此。但田螺姑娘的形象塑造似乎又传递出了另一方面的内容。人们并不奢望"仙女"般的妻子能运用其神奇能力给家庭带来巨大的变化，如蚌姑娘给予小成子父子的宝葫芦每天只能定量取食。人们只是单纯地希望能够找到一个勤劳善良的妻子来共同建设美好生活，仅此而已。也正因此，在田螺姑娘故事中，我们看到了很多对美好爱情的礼赞，这在其他异类婚故事中是比较少见的。

春耕，谢端在山田插秧，雷雨袭来，田螺姑娘送蓑衣、斗笠来了。谢端从山岩边的草丛里挑选了一枝兰花，插在田螺姑娘的鬓上。她回家绣花，就绣出春兰飘香。

夏收，谢端在山岩扬谷，天气闷热，田螺姑娘送茶来了。谢端从山溪边荷塘里挑选了一枝莲花，插在田螺姑娘笠顶。她接手扬谷，阵阵凉风吹来，谷干扬净，欢欢喜喜挑回家去。

秋忙，谢端在山上挑薯，正有些饿，田螺姑娘送点心来了。谢端从山野黄花丛里挑选了一枝菊花，插在田螺姑娘鬓上。她回家织布，就织出秋菊怒放。

冬闲，谢端在山上打猎，正要追索林间，田螺姑娘采药赶来。……

理想的爱情生活是什么样的？老百姓所思所想始终是男耕女织、夫妻齐心共同创造。勤劳致富的观念在田螺姑娘故事中体现得尤其明显：

> 田螺姑娘红着脸，羞涩地笑着，把真情讲出来。她说："思凡只爱庄稼汉，要和谢郎成个家。"
>
> 谢端摇摇头说："我三餐难顾，老母长病，这多灾多难的年头，连累你受苦，不该！"
>
> 田螺姑娘回答说："人勤土地出黄金，男耕女织不愁心。"
>
> 谢端看着姑娘的脸，半晌接不上话来。
>
> 第二天，消息在村子内外传开了，男女老少都来庆贺。从此，他俩一个种田、一个织布，日子过得十分愉快。
>
> 《田螺姑娘》（福州）

"人勤土地出黄金，男耕女织不愁心"这样的信念就是民众对理想生活的表达——夫妻齐心，共同开创理想生活。对如何维护美满的家庭生活，老百姓也有自己的体认。如寿宁的《田螺娘子》，民众并没有给故事安排一个大圆满的结局——田螺姑娘永远离开了。后生仔对孩子"田螺囝"的称呼看似无心之失，但对性格柔顺、较介意自己身份的田螺姑娘来说，就是很大的心灵伤害。老百姓对现实生活中的夫妻相处之道深有体会，和睦的夫妻生活的关键就在于双方要互相体谅，要照顾对方的感受。

田螺姑娘故事中还有一个要素需要特别注意，那就是"螺壳"。它在故事情节的推进过程中扮演了重要作用，同时也是民众思想情感的重要载体。在《白水素女》中，螺壳是"以贮米谷，常可不乏"的宝物，而在福清的《田螺姑娘》中，螺壳则是青年男子接近田螺姑娘的依仗：

> 第二天，罗汉生以计而行，吃了饭把门虚掩不上锁，就扛着锄头到田里去了，快到煮饭时汉生回到家，看见家里烟囱正冒着烟，快步地推门进屋，急速掀起水缸盖，捞起了螺壳，锁进箱里去了。姑娘被这突如其来的袭击，弄得惊

慌失措，又羞又恨呆在水边，当汉生傻呼呼地站近她时，她气愤地说："我好心为你煮饭，你反而加害我，快把螺壳还给我！"汉生心想，你没有螺壳就变不成田螺。

螺壳是田螺姑娘的栖身之所，控制了螺壳也就等于控制了田螺姑娘。这种巫术观念在很多民间作品中都有体现，如牛郎在老黄牛的指引下通过窃取织女的羽衣，达到了与织女成亲的目的，还有男子窃取了天鹅的羽衣等。在民众的意识中，美好的东西总是容易失去，美丽的田螺姑娘、天鹅姑娘、孔雀姑娘等也是如此，如何才能挽留住？把螺壳、羽衣等藏起来可能就是最佳选择。

当然，螺壳也能化成克敌制胜的法宝。在故事中，老百姓的怒火化作了罗汉生向刘万四扔去的那只螺壳：

汉生又气又急，把螺壳对准刘万四家窗门扔进去。螺壳碰到刘万四便喷出火焰。顿时，刘万四身上着了火，火越烧越旺，整座房子都烧起来了。乡邻见作恶多端的地主家里着火，都拍手称快，隔岸观火。

（《田螺姑娘》福清）

### （三）蛇郎故事

福建地区气候湿热，草木丛生，河流众多，是蛇繁衍的天然场所。再加上蛇之腾跃蹿突、身带剧毒的特性使人们又敬又畏，容易产生崇拜心理，蛇逐渐成为福建土著民族的常见图腾。许慎《说文解字》释闽为"东南越，蛇种"也可说明这一点。基于此种原因，福建地区的蛇郎故事流传也非常广泛。

蛇郎故事大体有蛇始祖型、蛇郎与两姐妹型。福建地区的蛇郎故事大多属于后者。其基本情节为一老汉因受蛇郎之恩或触犯了蛇郎，而答应将一个女儿许配给蛇郎。年长的姐姐贪慕虚荣，不愿嫁给蛇郎受苦，只有最小的女儿愿意为父亲分忧，嫁给了蛇郎。蛇郎与小女儿的婚后幸福生活引起了姐姐的妒忌，姐姐设法害死妹妹后冒充妹妹与蛇郎生活。妹妹灵魂不灭，不断变形揭露真相，最后姐姐罪行败露，或被杀或自尽或被撵走，妹妹与蛇郎夫妻团圆。福建各地流传的蛇郎故事基本遵循这一情节模式而又有些变化，如三明地区流传的《蛇郎君》说有户人家嫁女，母亲愁没地方住，新郎官却说只要几根竹竿就行，半夜母亲发现蛇盘在竹竿上。姐姐很害怕不肯嫁，妹妹怕母亲被吞毅然嫁给蛇郎。婚后，父亲去探望，发现妹妹生活富足。姐姐心生妒忌，把妹妹推下井，自己冒充妹妹给蛇郎做妻子。妹妹变成小母鸡在蛇郎面前不停叫"姐姐该死"，姐姐就把小母鸡杀了。妹妹又变成一只鸟，天天在姐姐房上啼叫，姐姐终日惶惶不安最终得病而死。蛇郎在井中发现了妹妹的围巾，才知道爱妻已死。故事开头增加了对蛇生活习性的描述，后面情节基本没变化。

华安的《蛇郎君与莲子脸》说猪屎公有三个女儿米筛脸、鲎勺脸和莲子脸。蛇郎君向猪屎公提亲，大女儿、二女儿都表示不愿嫁与庄稼汉，只有莲子脸体贴父亲愿意出嫁。莲子脸与蛇郎君结婚后，生活美满幸福。米筛脸和鲎勺脸趁莲子脸不注意，把她推进井里，还盖上大石头。然后，大姐和二姐又因谁冒充莲子脸起争执，结果鲎勺脸被米筛脸推进粪坑淹死了。米筛脸用被豪猪刺伤了脸为由骗过了蛇郎君，不料莲子脸变为小鸟揭露米筛脸罪行。米筛脸将小鸟杀死并炖来吃，鸟肉一放进嘴中就变成了骨头。米筛脸把骨头扔到墙外去，结果墙外长出了竹子，发出声音揭露米筛脸。米筛脸把竹子砍倒做成椅子，没想到椅子也会唱歌揭露其阴谋。米筛脸把椅子劈成竹片烧，刚好山下阿婆来讨火种煮饭，发现灶膛里有个红龟粿。阿婆把红龟粿带回家放在被窝里保温，结果红龟粿变成了莲子脸。最后真相大白，米筛脸慌乱中掉入粪坑一命呜呼。

《没骨姑娘》（云霄）说老汉无意中采了蛇精种的花，被迫答应将一个女儿嫁给蛇郎。此后情节和《蛇郎君与莲子脸》基本相同，而在三女儿珍珍变成红龟粿后有了变化。九婶婆舍不得吃掉红龟粿，便将其藏在被窝里。等干活回来却发现红龟粿不见了，但饭已经煮好了，家里也被收拾得干干净净。接连几天都是一样。一天，九婶婆假装去看戏，半路返家观察，发现被窝里钻出个漂亮的姑娘。姑娘说自己是珍珍，变成了没骨姑娘，让九婶婆给她用铁夹当脚，筷子当手，饭勺当头，纱巾当身子。九婶婆一一照做，没骨姑娘又变回了珍珍。珍珍不愿回家，就与九婶婆住在一起。过了几个月，蛇郎跑过来问九婶婆，天下田头尾草有几棵？九婶婆回答不出来。珍珍教她反问，马儿尾毛有几根？蛇郎很奇怪，坚持要见回答出问题的人，结果发现了珍珍。最后夫妻团圆，害死珍珍的姐姐被蛇郎所杀。

这三则故事基本可以代表福建蛇郎故事的三种结撰方式。《蛇郎君》情节较简单，蛇的习性得到了特意的展现。妹妹被害死后变成了小母鸡、小鸟不停地叫，把姐姐吓死了。《蛇郎君与莲子脸》则较为注意细节描写，如老汉询问哪个女儿愿意嫁给蛇郎：

"咦哟！"米筛脸一听，把茉莉花摘下来扔出去，"这种摸田土的日子我过腻了，我要嫁给达官贵人！"

"是啊！"鲎勺脸也把茉莉花拿下，捏成粉末，"我穿够了这土布衫子，我要嫁给大户！"

只有莲子脸戴着花悄悄地走进房间里，一句话也没说。

莲子脸被害死后，与米筛脸之间的斗争也非常激烈，小鸟、竹子、椅子都会唱歌揭露米筛脸的罪行。莲子脸一会儿变成动物，一会儿变成植物，一会儿又变成红龟粿，展开与米筛脸的斗争。

《没骨姑娘》情节更加复杂，更加注重对人物的形象刻画。仍以老汉询问哪个女儿愿意嫁给蛇郎为例：

"呜呜，娘，您为啥那么早就走了？不然，我也不会这么惨呀！"花花又哭又叫。

"翠翠，要么你去吧。"老汉哽咽着。

"爹，我怕，我不去。"翠翠低声说。

"爹，我嫁给他吧。您快吃饭吧。"珍珍柔声劝道。

"好闺女，爹害了你呀。"老汉老泪纵横。

过了三天，一只蜜蜂提着小巧的花篮飞到老汉家中，就在洗衣服的花花耳边："嗡嗡嗡，你来当我家夫人，这东西给你。""快滚开，不然我用棒槌敲死你。"蜜蜂飞到正在裁衣服的翠翠耳旁："嗡嗡嗡，你来当我家夫人，这东西给你。""讨厌的长刺儿，快走开，不然我用剪刀将你剪成两段。"蜜蜂又飞到珍珍耳旁："嗡嗡嗡，你来当我家夫人，这东西给你。""好吧，你到屋里歇歇脚，吃完饭才走。"

小蜜蜂这个细节的增加弥补了前面简单几句对话对人物形象刻画的不足，进一步把三姐妹的不同个性表现出来。珍珍与姐姐斗争的过程描写也更加细腻，而且有了新的变化，在珍珍变为红龟粿后的情节明显可以看出田螺姑娘母题、解难题母题的渗入：

且说她干完活回来，却见屋里被整理得井井有条，饭桌上的饭正冒着香气，屋内却无他人。"是谁可怜俺这老太婆？偷偷来帮我。"九婶婆自言自语。她掀开被子一瞧，红龟粿不见了，"也许来帮忙的人饿了吃了吧。"

接连几天，九婶婆家都被整理得一尘不染，九婶婆觉得很奇怪。有一天，她假装去看戏，半路上返回来，躲在屋檐下偷看，只见从被窝里钻出一个漂亮的姑娘……

几个月后，有一天，九婶婆在放牛，蛇精问："九婶婆，你天天放牛，可知道天下田头尾草有几棵？"九婶婆答不出来，回家后，说与珍珍听。珍珍说："你若再遇到他，就问：你天天骑马，可知马儿尾毛有几根？"

这些情节大大增加了故事的曲折性和生动性。从蛇郎故事的情节构成来看，很明显，蛇郎这样一个异类与人类的婚姻并不是故事的重心，人们似乎对人蛇的结合毫不在意，这一方面与福建人民的蛇图腾崇拜观念有关，另一方面从故事中的主人公来看，题目虽然大多叫"蛇郎"或者"蛇郎君"，但是当我们阅读这些故事时就可以明显地发现，蛇郎并无出色表现，它似乎只是作为一个引起斗争的导火索而已。当然，故事中的蛇郎总是十分英俊的，家里也十分富有，如《蛇郎君与莲子脸》中说猪屎公在蛇郎家上厕所没有草纸，蛇郎就拿给他一张薄纸。猪屎公一看，竟然是金子打成的薄片。但在接下来的姐妹争斗中，蛇郎基本置身事外，完全没有一个精怪所应有的洞察力。老百姓似乎把所有的注意力都放在了姐妹之间的斗争上，这也使得蛇郎故事非常典型地表现了福建人民对美丑善恶的强烈爱憎，姐姐的恶毒、自私、狡猾、凶狠与妹妹的善良、孝顺、无私形成了鲜明的对比。

## 二、魔幻人物故事

这类故事中的主人公往往能够获得一些神奇的事物从而改变命运，或者是主人公本身就有着某种神奇的本领，老百姓在这些人物身上寄寓了改变现实困境、批判人性丑陋、反抗剥削压迫等美好愿望。代表如两兄弟故事、十兄弟故事等，故事中出现的神奇宝物往往是人们日常生活中常见的事物，它们能帮助人们改善生活条件或者惩恶扬善。

### （一）两兄弟故事

两兄弟故事产生于现实生活中兄弟在分家过程中经常出现的分配不均问题。中国古代家产继制的基本原则是诸子均分继承，从秦汉至明清的统治者基本都认可这种模式。但在实际生活中，由于嫡长子的优势地位，经常出现年幼的弟弟被哥哥欺压的现象。从同情弱小的心理出发，民众创造出了各种类型的兄弟故事来表达对兄弟关系、财产分配等问题的看法。从表现手段上看，两兄弟故事多借助浪漫主义手法来表现，以神奇的宝物为中心结撰情节，所以将其归到幻想故事。

两兄弟故事一般以兄弟分家作为情节开端，其情节模式一般为：兄弟分家；弟弟只分得很少东西；弟弟借助神奇的宝物或自己的努力过上了好生活；哥哥知道后模仿弟弟的行为，但总以失败告终。这一情节可以一再重复或与其他故事母题相结合，直至达到创作目的为止。根据其情节的不同，我们可以将福建地区流传的两兄弟故事分为神奇宝物型、狗耕田型、偷听话型、释源型等。

#### 1. 神奇宝物型

神奇宝物型故事往往围绕弟弟如何获得宝物过上好生活与哥哥嫉妒仿效失败来展开，分单一结构和复合结构两种类型。单一结构的故事一般以狠毒的哥哥受到一次严厉的惩罚告终，如建阳的《宝盆》、安溪的《聚宝盆》都是此类。在这些故事中，与哥哥一起成为弟弟对立面的往往还有嫂嫂，如《宝盆》说哥嫂霸占财产，只扔给弟弟一个破盆子。弟弟跑到爹娘墓前哭诉，梦中得神仙娘娘指点得知破盆乃敲击就能实现愿望的神奇宝盆，弟弟从此过上好生活。

哥哥嫂嫂得知弟弟起了新厝，有了田地，娶了老婆，那心里妒忌得火烧火燎，恨不得一下子就把那个破盆子抢回来。哥哥嫂嫂想呀想，想了三天三夜的主意，终于双双登上弟弟的门。两个人皮笑肉不笑地对弟弟和弟媳妇说："弟弟、弟妹，你们如今好过啦，还不是亏得当初我们给的那个宝贝盆子呀？现在该把那盆子还给我们了。"

在被弟弟严词拒绝后：

两个人不甘心，又想呀想，想了三天三夜的主意，决计晚上去弟弟家里偷那个宝贝盆子。

当哥嫂终于偷到宝盆后，被利益蒙蔽双眼的哥嫂二人丝毫不顾弟弟的劝告：

他们将宝贝盆子拿回厝，心急等不得到天光。他们两个人一齐用力乱敲那个破盆子，嘴里不住地叫喊："我要金、我要银……"霎时间，从那盆子里不断涌出来一不是金子，二不是银子，是一块一块的大石头。

哥哥嫂嫂傻了眼，可他们想金想银想疯了，还在敲盆子，还在大喊大叫："我要金，我要银……"那盆子里涌出的石头越涌越多，涌成了一片石海，把哥哥嫂嫂埋进石头海里了。

"想了三天三夜的主意""一齐用力乱敲""嘴里不住地叫喊"的夸张言行，生动的刻画出哥嫂那种看不得别人好过的嫉妒心理，把哥嫂二人贪婪、恶毒的性格特征淋漓尽致地表现出来。安溪的《聚宝盆》情节也基本类似，但开头增加了弟弟获得宝物的过程。弟弟分家只分到几亩歹田和一间破茅屋，但他在海边弹琵琶诉说心曲时感动了龙王。龙王送了他一个"聚宝盆"，只要用筷子一敲就能随心所欲。贪心的哥嫂对弟弟的发迹感到奇怪，每晚爬树偷窥，终于发现了弟弟的秘密。之后同样的情节发生了：

> 妻子见丈夫真的偷来了，就急着叫他让聚宝盆变银子。有财左手端着聚宝盆，右手拿着筷子，使劲往盆上一敲，大声喊道："聚宝盆，赶快给我变银子，越多越好，要满满的一屋子才好！"
>
> 话音未落，一阵铿铿锵锵的银声乱响，白花花的银子从房门、窗外、屋顶飞来，急得翁某二人东躲西藏，可无处藏身，他们被银子打伤了，倒在地上。只一会儿，银子真的填满了整间屋子……他们已被银子压死了。

在神奇宝物型故事中，哥嫂二人基本都被塑造成为财迷心窍的贪婪者。他们总是不顾一切地谋求利益，而民众也不吝给他们最令人大快人心的结局。

### 2. 狗耕田型

"狗耕田"是两兄弟故事的重要亚型，光泽地区流传的《俩兄弟》可作为代表。其基本情节为：兄弟分家，弟弟只得到牛身上的一只虱子；弟弟带着虱子去隔壁家，结果虱子被公鸡啄食，主人就把公鸡赔给弟弟；弟弟抱着大公鸡到村头时，鸡与狗抢食被狗咬死，狗主人就把狗赔给了弟弟；弟弟把犁套到狗身上，用隔一段距离就丢一个饭团的方法让狗把田耕好；哥哥看到后向弟弟借狗，把饭团一股脑地倒给狗吃，不料狗吃饱了不动弹，哥哥生气就把狗打死；弟弟把狗埋了，结果狗坟上长出了一棵毛竹，弟弟用手一摇，毛竹上落下白花花的银子；哥哥也去摇，结果摇落了一身狗屎，哥哥生气地把竹子劈倒；弟弟用竹子做了一张竹凳，冬暖夏凉；可是哥哥一坐就夹屁股，就生气地把竹凳烧了；弟弟把灰烬扫了，倒在冬瓜藤下做肥料，冬瓜长得像圆桌那么大，可是每天都会丢一个；弟弟很奇怪，就把冬瓜挖了个洞，天黑时藏了进去；半夜时冬瓜被抬走，等到外面没声音时弟弟打开盖子，发现自己在猴子洞里，洞中有好几只金母鸡；弟弟抱了一只回家；哥哥知道后也藏进大冬瓜，不料半夜瓜被抬到山崖前时哥哥放了个屁，猴子以为抬了个烂冬瓜就扔下了山崖。

故事以狗耕田为情节发端，以"狗坟上长出了一棵神奇的植物"为中心，类似的情节不断重复，最后以哥哥仿效失败而身死告终。相比于《宝盆》《聚宝盆》，《俩兄弟》篇幅长了许多，但只是类似情节的不断重复，因此仍属于单一型故事。明溪的《俩兄弟》情节基本类似，不过是将兄弟矛盾改为恶毒的嫂子与弟弟之间的矛盾，最后以嫂子被山鬼吓死告终。

### 3. 偷听话型

偷听话型的情节核心一般是弟弟无意中听到山精鬼怪的秘密，从而改变了贫穷的命运，而哥哥仿效失败受到惩罚。如浦城地区流传的《有情和无义》说无义与有情是两兄弟，他们还有一个老母亲。无义总是抢弟弟的饭吃，事情被母亲知道后责备了无义。没想到无义怀恨在心，上山砍柴时将弟弟推落深谷，回去和母亲说弟弟被老虎叼走。有情摔断了一条腿，爬到凉亭的阁楼上躲了起来，结果来了三个妖精在凉亭下聊天。从妖精的聊天中，弟弟知道了缺水的万家庄的水源所在、竹林山竹林不长笋的原因，以及如何医治公主的怪病这三个秘密。妖精走后，弟弟先后帮万家庄和竹林山解决了难题，又进京治好了公主的病，被招为驸马衣锦还乡。哥哥知道弟弟的遭遇后，也故意从悬崖上摔下去摔断了一条腿，也爬到阁楼上藏好，结果碰到那三只妖精心情不好，肚子又饿，结果哥哥被妖精吃了。

这种亚型也经常与狗耕田类型结合，在哥哥将弟弟编的竹箕、竹凳等物扔进灶膛时发生了火灾，弟弟赶去救火，救完火后爬到树上休息，结果一群动物跑到树下开会。它们所讲的秘密被弟弟偷听到，弟弟获利。哥哥仿效，结果被动物们当成小偷狠狠地惩罚。

### 4. 释源型

释源型是将两兄弟故事与某种事物相联系以解释其由来。建阳流传的《月亮上的砍树人》将两兄弟故事与吴刚砍桂树的神话相附会。黄吉与黄兴两兄弟相依为命，但黄吉娶亲后开始变得好吃懒做，又怪弟弟是累赘，吵着要分家。弟弟只分得一把柴刀和一杆捉泥鳅的小渔叉。有一天晚上黄兴去捉泥鳅，意外发现了两只闪光的小蟹。月亮里的沙萝老人告诉黄兴，八月十五晚上踩着两只小蟹可以飞到月亮上去，他可以砍一捆沙萝树的树枝带回家，白天摇沙萝树枝会掉金，晚上摇沙萝树枝会掉银。黄兴依言行事，日子越过越好。哥嫂知道黄兴的事后，上门找黄兴借小蟹。小蟹果然把黄吉带到了月亮上面。

黄吉满心欢喜，赶紧抢起大斧头，对着那老粗老粗的沙萝树身狠命砍去。他一心要把整棵的沙萝树砍倒，带回家去摇金摇银哩。

可是，黄吉哪里料想得到，他把沙萝树身这一边砍缺，转到那一边去砍时，这一边的缺口已经长满了。等他把那一边树身砍缺，转到这一边来时，那边的缺口又长满了。砍来砍去，那棵老粗老粗的沙萝树怎么也砍不倒，还是长得好好的呢。

黄吉的贪心让沙萝老人极为生气，从此黄吉就被留在月亮之上不停地砍着沙萝树。

光泽的《月亮上的砍树人》则是说弟弟好吃懒做，哥哥勤劳。哥哥梦中得神仙指点，知道家门口的树是一棵宝树，每当中秋子夜时分，树会发光一个时辰，此时摘下树叶就会变成金叶子。弟弟知道后，在第二年中秋看到宝树发光后，就拿起事先磨好的斧头想把整棵树砍倒，完全忘记了哥哥说树一个时辰后就会飞到月亮上的叮嘱。结果树边砍边合拢，一个时辰过了，树和弟弟一起飞到了月亮上，弟弟还完全不知道。从此八月十五晚上，人们还能看到月亮上有个人一直在砍树。

寿宁的《石磨磨盐》则以两兄弟故事解释盐的由来。哥哥当大官，却不顾家中弟弟和老娘的死活。弟弟进京寻兄被拒，只带了哥哥家厨子出于同情给他的一根肉骨头。回家路上，弟弟把骨头给了路边快饿死的老太婆。老太婆送了他一个白玉瓶子，并教给他四句咒语，念前两句能从瓶里涌现晶亮的东西，这东西能把苦菜变成可口之物，而后两句则是停止的咒语。弟弟每天拿着一蒲包晶亮东西去卖，人们把它称为"盐"，将其视为调味一宝。哥哥听说后，马上从京城赶回家。一看弟弟念了两句咒语盐就从瓶子里涌现，哥哥就迫不及待地抢过瓶子，根本都没听到弟弟在后面大喊的停止出盐的咒语。哥哥乘船进京，在船上尝试用盐给食物调味，结果咒语一念，盐不断涌现，怎么也停不下来。船被压沉了，白玉瓶子还在海底不断地吐盐。从此，海水就变成咸的了，人们把海水晒干，就能得到白花花的盐。

民间大众对人性中的贪婪有着深刻的认识，两兄弟故事中的各种亚型其实也在诠释着这一点。两兄弟一勤劳一懒惰、一善良一狠毒、一大方一贪婪，在故事中被老百姓鲜明地表现出来。兄弟的一方对另一方的所作所为总是一再退让，总是乐于把自己的致富秘诀全盘告之，可是另一方眼中就只有财富，完全忘记了叮嘱，最终自食恶果。

### （二）十兄弟故事

十兄弟故事是广泛流传于中国各地、各民族的全国性故事。福建地区的十兄弟故事除了十兄弟之外，还有六兄弟（如古田的《不死的六兄弟》）、七兄弟（如东山的《七兄弟》）、八兄弟（如福清的《人间八怪》）等多种形式，我们都将其称为十兄弟故事。

十兄弟故事中的主人公各有各的神奇本事，老百姓用各种绰号来形容他们，将各种超凡能力汇聚到他们身上，用他们齐心合力战胜敌人的故事来表达改变命运的理想愿望。因为十兄弟的非凡能力，故事自始至终洋溢着乐观幽默的气氛，其情节虽然简单，但老百姓乐此不疲，而结局也总是大快人心。

十兄弟的出生充满了奇幻色彩。多数故事的开头都有求子的情节，如福安的《十兄弟闹皇宫》说从前有个女子因为婚后不育而被公婆和丈夫嫌弃，女子想跳水自杀，山道上出现的老人阻止了她，并给了她十个药丸，告诉她想生几个就吃几个。漳州的《十个兄弟》也说胖大嫂结婚二十年都没生育，就想自杀，土地公给了她十粒鸡蛋，想生几个就吃几粒。于是十兄弟就这样诞生了：

胖嫂胃口真大，一口气把十粒鸡蛋全吃下肚了。果然不久就怀孕了，肚皮一天比一天大，她的大肚皮大得与众不同，比南山寺里的大鼓还大，大得她起不了床，下不了地，走不了路。春来秋往十月怀胎，终于临盆生囝仔了，她生仔十分顺利，生得很快，"哇"地一声，生了一个，"哇"地一声，又生一个，她婆婆接生还来不及洗弄好一个仔，又忙着接第二个，就这样手忙脚乱地接生了十个囝仔，都是达晡<sup>①</sup>。

民众如此不厌其烦地描写十兄弟的出生，除了表现其不同寻常外，也体现了古代人们对血脉传承的重视。故事中女子未能生育子女被丈夫、公婆打骂的表述，就反映了人们的这种焦虑，女子甚至还因此产生了轻生的念头，因此在获得生育的希望以后，女子的反应就总是把十个能诞生孩子的神奇之物都吃完，全然不顾难产的后果。

孩子出生后得取名字，而对于老百姓来说，给孩子取名字也是个大难题，更何况是给十个孩子取名。

婆婆心里乐开了花，公公听了皱眉头，埋怨说："不生，一个都不生；要生，一下子就生这么多，叫我怎么起名字呀！"她丈夫吞吞吐吐地说："就叫大、二、三、四、五、六、七、八、九、细。这样顺口，好叫。"

《十兄弟》（漳州）

丈夫、公婆又骂："不生，一个也不生；一生，一下生十个。长得各式各样，哭得全村听得见，连个名字也不好讨。"

《十兄弟闹皇宫》（福安）

因此，十兄弟的名字就取得富有奇幻色彩。漳州、平和一代流传的《十个兄弟》叫千里眼、顺风耳、大力三、韧皮四、蒸桶五、长脚六、捡柴七、大头八、阔嘴九、瞪眼十。东山的《七兄弟》叫金柱一、铁万二、长脚三、摔目四、大肚五、火炊六、雷公七。古田《不死的六兄弟》叫打不痛、砍不断、烧不化、煮不烂、淹不了、埋不死。寿宁的《夏至十兄弟》叫点一、算二、大力三、韧皮四、蒸笼五、长脚六、捡柴七、大头八、贪吃九、眨目十。也有一些干脆没有名字只有特长的描述，如福清的《人间八怪》中八个孩子长得一般模

---

① 达晡：男孩。

样，老大眼力好、老二耳朵灵、老三力气大、老四皮肉厚、老五不怕油炸烧火、老六腿无限长、老七眼睛能置人死地、老八双臂无限长。这些名字充分体现了老百姓对各种超凡能力的想象，这种想象仍然是旧社会处于被剥削、被压迫地位的广大民众渴望改变命运的情感体现。

十兄弟故事的情节主线是十兄弟与统治阶级之间的智斗。尽管十兄弟有着许多超越世俗的非凡能力，但他们并没有运用这些能力去为非作歹、为自己谋取利益，他们的生活依旧贫苦，依旧饱受剥削：

一家子人多口多，光租种财主的几亩地不够吃，就在山边开了几分荒地，种点杂粮维持生活。可是地主来收租时，看到他们开的土地，也要他们交租；老伯不肯，财主就在县官面前告了他，他被抓到县里审问。

《不死的六兄弟》（古田）

他们总是满腔热情、乐于助人，如《十个兄弟》中顺风耳与千里眼在听到、看到皇帝的金銮殿被地震震歪后，赶紧派大力三去帮忙：

大力三急急忙忙赶到京都，顾不得吃饭歇息，就插手帮忙。他用双手轻轻一推，想把金銮殿扶正，谁知道他用力过大一点，没把金銮扶正来，反而推倒了，这一下惹祸了，皇帝发怒了："谁请你来瞎插手的，金銮殿给你推倒了，明天怎么上朝议事呀？真真罪该万死。"降旨把大力三推到午门外问斩。

《十兄弟闹皇宫》（福安）中母亲让算一去帮皇帝管工，可是皇帝在看到扛二力大无比时却认为扛二会危及他的统治，要把扛二处死。统治者的昏庸残暴一步步把十兄弟推到了绝境，至此矛盾爆发。

十兄弟故事最吸引民众的地方就在其与强敌的斗争形式。敌人如果要用刀砍，十兄弟就派铁万二、韧皮四；如果用水淹，就派长脚三、淹不了；如果用火烧、用蒸笼蒸，就派蒸桶五、煮不烂……这些情节的不断重复造成了非常好的艺术效果。在一次次战胜敌人的过程中，民众压制已久的情感得到了释放。我们以福安的《十兄弟闹皇宫》为例：

算一一算，知道皇帝明天要用刀来砍扛二，就叫硬壳三偷偷去顶替。午时三刻砍头了，"乒乒乓乓"，刀砍缺口了，硬壳三的头还是好好的。皇帝一惊，叫人把他关起来，明天改用锯子来锯。

算一一算，知道皇帝明天要用锯子来锯，就叫韧皮四偷偷去顶替。午时三刻开锯了，拉锯人锯来锯去，韧皮四身上连一条痕也没。皇帝心里暗想，明天我用蒸笼来蒸你。

算一知道了，就叫寒皮五连夜赶去顶替。大蒸笼扛来了，午时三刻开始蒸，蒸呀、蒸呀，连蒸蒸了七七四十九天。揭开盖子，大家把头伸进去看，寒皮五正在打哈欠呢！还问："刚刚有点暖，怎么的又冷下来了？！"皇帝被惊得脱神乱脉，牙槽也硬了。大家见皇帝不说话，就把寒皮五又关起来了。

晚上，算一跟瞌眠六讲："明天皇帝要用棺材把你五哥闷死，你快去替他。"瞌眠六去了。

第二天，皇帝叫人抬来了一口棺材，把人装进棺材里，心想："哼，这下看你还冷不冷！"瞌眠六被装起来了，闷来闷去闷了七七四十九天。皇帝叫人打开棺材盖子看看，不得了！瞌眠六还在呼噜呼噜大困呢！皇帝只好又叫人把他关起来了。

皇帝一夜睡不着，心想，怎么总也弄不死他呢？明天把他送到海上沉掉算了。

算一一算，晓得皇帝明天要沉瞌眠六，就叫高脚七偷偷去顶。

第二天，高脚七被押到船上，船开到海中，把他丢下海。他脚一伸，要多长有多长，海水还没到他膝盖头深。他站了一会儿，三步二步跨回家来，脚板上还多了几十担虾苗。他娘见这么多虾苗，就去打了三十六块竹簟放到大头八的头上，大头八的头要多大有多大，虾苗就摊到他头上面去晒。贪吃九一见这么多虾苗，一张嘴就把它吃完了。嚎啕十见没剩下一点给自己，"哇"地一声哭起来。他哭呀哭呀，哭个不止，眼泪流成了河，河水直冲皇宫，皇帝也被淹死了。

十兄弟故事较为典型地体现了旧社会民间大众反抗强权暴政的思想愿望。十兄弟面对的敌人多为皇帝、县官，也有雷公、雷婆等神灵，但不管面对怎样的强敌，十兄弟都能一一战胜他们。顶替受刑是十兄弟故事中常用的手段，因此在十兄弟的人物设置上，大多数故事都特意强调十兄弟长得一模一样这个细节。如果没有相貌的说明，则以十兄弟只能被杀一人作为限制，为顶替受刑提供依据。敌人的手段非常残忍——刀砍、火烧、水淹、土埋、蒸煮等手段无所不用其极，敌人对付十兄弟的手段实际上就是阶级社会中老百姓所受压迫盘剥的缩影。压迫越重，反抗也就越强烈，大多数十兄弟故事都细致地描写了十兄弟破解敌人手段的过程，如《十个兄弟》中对韧皮五的描写：

午时三刻开刀问斩，刽子手挥刀斩下，只听"啊呀"一声，刽子手的虎口震裂，鲜血直流，钢刀的刀口卷了。韧皮四笑眯眯地摸摸脖子说："不够劲，不够劲，再来一下。"监斩官见状大怒，喝声："笨蛋！"换了个刽子手执刑。只听得"咔嚓"一声，钢刀断成两截了，刽子手直甩手脚"哎哟，哎哟"地叫痛。监斩官火了，大叫："千刀万剐，千刀万剐！"拥上十几个满身横肉的刽子手，把韧皮四按在地上，十几把钢刀像厨师剁肉一样从头到脚地乱刀剁下，直剁得刽子手们气喘呼呼，手都肿了，刀全弯了不能再用。韧皮四爬起来，笑嘻嘻地拍打衣裳上的尘土，高声说："痛快、痛快，比澡堂里捶背捶得还过瘾，一身筋骨都轻松了。"这一来，监斩官可气歪了胡子，斩不了，怎么办？真下不了台，交不了旨啦。

夸张、比喻、对比等手法的运用，形象地勾勒出敌人色厉内荏的纸老虎本质。他们手段用尽，丑态百出，而主人公却感觉如清风拂体，轻松自如。故事的结局敌人要么被十兄弟的鼻风吹得无影无踪（罗源《六兄弟》），要么被十兄弟的泪水淹死（寿宁、福安、霞浦、福鼎等地《十兄弟闹皇宫》），两相对照，渲染出民间大众豪迈昂扬的战斗意志，强烈传达出民众对统治阶级的蔑视之情。

除此之外，十兄弟故事还富有民间的经验智慧，表达了人们对"兄弟齐心，其利断金"团结协作精神的认识。故事中十兄弟战胜强敌，依靠的并不是个体强大的能力，而是十兄弟之间的密切配合、齐心协力。中国人民一向重视血脉的传承，所以多生子嗣是民众的普遍心理。老百姓一向认为，人多力量大。兄弟多，虽然纷争也多，但如果能够兄弟齐心，那么爆发出来的力量也就非常大。这种认识就很鲜明地体现在十兄弟故事中。整个故事情节很简单，十兄弟轮番上阵的叙事方式也很单一，但却取得了很好的效果。读者在沉浸于十兄弟战胜强敌的愉悦中，也很自然的体会到故事所要表现的主题，体会到集体力量的强大。十兄弟故事告诉我们，单靠任一个体无法应对来自敌人的各种阴谋算计，但发挥集体的智慧与力量，大家齐心协力，战胜敌人就显得无比轻松。正所谓"尺有所短，寸有所长"，群策群力才是解决问题的最佳方式，这是民众对兄弟关系的认识，也是十兄弟故事广泛流传的主要缘由所在。

## 三、动物故事

这类故事以人格化的动植物或其他自然物为主人公，通过它们与人类之间的关系来表现人们对人与动物之间关系的认识。值得注意的是，大部分动物与人的故事都将动物作为正面主人公来进行塑造，以动物的感恩和人的忘恩负义形成鲜明的对比，对人性的丑陋进行了尖锐的谴责。比较具有代表性的类型有《人心不足蛇吞象》《感恩的动物忘恩的人》等，我们以"人心不足蛇吞象"为例。

"人心不足蛇吞象"的故事广泛流传于福建三明、宁德、福州、莆田等地。它起源于民间谚语，是一个富有道德劝诫意义的幻想故事，生动诠释了"贪婪是最大的原罪"这样一个亘古不破的道理。"人心不足"就是其劝诫的焦点所在，至今仍具有重大的认识意义和教育意义。

故事一般由"蛇的报恩"和"忘恩负义的人"两个母题构成，通过动物与人的关系及其言行对比揭示主题。其基本模式为主人公或者主人公的长辈施恩于蛇，主人公靠蛇的帮助改变了命运，但主人公因为贪婪向蛇索求无度，最后葬身蛇腹。根据具体情节的不同，我们将福建地区流传的此类故事分为两种亚型。

### （一）挖眼型

这一亚型以蛇为了报恩献出自己的双眼，或主人公为了自己的私利向蛇索要眼睛为核心情节。福建各地流传的"人心不足蛇吞象"故事大多为此种类型，其情节大同小异。

周宁流传的《人心不足蛇吞象》说有一个妹仔上山捡到一粒小花蛋，蛋孵化出一条小花蛇，陪着妹仔一起长大。妹仔要嫁人了，就把花蛇送到菜园的石窟中。妹仔的儿子张生宝在京城看到皇帝悬赏大蛇眼睛的告示，回家说给母亲听。妹仔听后，想起了年轻时喂养的花蛇。张生宝知道后，就让母亲去和花蛇要眼睛。张生宝依靠献宝，被封状元。因皇帝想要凑成一对蛇眼，便许诺封张生宝为宰相。张生宝又拉着母亲向花蛇要了另一只眼睛。不久之后，皇帝生了怪病需要蛇胆，张生宝又带着人去找花蛇，终被花蛇吞入腹中。

寿宁的《人心不足蛇吞象》的情节也基本类似，但救助蛇的汤相之母很早就去世，只有年幼的汤相与蟒蛇一起长大。为了帮汤相当官，大蟒蛇告诉汤相它的眼珠子遇风一吹就会变成夜明珠，要汤相挖出它的一只眼去献给朝廷作进身之阶。汤相果真挖下一只蟒眼进献给皇帝，被封为献宝状元。后来皇太后的左眼看不见东西，需要蟒肝作药引，汤相马上赶回乡找蟒哥要肝花，大蟒蛇无奈之下让汤相割了一片肝花。一年后，皇太后的右眼又起雾了，汤相又去找蟒哥帮忙。蟒蛇让汤相进入它腹中割肝，汤相嫌老是要跑回来很麻烦，就一刀把蟒蛇的肝全割了，结果蟒蛇痛死，闭上了嘴巴，汤相也因此窒息而亡。

### （二）人心不足型

这一亚型也仍以表现主人公的贪婪自私为主，但在故事中没有挖眼、割肝等典型情节，故我们将其称为"人心不足型"。仙游地区流传的《人心不足蛇吞象》可作为代表，故事说一个叫阿象的人以捡破烂为生。有一天，阿象捡到了两粒蛋，孵化出了两条小蛇。小蛇一天天长大，阿象就把它们放养到山林里。几十年过去了，番邦入侵中原，番邦两只会吐火的火驹杀得中原兵马死伤无数。皇帝下招贤榜，如有人战胜火龙驹，封大官并招为驸马。阿象进京城卖破烂，因肚痛难耐又没带纸，就随手扯下了墙上的告示，不料是揭了皇榜。皇帝向阿象询问对敌良策,阿象找到了当年救的两条蛇并向它们寻求帮助。在两条蛇的帮助下,阿象大败番兵,被招为驸马,封安乐公。有一天,阿象溜进宫看皇帝早朝,觉得皇帝很威风,就回去找蛇帮忙。两条蛇觉得阿象太贪心了,其中一条蛇张大了嘴巴,变成了一座皇宫,阿象见了连忙跑进去。大蛇把嘴巴一合,阿象就被大蛇吞下肚去了。这一亚型的情节相对平淡,故事表述、形象刻画也较为简单,不如挖眼型故事情节曲折感人,故数量较少。

人心不足蛇吞象故事较为集中地表现了人们对贪婪与自私自利两种恶行的批判。从叙事艺术角度看,故事主要有以下几个方面的特点。

其一是对蛇的形象塑造非常感人,尤其是"挖眼型"故事对蛇形象的刻画。在故事中,蛇一反人们印象中凶残狠毒的特性——它心地善良,对救助它的人始终心怀感恩,并不惜付出自己的生命。寿宁的《人心不足蛇吞象》中蟒蛇被救它的村姑放生后一直心怀感恩,在村姑儿子上山砍柴时认出了他:

"阿相,汝千万莫怕呀,汝妈是我的干娘,汝别生分,我是汝唔见面的阿哥哩。干娘叫我蟒子,汝就叫我阿哥吧,让我帮汝捡柴。"蟒蛇把长尾巴摆动,不一会儿就扫集大堆柴禾。汤相挑了柴禾回家,向奶奶说起蟒蛇。妈听了说:"是汝蟒哥吭错,汝可要敬重伊,伊有灵性哩。"

村姑死后,蟒蛇一直为汤相的前途担忧,还告诉汤相它的眼睛风一吹就会变成夜明珠,要汤相挖出它的一只眼去献给朝廷作进身之阶。为汤相做到如此地步,蟒蛇对汤相的爱也就可想而知了。当汤相一再提出无理要求时:

蟒哥流泪如雨,但还是张开大口让汤相进去。汤相摸着蟒蛇肝,寻思,回来一回难,这次索性多割一些肝,省得下回皇太后病复发,为了升官又得老远地赶回来。汤相手起刀落,把一个蛇肝全割了下来。只觉得蟒蛇一痉挛,慢慢僵直了。汤相忙抽身往外爬,可是断了气的蟒蛇已合上嘴。汤相窒息了,头胀得斗大,也死啦。

蟒蛇对汤相的爱护之情可以说毫不逊色于父母之爱，也正因此，这份爱才显得如此感人，民众对汤相这种贪婪自私的人也就越发的痛恨。

其二是对比手法的运用。一方面是蛇的感恩以及报恩，另一方面是主人公的刻薄寡恩，在故事的推进中处处形成鲜明的对比。比如《人心不足蛇吞象》（周宁）中张生宝与花蛇的行为对比，在看到朝廷悬赏大蛇眼又知道母亲救过花蛇后：

> 张生宝就逼着阿妈马上去拿蛇眼。阿妈说："这使不得，你去做状元，蛇来做白目①。"张生宝就给阿妈跪下，说："蛇是你养大的，要一只眼睛有什么？一定肯给的。"

而与之形成鲜明对比的是花蛇的举动，当张生宝第一次带着母亲来到花蛇洞前时，花蛇就已经知道母子来做什么了：

> 那蛇的头向洞壁用力一撞，狂风大作，一只蛇眼滚到地上。

> 张生宝把蛇眼献给皇帝后受封状元，皇帝提出若能凑成一对就封他为相。

> 张生宝又回家里，逼着阿妈再去拿蛇眼。阿妈劝他说："儿呀，你今天有状元做，还想着宰相！花蛇什么都看不见了。这事不能做呀！"儿子板着脸说："我就是要做宰相。"

第二次张生宝拖着阿妈来到石窟：

> 阿妈见单眼花蛇，心里难受，目汁流沥沥。这时，花蛇头一撞，嘴里吐出一股白气，天地都乌暗了，母子俩都惊昏了。醒过来时，一粒蛇眼落到他们身边，张生宝连忙拾起蛇眼就走了。

---

① 白目：瞎眼。

又是一个鲜明的对比。张生宝做了宰相后，皇帝又得了需要大蛇胆才能治好的病，许诺谁能治好他的病就与他平分江山。张生宝一听到能分半壁江山，就匆匆忙忙回到家要老阿妈与他一起去拿蛇胆。为了能做状元、做宰相，张生宝把索求回报当作是理所当然的行为，全然不顾花蛇成为瞎子。这种把自己的幸福建立在别人痛苦之上的行为，一向是老百姓最为痛恨的。这一次，花蛇再也不能接受张生宝的索求了：

张生宝来到花蛇住的石窟，只见白目的花蛇早已盘在洞口，有几十丈长，全身都是鳞甲，十分惊人，张生宝要叫兵将们去取蛇胆。忽听花蛇开口说："宰相，你要我的胆，你自己来拿吧。"花蛇说完，把嘴张得大大的。张生宝刚钻入蛇嘴，花蛇一下把他吞了下去。

花蛇巨大的身形、全身的鳞甲、张开的大口，这些画面丝毫没能引起人们的惊恐之心。相反，因为贪心的人就要受到惩罚，人们反而有一种期待心理。作恶的人就要让他葬身蛇腹，老百姓就用这样的方式表达了强烈的爱憎情感。

除了批判贪婪、自私的主题外，人心不足蛇吞象故事还表达了一些民众的思想认识，比如，故事中对蛇形象的刻画就体现了人们对蛇的认识。一方面，尽管蛇有剧毒，人们敬畏、远离毒蛇，但另一方面，人们也认识到蛇有很多神奇之处，故事中蛇的双眼挖出来后遇风吹就会变成夜明珠，蛇胆能够治疗奇特病症，蛇肝能够治疗眼疾，蛇的嘴巴能够张得很大变成宫殿，让人钻进去等都是这种认识的体现。又比如在一些故事中，还通过蛇与主人公的对话表达了民众对当官的看法：

汤相长大了，伊变得良不良莠不莠：说做嘛，眉毛尺把长；说吃呢，涎流丈把长；种田怕日曝；学艺怕流汗；经商呒本钱……百事不成哩。汤相日日上山找蟒哥说三道四，要伊帮助找个吃饭的饭碗。……蟒哥思来想去，决意道：

"阿弟呀，百行汝都干不了……只好当官了，官总还当得了吧。"汤相一喜说："天下万船都花力气，都费心思，就这官还算又闲又实惠。当官就当官吧。"

《人心不足蛇吞象》（寿宁）

"百行汝都干不了……只好当官了，官总还当得了吧。"封建社会中当官的只会作威作福、欺压百姓，当官成了不花气力、又闲又实惠的职业，道出了民众对欺压他们、高高在上的官员们的无比蔑视。

# 第三节　生活故事

与幻想故事相比，生活故事往往卸下那层神秘的面纱，多以老百姓的日常生活为素材，选取人们关注的焦点进行人物塑造，富有现实针对性和阶级倾向性。从福建地区流传的生活故事来看，类型众多，主要有以下几种。

## 一、伦理故事

俗话说"百善孝为先"，中国传统文化中"孝"的因子可谓入人至深。民间对子女孝顺的问题非常重视，反映子女孝与不孝的故事成为伦理故事中的一大主题。

民间百姓"重男轻女"的观念历来深入人心，儿子长大要继承家业，女儿则是嫁出去给别人当媳妇，因此疼儿子不疼女儿似乎已成为根深蒂固的观念。然而，实际生活中却仍然发生不少儿子长大后不孝顺父母的情况，而且生得越多，这种情况就越严重。对此问题的思考深刻反映在孝顺故事当中，很多感慨在故事标题中就可以感受到，如古田的《九个仔不如一树板寮花》、罗源的《多子没福》、闽清的《五个儿子不如五棵粪榴花》都是这类。故事中老人往往是含辛茹苦，自己舍不得吃舍不得穿也要把孩子照顾周全。

古时候有一个做田人连着生九个仔，老婆就双脚拔直去了。他又做爹又做娘，拉扯九个仔长大。有一天晚上去看戏，他左手抱一个，右手抱一个，肩上扛一个，身后随六个。戏台下有人卖油糍，他摸出钱买九块，九个仔一人一块。油糍老板没碎钱找给他，劝他多买一块，叫他自己也要吃一块。他不肯，油糍老板将油糍硬塞给他，说："仔要吃，你做父亲的嘴给篾缚了？"他说："孩子要紧，大人没什么。"油糍老板说："我看你一世人没吃过油糍。真是多仔饿死爸！"

后来，做田人背驼了，头发也白了，给九仔讨了九门亲，九个仔成亲一个，分家一个，最后一家变九家，剩下老货没人要，像狗屎。九个仔我推给你，你推给他，都不愿养父亲。族长公来主事，煞尾才讲定：一个仔养一个月。

《九个仔不如一树板寮花》（古田）

"孩子要紧，大人没什么"这是父母对子女的普遍态度，可是正如油糍老板所说"多仔饿死爸"，孩子长大成家后就不愿养老父亲了。更令人气愤的是，因为月份有大有小，孩子都争着要小月养父亲，最后竟然变成了每个人都奉养29天，因为"老货一年饿几天不要紧"。

老汉眼泪鼻涕流一脸，走到门外去，见粪察旁一棵板寮树开了满树花，淡红淡红的，他想起这花可煮来吃，就脱下衣裳去摘下，放在衣裳上，卷了一大包，抱回家去搭起小锅煮起来。

老汉吃得肚子胀，不停地打嗝，自言自语叹道："九个仔不如一树板寮花！"

罗源的《多子没福》中的木木伯，也是辛苦养大了三个孩子：

真难为木木哥，田园又要做，里又要顾。落田时候，邀一个，抱一个，还要背一个。抢伊大，挟伊大，尕流伊大，嘴做笊篱腹做鼎，衔嘴里怕溶去，顶肩头怕跌落，也不知受尽多少苦楚，待到三个仔长大成人，讨三房媳妇。

　　结果木木伯老了无人奉养，连饿带冻死在房内，几天后邻居撞开房门才发现。三个孩子的态度连邻居都看不下去：

　　乡里各去三个仔厝里报信，仔媳妇带啦男女孙都来。将样收拾？大家意见纷纷：大大晓得郎爸没钱剩，枕头箱开起，共总碎银、铜片、线只，不上两三元，怎够使？伊主张就这样破席卷一下去埋，三公大怒："你这骑马仔！你爹花一世心血，受多少苦？养你几个成人长大，生的时候，没看见你各人孝供养，看见你买一块饼给伊食，死啰连棺材都没？"

　　老人死后，孩子想到的第一件事情竟然是剩多少钱，如何让自己不吃亏？甚至还利用为老人办丧事给自己谋利。这些故事深刻揭露了子女自私自利的本性，同时向民众提出了值得深思的问题：子女为什么不孝顺？老人应该怎样才能安度自己的晚年？老百姓也用故事的形式提出了自己的思考答案。福州的《孙孙仔仔不如身边一箱仔》故事开头依然是子女不孝。三个儿子不肯供养，老人只能做些小买卖度日。中秋团圆时，老人孤孤单单地过了一夜。在友人的建议下，老人向友人借了一些银元，晚上拿出来数，还故意发出"叮当、叮当"的响声，结果三个孩子都知道了：

　　一会儿，大媳妇拖着老大，二媳妇拉着丈夫，三媳妇跟着老三都来到了父亲的房门口，从门缝里朝里一看，全都惊呆了：父亲面前摆着满满一箱白花花的银元哩！屋里的老人知道儿子、儿媳都在门外偷瞧，数得更起劲了，"叮当、叮当"声从门缝飞出来，直朝儿子、儿媳们的耳朵钻去，听得他们心里痒痒的。不一会儿，大概累了，老人吹灭了油灯，上床睡觉去了。几个儿子、儿媳也各自回到屋里去。

　　老大刚跨进自己的房门，就听见身后妻子轻声地说："哎，看来老的年轻时有不少积蓄，我们可不能大意啊！"当晚，夫妻俩嘀嘀咕咕地商量了一夜。老二和老三夫妇也在枕边细声细语地谈到天亮。

　　银元的力量使老人的子女们顿时爆发了无穷的动力，争着抢着孝顺父亲。老人终于过了一段舒心的日子。最后老人去世了，老人的友人拿出了藏着银元的箱子钥匙，说哪一个孩子把老人的丧事办得最好，就把钥匙给他。结果老人风光大葬，待三个儿子打开箱子，发现里面只有一块块碎砖碎瓦！

　　这种用巧计惩治不孝子女的情节广泛见于孝顺故事，如古田的《老汉过老世》中老汉用锡烛斗磨成一块块假银元；寿宁的《瓦片比团好》中老人用瓦片磨成银元大小，红纸包裹装了27筒假银元。其他如畲族《不孝女失宝》则是父亲想到女儿家度晚年，随身只带了一件破棉袄，没想到女儿对自己百般嫌弃，老人无奈回到家中，把破棉袄中藏着的金条、戒指、白银等物全捐给村里铺桥造路。

　　孝顺故事也往往运用人物对比的方式来表现对孝顺行为的肯定，如建阳《一个老人的故事》就引入了义子的角色和不孝子进行对比。老人的三个儿子没一个孝顺，老人想要跳河被一个年轻人所救。年轻人认老人为义父，让老人过上了安稳的生活。老人觉得太空闲想种菜，他的干儿媳也很孝顺，不要老人干活。

　　后生老婆说："爷，你只管放心在我嬉，掘地栽菜的事我都会做。"

　　老人说："我是闲不住的人，你就让我多少栽些吧。"

　　后生老婆拗不过老人，就指着后门一片地说："你实在要栽菜，就在后门园栽些，千万莫劳累了身子。"

　　老人扛了锄头，到了后门园里，刚刚举起锄头掘下去，就听见"当"的一声，锄头碰到地里的石头上。渠搬开石头一看，石下竟是一缸金！老人又举起锄头掘另一个地方，又听见"当"的一声，锄头又碰到地里的石头上。渠搬开石头一看，石下竟是一缸银！

　　老人停下锄，赶紧回厝，告诉后生的老婆："新姆，掘到一缸金、一缸银哩！"

　　后生老婆说："那我找人去叫你义子回来搬。"

　　老人想了一下，说："莫慌，莫慌，你带信给我义子，就说我生重病，叫渠快些回来。"

义子听到义父重病，急急忙忙地赶回家，在发现虚惊一场后又提出不要金银，让老人的三个儿子来搬。老人不肯，义子又提出报老人过世的假信给三个儿子，给他们最后一次机会。没想到三个儿子齐声咒骂老人早就该死了，并写了以后不找麻烦的字据。故事通过义子和三个儿子的鲜明对比表达了对义子孝顺行为的肯定，并让义子最后获得了财富，而三个儿子则被投入大牢。华安的《亲儿与义子》亦讲述了王氏被亲儿推落深渊后为义子所救，并尽心奉养的故事，以义子林定山孝顺得财和望财害母终受报应作对比，赞颂了林定山的孝顺之心。

《州官巧断"逆子"案》（永定）则以荒唐父亲和孝顺儿子作比较来赞颂儿子的孝心。故事说一老头拉一后生到州府告状，父亲告儿子忤逆不孝，儿子则被父亲拖来拖去丝毫没有反抗。州官给两人每人二百文，让他们吃过饭再来。老头用这两百文整置了好酒好菜，吃了个醉饱。儿子则花三文钱买了个熟地瓜当午餐。下午升堂时，儿子把剩下的钱还给了州官：

州官说："你怎么才花三文钱就吃饱了？"

后生说："被父亲告忤逆，已是罪人，蒙老爷赏钱，三文钱的地瓜已足够饱肚，种田人俭省惯了，怎敢多花老爷的银钱？"

州官问老头："你呢？"

老头说："逆子不孝，不能奉养，在家难得有一餐酒肉。蒙老爷厚赐，二百文钱我都打酒买肉吃了。"

州官怒喝："这案不用审了，你是个图酒嗜肉、不知俭省、不知体贴的人。儿子收入有限，若是每餐要二百文钱的酒肉，莫说你儿子，就是我州官也奉养不起。再敢生是非，莫怪本官板子无情！"

父子的言行对比突出了儿子对父亲的孝顺，但同时也隐隐提出一个问题——儿子的孝顺实际上是要以父母对孩子的爱为前提的。正所谓"父慈子孝"，如果父亲完全不顾子女的感受，一味向子女索求那也是不行的。当然，从天下父母的角度来说，大部分父母都是一心为子女着想。子女再怎么不孝，父母心中仍然都是一心为他们着想，希望他们能够幡然醒悟，痛改前非。浪子回头金不换，只要能够真心悔改，老百姓总是尽量予以最大的肯定。如平潭流传的《金哥银弟》、同安的《两瓮银》等都是这种情感的反映。《金哥银弟》说阿康哥辛苦拉扯金哥、银弟长大，但由于过分宠爱，金哥、银弟养成了好吃懒做的习惯。阿康哥又摔坏了腰，生活逐渐困顿，但金哥、银弟依旧吃饱便睡。邻居二叔公给阿康哥出了条计策，让阿康哥告诉两个儿子，自己在东西山坡各藏了一缸金一瓮银，让兄弟俩各自去挖。兄弟俩听了很高兴：

当日就扛着锄头上山挖宝，手掌上磨起泡不叫苦，肚子空了不叫饿，可是挖了三天还不见金和银，他们就来问父亲，"爹，到底金缸银瓮在哪？"老父亲只答四句："地开三亩大，土挖三尺深；汗水得多，有银也有金。"

金哥、银弟半信半疑地又挖了整整七天，还是不见金来不见银，他们有点不耐烦了，又来质问老父亲，老人教他们把开荒的坡地砌成田园的样子，然后把山上野生的金银花连根挖起，移植在新园地上，隔两尺栽一株，树头堆土灌水，让它扎根。末了，老汉说了两句话："金花银花开，金银自然来！"

就这样，金哥、银弟越劳动越有精神，身体也结实了，日子逐渐好起来了。在阿康哥离世前，金哥、银弟还是忍不住问了父亲，到底金缸银瓮埋在哪里？

只见老爹微微一笑，说："满园的金银花，就是黄金白银嘛，我哪里还有什么金缸银瓮呢？我不是早就说过，'汗水流得多，有银也有金么！'"

这时，金哥、银弟才如梦初醒。从此，他们靠双手勤劳立业，都讨了个好妻子，日子越过越美好！

不能过于溺爱孩子，靠自己的双手勤劳致富，才能得到金缸银瓮，这是源自老百姓最深刻的生活体验，也是老百姓通过这类伦理故事传达的对孩子应该如何教育的理念。

　　伦理故事的另一个主题就是婆婆与媳妇之间的关系。婆媳关系是家庭生活中最难处理的关系，而如何让媳妇孝顺婆婆、婆婆疼爱媳妇也自然成为首要问题。在这一点上，老百姓从来不单方面强调媳妇对婆婆的孝顺，而是主张双方的互相体谅、互相关心。老百姓往往把解决问题的关键放在双方关系的协调者——儿子身上，让他充当协调婆媳关系的桥梁。如福清《婆媳归好》说福建沿海一户人家，婆媳之间犹如针尖对麦芒，儿子夹在中间两头受气。因为生活困苦，儿子决定下南洋谋生，但又怕家中母亲和妻子斗个你死我活，就想出了一条计策，他向母亲说，自己为尽孝道决心除掉妻子，听说南洋有一种毒药，吃进去没任何症状，十天后自然死亡。他要母亲假意对媳妇好，以免将来媳妇死了被人怀疑。同样的说辞他也对妻子说了。儿子下南洋后，婆媳二人刚开始还面和心不和，但随着家中顶梁柱的离开，迫于生活，婆媳二人不得不齐挑生活重担。十年后儿子回来了，分别告诉母亲、妻子，毒药取回来了。两人这才记起这事，悔恨不已。儿子说出实情，婆媳抱头痛哭，迎来了真正和睦的生活。福鼎的《猪肚炖莲籽　吃多慢慢死》也说婆媳不和，儿子知道母亲为人，就想了法子教育妻子。

　　一天，他又要出远门了，临走时对妻子说："猪肚炖莲籽，吃多慢慢死。从现在起，你装作孝顺，每十天炖一个猪肚莲籽给母亲吃，连吃十个猪肚母亲自然会死。这样邻居也不会指责你。"另外，他又和母亲说："媳妇不懂事，不孝敬大人，我骂她几次，现在她已认错了。"儿子走后，媳妇真的装得十分孝顺，每十天炖一个猪肚莲籽给婆婆吃，这样吃了几次，婆婆觉得媳妇真的变得孝顺了，对媳妇也好了。

　　两个月后，儿子出门回来，拿了一个猪肚要妻子炖莲籽给母亲吃。妻子跪在丈夫面前说："不要再炖了，母亲对我很好，过去都是我的错。"丈夫说："那不行，十天炖一个猪肚莲籽不能停，一停以后就吃不死了！"他定要妻子炖，妻子恳求说："我不能再炖，母亲这样爱我，我不能没良心。"丈夫看妻子真的悔过了，就扶起她来说："猪肚炖莲籽，怎么会吃死人呢？这是我使你孝敬母亲的一种办法哩！"

民间伦理故事中，也常有媳妇虐待婆婆被雷劈、婆婆虐待媳妇不得善终的表达，但对于民众而言，婆媳关系的改善始终是最主要的，双方的争斗、互不退让必然没有好结果，于是，儿子居中协调，设巧计使婆媳互相关爱就成为这类故事的主要情节类型。

## 二、媳妇女婿故事

女婿故事与巧媳妇故事本是各自独立的两类民间故事，考虑到从名称上恰好构成对应关系，也符合民间女婿媳妇并举的习惯，此处合并在一起介绍。

### （一）巧媳妇故事

按照文学是社会生活的反映这个基本认识，巧媳妇故事要表现的自然就是女性地位问题。古代社会对女性的严格规定使媳妇在家庭中经常处于弱势受欺的地位，但在民间文本中，女性却有着异乎寻常的地位。她们勤劳、善良、机智、热心，处于家庭的核心地位，是孩子、丈夫的保护者。老百姓执着地认为，能够娶到一个勤劳、聪明、能持家的媳妇是全家的福气。因此，民间故事中就出现了巧媳妇这样一个既能表达古代妇女挣脱桎梏愿望，又能满足一般民众对家中能有一聪明能干媳妇需求的人物形象。

巧媳妇故事在全国各地都有流传，其情节构成大多围绕公公挑儿媳与刁难儿媳这两方面展开，基本上都是解难题型故事，以展现巧媳妇的聪明才智为主旨。为了体现巧媳妇的与众不同，大部分巧媳妇故事在人物的设置上都是三个儿媳或四个儿媳，而最小的媳妇总是最聪明的，这和两兄弟故事、三姐妹故事中人们喜爱年幼者的心理是一样的。巧媳妇的丈夫一般不出现，如果出现一般也是作为引发公公与媳妇矛盾的导火线。

首先，从难题的形式来看，福建地区的巧媳妇故事主要有隐喻型、避讳型、反问型等。隐喻型一般表现为公公出隐喻题目考察巧媳妇，属家庭内部矛盾；避讳型则多是外人对巧媳妇的刁难，属家庭外部矛盾；反问型则兼而有之。

福建大多数的巧媳妇故事属于隐喻型故事。从公公设置的难题来看，多从现实生活取喻——公公要媳妇们从娘家回来时给他带"纸包火""纸包风""肉包骨""骨包肉""油包火""土包火"等东西，如南安流传的《巧媳妇掌家》：

有一天，阿九叔将他的三个媳妇都叫到面前说："农忙已过了，你们今天都可以回娘家去。不过我有话在先，谁都要按我的话去办，否则就按家规处理。大儿媳妇去七八天，二媳妇只能三五天，而三媳妇可回去半个月。三人带的礼物依次是'纸包火''油包火''土包火'，你们一起去，中秋团圆日就得一起回。"三人来到半路，第一、第二媳妇不明原因，都有疑问。巧媳妇说："三人日数同是个半月，大的带纸灯，二的带油灯，我带火炉。"第一、第二媳妇听她解释后才明白。阿九叔见她们按自己说的去做，也就没话说了。

这些生活中的常见事物被公公设置为一个个隐喻，以此达到刁难媳妇或考验媳妇的目的。

避讳型故事则大多是乡人们故意设置难题刁难巧媳妇，想让巧媳妇说出犯忌讳的字词。古代直呼长辈名字是犯忌讳的事，因此这类故事在公公名字的设置上往往就是"九叔""九公"等。乡人们总是制造各种难题引诱巧媳妇说出"九"字，如南安的《巧媳妇忌讳》，有人故意刁难巧媳妇：

"我叫阿呀，阿九叔欠我白银九百九十九，须你给阿九叔说，要他农历九日还我，要不就叫他再添九百九十九。"

巧媳妇则巧妙地向公公转达此事：

"阿爹啊阿爹，刚才有个客人来，说是他和你同名，他说你欠他白银一千少一两，叫你重阳节就还他银子，要不他就要罚你双倍。"

这样的情节可以一再重复，直到乡人们完全被巧媳妇的智慧折服为止。

反问型故事主要是针对一些根本不可能有答案的难题，以同样的难题反问对方，让其无话可答。如连江畬族流传的《巧媳妇》，知县硬说财主私酿米酒，数量有家门口的潭水那么多，要财主补交税款。巧媳妇教公公询问知县潭水有多少的量，让知县去量一量。第二次知县又要财主摘下北斗星给皇帝贺寿，小媳妇则问知县有没有上天的梯子可借。借助巧媳妇的智慧，财主躲过了知县的恶意侵扰。《没事愁》（古田）说老汉的三媳妇聪明能干，老汉凡事无忧，就在门口挂上"没事愁"的牌子。皇帝心生炉忌，想让老汉摘下牌子，就下令让老汉买一篓公鸡蛋。结果过几天差役上门时，三媳妇说公公在坐月子，没空出门买。皇帝要老汉织一顶"遮天帐"，三媳妇就向皇帝索要"遮天尺"测量。皇帝要老汉做一个山一样大、一样重的斋团，三媳妇要皇帝拿"秤山秤"来称。这些都属于反问型故事。

其次，从巧媳妇故事的情节模式来看，大致可以分为单一式和复合式两种。单一式就是只包含一个解难题的故事。碰到难题的可以是媳妇们，也可以是公公本人。如《巧媳妇解桶谜》（南安）说地方上的无赖想刁难箍桶匠阿九叔，提出要阿九叔制作"有盖无底桶""有底无盖桶""无底无盖桶""有底尾巴丈多长""有桶四方形聚千军万马留帅位"等五个桶，阿九叔被难住了，此事被三媳妇知道了，便告诉阿九叔：

> "阿爹，你别烦恼，那'有盖无底桶'是蒸桶，'有底无盖桶'是碗桶，'无底无盖桶'是土结模①，'有底尾巴丈多长'是打水的小桶，'有桶四方形聚千军万马留帅位'是蜂厨②。"

难题解决，巧媳妇的聪明机智得到展现，故事也就结束了。

复合式则是将各种问难情节连缀在一起，形成一个首尾连贯的故事。不断地提出问题，不断地解决问题。每一次问难就是一个悬念，不断引发观众的好奇心，形成跌宕起伏的情节波澜，这种形式较为常见，也最能体现民间故事的结撰特点。我们以古田的《九公夸媳》为例，故事的开头一般采取铺垫手

---

① 土结模：土坯模。

② 蜂厨：蜂箱。

法，烘托巧媳妇的聪明才智。常见情节是回娘家，作用是引出巧媳妇这一中心人物。

从前，有个叫九公的老人，有一天，大媳妇和二媳妇要回娘家探亲，九公约定归期：初七和初八，但要同日回来，并且要带回"纸包火""纸包风"。

初七、初八不同日，怎能同日归？纸又怎能包得火、包得风？两个媳妇边走边叫苦，却被桥下一个洗衣女子听见。那女子笑着说："这是叫你二人定十五这一天回家，带的是灯笼和纸扇。"二人喜出望外，问那女子何方人。女子遥指前村说："弯弯曲曲，孩童唱曲。"

大媳妇、二媳妇被公公的难题难住了，而主人公乘势登场，帮助二人解决了问题。紧接着就是九公亲自出门去考察：

来到村前，转弯抹角，果然在一户人家见到那个洗衣女。九公忽的喊肚痛，媳妇问："得吃什么药？"九公回答："曲曲饭，空心菜。"媳妇知是公公又在出谜题，只得又去找洗衣女。女子回答说："他想吃葱炒粉干。"

洗衣女子的智慧让九公大为满意，于是洗衣女子就成了九公的三儿媳。因为九公对三儿媳很满意，所以故事的走向并没有发展为公公刁难媳妇，而是媳妇不断帮助公公解决难题：

自从洗衣女过得门来，九公逢人就夸三媳妇如何本事，这下子给他自己招来不少烦恼事儿。

一天，有个自称九洋人名九的，对三媳妇说："你公公欠我九千九百九十九元，叫他还我。"九公最忌人家说"九"。三媳妇转告公公时，巧妙地说："三六洋五四叔公说，你欠他一万少一元。"避开了"九"字。

一天，人们在门口听讲故事，九公又夸起媳妇来，竟把人家的故事打断。大伙叫嚷："你把故事柄打断要赔！"

九公躺倒床上发问："别的还没什么，这故事柄儿哪里去找？"三媳妇叫他不要理会。

"老九哪里去了，打断故事柄非赔不可！"大伙追着三媳妇。三媳妇说："他到山里拔蛇毛、砍天撑去了。"

"蛇无毛，天无撑，这是骗人！"大伙气势汹汹。

"蛇既无毛，天既无撑，故事何曾有把柄？"人们一下子都给打发走了。

九公跳下床来，笑得前仰后翻，没想到一失足竟把邻居猫儿踩死了。

"踩死金猫儿，赔钱二万二。"猫主带了一些人来索赔，赖着要吃饭。九公一时没主意。三媳妇煮好饭，暗地把饭勺柄子割得细细的，那伙人一拥而上，立时把饭勺弄坏了。

"弄坏金饭勺，赔钱二万六，找我四千！"三媳妇话没完，猫主等早溜光了。

难题一个接一个，三媳妇解决难题的方式也各不相同，这则故事包含了隐喻型、避讳型、反问型等不同的亚型。因此，情节虽然大致相同，却给听众带来不断的新鲜感。

三明地区流传的《聪明媳妇王素珍》也是复合式情节模式。在回娘家、考验媳妇、外来刁难等情节的基础上，进一步增加了挑选掌家人的情节，转向了对家庭内部关系的表现：

吴员外看到四儿媳聪明机智，件件事都处理得很得体，欲将家庭担子给她掌管，但又担心其他三个媳妇不服，就想了一个办法。一天，吴员外召唤四个儿媳到面前，每人给了一根甘蔗，对她们说："你们各拿一根甘蔗回去，在自己灶膛内储火种，我明天一早亲自去看谁能在自己灶膛里拿出火种，帮我点着烟，这个家就由谁来管。"四个儿媳领命去后，都在想储火种的办法。大儿媳把整根甘蔗放进灶膛里烧，二儿媳是把甘蔗砍成几段后往灶膛里烧，三儿媳把甘蔗劈成片后，也往灶膛里烧，唯有四儿媳坐在灶前，一口一口地吃甘蔗，然后把吃完的甘蔗渣扫进灶膛去烧，烧红后上面盖了一层灰，才去睡觉。

第二天一早，吴员外装好一袋烟，等着点火。三个媳妇的灶膛里火种都灭了，没法点烟。到了四儿媳素珍灶前，素珍不慌不忙，夹出火来，说了声："公爹请吸烟。"边说边给吴员外点着烟。吴员外满意地笑了。

巧媳妇不仅聪明机智，更重要的是有着丰富的生活经验，用炉灰保温这种做法不是单靠聪明就能想出来的，民众需要的也正是这样一个既聪明又务实，有着丰富生活经验的儿媳妇。于是，在巧媳妇故事中就看到了这样的理想人物。需要指出的是，在巧媳妇故事中，巧媳妇要得到认可必须经历一系列难题考验，而考核者正是代表男性权威的一家之主——公公，而对巧媳妇的评价标准就是她能否把家事操持得井井有条，这实际上仍然还是男主外女主内的男权思想的典型体现。

### （二）女婿故事

民间流传的女婿故事主要有两类女婿形象：一类是智力上有缺陷的傻女婿，我们故称之为傻女婿故事；另一类是因为地位低下而被称为"傻"女婿，这类故事的情节多发生在女婿到岳父家拜寿期间，我们称之为女婿拜寿故事。这两类女婿故事福建各地都有，大多以笑话形式流传。

#### 1. 傻女婿故事

这类傻女婿故事主要围绕没记性、学东西生搬硬套等体现"傻"的特点展开，但往往取得了出人意料的效果。在这类故事中，傻女婿并不令人讨厌，人们也不会因为他智力上的缺陷而欺负他。相反，老百姓总是以最大的善意去包容他，对他言行的可笑之处也多是一种善意地嘲讽，甚至总是希望傻女婿故事能有一个圆满的结局。

傻女婿因为智力发育问题，不懂得如何为人处世，所以要学说话，但往往只是单纯地记住了几句话。可是很奇妙的是，傻女婿在不同场合中对这几句话的运用却取得了出人意料的效果，如《傻子学话》（福清）中傻子听了父亲的话到村外去学说话：

傻子看见一个木匠背着斧头、铁锤、锯子等工具外出做工，傻子就跟着他后面。路上木匠看到一个乞食遇到一座腐朽的独木桥，乞食不敢过就绕道而行。木匠就说："乞食不过烂柴桥。"傻子听了，认为这句话不错，就记下来了。又走了一段路，木匠看见一个小池水将干了，鱼虾在跳，就说："鱼虾搓搓（指有鱼腥味），没家私（工具）不能取讨。"傻子认为这句话也很好，就背下来。当木匠走到村口时，一头狗母从村里冲出来，对着木匠狂吠。木匠拿起铁锤说道："狗母、狗母，你敢吠我，一锤卡（打）过，干你会倒。"傻子认为这句话讲得最好。木匠进乡做工去了，傻子就回家了。一路上，傻子把三句话背得滚瓜烂熟。

说媒的人给傻子说了王员外的女儿，王员外听说傻子智力有问题，就请他到家中做客，设置了一些问题来考验他，结果傻子把学到的三句话一一道出：

傻子到了王员外门口，几个家人挡住门口，门口放着一个三条脚的破椅，家人示意傻子要从椅上经过。傻子记起昨天木匠讲的话，就说："乞食不过烂柴桥。"员外听了，认为傻子不傻，非常高兴地跑出来，故意骂家人："乞食都不过烂柴桥，堂堂的少爷怎能让他从破椅上经过。"叫家人搬走破椅，接少爷到堂上坐。傻子到了堂上，丫头捧出一碗点心，碗面全是鱼虾，但没有筷子。傻子记起木匠第二次讲的话，就讲："鱼虾搓搓，没家私不能取讨。"员外老婆听了，心里非常欢喜，马上拿筷子从房中跑到堂上说："我命你快吃，你快吃。"傻子心想，我用了两句效果都不错，还剩下一句还没用呢。就大声说道："狗母、狗母！你敢吠我，一锤卡过，干你会倒。"

傻子的前两句话取得了很好的效果，但其生搬硬套也不可避免地造成了令人啼笑皆非的结局。而三明的《痴公子见丈人》同样是学了五句话，但在丈人的刁难中都用得恰到好处，最后顺利地娶到了妻子。《不是府里见，就是省里见》（福安）、《丈母娘偏爱傻女婿》（福清）亦是如此。

一个智力有缺陷的傻子通过学说话成功娶得了一个正常的女子，这在现实中是基本不可能的，但在傻女婿故事里，老百姓却让傻女婿成功了。不仅如此，傻女婿结婚后，夫妻关系还很和谐，衍生出许多妻子教丈夫说话、妻子让丈夫到娘家借东西的故事。

忘性大、做事情丢三落四也是傻女婿故事的重要情节构成，如《傻女婿丢宝》（古田）说傻女婿要去给丈人拜寿，媳妇教他"福如东海，寿比南山"这八字祝寿语。傻女婿怕忘了，一路上一直不停地念。可是路上碰到连襟一直找他说话，他很不耐烦，大叫"你走你的，我走我的……"结果把祝寿语忘了。傻女婿急得丢下担子在路上大找，又跳到水田里大摸。大姨夫问他啥丢了，在知道傻女婿把宝贝丢了后也帮忙寻找，可怎么也找不到。无奈之下，傻女婿垂头丧气地跟在大姨夫后面来到丈人家。大姨夫看到老丈人，赶紧向丈人拜寿："祝岳父大人福如东海，寿比南山……"结果傻女婿一听，火冒三丈揪住大姨夫乱打："好啊！你这贼！原来是你在田里把我的宝贝偷摸走了。"傻女婿把媳妇所教之祝寿语看成是宝贝，而这宝贝被假装帮忙的大姨夫摸走了，在傻女婿看来理所当然的行为却产生了出乎意料的戏剧效果。傻女婿的荒诞言行显得那么可笑，但这种可笑却更多是一种天真、一种童趣、一种久违的童年回忆。

### 2. 女婿拜寿故事

女婿拜寿故事往往围绕穷女婿与富女婿、穷女婿与势利岳父母之间的矛盾展开，表达了民众对"万般皆下品，唯有读书高"的传统观念，以及势利岳父母嫌贫爱富行为的嘲讽。这类故事在人物设置上往往是二女婿或三女婿，而以三女婿较为常见。身份设置则是大女婿习文，二女婿习武，三女婿为普通人，职业一般为种田、杀猪、帮佣等。

行酒令本是文人们的专利，是文人之间交往应酬、展现才华的重要方式。老百姓借用了这一形式，让富女婿们在宴席上为穷女婿示范什么是酒令，结果令他们沾沾自喜的酒令却使穷女婿恍然大悟，原来这就是上等人的文字游戏，原来行酒令是如此的简单！富女婿想要借助行酒令羞辱穷女婿，其结果却是自取其辱。往常木讷平庸的穷女婿在行酒令这一领域表现出了惊人的智慧，在大女婿、二女婿所擅长的"文学"领域一次又一次地将他们击败。故事也因此高潮迭起，妙趣横生。对抗通常在女婿之间展开，岳父则往往扮演了出题刁难者的角色。我们以尤溪《三女婿巧对酒令》为例。在寿宴上老丈人提出：

酒令格式是每人四句，说清两样相似的东西——一项有翅，一项无翅。最后一句还要提出疑问："到底是也不是？"谁做得通，敬酒三杯。酒令题目出得奇巧，难坏了种田佬，乐坏了文官老爷。

大女婿文官老爷惯于舞文弄墨，行酒令更是他的拿手好戏，抢先说："鱼和龙是同一事，鱼还比龙多两翅。人讲龙是鱼变的，到底是也不是？"

二女婿是个武官老爷，虽不会吟诗作对，但也会依样画葫芦，他见大女婿说了，也接着说："老鼠和蝙蝠是同一事，蝙蝠还多老鼠两个翅。人讲蝙蝠是老鼠变的，到底是也不是？"

岳父和富女婿想通过这种行酒令的方式让三女婿难堪，没想到三女婿虽然文化程度不高，却很有生活智慧：

"三人拜寿同为一事，大姨丈和二姨丈比我还多两个翅。人说大姨丈和二姨丈是我养的，到底是也不是？"

大家一听，怎么大女婿和二女婿是他养的？连连说："不通，不通，不通。"三女婿可不服气了，说："怎么不通？你们当官的如果不是种田人养的，你们吃什么？"

《聪明的三女婿》（连江）、《三女婿拜寿》（漳州）等故事的情节基本相同，穷女婿因为贫穷，在岳父家受到了诸多不公正的对待，很多女婿拜寿故事都详细描写了这一细节。《拜寿》（福清）说大女婿提重礼穿华服就睡在楼上大床，穷女婿提蛋面穿破棉袄，就只能在楼下打地铺。《欺贫重富》（福清）中三女婿就借行酒令表达了自己的强烈不满：

"住在厅边猪务①，虱母跳蚤无数。原来是你老左②，一贯欺穷重富。"

---

① 猪务：猪栏。

② 老左：骂人话，"老风流人"之意。

岳父与富女婿的一再相逼，穷女婿终于忍无可忍，反击的对象不仅仅是富女婿，也针对一家之主的岳父，且看两组酒令：

（1）

大女婿：亚吱①健健，搭在树上。亚吱一叫，像奏乐一样。

二女婿：公鸡健健，立在地上，公鸡报喜，和凤凰一样。

三女婿：吓官②健健，坐在堂上，眼睛闭起，像死人一样。

（2）

大女婿：酒桌四角，菜放呆当③，祖上流传，吃到子子孙孙。

二女婿：厅堂四角，柱在呆当，祖上流传，住到子子孙孙。

三女婿：棺材四角，人盛呆当，祖上流传，死到子子孙孙。

民间俗语说"女婿为半子"，但当岳父不仅不把女婿当半子，还一再针对穷女婿百般嘲讽逼迫时，抗争也就出现了。

福建地区少数女婿拜寿故事则表现岳母与穷女婿之间的矛盾，如罗源流传的《三女婿拜寿》中有这么一个情节，说岳母嫌贫爱富，让有钱的大女婿、二女婿住楼上，三女婿穷，就住楼下。晚上的时候，岳母上楼去看女婿：

岳母晚间先到楼上，见二位富婿侧身弯曲睡着，便道："我官、二官④好像元宝锭，多好看啊！"说完，又到楼下，见穷婿仰面正睡，便道："未见这'半路'⑤如尸首一样。"这位穷婿本来就睡不着，岳母一来他闭着眼睛假睡。岳母如此恶毒冷虐之语，他听了只当不知，凭她去说。

---

① 亚吱：蝉。

② 吓官：岳父。

③ 呆当：当中。

④ 官：岳母对女婿的称呼。

⑤ 半路：骂人语，"半路死"之意。

后来穷女婿勤劳致富，富女婿由富变穷。三个女婿又到岳丈家为岳母祝寿：

这时，岳母安排三婿在楼上好的房间，长婿、次婿在楼下潮湿而暗陋的房间。岳母晚间又来了，她先对由穷变富的三女婿说："我三官多好啊！好像金条一样，多么平直①啊！"又对楼下由富变穷的两婿咒道："嘿！这两个'半路'，就像两头死猪！"

女婿拜寿故事展现的是家庭内部矛盾关系，但实际上则是旧社会世俗生活的缩影。在民众眼中，这些一向高高在上的贵人们其实也没什么了不起，甚至连一般人都不如，他们所做的酒令粗鄙不堪，却自鸣得意。穷女婿则在领悟了行酒令的技巧后妙语如珠，让岳父母、富女婿哑口无言。

除了行酒令外，女婿拜寿故事还涉足了诗歌创作领域，相同的是大女婿、二女婿所作之诗依然是行酒令的水平。再看一则古田地区流传的女婿拜寿故事：

有一位老人，三个女婿来拜寿：一个读书人，一个裁缝人，另一个做田人。三个女婿都上桌吃酒，猪肉捧上桌时，读书的就说："这碗菜慢一点吃，我们来作诗，作一首诗吃一块肉，诗作不来的就不能吃。"另两位就说"那好"。读书的那个先说："笔墨纸砚本是一对，我这十八字文章行到各处。皇帝圣旨是我写，我吃猪肉要大大的吃一块。"

裁缝的那个看见最大的一块肉被他吃掉，赶紧就说："剪刀布尺也是一对，一匹布被我剪碎。皇帝龙袍是我绣，我吃猪肉要吃两块。"好大的两块猪肉又被他夹去了。

做田的女婿这才说："锄头粪箕也是一对，一垄园被我锄得粉粉碎碎。皇帝是我粮养大，我吃猪肉不算块！"整盘肉全归他了。

---

① 平直：令人满意。

　　情节依然是先抑后扬，穷女婿作诗成功，结局大快人心，"皇帝是我粮养大"和《三女婿巧对酒令》中"当官的是种田人养的"如出一辙，表达了劳动人民的"劳动最光荣"的朴素情怀，也道出了旧社会长期受统治阶级盘剥的老百姓对不公正等级制度的强烈不满。

### 三、长工与地主故事

　　阶级社会中，长工与地主之间的矛盾最为直接也最为尖锐。福建山地情况复杂，长工们往往被分隔在不同区域，彼此之间缺乏联系。面对地主的种种恶毒行径，用武力无疑不是解决问题的办法。与愚蠢、贪婪、恶毒的地主斗智成为这类故事最常运用的手段，题目也多以此为题，如《长年智斗地主》《长工巧戏财主》等。这类故事情节单纯，长工与地主的斗智往往采取反复做类似的三件事（或几件事）的方式来推动情节发展。地主越狡猾凶狠，斗争性就越强，方法也就越巧妙。

　　地主在故事中大多被塑造成既愚蠢又贪婪成性的反面形象，他们被人们起了"敲诈人""奸狡利①""铁公鸡""范剥皮"等各种绰号。只要有利益摆在面前，他们总是千方百计想要获得，并且是不择手段，完全没有下限。因此，长工对付地主的手段也是多种多样，结局也总是以地主失败告终。

　　第一类是巧解难题型。这种类型往往以地主克扣工钱为契机。每到年终的时候，地主总要出几个难题为难长工。而聪明的长工往往通过巧做活的方式，让地主不得不收回刁难的难题。《长工与财主》（永泰）说长工干了一年活要结算工钱，财主又绞尽脑汁出难题，第一个难题是让长工把堂屋房间弄出去晒晒太阳，结果长工二话没说，拿起铁齿耙爬上屋顶要把瓦片掀掉，地主连忙阻止。第二个难题是让长工在瓦片上栽葱，长工马上挑着粪便要上屋顶下基肥，地主只好作罢。第三个难题是让长工猜他的头有多重？结果长工还是不假思索地做出了"六斤四两"的回答，说和昨天杀的猪的头一样重。地主还不肯罢休：

---

① 奸狡利：吝啬鬼。

他油腔滑调地接着说："伙计，猜不中啦，该认输了。""东家，没错，你的头只有六斤四两，分毫不差。倘若不信，可以刈下来称你看。"随即进厨房拿出菜刀和秤杆。

财主看到明晃晃的菜刀，又看到步步逼近要刈头，吓得浑身发抖，结结巴巴地说："对……对，是六斤四两，和昨……天宰的……猪头一样重。"边说边打揖哀求说："求求你，别……别……称了。"便自认晦气、乖乖地给长工算清工钱。

地主为了不给工钱，千方百计地给长工出难题，结果都是搬起石头砸自己的脚。各地的难题大同小异。《长年智斗财主》（周宁）说地主在雇长工时双方约定，如果一年内长工完不成地主交代的三件事，一分工钱都拿不到。哥哥为帮弟弟讨回工钱，也去地主家打工，结果第一个月地主提出要长工把牛赶到毛竹尾去吃竹叶时，哥哥提出要用长绳穿过牛鼻把牛吊到毛竹尾。第二次，地主要长工摘下天上的月亮给自己儿子玩，哥哥把地主带到水潭边，要地主儿子下去把月亮抱上来。第三次，地主让长工把水粪煮热去浇菜，哥哥就把水粪挑到灶房去热。财主没办法，只好把哥弟俩的工钱结算了。同样情节的还有《二敏智斗范剥皮》（闽侯）等。

第二类是照着做型。长工抓住地主的语言漏洞，严格按照地主的吩咐做事，让地主有苦说不出，吃了哑巴亏。如《巧捅"野蜂窝"》（大田）中说财主心比野蜂还毒，以刻薄长工出名。

有一天，部楼做完农活刚坐下歇息，太成鬼看见了，就大声骂："部楼，你吃谁家的饭？不干活，吃饱坐着歇，叫我白白养你吗？"部楼说："我农活做完啰。"太成鬼说："做完也不能歇，快去替我找几件好衣裳，烧滚水给我洗澡。"

于是林部楼就按照地主的吩咐，找了地主几件最好的衣服塞进炉膛起火烧滚水。"找几件好衣服，烧滚水"两件事情被长工故意理解成一件事，然后认真地按地主吩咐去做。这样的情节往往会重复几次，直到地主彻底失败为止。

有一次，东家要请县官来他家吃酒，大铺排一场，叫部楼做这做那，忙了好几天。县官要来的那天，太成鬼吩咐部楼说："客厅桌头脏，用鸡毛掸打扫一下，花瓶摆中间，再把我眠床脚的尿壶提出来倒，烧火泡茶请老爷，听清楚了吗？赶紧去做！"说完，就去村口迎接县官。部楼心想："你会奉承县官，我就作弄得你马屁拍不成。过去你会叫县官打交不起田租租户的屁股，今天我就要叫县官刮你几巴掌。"

部楼动手做活了，他先拿了鸡毛掸向桌上的花瓶一下扫过去，花瓶在地上打得粉碎了。他又到东家房间床脚下把尿壶提出来，把尿倒入锅里，烧火泡茶。

第三类是戏弄型。这类故事没有地主与长工之间的斗智斗勇，而是以长工设计戏弄地主为主题，让狠毒的地主受尽苦头。《"铁公鸡"吃鸡》（尤溪）说长工阿三随财主铁公鸡到家乡收租讨债，中午阿三邀请铁公鸡到他家吃饭，结果饭菜老没做好。阿三借口去厨房，让饥肠辘辘的财主发现窗台上的两块烙饼，铁公鸡吃完烙饼后，阿三告诉财主烙饼放了老鼠药。这类故事往往会在戏弄过程上，集中笔墨进行详细描绘：

"铁公鸡"大惊失色："什么？那烙饼里面有毒药？哎呀，我刚才肚子实在饿，被我吃下去了。"他觉得肚子真的有点疼了。

阿三故意急得团团转："哎呀，这怎么得了！眼下又没地方请郎中，你看怎么办哪？"

"铁公鸡"冷汗直流，急得浑身发抖，说："你这里有没有单方解药能救我的命？"

"单方倒是有，只是不好说出口啊！"

"哎哟，只要能活，怎么办都行，你快说呀！"

"听人家说，吃了砒霜毒药，最好是把尿灌下去，一反胃什么毒药也会吐出来。你看……"

"铁公鸡"说："没办法，也只好这样了，快去把尿壶提来吧！"

这只作恶多端的"铁公鸡"此时只好让阿三摆布了。"咕、咕、咕"那尿骚味不用提有多难受了,他只觉得肚子里翻江倒海,"哇"的一声连烙饼带胆汁一股脑往外倒。他哼哼哈哈地喘了一阵后,阿三又把尿壶提出来:"来,最好再灌一些更保险。"

"铁公鸡"只好硬着头皮,捏着鼻子又再灌了一些下去。

阿三心里直想笑,可嘴上却一本正经地说:"东家,现在好了,现在好了!你老人家休息一会儿,等下就有鸡吃了。"

"还吃鸡呀,老命都差点送掉了,还是快点送我回家去吧!"

现实生活中,老百姓受到地主盘剥的愤懑在故事中得到了尽情地抒发。财主越狼狈,老百姓越开心,这也是这类故事之所以广受老百姓欢迎的重要原因。对于那些阴险狠毒的财主,民众恨不得其早点灭亡。《气煞财主》(南安)说财主黄大为富不仁,无人愿意为他打工。黄大想出了个法子,让人张贴招聘广告,招收急性子(负责收租)、慢性子(负责内务)、智能汉(负责交际)各一名,工钱加倍。张氏三兄弟决心为民除害,揭了广告去应聘。到了收租那天,黄大带着急性子的张虎去乡下,过河时下暴雨,急性子火爆性子一起,把黄大甩下河喝了一肚子水。黄大的儿子不慎落入井中,结果慢性子等稻谷入库后才慢吞吞地去看个究竟,黄大的儿子已经溺水而亡。智多星去买棺材,结果两家棺材铺老板为巴结黄大,送上了一大一小两口棺材:

那赵五也不甘示弱,他见王二送的是一口小的,也便送一口红漆大棺材,本意想讨好黄老财。谁知这着正中了张豹的计谋。于是,智多星叫人拉起棺材直奔黄厝而来。回到黄府,他立即到黄大跟前交差:"张某今日上街街,可谓一箭双雕。"黄大听说后,猛地一下坐起来:"这话怎说?"张豹于是指着拉进来的棺材道:"这小的一口是王老板送的。那红漆大棺材是赵老板送的,这不是货真价实的一箭双雕吗?""蠢货,你多拉这一口派何用场!"张豹却嘻笑脸地说道:"这一口小的装小老爷,那一口大的正好装老爷!"这话犹如万箭穿心,气得黄大五脏俱裂,七窍流血,昏绝于地。

　　民众对地主老财的强烈憎恨在这类故事中表达得异常明显，甚至使无辜的孩子也受到了牵连。在老百姓眼中，好人与坏人是泾渭分明的，地主恶贯满盈，地主一家也自然全都是坏人，理当受到同样的惩罚。

　　第四种是连环骗型。长工抓住地主贪婪而又愚蠢的缺陷，一次次让地主主动送上门，从而达到惩治的目的。如三明的《刁财主的报应》就包括"自动煮饭的神奇石臼""起死回生的还魂棒""龙宫取宝"三个母题。长工姚三借了刁利30两银子，结果利滚利变成了300两。姚三和妻子商议对付刁财主。于是姚三嫂淘了米，在快煮熟时把饭倒在门前的大春臼中，恰好刁财主来索债，闻到饭香觉得奇怪。姚三说是他得道成仙的朋友送给他的神宝春臼，只要放一把米就会自动煮熟，而且家里有多少人就出多少饭。刁财主见宝眼红，免去姚三的债务，把石春臼搬回家。因为石春臼太脏，就用水洗干净了。第二天，刁财主发现上当了，冲到姚三家，却发现姚三嫂披麻戴孝，说姚三因为忘了和刁利说石春臼不能洗，深感悔恨一时想不开服毒自尽了。刁财主远远看到姚三身体上有一根会发光的竹棒，便询问缘由。姚三嫂突然转忧为喜，说这是仙人赐予的还魂棒，只要在尸体四周连挥四下就能还魂。刁财主照做，果然姚三一骨碌跳了起来。刁利大喜，花了300两银子把还魂棒买回去。刁利一路盘算，决定在农闲时把家人都弄死省下吃饭钱，农忙时再复活他们。于是刁利买了砒霜，药死了全家。在发现又上了姚三的当后，刁利到处寻找姚三。一年半后，刁利在大海边找到姚三。姚三解释说，早就和财主说过还魂棒在谁的手里显灵就是谁的，别人拿去没用。然后姚三指着羊群说，羊群里有两只天马，骑上就能去龙宫取宝。刁利怕姚三溜掉，坚持和他一起骑天马入龙宫，结果一个大浪把刁财主吞没了。

　　《贪心财主进龙宫》（三明）也是由"八宝衣""还魂帽""龙宫取宝"等类似情节组成。裘穷穿一件破棉袄在大冬天搬弄石狮子，浑身大汗淋漓。财主将裘穷的这件传家宝丙丁八宝万寿衣买走。财主婆嫌衣服脏，清洗后再给财主穿，结果财主差点被冻死。当财主找上门算账时，发现裘穷用"阴阳水火棍"打死大骂丈夫的妻子，然后又用"子午还魂帽"救活了。财主又买了这两件神奇的宝物，回家后打死老婆。财主发现上当后，把裘穷抓起吊在海堤门闸上，等海水涨潮淹死裴穷。绑好裴穷后，财主带人离去。财主的驼背岳父赶着羊群经过，听到有人唱歌说可以用万金换取背直。裴穷骗他自己的驼背就是这样吊直的。双方互相交换后，裴穷赶着羊群离开了。不久海水涨潮，驼背老人被冲进海里。快到割稻子的时候，财主下乡催租，碰到裴穷赶着羊群向他道谢，说与龙王交上朋友，龙王送他一群羊。财主就又请求裴穷带他去龙宫。于是裴穷坐进木桶，让财主坐进水缸。漂进大海后裴穷用石头砸破了水缸，让财主去见了龙王。武平的《"金马驹"与"火龙衣"》说"吹破天"要为民除害，把马屁股里塞满碎银的瘦马驹说成是神仙赠予的金马驹，换来了地主仇万里的万担粮食和万件衣服。仇万里发现上当后，把"吹破天"剥了个精光，只剩下短裤和破背心关进磨坊。结果"吹破天"拼命推磨，满身大汗。仇万里非常吃惊，在得知"吹破天"的背心乃是祖传火龙衣后，又用500两银子换走了火龙衣，结果冻死在路旁。这类故事往往由两个以上的母题连缀而成，情节远比前三种类型复杂，而结局也总是大快人心。

## 四、机智人物故事

机智人物故事是以机智人物为中心的系列生活故事。他们的身份不一，有秀才、有塾师、有状师、有普通老百姓，但他们都有一颗爱打抱不平的热心，有机智风趣的个性，对民间疾苦非常熟悉，总能因地制宜想出各种办法来解决问题。福建各地都涌现了不少这样的机智人物，他们大多数有名有姓，是当地的名人，如福州地区的郑堂、郑大济，漳州地区的谢能舍、丘蒙，泉州地区的陈振赐、阿岱舍，永安的刘火索，建宁的赵六滩，柘荣畲族的钟九公，尤溪的郑德明，古田的包国生，长汀的潘统，德化的郭智等，也有的只有一个绰号，如莆田的"嘴会转"、古田的"乌眉师"等。从深层心理原因来看，机智人物实际上代表了封建社会中长期受到压制的广大老百姓心灵的一种释放，表达了人民群众对长期压制、剥削他们的统治阶级的反击，对幸福安定生活的向往。

作为各地老百姓智慧的集中代表，这些机智人物不畏权势，帮助弱小，成为老百姓反抗强权的代言人。老百姓将各种理想愿望集中在他们身上。情节多以虚构为主，从而区别于民间传说中的历史人物。从这些机智人物的对立面来看，可以说涵盖了社会各个阶层，既有县官、地主，也有商店老板、地痞无赖、神婆巫师等，因此机智人物故事反映社会生活的面也非常广泛，既有反剥削压迫，也有反映家庭、婚姻、日常生活等方面。故事大多篇幅不长，一般一篇就只讲一个故事，主题鲜明集中。各地的机智人物基本都有一个故事群来配合展现其形象塑造。

　　首先，机智人物故事以反对剥削压迫，嘲弄县官、财主的愚蠢无知为主要内容。这类故事往往由老百姓的受欺压开端，引出主人公为他们打抱不平。如《陈振赐胜官司》（惠安）说有 25 个村民各挑一担花生油去莆田贩卖，却被莆田知县扣下，并让其中一人回乡筹措 50 两税银来赎人。此事被陈振赐知道后，让那个人躲起来并拿了 50 两银子帮村民代缴了税款。陈振赐交完税款后，向县官讨要 25 人和 25 担花生油。可是县官只扣押了 24 人，无法交出第 25 人，陈振赐趁机说这人可能已被县官暗害，并要拉县官到省城打官司。县官只好向陈振赐赔礼，不仅退还税款，还赔了一笔赔偿费。《三个铜钱完钱粮》（永安）说刘火索大中午跑去公堂击鼓，县官被惊醒后来不及穿官服就上了堂，结果刘火索掏出三个铜钱要完钱粮。县官大怒，把铜钱摔到地上。刘火索趁机说县官藐视朝廷，不穿官服上公堂，犯了欺君之罪，县官被吓得跪地求饶。《包国生斗知县》（古田）中包国生借包家祖先包拯的神像吓退了耀武扬威的知县，让其对包公像磕头认错。这样的情节在现实生活中，实际上不可能发生，但在故事中老百姓却非常乐意看到这样的结局。县官总是被塑造成既贪婪又愚蠢的反面形象，在机智人物的巧妙引导下暴露出胆小无知的本性。

　　县官如此，财主更是成为机智人物故事集中抨击的对象。在阶级社会中，地主与长工的矛盾是不可调和的一对尖锐矛盾，由此也衍生了地主与长工的故事类型。机智人物故事以为人民伸张正义为主旨，揭露、惩戒贪婪无耻的财主自然也是故事的一大主题。机智人物与财主之间的斗争以斗智为主要手段，有的利用语言上的歧义让财主吃哑巴亏，如《巧妙的地契》（尤溪）说地主陈有财逼迫穷人郑老二把土地卖给他，郑老二去求助郑德明。郑德明帮助郑老二写好了卖地契：

当郑德明念完老二的地契后，喜得陈有财两眼眯成一缝，双手接过卖地契，默念片刻，似觉不妥就问："这上面说，'每年取回一石'是什么意？"郑德明说："这块地石头多，郑老二卖的是地，石头并没卖呀！""那就把地里的石头全部挖走吧！""唉，都挖走也没地方放，还是让他每年来取吧。""看在你小子的面上，好吧，君子一言为定，到时候他若不按地契上每年取回一石的去办，郑德明，我可饶不了他呀！"

"当然，当然，双方都有卖地契为凭，岂有诬赖之理。"

财主往往都是很警觉的，但无知的本性使他不知不觉就落入了陷阱，只好答应让郑老二每年到他家领一石谷子。

需要指出的是，机智人物与地主老财之间的斗争也往往和长工与地主的故事相结合，如《郑堂做长工》（福州）中财主与郑堂约定，财主叫郑堂做什么就得做什么，叫郑堂吃什么就得吃什么，而郑堂则提出一年的工钱只要一筐谷子。孰料财主要郑堂在瓦房顶上种麦子，郑堂就把财主的屋顶刨开，把粪便往下浇；财主让郑堂吃粪便，郑堂就要用财主家的锅灶把粪便加热。而年终，郑堂则找人编了个能装十几担谷子的竹筐把财主家的谷子运回家了。郑堂与地主之间的斗智模式完全就是长工与地主故事的翻版。

其次，与社会上欺蒙哄骗百姓的神棍无赖，欺行霸市的黑心老板等人作斗争也是机智人物故事的重要表现内容。衙门师爷、讼棍、巫婆神棍、地痞无赖、盗贼匪徒这些形形色色的反派人物一向为福建人民所痛恨，机智人物故事也多以对他们的惩治为中心情节，表达民众对黑暗现实的不满。

福建巫风盛行，巫婆神棍之类在各地民间都比较多，比如诏安的丘蒙故事中就有《丘蒙伏虎》《丘蒙请半仙》等加以反映。《丘蒙伏虎》说财主让巫师假扮虎王爷显灵，丘蒙则假装张天师附身，百般戏弄巫师，让其不得不说出假冒虎王爷之事。《丘蒙请半仙》说吕半仙师徒四处招摇撞骗，丘蒙假意请他们到家中吃饭，在半仙师徒等得不耐烦的时候，丘蒙偷偷用木棍敲了吕半仙的脑壳，让其与徒弟产生误会，揭穿其真实面目。

福建民众以诚待人，生活中注重诚信为人，对社会上那些不讲诚信、赚黑心钱的商人深恶痛绝。古田流传的《包国生斗老板》说布店老板做生意不诚信，包国生让女乞丐穿上新衣扮作自己的夫人一起到布店买布。包国生借口要装货算账先离去，留下了什么都不知道的女乞丐，让布店老板吃了哑巴亏。《郑堂传说》（福州）说郑堂听到城隍庙中棺材店老板祈求城里死人多，药店老板祈求病人多后非常生气，在大年初一那天去向药店老板说棺材店老板的妻子病了要看病，又向棺材店老板说药店老板的妻子死了要买棺材，造成双方的误会，以此惩戒了两个黑心肝之人。《丘蒙买鸭蛋》（诏安）中的蛋商阿七，做生意缺斤少两。丘蒙去买鸭蛋，阿七向丘蒙保证他买的蛋有二成是双蛋黄，于是丘蒙就把蛋一个个敲开数蛋黄，结果让阿七不得不多补了十个蛋。

对待坏人，老百姓坚信要有非常手段，以彼之道还施彼身。《郑德明教训牛贩子》（尤溪）说牛贩子仗着自己是永泰县官的小舅子无恶不作，郑德明偷偷把牛贩子的牛角都刻上记号，然后在牛贩子赶牛的时候也去赶，说牛是自己的。两人闹到德化县令处，结果牛贩子无法证明牛是自己的，被重打五十大板后赶出公堂。《包国生斗田主》（古田）的情节也基本类似，说田主霸占的土地没有田契，包国生带着一班人到田里耕作，田主不让，两人闹上公堂，县令让他们提出证据。包国生提前做足了准备，甚至还在田里埋下了石碑作记号，而田主则一问三不知，县令于是把田断给了包国生。《惩无赖》（闽清）说张赖赖走了卖鞋老汉的鞋被郑大济看到，决心为老汉讨回公道。他看到张赖带着一床新棉被上渡船，也跟着上去。时值寒冬，张赖同意与郑大济共盖被子，郑大济偷偷用印章盖了被角。下渡船后，郑大济殷勤地帮张赖拿被子。当两人走到县衙附近时，郑大济敲鼓告状，说张赖抢自己的新被子。知县让他们拿出证据，结果张赖败诉，郑大济把被子送给了卖鞋老汉抵了鞋钱。

同情弱小、热心助人是福建机智人物的共同品质。旧社会吏治的腐败、社会的不公正使得民间在不断地呼唤拯救者的到来。老百姓将美好的希望汇聚在这些机智人物身上，创造了救苦救难的机智人物形象。与神灵故事中神灵运用无穷法力超脱苦难的幻想不同，这些机智人物的拯救行为是扎根于现实生活，他们的行为合乎情理、手段巧妙。《智救弱女》（永安）说刘火索在船上发现有女子被父亲抵债卖给财主为妾，决心救女子逃出苦海。在得知女子左大腿有颗小痣之后，刘火索故意在第二天带女子上岸，说女子是他老婆。财主大怒，与刘火索闹上公堂。公堂上女子按刘火索嘱咐，说财主见色起意，刘火索也说出女子腿上有痣的细节。最后知县断定财主有罪，而刘火索赠予女子银两，让其远走他乡。《寡妇改嫁》（柘荣）说钟九公同情年轻寡妇，写了"民女二八亡夫，公公壮年失妻，父兄年轻未娶，怎可共度时日"的字条呈给知县，巧妙地让知县作了"准改嫁"的判词。《写诉呈》（闽清）也讲述了郑大济为被诬偷牛的小孩写诉状解难的故事。

旧社会贫富悬殊，有钱人三妻四妾，穷小伙子娶不起亲的很多。有很多幻想故事便成为青年男子的爱情幻想的载体，如田螺姑娘、龙女故事、狐仙故事，等等。在生活故事中，人们也借助机智人物故事进行传达。如《穷家扮魁星富家谋子婿》（福州）讲述郑堂为帮助同窗好友宋万里，替宋万里儿子向米行老板的女儿求亲，在米行老板暗中观察宋子时，郑堂让人假扮的魁星突然出现在宋子身后，一现即没。米行老板一向迷信，认为宋子将来必定显达，就决定资助宋子读书并投资宋万里的书画店。《计牵姻缘》（惠安）说陈振赐为帮助卖糕为生的穷小伙林彬娶妻，让林彬母亲请人通知林财主说林彬与其三女指腹为婚，不日将来迎娶。林财主大怒，派人砸烂林彬家中所有物件。陈振赐替林彬母子写好状纸，告林财主欺贫悔婚，打人砸屋。公堂上，财主父女跪前，林彬母子跪后，三小姐脚后跟紧挨着林彬。在知县询问三小姐本人是否愿意时，林彬扯了下三小姐的裙子，三小姐又急又气，回头瞪了林彬一下，不料刚转回头，裙子又被扯了下。这样反复几次，三小姐又羞又急，憋得满脸通红，任知县再三询问，她总是红着脸答不出话来。

陈振赐看时机成熟了，就俯向知县说："县老爷，你看这三小姐欲言又止，羞答答的满脸通红，这明显是同意这门婚事而害着脸红的，你想想：三小姐若是直说'同意'，岂不是违抗了父命，落得个不忠不孝、不知廉耻的罪名？想这'同意'二字叫三小姐怎能说得出口呢？"

知县连连点头："对！对！对！这事是再清楚不过了！这分明是三小姐那黑心肝的父亲嫌贫欺穷，蓄意阻止这门婚事！"

穷小子与财主家的小姐之间的婚事在机智人物的帮助下顺利达成，虽然采取的方式不是那么光明正大，却非常鲜明地表现出人民大众的心声，特别是其中还有陈振赐让林彬选哪家小姐最标致的细节更是传递出穷小伙的爱情幻想。故事中的机智人物很好地扮演了帮助者的角色。

除了这些主题外，机智人物故事还善于对难题进行"别解"，巧妙地展现了人民大众的经验智慧。如《智救举人》（福清）讲述郑堂的老师爱看《西厢记》，结果老师为崔莺莺所迷，相思成疾。郑堂便让乞丐婆穿上华服盛装，惊醒老师。后来老师去了尚书府当教师，可因为回答不出尚书的问题而拿不到束脩。郑堂为老师抱不平，巧妙的回答了三个问题。尚书提的三个问题本来就没有答案，第一个问题是："上天庭来去多少路？"而郑堂答以"大则十，小则九"。其根据就是民间风俗灶君腊月二十四上天，正月初四回来，如果十二月大月则是十天，小月就是九天。第二个问题是："孔夫子最得意的学生有几个，其中婚娶几个？"郑堂答以"最得意72人，婚娶三十人，未婚42人"，其根据是《论语》中"暮春者，春服既成，冠者五六人，童子六七人"的记载。第三个问题是："周瑜和黄盖是谁的儿子？"郑堂的答案是"天"，因为民间传说周瑜临终前骂天"既生瑜何生亮"，这样的回答怼得尚书无言以对。在这类故事中，没有尖锐的阶级矛盾，也没有对世态人情的表现与体悟，更多是一种平常生活的情感调剂，一种智慧的转弯，轻松而又风趣。

当然，这些机智人物也不全然是正义的代表，也有不少的机智人物故事展现了一些恶趣味。我们无法明了他们行为的目的，老百姓对他们的行为也评价不一。比如泉州南安的阿岱舍，民间也称其为歹狗岱①。《十六字退婚书》说其兄娶亲前亡故，嫂子未过门而守寡。女方父亲提出解除婚约，阿岱舍父亲同意女方守满两年后退婚。两年期满，阿岱舍父亲重病，女方又提出退婚，并借县里师爷之势威逼。阿岱舍很生气，写下了"此书付汝改嫁不许再回吾家毋再赘言"的退婚书。没想到后来女子改嫁时，阿岱舍手抱其兄灵牌也来娶亲。双方闹上公堂：

---

① 歹狗岱：无所畏忌。

县官说："你字据中明明写着'此书付汝改嫁，不许再回吾家，毋再赘言'你还不承认？"阿岱舍说："父母官错了，我写的是："此书付汝，改嫁不许，再回吾家，毋再赘言。"县官明知是阿岱舍钻了空子，但那种没有标点的文句，看读的人要怎样理解就怎样理解，阿岱舍并没有错。结果阿岱舍赢了，女家父亲一方面受着阿岱舍催逼将女儿送过去守节，另一方面被另一方男家乘机敲诈讨赔，女方最后弄得无路可走上吊自杀了。

十六字断送了一位女子的性命，阿岱舍的做法的确不妥当。故事实际上也体现了封建礼教对女性的摧残，这种糟粕是必须要摒弃的。

又如泉州的蔡六舍，虽然被列入机智人物故事，但从其所作所为来看，也多以好作弄人为主，如《报复蟳埔阿姨》《戏弄卖蛋妇》《作弄皮鞋匠》《戏弄破额乞丐》《报复卖蛋人》《戏弄扛桥伕》等故事。漳州的谢能舍故事，起因大多因为别人说他坏话，他就去戏弄对方，如《新春耍邻童》《元宵放大炮》《端午戏轿夫》《死狗请朋友》等。谢能舍的对立面大多是普通人，其作弄人也大多是带有开玩笑性质，因此这类故事的思想艺术价值并不高。

# 第四章　民间歌谣

## 第一节　概　述

民间歌谣包括民歌和民谣两部分。民歌配合一定的音乐曲调进行演唱，民谣则不配乐，以自由吟诵为主。但不管是民歌还是民谣，都很讲究韵律节奏。为了表述方便，我们将民歌与民谣合在一起进行介绍。

从民间文学各种文体的产生时间来看，民间歌谣的产生时间并不比神话迟。根据考古学发现，早在新石器时代早期福建地区已有族群居住。但由于福建地区的文化开发较迟，长期与中原地区处于隔绝状态，当时的民间歌谣并没有流传下来。从文献来看，民间歌谣的较早记载见于唐代。"安史之乱"给北方经济造成了巨大的创伤，中央朝廷开始着手开发南方，因此被派到福建任职的官员也负有将中原文化因子融入福建地方文化之中的重要使命。大历年间任福建观察使的李椅、建中年间任福建观察使的常衮，都对福建的文教事业做出过巨大贡献。特别是常衮在福建任职期间，针对福建文化教育水平落后的局面，大兴学校，亲自加入教化百姓的行列。《闽都别记》载有常衮编民歌教老百姓识字的故事，"闽人一字不识，难以开导，遂作俗谣《月光光》，以土音教之，歌既能唱，随写字教之识"[1]。常衮还用重利吸引百姓接受教育——百姓如能识一字，就以一钱与之。虽然是小说家言，但从《月光光》在福建地区的流传之广来看，这份民间记忆当非虚假。

---

[1]　里人何求：《闽都别记》，福州：福建人民出版社，1987，第43页。

在入闽官员对儒学的大力推广，对文化教育普及的重视下，老百姓对儒学思想的接受也越来越自觉，可以这么认为：福建民间歌谣（甚至是整个民间文学）中所体现的强烈的儒家思想，其坚实的根基早在中晚唐时就打下了。受传统儒家文学的影响，福建民间歌谣吸取了文人诗歌创作的经验，学习了文人作品关注社会现实的倾向，开始用民间语言来表述自己的思想。如《全唐诗》卷876 所载"龙门一半在闽川"，就是老百姓对中晚唐时期福建多出进士的自豪感表达。据统计，从 780 年欧阳詹中进士直到唐朝灭亡，福建地区大概每两年就能出一个进士，这对于之前基本就是一片文化荒漠的福建地区而言，实是一件非常值得骄傲的事情。又如福州市流传的《皇粮一半出闽疆》："真鸟仔，啄生姜，皇粮一半出闽疆。闽人吃尽苦中苦，丰年也要度饥荒。"则反映中晚唐时期福建人民所受的统治者盘剥之苦。886 年王潮攻占泉州，逐渐开始了全闽的统治；945 年，闽国被南唐所灭。这两年都是丙午马年，而《全唐诗》卷 878 所载"骑马来，骑马去"（《福州谣》）就是老百姓对闽国这段短暂历程的认识。卷 878 所载的"风吹杨菜鼓山下，不得钱郎戈不罢"（《闽人谣》）与福州流传的民间歌谣"风吹福州鼓山下，不得钱来戈不罢，龙虎恶斗殃鱼虾，百姓遭灾老鸦咬"，都反映了南唐军攻打福州，吴越军救援福州，大败南唐之事。

这些都表明，福建民间歌谣与福建地区的文化开发进程密不可分。随着福建文化开发的步伐越来越大，民间歌谣也迎来了飞速发展的时期，逐渐成为福建人民广泛表达心声的重要形式，反映了越来越广阔的社会生活内容。

## 一、主要内容

根据歌谣反映内容方面的差异，福建民间歌谣可以分为劳动歌谣、时政歌谣、生活歌谣、仪式歌谣、情歌、儿歌、历史传说故事歌等七个大类，其中又以生活歌谣最能体现福建人民的文化性格。

福建三面环山、一面临海的地理环境决定了劳动歌谣鲜明的地域色彩，沿海地区的渔歌、船歌和内地的号子、林业歌、茶歌、田歌、工匠歌都极为丰富。这些劳动歌谣较为全面地反映了福建人民在劳动过程中的欢乐与痛苦，既有敢与老天斗的豪放乐观，也有对现实贫困处境的无奈与悲凉。

福建人民有着鲜明的爱憎情感，对不公正的社会现象他们勇以抨击，对美好新生活不吝赞美之词。在福建历史发展的不同时期，福建民众用时政歌谣记录了各个重要的历史事件，并在其中表达出了或褒或贬的情感评价。在旧社会中，时政歌谣多批判、多揭示社会黑暗和阶级矛盾。新中国成立后，喜悦与歌颂成为时政歌谣的鲜明主题。

生活歌谣是福建人民日常生活和家庭生活的真实记录，涉及的范围极为广泛。老百姓用世情歌揭示人生百态，批判人性的丑陋，表达对理想生活的追求；用家庭生活歌表达了对和谐生活的追求，夫妻、父子、兄弟、妯娌、邻里等关系的处理都是福建民众最关心的话题；用风物知识歌传授人生智慧，赞美福建风光；用华侨生活歌展现福建人民对下南洋的痛苦记忆。

福建人民崇神信佛的风气一直很浓厚，各种仪式歌谣就是福建民风民俗的文学呈现。举凡婚丧嫁娶、建房祭祀、节令习俗、酒宴庆祝等活动都有仪式歌谣相伴，其中又以婚嫁歌、节令歌、酒令歌等最为典型，至今仍在现实社会生活中发挥着重要的影响。

情歌是民间歌谣中的一朵奇葩，它是福建儿女纯真美好心灵的展示窗口。透过民间情歌，我们看到了青年男女在爱情道路上的坎坷与艰辛，感受到了福建儿女追求自由爱情的坚定与大胆，也看到了有情人终成眷属的美好结局。而大量方言的运用、细致的心理刻画、巧妙的艺术表现手段，使民间情歌越发绽放出迷人的光彩。

天真活泼的儿歌自然是民间歌谣不可或缺的组成，从"摇啊摇"的《摇篮曲》开始，儿歌伴随着儿童一起成长。孩子们通过各种游戏和游戏歌锻炼身体、开发智力；通过童趣歌展现活泼好动的儿童本性；通过常识歌了解自然与社会，学习生活之道与处世之道；通过绕口令、颠倒歌等训练口头表达能力。在儿歌中，成年人也得以重温久违的童真。

历史传说故事歌将民间长期传诵的历史人物、历史事件及各种民间传说故事编写成歌，由此而分为历史歌、传说歌与故事歌三类。与其他民间歌谣不同的是，叙事成分的极大增加使历史传说故事歌有着远超其他歌谣的篇幅，也因此形成了叙事、抒情、描写、议论不同程度的结合，具备了自身的独特风格。

## 二、艺术特色

首先，民间歌谣是福建人民心声的直接反映，情真意切、紧密联系生活是民间歌谣最重要的特色。不管是什么题材的民间歌谣，它都非常真实地展现了福建民众的生活与情感，表现出鲜明的现实主义色彩。如劳动歌中"世上还是种田好，朝见爹娘晚见妻"（光泽《世上还是种田好》）的朴实表达，正是福建人民对理想生活的追求。扎根于生活本真，脚踏实地，这就是福建劳动人民的本色。"老子自幼在江边，不怕地来不怕天"（福州《自幼在江边》）出语虽俗，但其中淳朴豪迈之情不言自见。又如情歌中"若生同郎共枕睡，死哩同郎共棺材"（清流《是生是死也要来》）、"要交交到百年来，死哩两人共棺材"（武平《共张黄纸写灵牌》）、"夫妻相爱爱到死，烂了骨头情还在"（龙岩《烂了骨头情还在》）的爱情誓言决绝坚定，直入人心。"出出入入都相见，赢过牛郎织女星"（惠安《赢过牛郎织女星》）更是福建儿女"只羡鸳鸯不羡仙"的真实情感传达。每一首民间歌谣都是从心灵深处流淌而出，自然而真实。

其次，民间歌谣句式多样，结构整齐又富有变化。受文人诗歌的影响，福建民歌大多表现出对整齐美的追求。大部分的民歌都是以七言句式为主，结构上或一气贯串，或两句、四句构成一节。押韵也非常灵活，或一韵到底，或每两句或四句一换韵，即使没有押韵也多能通过句与句之间、节与节之间形成韵律感。还有一种特殊的用尾驳尾合韵，将整首歌曲串联起来，如武平流传的《李秀英与陈春生》：

大家静静听分明，南京有个李香庭，家资百万称豪富，
生有五男二千金，二女才貌赛过人。
二女才貌赛过人，小姐芳名李秀英，秀英年方十八岁，
相貌端庄身材匀，好像仙女下凡尘。

好像仙女下凡尘，心灵手巧真聪明，琴棋书画样样会，

绣花绣鸟活灵灵，南京府里传美名。

南京府里传美名，我今来唱姓陈人，城里有个陈春生，

眉清目秀人品佳，好比潘安今降生。

一节五句，每一节的末句就是下一节的第一句，既是对本节内容的概括，同时又起到复叠强调作用。

当然，老百姓也很善于将不同的句式安排在同一首歌谣中，短至一个字，长至十四五字，以适应情感表达的需要。因此，民歌在整齐美之外还有一份参差错落之美，如三明《十月怀胎歌》：

花胎正月正嗨，奴奴有在心。有心呀，世心呀，奴奴挂在心依都嗳。

都哟都哟都哟！

花胎两个月嗨，奴奴不敢说。说来呀，说去呀，奴奴没面皮依都嗳。

都哟都哟都哟！

三五六八言交错，以及拟声词的运用把女子怀孕初期的心理变化惟妙惟肖地表现出来，声情并茂，摇曳生姿。

不仅如此，福建民间歌谣还很善于运用数字来构建表现结构，如经常通过对数字的递进来抒发情感。最常见的当属"一透十""一透十二"的表现形式，从一唱到十或十二，比如"十把白扇""十二月歌""十条手帕""十想郎""十思妹""十送郎""十把锄头""十把竹篙"等。以《十把白扇说英雄》为例：

一把白扇画牡丹，桃园结义刘关张，黄忠严颜英雄将，两老八十取西川。

二把白扇画牡丹，三战吕布虎牢关，三请茅庐诸葛亮，三气周瑜死柴桑。

三把白扇新又新，唐朝武将程咬金，反了山东劫皇纲，瓦岗寨上红旗升。

四把白扇画长春，瞒天过海徐茂公，冒领功劳张士贵，仁贵跨海去征东。

五把白扇画长春，南征北讨杨令公，杨家个个英雄将，福寿双全佘太君。

六把白扇画黄金，宋朝名将穆桂英，心智巧排天门阵，杀败敌兵逞豪英。

七把白扇画雄鸡，精忠报国宋岳飞，杀退金兵保大宋，四海扬名无不知。

八把白扇画葫芦，铁面无私包龙图，严明法律判枉案，保国保民不糊涂。

九把白扇画橄榄，大清乾隆下江南，奸臣和珅谋篡位，十三家忠臣保江山。

十把白扇十齐全，新编白扇不完全，叙述古人名共姓，千古万载给人传。

三国演义、说唐、薛仁贵征西、杨家将、岳飞抗金、包拯断案、乾隆下江南等民间老百姓非常熟悉的人物故事被绾合成歌，既有传播知识的作用，又达到了很好的情感教育目的。这种表现形式被广泛运用于民间歌谣，结构简单，利于传播，内容丰富，概括力强，对于情感抒发也能起到很好的强调或递进深入的表达效果。老百姓不仅用这种形式抒情，也用其记载历史事件，如上杭流传的《十二月共产歌》：

正月共产是新年，共产起哩十多年；凶残蒋匪反革命，搞得中国不太平。

二月共产是春分，江西红军到长汀；百姓欢迎共产党，打倒土豪有田分。

三月共产是清明，汀州枪毙郭凤鸣；土豪劣绅没法子，气死地霸卢新铭。

四月共产日子长，闻说红军到上杭；豪绅地主心害怕，缩到上杭城里藏。

五月共产五月社，五月初一打白砂；丘坊民团罪恶重，烧毁房屋几百家。

六月共产禾又黄，四处暴动日夜忙；男子参加赤卫队，小孩加入儿童团。

七月共产是立秋，朱毛又到龙岩州；四处红军声势大，豪绅地主没谷收。

八月共产桂花香，中秋十八破上杭；缴得卢逆枪支尽，就叫同志拆城墙。

九月共产是重阳，金汉邓军到上杭；土豪劣绅没法子，声声口喊救命王。

十月共产小阳春，汀州打破到瑞金；瑞金打到连城转，又到上杭帮穷人。

十一月共产又一冬，团匪白贼到庐丰；无产阶级团结起，赶得白匪跳河中。

十二月共产又一年，穷苦大众分了田；只要大家齐努力，革命成功万万年。

歌谣详细描绘了红军在闽西的革命事迹，表达了民众对红军打土豪、分田地，使劳动人民当家做主的感激褒扬之情，可做闽西革命史读。

　　民歌由百姓集体创作，在集体中流传的特点决定了其创作必须遵循一定的格式，而且这个格式必须简单、容易掌握。这就使得民歌的结构相对比较简单，往往有一些固定的章法。民歌大部分采取七言句式就是这一要求的体现，开头往往有一些套语或固定表达，以方便直接进入正文。如福建畲歌中开头常有"笔头落纸字来真，奶娘江南下路人"（罗源《奶娘歌》）、"笔头落纸字来真，四川家境石牯皮。四川家境出妖怪，出来凡间结夫妻"（罗源《青白蛇》）这样的开头语。这种开头方式在民间叙事长诗中较为常见，类似俗讲中"入话"，多为七言四句形式，以引出所要传唱的人物故事，如《担花记》开头"做田郎仔讲土浆，读书郎仔讲文章，买卖郎仔讲生意，担花郎仔讲花名"；《梁山伯与祝英台》开头"说山便说山乾坤，说水便说水根源，说男便说梁山伯，说女便说祝英台"。这种套语省去了过渡铺垫，可以直接咏唱主题，较为灵活简便。

　　再次，表现手法丰富多样，语言活泼生动，富有生活气息。民间歌谣在艺术表现上的重要特色主要在于各种老百姓喜闻乐见手法的灵活运用。老百姓对这些艺术手段非常熟悉，也乐于在歌谣传播过程中运用各种艺术手段对其进行艺术改编和再创造。

　　赋比兴手法可以说是民间歌谣最擅长使用的手段。"赋"有铺陈之意，老百姓善于将生活中的所见所闻概括、浓缩，而以白描的手段展现出来，如生活歌中对泼妇的形容：

　　竹床遮门三柱厅，那里诸娘恶成精。抱子过街把道占，跟人相骂口水溅。这家拐完拐那家，东家拾话挑西家。开嘴先骂别人子，一嘴自称儿他爸。手拿烟筒蒲扇子，没油头发两朵花。半坑屎粪渗池水，十家商量九不成。

《讥泼妇》（福州）

　　完全生活化的语言，纯客观的白描，生动刻画出一位搬弄是非、无理取闹、出言不逊的民间泼妇形象。比兴手法则以在民间情歌中的运用最有代表性：

情妹生得像幅画，情哥望见像枝花；手臂弯弯像莲藕，十指尖尖像藕芽。

《哪个不想妹成家》（寿宁）节选

山歌不打心不开，大路不行上青苔；一日不见好妹子，头昏肚痛病就来。

《山歌不打心不开》（诏安）

八月十五看月光，一对鲤鱼腾水上。鲤鱼爱食长江水，阿妹爱恋行船郎。

《阿妹爱恋行船郎》（永定）

或侧重于比，或侧重于兴，或者是比兴兼具，把女子的美、日夜的相思以及对爱情的执着等，都表达得非常具体形象。

风刮乌云大晴天，迎接红军到崇安；要问亲人来多少，红旗插遍武夷山。

《红旗插遍武夷山》（武夷山）

新做大屋四四方，做了上堂做下堂。做了三间又二套，问妹要廊不要廊？

《问妹要廊不要廊》（武平）

"红旗插遍武夷山"的夸张想象形象地表达出武夷山人民对红军的深厚感情，"要廊（郎）"的谐音双关更对青年男女之间爱情的试探进行了巧妙暗示。再如，儿歌中常用的重复手法：

白白鹅，找鸡婆，鸡婆窝里叫咯咯。

白白鹅，找鸭婆，鸭婆水里找田螺。

白白鹅，找猪婆，猪婆栏里打呵呵。

白白鹅，找兔婆，兔婆笼里做窝窝。

白白鹅，喔喔喔，回到窝里孵小鹅。

《白白鹅》（光泽）

通过白白鹅的不断重复，把各种儿童熟悉的动物连缀起来，使儿童对动物的生活习性有了形象性的认识。这种重叠复唱的形式又使儿歌琅琅上口，容易引起儿童的兴趣。

民间歌谣对方言的运用可以说是各种民间文学体裁当中最多的。虽然方言的运用在一定程度上也影响了民间歌谣的传播，但是民间歌谣也因此表现出更加明显的区域性特色，特别是方言韵脚的使用，使得民间歌谣传递出浓浓的乡土气息。如果不懂得歌谣所使用的方言，就很难体会其押韵的独特之处。以闽南儿歌为例：

天乌乌，要落雨，举锄头，巡水路，看见龙虾在娶妻。好举灯，龟打鼓，青蛙扛轿叫艰苦，哲仔大腹肚。金鱼不愿做新娘，哭得两目凸凸凸。

**《龙虾娶妻》**（漳州）

如果用普通话来唱，这首儿歌基本无押韵可言。但如果用闽南语唱，乌、雨、路、妻、鼓、苦、肚、凸等字押的同一个韵脚的特点就体现出来了，而歌曲的节奏感及其韵味也就容易感受了，这就是方言韵脚对歌谣地方特色形成的重要作用。正因为民间歌谣的语言来自生活，所以鲜活生动。仍以儿歌为例：

油一缸，豆一筐，豆筐放在油缸旁。小老鼠，嗅到香，探头探脑溜出墙。爬上缸，跳进筐，偷油偷豆急忙忙。又高兴，又慌张，贪多吃得腹肚胀。脚一滑，心一慌，扑通一声跌进缸。

**《老鼠偷油歌》**（屏南）

语言富有形象性，动作感很强，好像就在我们眼前展现了一幅活脱脱的老鼠偷油的影像画面，这对儿童来说是非常有吸引力的，当然也就很容易起到认知教育作用。

## 第二节　劳动歌谣

福建山水众多，素有"八山一水一分田"之称。自古以来，福建人民靠山吃山，靠水吃水。在长期的生产劳动过程中，他们借助歌谣的形式自娱娱人，既反映了劳动的艰辛，也传达出对这片土地的浓烈情感。劳动歌谣以相关生产劳动为主，描绘劳动情景，传授劳动经验，诉说劳动感受，形式多样、主题鲜明。从生产劳动的不同形式来看，我们将分成劳动号子、田歌、茶歌、林业歌、工匠歌、渔船歌、其他劳动歌谣等。

### 一、劳动号子

福建山多水多，所以林区号子、水上号子均十分丰富，陆上号子更是五花八门，如闽东的抬木号子、搬运号子、打石号子、打夯号子、榨油号子、摇船号子、拉帆号子；闽南的渔民号子、划桨号子、拉船上岸号子、打桩号子、拉网号子；闽西的扛树号子、打石号子；闽西北的放排号子、流水号子、伐木号子、拖木号子等。这些劳动号子为配合福建人民的生产劳动而创作，多表现为一种自发、不自觉的创作状态。结构上一般由表示劳动节奏的象声词加上一些简单语词构成，而又以表示呼喊的象声词为主，如《扛木号子》（三明）"叩叩啦哈嘿嘿，嘻嘿啦哈嘿啦，嘻嘿啦哈嘿啦，嘻嘿啦哈嘿啦"，一开始就是一连串的呼喝语词。漳州的《船工歌》也基本类似，"嘟、嘟嘟，嘟—嘟，嘿嘿、嘿嘿，嘿，嘿，嗨啰嗨，嗨啰嗨啰"。通过吐气发声，使大家的力气能够使到一块儿，从而提高劳动效率，这就是劳动号子最主要的作用。而在这些呼喊词中适当加入表示鼓舞的词语，也是振奋精神的兴奋剂，如《搬运号子》（寿宁）："一二三四、嘿哟，大家加油干哟。团结一心力量大，能把泰山移。"这是相对简单的搬运劳动，如果碰上复杂的地形，那么号子的作用就更重要了。我们仍以搬运号子为例：

领：嘿——啰嗬，

和：嘿——啰嗬！

领：起步喽，

和：嘿——哟嗬！

领：慢慢地啰，

和：晓得啰！

领：下岭啰，

和：嘿——啰！

领：手抓紧啰，

和：抓——紧啰！

领：路歪啰。

和：嘿——啰嗬！

领：看好啰，

和：看——好啰！

领：定定一下哟，

和：嘿——哪哈！

领：弯弯路啰，

和：呃呀哈！

领：摆好尾哪，

和：摆——好啰！

领：使把力呀，

和：晓——得哪！

领：出大汗啰，

和：等下擦哟！

领：早收工哪，

和：好回家呀！

领：嗬——嗬，

和：嗬——呀！

《驮树歌》（顺昌）

159

伐木工人砍完树要将树从山上搬运下来，因为山路的崎岖复杂，搬运的难度很大，这时协调动作就显得非常重要。步伐的快慢、道路的曲直、心情的变化等都在这一喊一和中形象表现出来，令人产生一种身临其境之感。号子最主要的作用就是协调劳作，振奋精神。劳动号子中呼喊词多为开口音，声调高昂，因此其形式虽然简单，也没什么很深奥的内容，但读起来却自然包蕴着一种感奋人心的情感力量。可以这么认为，劳动号子就是福建人民在征服自然、改造自然的过程中发出的呐喊，是福建人民敢与天地作斗争的豪情的体现。

## 二、田歌

田歌一类歌谣主要有两方面内容：一是表达对养育福建人民的这片土地的爱，述说劳动的艰苦和丰收的喜悦；二是表达旧社会农民辛苦耕作却依旧受穷的不满，具有较强的批判色彩。

一方面，正所谓"一方水土养育一方人"，劳动人民对土地的情感是非常深厚的，就像光泽的《种田好》所唱：

搜山打猎不养家，生意买卖眼前衣。世上还是种田好，朝见爹娘晚见妻。

"三亩薄田一头牛，老婆孩子热炕头"历来就是劳动人民的理想生活。田地给了老百姓赖以生活的根基，老百姓也报之以极大的热情。

太阳一出走忙忙，东边来个插秧郎；左手拿秧右手插，插出满田好风光。

《插秧山歌》（建阳）

肩扛锄头要上山，田园风光真好看：山上树林密，山下种西瓜；到处绿油油，稻谷开香花；树上鸟仔叫喳喳，水底蛤蟆叫哇哇。老汉看了哈哈笑，今年庄稼顶呱呱。

《今年庄稼顶呱呱》（东山）

这种喜悦是完全发自内心的，庄稼丰收也就意味着生活质量的改善。对于劳动人民来说，没有比这个更重要的了：

摇摇摇，粮船漂，粮船扬帆下石桥。石桥上，人如潮，大车磷磷马啸啸。船船粮，车车金，车水马龙去卖粮。大人笑，孩童叫，丰收欢歌大家唱。

《卖粮谣》（南靖）

"船船粮"对于劳动人民来说，就是"车车金"。这种情感还进一步延伸到对种田农具，特别是锄头的赞美，如《十把锄头歌》（福州）：

一把锄头新又新，作田锄头不离身。人讲生意三般好，不抵作田值千金。
二把锄头四角框，作田不必吃十方。这把锄头不耕种，各府各县闹饥荒。
三把锄头雪雪明，功高盖世实光荣。这把锄头不耕种，饿死世上许多人。
四把锄头修田塍，十家难济一家贫。多谢古人会创造，发明锄头救万民。
五把锄头翻土地，作田反对走江湖。创造感谢铁里鬼，打铁也须好铁炉。
六把锄头白钢边，木柴做柄铁做尖。翻土锄草草干净，掘石石碎底朝天。
七把锄头串土箕，农事件件都靠伊。开山劈岭要使用，农民手中好家私。
八把锄头白白边，发明锄头古代仙。这把锄头不耕种，白银损失几百千。
九把锄头铁上背，破坟掘墓连割营。开路先锋就是伊，除神去煞心不惊。
十把锄头十周全，锄头底下出米粮。文武各官食到尽，还可缴租与纳粮。
十把锄头十歌全，万古千秋不断传。人人都唱田头诗，农民盘唱满田洋。

歌谣以夸张的手法把劳动人民对赖以为生的劳动工具的重视形象地传达了出来，劳动人民对土地的情感也就自然的显现出来了。

另一方面，在阶级社会中，土地兼并现象严重，很多老百姓都不得不租种地主的土地，为了能在交田租及官府的各种苛捐杂税后还能生存下去，老百姓不得不下田辛勤耕作。因此，田歌表现的又一重要主题就是劳动的艰辛和表现阶级斗争意识。种田人辛苦耕作，结果一年到头还是得继续忍饥挨饿：

听唱闽南农民歌，三百六十日受拖磨；有做无食白流汗，经风受雨忍严寒。年冬好收抵平过，旱涝失收太狼狈；田主收租提布袋，无奈将子捉去卖。田主吃肉穿绸缎，洋楼大厝比天高；大小老婆加婢女，农民愈想愈不愿。

《农民歌》（漳州）

一年三百六十五天，天天起早摸黑，年成好日子还能过得下去，年成不好就只能卖儿卖女，而地主却能锦衣玉食，三妻四妾。这种强烈的对比引发了老百姓无穷的愤怒，他们在歌谣中尽情发抒着不满：

啥人饲啥人，大家来看看：若无咱劳动，五谷哪会堆满山？播种到收成，一年四季逐日赶。透早起，连暗摸，一粒五谷一滴汗。地主免出力，粮食堆成山。

《啥人饲啥人》（惠安）

除此之外，田歌还反映了劳动人民的耕作经验，如对种田具体过程的描绘：

手提青秧插水田，低头便见水底天；六枝一撮插方块，人行倒退秧进前。

《插田歌》（德化县）

有些则以问答的形式，表现对田间各种作物的认识：

（问）：什么生来蓬打蓬？什么生来叶子红？什么生来郎当吊？什么生来两条龙？

（答）：韭菜生来蓬打蓬。苋菜生来叶子红。茄子生来郎当吊。长豆生来两条龙。

《韭、苋、茄、豆》（建阳）

## 三、茶歌

福建是我国重要的产茶地区，乌龙、白、绿、红茶各擅胜场，而尤以乌龙为最。福建人民在长期的种茶、采茶、制茶、售茶等劳动过程中积累了丰富的经验，同时也将这些经验以及劳动的艰辛与欢乐用茶歌的形式表达出来。

在茶歌中，福建人民广泛表达了茶叶生产过程中的艰辛与快乐。茶树一般种在丘陵和山坡上，四面向阳，无所遮挡。茶农种茶采茶非常辛苦，《十二月采茶》（三明）、《十二月采茶歌》（建阳）、《十二月采茶歌》（平和）等均从一月唱到十二月，诉说采摘茶叶的辛苦。就像武夷山的《采茶姑娘实在苦》唱的那样：

顶着露水上山冈，上身下身全湿光，采茶姑娘实在苦，衣裤湿了无处晾。
日头悄悄上山冈，手脚飞快采茶忙，待到采茶歇午时，浑身上下又湿光。

长泰的《片片茶叶片片心》描述了"春季采茶脚手冷，暑季茶园热像火，夏季采茶雨淋身"的艰辛，武夷山的《皮字歌》则表达了"春天采茶手换皮，夏天暴晒背脱皮，秋天卖茶磨嘴皮，冬天全家饿肚皮"的痛苦。

除了反映劳动的艰辛外，茶歌更多还是侧重于对茶叶各方面的介绍，表达了福建人民对家乡茶叶的自豪情感。这种介绍几乎涵盖了整个茶叶行业，从种茶开始，安溪的《种茶歌》就采用了男女对唱的方式来介绍种茶经验。举其中两节为例：

男：哥我给娘讲实在，我厝茶园正在开；不知茶苗怎样栽，才会特意娘厝来。
女：栽茶应是正月时，一窟要种三四枝；土干栽茶容易死，须要双脚土踩实。
……
男：茶苗栽落怎样壅？何时才会有收成？怎样管理怎样整？请你费神说分明。
女：栽茶若有专心壅，三年就会有收成；覆盖留笋剪枝条，深翻施肥效益增。

男的向女的请教如何种茶，女子细心教导如何栽种、培土、施肥、剪枝等，整个过程十分清晰。政和的《捡茶歌》从一月唱到十月，描述捡茶的归程；华安的《采茶歌》则介绍了"茶叶润喉又清香，解毒治病苦中甘，止渴降温又防暑，消食减肥美唲唲"的功效。《武夷制茶十道工》（武夷山）的"一采二倒青，三摇四围水。五炒六揉金，七烘八捡梗。九复十筛分，道道功夫深"，详细介绍了制茶的具体工序。《评茶取样歌》（武夷山）介绍了如何取样品评：

箱箱岩茶倒笭上，各堆品评要取样；梅花形里来撮茶，上下里外假难藏。

《评茶定价歌》则进一步描写茶制成后如何评茶定价：

样茶泡在茶盅里，盅中岩茶盅盅味，先闻茶盖清香气，后尝不吞吐地里。
清水漂茶看成色，又尝又看比一比，茶师心中有分数，箱箱定价有道理。

由此让人们对武夷茶有一个完整的了解。具体怎么泡茶？从乌龙茶到武夷岩茶的泡法，福建人民总结出了无数经验：

乌龙要用陶壶装，滚烫开水莫放凉；壶里壶外先淋遍，后泡茶叶味更香。
《泡乌龙茶》（武夷山）

茶头泡一泡，茶叶泡七泡；春茶三日有香味，夏茶隔夜冒酸泡。
《武夷岩茶泡茶歌》（武夷山）

然后是如何售茶的经验介绍，如建阳的《贩茶歌》则是反映茶商走南闯北售卖茶叶。通过这些茶歌对整个种植、采摘、品评、售卖等过程的介绍，我们对茶叶就有了最基本的知识储备。除此之外，茶歌中还有一类内容值得关注，就是在采茶过程中的爱情抒写。这部分茶歌可以归入爱情歌中，但从其爱情产生于采茶生活这一点来看，我们还是将其归入茶歌，如长泰流传的《手提茶篚来挽茶》：

女：手提"茶篮"来挽茶，遇着一个"少年家"，心里有话唔敢讲，假意嘴干来讨茶。

男：风吹管尾"趴趴摇"，日晒田水"拉温烧"①，小妹爱哥唔敢叫，假做呼鸡喊"内叶"②。

女：阿哥担茶上山顶，行无三步脚就停，"目周"③金金向娘看，一个亲象"天吊神"④。

男：阿妹挽茶下山坡，两蕊目周顾看哥，踏着石头"板辇倒"⑤，只骂石头不怪哥。

　　郎有情妹有意，一段美好的爱情在采茶劳动中慢慢滋生。民间方言的大量使用，又使歌谣有了鲜活的生活气息。

## 四、工匠歌

　　封建社会中，"士农工商"四民制度始终贯彻始终，工匠们的社会地位较为低下，生活多处于贫困状态。工匠歌以各行各业手工艺人的劳动生活为歌唱对象，其内容主要是描绘劳动的过程、传授劳动经验、抒发劳动的感受等。在旧社会中，工匠歌又多以反映各行各业工作的辛苦与劳动所得的微薄收入之间的矛盾为主，表现了较强烈的阶级对立特点。

　　工匠歌抒写了当学徒受盘剥的痛苦。旧社会中，当学徒很多是生活过不去的无奈选择，而且师傅对学徒有着严格的人身控制。福州的《艺徒歌》就描写了一个因父亲重病而到酒店当学徒的孩子的悲惨遭遇：先是"三年学艺没工钱，先来煮饭站灶前；洗屎洗尿哄小孩，做尽奴才还弃嫌"，等学徒期满则是"茫茫四海找活路，背着苦债再登程"。当学徒任人欺负，成为有一技之长的手

① 拉温烧：温热。

② 内叶：老鹰。

③ 目周：眼睛。

④ 天吊神：形容看得出神。

⑤ 板辇倒：翻跟斗。

艺人也仍然继续过着忙碌而贫困的生活。比如打石工人，长泰的《打石歌》生动的描绘了打石工人的恶劣处境：

> 春天打石雨来澹，着扶石角扛石石邦，路滑扛到未展动①，不时跌到脚归空②。夏天打石真正热，皮肉晒到要臭干，身躯晒到总凸泡，大汗流到滴着脚。秋天打石有恰③爽，经常做到暗眠矇④，腹肚若饫⑤不敢讲，脚酸手软头壳呆。冬天打石盖上惨⑥，脚手冻到未展动，冷风吹来刺骨寒，柴柴硬硬像石石邦。
>
> 《打石歌》（长泰）

　　打石工人一年四季都处在辛苦的劳作中，所以惠安的《打石歌》写道："好石不做厕所板，阿娘不嫁打石郎。"打石工人如此，其他工种也差不多。铁匠是"烟熏火烤打铁郎，乌手乌脚爬上床。脸嘴乌得像包公，困着还在扯风箱"（三明《铁匠歌》）；弹棉花的工人是"做人痴正痴，去学弹棉织棕衣；日间辛苦弹棉被，夜间无歇捻棉籽"（寿宁《弹棉谣》）；造纸工人是"冰天雪地打杂工，肩担麻竹面迎风；脚底开涧手龟裂，火笼当袄过寒冬"（永定《纸工歌》）。各行各业的工人们在工匠歌中述说着生活的不如意，但是尽管如此，劳动人民天性乐观的宽阔胸襟依然在工匠歌中熠熠生辉。龙岩《扁担歌》唱出了"一山过了又一山，深山砍竹做扁担。新做扁担两头软，越担心里越喜欢"的快乐；尤溪的《砌石歌》道出了"万丈高楼从地起，全靠砌石打地基"的生活体悟；华安的《木匠歌》展示了"平直方圆歪内斜，巧造楼寨一手成；弯孔倒水通曲径，筑起宫观和榭亭"的建造艺术；将乐的《剃头匠》更是发出了"皇帝老子也低头，一刀一刀任我刨"的豪放宣言。

---

① 未展动：不能动。

② 脚归空：脚受伤。

③ 有恰：比较。

④ 暗眠矇：天黑。

⑤ 饫：饿。

⑥ 盖上惨：很凄惨。

## 五、渔歌

福建有着漫长的海岸线，沿海渔民过着与内地农民完全不一样的生活，就像东山的《渔农谣》所唱的"讨海就要斗风浪，种田就要顶风霜"。在与大海和平而又斗争的相处生活中，福建人民也创作出了大量的渔歌，其内容或是歌唱海上生活的祥和平静与波澜壮阔，或是反映渔业生产的丰收与喜悦，或是表达现实生活的不如意，谱写了一曲曲多姿多彩的渔民生活歌。

渔歌中最令人热血沸腾的就是表达渔民与诡谲多变的大海作斗争的豪情。面对大风大浪，福建儿女镇定自若，乘风破浪：

讨海人，讨海人，一身曝得乌铜铜。顶风劈浪，像爬天坎。嘿啰嘿啰嘿啰哩，要捉鱼，不怕海水乌琅琅。

《讨海人》（东山）

四月里来霉雨天，下海讨鱼快活仙；不怕风台不怕暴，哪怕起北做歹天。

《十二月渔歌》（宁德）节选

老子自幼在江边，不怕地来不怕天；看不尽青山绿水，吃不尽鱼虾海鲜。

《自幼在江边》（福州）

"顶风劈浪""不怕风台不怕暴""不怕地来不怕天"这就是福建儿女的英雄风姿。广阔的大海激起了福建人民的无穷想象，同时也诱发了其征服大海的雄心壮志。在与大海搏斗讨生活的过程中，"敢拼就会赢"成了沿海渔民的性格写照。

大海给人们无穷的食物馈赠，大海的风浪也给渔民们带来了巨大的威胁，福建人民也在渔歌中表达了讨海不易的艰辛。

三月里来三月三，风台雷暴让人惊；双脚跪在妈祖前，祈求妈祖保平安。

……

六月里来六月中，风台到来苦难当；风台刮进西洋澳，大小渔船聚一帮。

《十二月渔歌》(宁德)节选

海上风浪大，渔民出不了海；海上风平浪静，渔民又得遭受另一份苦：

讨海人，真艰苦，行船无风得摇橹；日曝没笠仔，雨来欠棕蓑，寒冻欠头布。男人像喽啰①，女人是家婆②。要去天乌暗，不去柴米无。

《讨海人，真艰苦》(惠安)

渔民靠海吃饭，受天气、季节、汛期等因素的影响比较大。捕到鱼还好，如果接连几天捕不到鱼，那么生活就会受到很大的影响。福安的《官井洋讨鱼》就揭示了渔民生活的酸甜苦辣：

黄鱼起头，好像过年，老酒一坛，鞭炮一联。初一撒网，初二没钱，连讨三水，无鱼看见。鱼发东港，不怪长年，水面求财，不是赌钱。离船上岸，怨气冲天，鱼桶无鱼，袋内无钱。下头伙计，上头贼捐，算盘一响，叫苦连天。收拾被床，晦气当前，行到厅中，退到廊前。母亲一骂，眼泪如泉，老婆一骂，火筒铁错。父亲一骂，真正可怜了田地未作，无米过年，番薯未插，草荒田园。

渔歌中还表现了渔民的行船生活，一般冠以《行船歌》《船夫歌》等题目，内容上也多以表现行船的艰辛与生活的贫困为主，此处不赘述。

---

① 喽啰：难看。

② 家婆：指女子因风吹日晒而日渐苍老。

## 六、林业歌

福建极高的森林覆盖率造就了其林业资源极其的丰富。福建人民提倡植树造林，歌唱劳动，讲述林业植树的经验，同时也揭示了林业工人遭受林场主剥削的现实处境。

正所谓"十年树木"，福建人民对此有着深刻的体会，也在林业歌谣中进行了强烈的表达：

> 张家山，李家山，这边光秃秃，那边郁葱葱。不立挖金志，不流几身汗，脸红一阵子，年年依旧是荒山。

《种树谣》（光泽）

林业种植不能光凭一时热情，它需要的是长时间持之以恒的坚持，否则就只能"年年依旧是荒山"。一方面，福建人民在林业歌中讲述着植树造林的体会"逢春造林好时机，春天不造待何时。赶紧将树栽落土，造林宜早不宜迟"（仙游《造林歌》）；传授种树的经验"挖山挖得深，种树稳着根。挖山挖得浅，等于一块板。种植泥土松，穿根又伸空"（浦城《种植歌》）；描写林业工人利用山溪、河流运送原木"没水放河做坝头，做满水来树会浮。站在坝头放原木，没米下锅莫去愁"（顺昌《放河歌》）；表现伐木工人之间的团结协作劳动"看喽，树尾来了！抡斧师傅，身角搭一搭①。劈草师傅，打枝师傅，剥皮师傅，看喽，树尾来了"（建瓯《伐木歌》）。这些林业歌谣无不洋溢着乐观积极的生活情调。另一方面，林业工人也将其劳动的艰辛和生活的不如意在林业歌中尽情地抒发：

> 树厂走了千千万，哪把工人当人看！深山密林砍木头，个个提心又吊胆。大树好比毛老虎，压死多少英雄汉；从来工钱不兑现，树厂老板恶千般。大溪捎排连打连，排头排尾万般险；金溪滩头阎王殿，死里逃生难上难。老板发财

---

① 搭一搭：砍一砍，形容控制树木倒下方向的砍伐动作。

艄公苦，工钱难买几斤盐；可怜芦庵滩上鬼，含冤叫苦几千年。

《走厂歌》（泰宁）

砍伐树木和在山溪河流中运送原木都是十分危险、需要时刻注意的事情，一不留神就可能有丧生之虞。劳动人民冒着生命危险伐木、放河，却只能拿到买不了几斤盐的工钱。《走厂歌》通过揭示林业工人的工作处境，细致展现了林业工人的内心世界，表达了对剥削阶级的痛恨之情。

## 七、其他劳动歌谣

除了以上几类较有代表性的歌谣外，劳动歌谣还广泛的涉及各个行业、各种劳动生活，比如，反映靠卖体力为生的苦力歌，如《挑夫苦》（将乐）、《担盐歌》（罗源）、《搬运苦力歌》（福州）、《长工怨》（三明）、《担工歌》（永定）等；表现畜牧业生活的《放牛娃》（大田）、《看牛郎》（宁德）、《喂猪歌》（华安）等；表现农业采摘行业生活的《采龙眼歌》（仙游）、《晚采莲》（建宁）、《挖笋歌》（浦城）等。这些劳动歌谣亦同样反映出劳动人民真实的生活与情感，有苦有乐，有喜有悲。

## 第三节　时政歌谣

时政歌紧贴社会现实，突出表现了人们对各种社会现象的爱憎情感。新中国成立前的时政歌谣主要以批判为主，大多集中在阶级对立、社会不公、反对外来侵略等方面。新中国成立后的时政歌谣大多表达对新社会的歌颂和喜悦。

福建民间歌谣的文献记载始于唐代，最早的时政歌谣就是五代时期闽国罗源巡检黄演所作之《劝农歌》，反映了当时在王审知统治下人民安居乐业的史事。

天降闽王入八闽，励精图治恤万民。苛捐污吏必查办，敛取民财处以刑。
乡老勤耕保其有，府县三年免税征。

《劝农歌》（福州）

北宋仁宗时期，蔡襄任福州知府，于元宵节命每家点灯七盏。陈烈作歌讽
之，老百姓传诵至今：

富家一盏灯，太仓一粒粟。贫家一盏灯，父子相对哭。风流太守知不知，
犹恨笙歌无妙曲？

《元宵节点灯》（福州）

明郑成功在厦门地区招兵准备收复台湾，厦门人民踊跃参军：

割草狮山顶，下山过太平，看见郑国姓，贴着告示要招兵。
你兄和我弟，相招去当兵，跟随郑国姓，驱逐侵台荷夷兵。

《驱逐侵台荷夷兵》（厦门）

清林则徐摆尿壶阵大败英军舰队，老百姓为之欢喜鼓舞：

一把白扇画金瓢，番仔来卖鸦片土。林则徐摆尿壶阵，弄得番仔满江浮。

《林则徐摆尿壶阵》（宁德）

1884 年，中法马江海战中，法国舰队突袭马尾港，福建水师仓促应战，
700 多名官兵为国捐躯。老百姓用《中法马江海战歌谣》愤怒抨击清统治者畏
怯懦弱、贻误战机的行为：

两何两张，不卫海疆。腐败无能，纵夷猖狂。（其一）
两张两何，一意主和。战机一失，千秋罪过。（其二）

《中法马江海战歌谣》（福州）

"两张"指当时福建巡抚张兆栋、军务张佩纶，"两何"指的是当时福建总督何璟、船政大臣何如璋。他们严令清军沿江水师不得开炮阻敌，不得移动舰船，而老百姓对这种资敌行径异常愤怒。同时，歌谣也热情的赞颂了水师官兵临敌不乱、矢志报国的英勇行为，如歌颂"福星号"管带陈贻惠壮烈牺牲，全船将士为国捐躯的《马江海战壮烈歌》（其二）：

> 福星管带陈贻惠，平日兵勇当兄弟。战时一心想报国，赶上将台不退避。
> 番仔枪枪像沙豆，打到船里喷烈焰。火龙滚滚冲番舰，点炮还击赛雷电。
> 番仔瞄准对着伊，陈公不得尽义。全船兵勇哭声起，甘愿齐死对天誓。
>
> 《马江海战壮烈歌》（福州）

1895 年，清政府签订《马关条约》，台湾被割让给日本，一水之隔的福建人民无比痛心：

> 台湾糖，甜津津，甜在嘴里痛在心！
>
> 《台湾糖甜津津》（东山）

太平天国时期，永春林俊响应太平天国革命，发动了三点会农民起义，人们用歌谣记录了这一事件：

> 三点会，树义旗，杀尽清妖驱外夷；分田分地除贪官，建立天朝太平年。
>
> 《三点会 树义旗》（石狮）

近代以后，时政歌谣主要反映了辛亥革命、第二次国内革命战争和抗日战争时期的重要事件，有褒扬、有批判。民国元年（1912），孙中山来闽慰问黄花岗闽籍烈士家属，并观察福建光复后的情况，福州人民夹道欢迎，作《欢迎孙中山》：

　　民国现统一，兴汉灭大清。袁世凯做总统，宣统不在京。同胞幸福，此话是真，弃旧来迎新。阳历四月十九，阴历三月三。街中人无数，人海与人山。各家各户，炮响连声，欢迎孙中山。大桥多热闹，民众列两旁。沿途民众，迎接孙文，拍掌喜洋洋。先到广东馆，后到明伦堂；到南街，天将暗，直达都督府，再到贡院前，留宿一晚。放炮回转，备好酒肴，京鼓军乐闹昂昂。三天就起身，大桥坐官船。千万民众，迎送孙文。功勋业绩，天下知闻。

《欢迎孙中山》（福州）

　　1927 年 8 月 7 日，中共中央召开紧急会议，确立了实行土地革命和武装暴动的总方针。12 月，中共福建临时省委成立，统一领导全省武装暴动。1929年红四军入闽，1930 年闽西苏维埃政府正式成立。福建人民用歌谣记载了这段红色革命史实，讴歌红军、积极参加红军、拥护苏维埃政权、表达革命热情成了其主旋律：

　　韭菜开花一管心，剪掉辫子当红军。保护红军万万岁，红旗一举攻南京。

《保护红军万万岁》（三明）

　　革命不怕路途长，雄鸡一啼天大亮；只要跟着共产党，革命一定有春光。

《革命一定有春光》（连城）

　　打倒劣绅打土豪，又分谷子又分袍；今年闽西节气改，红军一来春就到。

《红军一来春就到》（武平）

　　老百姓对中国共产党充满了信心，坚决跟党走。因为中国共产党领导人民打倒土豪劣绅，人民当家做主。而与之形成强烈对比的就是盘剥、压迫民众的国民党反动派，老百姓对他们无比痛恨：

　　杨梅树上挂灯笼，作田老哥个个穷。穷根就是国民党，要想翻身闹暴动。

《要想翻身闹暴动》（顺昌）

斧头不怕扭丝柴，红军不怕反动派；领导工农来暴动，到处建立苏维埃。

**《到处建立苏维埃》（龙岩）**

白花谢了红花开，白匪败了红军来。开天劈地头一回，农支成立苏维埃。

**《成立苏维埃》（三明）**

苏维埃政权建立后，福建人民深悉美好的生活来之不易，需要大家共同维护，因此踊跃参加红军，用自己的实际行动表达了对革命的支持：

百合花，白粉粉，阿哥参军要上船；小妹摘枝山百合，要送阿哥当红军。
百合花，香喷喷，月色光光断乌云；阿哥战场拼冲锋，小妹后方勤耕耘。
百合花，白嫩嫩，日子快过风火轮；生产模范是小妹，战斗英雄是郎君。

**《送哥参军》（漳州）**

抗日战争时期，福建人民同仇敌忾，编写抗日歌谣，呼吁人民群众起来抗击日本侵略者。其内容从歌谣题目就可以感受到，如《中华民族万万岁》（石狮）、《唤醒民众上战场》（诏安）、《新四军有本领》（浦城）、《把日本仔赶出咱金台》（厦门）、《骂汉奸》（龙海）、《当兵歌》（诏安）等。这些歌谣强烈表达出福建人民的爱憎之情，如石狮的《大刀歌》和仙游的《打日本》：

打铁哥，打铁嫂，趁早晚，造大刀；大刀打出千万把，送到抗日前线去。咱的大刀高高举，日本鬼子吓半死。

**《大刀歌》（石狮）**

滚！滚！滚！大家起来打日本！阿兄做先锋，阿弟做后盾，打得日本仔碎粉粉！

**《打日本》（仙游）**

读起来音韵铿锵，字里行间充满了对日本侵略者的强烈愤慨，极富革命斗争的激情。

在表达福建人民同仇敌忾、抗击日本侵略者主题的同时，时政歌谣也将矛头指向国民党反动派，称他们为"刮民党"，对他们搜刮钱财、不顾人民死活的罪恶行径予以抨击。为了搜刮钱财，1948年8月国民党大量发行金圆券，强制兑换老百姓手中的黄金、银元、美元、英镑等。刚开始50万金圆券还能兑换2500两黄金，到了1949年，50万元就只能买一盒火柴。老百姓用《国民党印纸币》《金圆银圆没人要》《金圆券不值钱》等歌谣反映了这一史实：

看那国民党，随便印纸币。印不到一两年，物价直涨起。法币无人要，再印新纸币。换来又换去，愈变愈细钱。十万银圆券，买无一斤鱼。十万金圆券，买无一升米。上午十万元，下午值无五分钱。百姓真吃亏，哀怨骂半死。

《国民党印纸币》（漳州）

金圆券，不值钱，上午买匹布，下午变斤盐，等到明天用不得，火烧送鬼神。

《金圆券不值钱》（武平）

为了应付战事，国民党到处抓壮丁，有钱人可以花钱请人顶替，穷苦人民就得抛家弃子，《宁断手指不当兵》唱出了福建人民对国民党的痛恨之情：

黑暗年代压迫紧，可恨国军抓壮丁。铁线穿耳索绑人，身后父母哭不停。富人不去用钱顶，穷人独子也要行。脚踢棍打满身伤，宁断手指不当兵。

《宁断手指不当兵》（漳平）

新中国成立后，中国发生了翻天覆地的变化，压在人民头上的三座大山被推翻，人民当家做主。这时期的时政歌谣以歌颂中国共产党、歌颂毛主席、讴歌新中国成立后各行各业各民族人民喜悦之情为主要内容。如对毛主席的歌颂：

太阳一出满天红，东方出了个毛泽东。中国人民翻了身，当家做主乐融融。

《东方出了个毛泽东》（建阳）

海水滔滔向东流，提起旧社会恨心头；恶霸剥削鱼税重，捕鱼人家没出头。
日头出来红丹丹，毛主席领导有靠山；渔区土改分渔具，斗争恶霸把身翻。

《翻身渔家歌》（宁德）

这种喜悦之情无疑是真实而充沛的：

如今山坊赞歌多，多得要用火车拖；车头到了北京城，车尾还在山坊坡。

《如今山坊赞歌多》（光泽）

东方升起红太阳，照得大地亮堂堂；努力耕田多加劲，秋收谷子堆满仓。
自从来了共产党，农民翻身喜洋洋；支援灾区亲兄弟，国家越来越富强。

《国家越来越富强》（古田）

汲水不忘凿井恩，眼前的幸福离不开中国共产党的英明领导，党和人民是
鱼与水的关系，相濡以沫，荣辱与共：

鱼儿离不开水，瓜儿离不开秧，队伍离不开红旗，我们离不开党。

《我们离不开党》（政和）

其语言朴实无华，却充满深情。

改革开放后，中国迎来了新的发展机遇，福建人民积极拥护党的方针政
策，抒发了建设祖国的热情：

珍珠不再蒙尘埃，宝石不再土里埋；"四化"建设靠科技，党重知识爱人
才。

《党重知识爱人才》（武平）

今下中国不比先，日子一年好一年；好比上梯食甘蔗，步步高来节节甜。

食不愁来穿不愁，平地耕田不用牛；外出远行不用脚，夜来点灯不用油。

《颂改革》（永定）

除此之外，时政谚语也批判了当时社会上的不良风气，如 20 世纪六七十年代，农村吃大锅饭，农民生产积极性下降，磨洋工的现象严重，老百姓对此进行了批判：

出工一窝蜂，干活磨洋工。谈笑老半天，收工打冲锋。

《出工》（浦城）

出工像拉纤，收工像射箭。回头三转算一工，年终分红一包烟。

《年终分红一包烟》（邵武）

# 第四节　生活歌谣

从广义上说，所有的民间歌谣都可以纳入生活歌的范畴。这里我们取生活歌的狭义界定，它是以老百姓日常生活和家庭生活为主要内容，表现人们对社会、家庭生活看法的民间歌谣。它不包括政治斗争生活，主要由世情歌、家庭生活歌、地方风物歌、气象知识歌、华侨生活歌、劝世歌等几类组成。

## 一、世情歌

世情歌反映的生活内容十分广泛，表达生活理想、批判不良风气、揭示人性善恶等是其重要主题。在旧社会中，尽管老百姓的生活并不如意，但是他们从来没有丧失过对生活的信心，苦中作乐、积极乐观是劳动人民的本色。"国有贤臣安社稷，家无逆子恼爹娘。四海平定干戈息，天下太平国富强"（建瓯《太平歌》）就是广大福建人民最朴实的理想愿望。有国才有家，国家强盛人民才能生活安定，"宁做太平犬，不做乱离人"，所以老百姓所渴望的生活其实很简单——"愿得禾黄仓中满，家中有粮心不愁。全家饱守田园乐，胜似朱门万户侯"（邵武《胜似朱门万户侯》），这就是理想的生活。流传于古田、周宁等地的《福禄寿喜长命富贵》歌更以人生"八字经"的方式唱出了对人生美好的希望，希望父母双全（福）、有田传承（禄）、夫妻偕老（寿）、子女好婚姻（喜）、子孙满堂（长）、家族兴旺（命）、荣华富贵（富）、家出显贵（贵）。正是有着对未来的种种美好憧憬，福建人民渡过了一个又一个人生的难关。当然，理想是美好的，现实却总是不如意的，福建人民在世情歌中更多将歌唱的视角对准了种种不合理的社会现实，唱出了生活的不平。

首先，世情歌真实地反映出穷苦大众的生活状态。柘荣流传的一首《穷人家里客人来》非常形象地描绘出老百姓生活的窘迫：

红裙鸟仔喳又喳，穷人家里客人来；客人拿伞厅中坐，主人鼎里烧起来。上家有肉没钱剁，下家有酒赊不来；汤在鼎里沸沸滚，米在隔壁借不来。

《穷人家里客人来》（柘荣）

生活的艰难在那不断沸腾的清水中慢慢弥漫开来，辛酸中又透露着无奈。"穷人三件宝：番薯当粮草，草垫当被盖，火笼当棉袄"（松溪《穷人三件宝》）的生活现实使老百姓往往只能是"亲戚朋友来我家，借钱借米请客人"（三明《借钱借米请客人》）。如果再碰上灾荒年月，那么日子也就越发难过了：

脚软难上背头岗，穷人难度六月荒。放下镰刀无米煮，锁匙难带家难当。

《穷人难度六月荒》（三明）

这就是旧社会福建劳动人民的真实处境，不管沿海地区还是内地，我们都能听到对生活不如意的种种哀叹。

其次，世情歌通过对生活中形形色色人物生活画面的展现进一步反映了世态人情。旧社会中，贫富差距悬殊，富人三妻四妾，穷庄稼汉很多只能一辈子打光棍，因此，世情歌中有很多单身歌、光棍谣，以此抒发了单身汉的痛苦：

单身汉，活神仙，一碗米吃三天，一斤猪肉慢慢咽，两块豆腐黄煎煎，生起病来叫皇天，一贴茶水没人煎，隔壁好邻居帮我煎，端到床面前，一个不小心，摔得个碗底朝天。单身汉，你说可怜不可怜。

《单身汉》（浦城）

二十岁了郎无妻，好比田中折断犁。装得犁来秧已老，水退滩头花过期。

《无妻歌》（三明）

单身汉是如此，嫁入人家做媳妇的哀叹也是世情歌的重要主题。旧社会中，男尊女卑，媳妇在家庭中的地位是比较低下的，如果碰上恶婆婆，那么媳妇的日子就会更艰难：

金桔子，真艰难，做人媳妇子做得难。食的是隔暝饭，配的是烂芋梗；倒的是破草垫，穿的是破衣裙。

《媳妇子做得难》（三明）

金橘子，金艳艳，做人的媳妇子，真真受苦难。一手提猪桶，一手关猪栏，猪桶提得团团转。姨妈软轿坐到家，瞧见爹，眯眯笑，瞧见妈，眯眯娇，瞧见哥儿新姐妹，瞧见嫂子冤家婆，吃爹饭，穿娘衣，不高兴就不要嬉。

《新妇仔》（浦城）

媳妇不仅受婆婆的虐待，还被小姑子敌视。归根结底，就是因为媳妇是外来人，和他们不是一家人。如果与民间故事中的巧媳妇故事相比较，我们不难发现，歌谣反映的更倾向于生活真实，而故事则更多的是理想化的想象描述。当然，世情歌中也有许多倡导婆媳之间和睦相处、互相忍让的内容，但这掩盖不了旧社会媳妇地位低下的事实。只有在进入社会主义社会后，人民翻身当家做主，媳妇才真正扬眉吐气，而新时期的婆媳关系则又是新的一曲世情歌了。

旧社会因为医疗水平有限，女子难产往往就意味着一尸两命，或者孩子没了母亲，父亲通常会再娶妻子来养育幼儿，而再娶的妻子也会生儿育女，这就造成了后母虐待前妻所生孩儿的事情屡屡发生。正如三明的《孤儿泪》所唱：

小小白菜老叶黄，单木遭风更艰难。三五周岁娘去世，跟着爹爹过时光。洗衣做饭无人做，因此爹爹娶后娘。娶个后娘一年整，生个弟弟比我强。弟弟吃面我喝汤，有心不吃饿得慌。端起饭碗泪汪汪，想想亲娘苦无双。娘亲想我一阵风，我想娘亲在梦中。醒来哭得两眼红，我想娘亲有谁懂？好心后娘很少有，要寻好娘路难通。弟弟南庄去上学，我到北山看猪羊。河边开花河里落，只因异母隔肚肠。弟弟用钱如流水，我花一文难上难。纵有亲父不敢诉，恐遭后母打一场。白天听得鹧鸪叫，夜里听得水声扬。有心跟着流水去，又恐流水不回还。孤儿凄苦有谁知，夜夜泪水湿衣裳！

"好心后娘很少有"，因为亲身孩儿与前妻所生孩儿之前存在着继承家产的矛盾，而父亲也往往会更偏向后娘，这就使得孤儿面临着有父母而实际上等于无父母的困境。末尾四句字字凄苦，摇动人心。

这类以后母为抨击对象的世情歌，大多通过后母对孩子们的不同态度，来抒写孤儿的痛苦：

洪山桥流水流清清，后奶煮饭两样心，大弟细弟吃够净，剩下米汤滂滂清。

《后奶歌》（福州）

百合花，心里黄，劝爹莫讨后来娘。前娘打我芦苇秆，后娘打我山苍柴。前娘杀鸡留鸡腿，后娘杀鸡留鸡肠。娘呀娘，越食越心焦，爹呀爹，越食越心伤。

《劝爹不讨后来娘》（清流）

除此之外，世情歌还勾勒了一组与劳动人相对立的反面人物肖像，有媒婆、有风水先生、民间泼妇等，描摹出了一幅幅旧社会的众生态：

怨一声奴的爹和娘，你不该错听媒人言。媒人是个油刀嘴，走东去西乱串门。又说男家多发财，又说新郎比人强。说得爹娘哈哈笑，害得女儿受凄凉。既是男家万般好，媒人也有女儿和诸娘，何必到我家说短长。媒人只图收财礼，哪管别人生和亡。这样害人有报应，死后尸骨晒太阳！

《媒人是个油刀嘴》（福州）

旧社会男女结婚奉行父母之命、媒妁之言，媒婆的重要性可想而知。然而这些媒人为了赚钱尽说瞎话，酿造了一出出婚姻悲剧。老百姓对这种人的行径感到无比愤怒，对她们"死人讲得会仁起，全靠骗人来吃饭"（古田《旧时媒婆真害人》）的本质进行了强烈的控诉，诅咒她们有报应、不得好死。

风水先生惯说谎，指南指北指西东。世间若有封侯地，何不买来葬爸公。

《风水先生惯说谎》（惠安）

这些神棍并无真才实学，却到处招摇撞骗，利用民众的无知赚取钱财。老百姓用以子之矛攻子之盾的方式，对风水先生这类人表达了强烈的嘲讽。

相骂九主再煮盲，一手插腰头只等闲，前世对头目出火，打到北斗会悬南。

《相骂九主》（福州）

"这泼妇能在和九户人家吵完架后还来得及煮晚饭"，是写其嘴尖舌快；"看到谁都像是前世冤家"，是写其心胸狭窄；"一打就能使北斗星悬挂到南边去"，是渲染其巨大的破坏力。这样的人在生活中并不少见，读起来也确实是形神毕肖。

再次，世情歌通过对旧社会种种陋习的揭示，有力地批判了封建思想对人民的毒害，具有深刻的警醒意义。封建社会的婚姻制度是旧社会老百姓攻讦的主要对象，盖因其有着种种残害身心的规定，比如早婚制度：

鸡角仔，尾长长，十三妮仔①做新郎；郎爸教伊拜天地，娘奶帮伊穿裤堂②，花轿扛到天井下，伊在拾炮跟里跟③。做爸奶，慌忙忙，赶紧跑过拖新郎；拜伊捧烛台，大伯三叔二其防④；引下轿，很内行，教伊轿门踢三下，牵出新娘上厅堂；拜天地，叩公婆，脚踏长衫裂一块，跌在地兜啼一行。

《讥早婚》（罗源）

妹妹短，妹妹长，十二岁，做新娘。拿椅子，过门槛，拿楼梯，上新床。新新被子盖过头，新新草席滑溜溜。床后边，洗衣裳，新床下，变鱼塘。

《十二岁做新娘》（顺昌）

出于增加人丁、传宗接代的思想意识，旧社会的早婚现象比较普遍，但是早婚行为对于当事人却造成了很大的影响。男孩子 13 岁就结婚，女孩子 12 岁就做新娘，基本还处于不懂事的阶段，还不会互相照顾，容易有家庭纷争。而且在身体还未完全发育成熟的阶段结婚，对身体的影响同样是非常大的。随着社会文明的进步，这种封建陋习受到越来越多的抨击，新中国成立以后颁布了《婚姻法》，这种早婚现象终于消失了。

与早婚相关联的陋习还有童养媳。旧社会有钱人家为了找人给自己照看孩子，往往在儿子很小的时候就给他买了穷苦人家的女儿做童养媳，实际上就是给儿子找个任打任骂的仆人。等孩子们长大后，童养媳往往容易遭受被抛弃的命运。这种陋习同样在世情歌中得到了广泛的反映：

二十娘仔七岁郎，夜间洗脚抱上床。不念堂上公婆面，你做仔来我做娘。

《二十娘仔七岁郎》（古田）

---

① 妮仔：小孩。

② 裤堂：短裤。

③ 跟里跟：跑来跑去。

④ 二其防：两人做防范。

小小苦命娘，三岁没了娘，四岁没阿爸，七岁做媳妇。七月定，八月扛，扛到夫家大厅堂。老公嫌她没容貌，大人嫌她没嫁妆。一个举拳头，一个拿拐杖，打到身上血直流，打得少娘啼嗷嗷。四箩谷，要砻四箩白白米，外加三箩细细糠，少娘被逼吊上梁。

《童养媳苦情》（寿宁）

金橘子，红艳艳，做人童养媳受苦难。织粗线，又嫌粗，织细线，又嫌细，馊菜馊饭都要吃。剃掉头发做尼姑，尼姑做了三年半，仍旧回来找丈夫。丈夫后门栽苦竹，越忖越要哭，丈夫后门栽木樨，越忖越孤凄，丈夫后门栽辣椒，越忖越心焦，丈夫后门栽桃子，越忖越心死。

《童养媳》（浦城）

人身没有自由，生活没有希望，这就是旧社会童养媳的悲惨命运写照，同时也是旧社会很多女性的共同处境。她们的婚姻被父母包办甚至买卖，自己的丈夫是什么样的人只有新婚之夜才知道。福州流传的《冲喜》讲述闽侯一对父母为其病子娶妻，意图"冲喜"治病。不料新郎在接亲前病死，其妹便扮作新郎与新娘成亲，让新娘一进门就做了寡妇。歌谣以叙事的方式详细描写了结婚的过程，强烈抨击了这种陋习对女性的残害，揭示了人性中冷漠、自私的一面。浦城的《前世姻缘没奈何》更唱出了旧社会女性的万般凄苦与无助：

菜头籽，满地铺，大锣大鼓配丈夫。丈夫脚又拐，手又结，上山要我牵，下水要我扶。过路哥哥莫笑我，前世姻缘没奈何。

《前世姻缘没奈何》（浦城）

女子裹脚也是封建陋习之一，它给旧社会女性带来了巨大的痛苦：

老母糊涂心，脚白缚紧紧。缚到痛心肝，遍身流冷汗。害伊哭啼啼，暗中去偷解。……缚脚不像样，驼背钓龙虾。好像是姜牙，愈痒又愈扒。破皮又成孔，须要抹黄丹。五只做一丸，须要掺明矾。大痛又无药，只有咸菜叶。

《缚脚歌》（厦门）节选

或因重男轻女观念，或因家庭生计等问题，旧社会溺婴现象也是屡禁不止，老百姓在世情歌中进行了尖锐的抨击：

名为女，女亦子，何乃轻抛竟如此？十月胎，三年乳，落地哇哇不能语。母若忍，父宜阻，溺水一声凄楚楚。牛怜犊，犊怜母，我怪世人目无睹；试问你们母：你心来何所？胡不思木兰女，代父从军名千古，忍将一刻失金，天道不容此逆忤！逆忤，逆忤，溺一个来罪万古！

《溺婴歌》（闽清）

也许是生活的压力，又或许是有先天残疾，对此我们不得而知。但一个幼小生命被母亲活活溺死，这是怎样的惨状！真是令人倍感悲戚！

明朝中后期，葡萄牙人以澳门为据点开始向中国输入鸦片，当时鸦片主要在上层社会流行。清初以后，鸦片输入增加，逐渐扩展到社会各阶层。乾隆以后，英国东印度公司开始大量向中国输入鸦片。到了道光年间，吸食鸦片者已经遍布社会各个阶层，给中国人民造成了巨大的伤害，军队战斗力下降，国民整体素质下降。老百姓对吸食鸦片的行为深恶痛绝，罗源《鸦片害人害得深》、邵武《骂烟歌》、永泰《鸦片诗》、福清《十劝哥莫抽鸦片》等揭示鸦片害人的歌谣在福建各地广泛流传。老百姓揭示了卖鸦片的先给人免费尝试让人上瘾的罪恶行为：

　　第八劝哥好凄惶，哥食鸦片没毛惶[①]，开头没钱食过瘾，起瘾之时卖田园。第九劝哥无奈何，哥食鸦片鱼落沟，鱼落沟里总是死，鸦片没戒总是无。

《鸦片诗》(永泰)节选

　　鸦片一旦吸食上瘾就很难戒掉，就像鱼落沟里，最后的下场往往就是"床上吃，床下亡；墙角葬，墙角埋，尿桶角上安灵牌"(邵武《骂烟歌》)。这些歌谣通过揭示吸食鸦片残害身体、家破人亡等不良后果，形象地反映了吸食鸦片者的悲惨命运。

　　最后，世情歌也广泛地揭示了人性的种种丑陋。正所谓欲壑难填，贪婪是永远满足不了的。古田的一首《人心不足歌》唱尽了人性之贪婪：

　　人生忙忙只为饥，才得饱来便思衣。衣食两般俱丰足，房中又少美貌妻。娶得娇妻并美妾，恨少田园难开支。买得田园千万顷，又无官职被人欺。七品八品还嫌小，三品四品又嫌低。一品当朝为宰相，又想君王做一时。心满意足为天子，更望万岁无死期。谁人买得人心足，山变黄金海变田。彭祖八百嫌命短，孔子坐车去求贤。月里嫦娥嫌貌丑，石崇豪富苦没钱。千思万想何所得，一棺长盖殡万念。

《人心不足歌》(古田)

　　知足常乐总被我们挂在嘴边，可真正能做到的又有几人？人心似乎总没有满足的时候，民众对此深有体会，故以歌唱之。

　　贪婪的孪生兄弟就是懒惰。勤俭致富是老百姓根深蒂固的观念，懒惰败家作为反面的典型自然受到批判。《讥懒婆》(福州)、《怨懒夫》(古田)、《懒汉谣》(寿宁)、《懒妇歌》(永安)、《懒惰嫂》(浦城)等歌谣为我们展示了一个个鲜明立体的懒人形象，姑举几例：

---

① 没毛惶：没法挽救。

第一懒，出门不带伞，回来披稻秆。第二懒，吃饭不端碗，吃光伸舌舔。第三懒，洗脚用脚掌，双手将头揽。

《懒汉谣》（寿宁）

日出三丈刚起床，午晚早吃慢天光。蓬头乌面到处去，泥脚泥手上眠床。牙积垢，绿豆色。头颈黑，刨刀刨。裹脚布，两边塞。客到来扫地，客去再煨茶。

《懒妇歌》（永安）

## 二、家庭生活歌

家庭生活歌主要以夫妻关系、婆媳关系、父子关系等为主要表现内容，表达人们对婚姻家庭、人际关系、教育子女等问题的看法。首先是对婚姻家庭观念的表达：

自己种树自开山，千挑柴担烧不光。不怕旁人做暗鬼，总要两人同心肝。

《总要两人同心肝》（三明）

幸福的家庭来自夫妻俩齐心合力的共同创造，即使夫妻之间有什么矛盾误会，也不要放在心上：

黄竹开花秋打秋，公婆打闹不记仇。半夜三更挨得紧，好比狮子滚绣球。

《公婆打闹不记仇》（泰宁）

旧社会中老百姓谋生不易，经常会有新婚男子背井离乡去远方打拼的事情发生，由此也产生了大量的表现夫妻离别情感的家庭生活歌。在这些歌谣中，夫妻双方互述衷肠，表达了彼此之间依依不舍的愁情。这部分作品具有很浓郁的抒情成分，形式上也多采用"唱五更"的方式，以南安《夫妻惜别》为例：

妻：门楼鼓打一更时，从今夫妻着分离，想着分离喉就滇①，目屎流落糊目墭②。

夫：叫声贤妻目屎流，有话无说朝心头，是伯③当初无想到，今日才着做两兜。

妻：一更过了二更来，身边无伴对头知，夫妻拆散艰苦代，鱼若无水活勿会来。

夫：二更过了三更催，从今夫妻来分开，无管别人生恰水④，两人到尾拆勿会开。

妻：三更过了四更天，风仔吹来冷卑卑，从今夫妻来分离，瞑日烦恼苦伤悲。

夫：四更过了五更分，从今一日如三春，同池鸳鸯来拆散，亲像鸟仔离鸟群。

妻：五更过了天渐光，背起包袱走出门，望君出外着紧返，免妻等甲目头酸。

　　分别的痛苦，不放心的叮嘱，早归的盼望……种种别离情思流淌在这飞快消逝的时光中。丈夫离家谋生，妻子独守空房，这往往会引起小姑子对嫂子的窥探，怕嫂子做对不起哥哥的事，姑嫂之间的误会、试探、释嫌、和好等情节也往往成为家庭生活歌表现的主要内容，比如小姑子对嫂子的试探：

　　姑：昨晚后窗怎会开？后沟柳枝怎会垂？嫂你怎会髻尾散？怎会脸红笑微微？

　　嫂：昨晚后窗风吹开，后沟柳枝本来垂。你嫂睡起髻尾散，映日面红笑姑疑。

《姑你十八少年时》（安溪）

---

① 滇：哽咽、堵住。

② 目墭：眼眶。

③ 伯（lǎn）：我。

④ 恰水：比较漂亮。

嫂子对小姑子的猜疑感到又好气又好笑，于是就邀请小姑子晚上和自己一起睡：

　　姑：阿嫂呣免假斯文，鸡蛋到日会裂纹，金瓜大粒就结籽，江河再小也有船。

　　嫂：门仔孬孬呣通槌，暝昏①一定门呣开，今暝小姑甲伫睏，正盍互②姑讲是非。

《姑嫂对答》（华安）

这类反映姑嫂关系的生活歌谣，实际上也是福建人民对构建家庭和谐生活的基本态度。一个大家庭，重要的是夫妻关系要和谐，家人之间的相处要互相体谅。姑嫂之间这样，婆媳之间更应该如此。德化流传的《婆贤媳惠家道兴》就鲜明地表达了这种认识：

　　儿媳来到咱厝门，做阵③日子是久长；虽说不是亲生子，同样勤俭建家园。
　　儿媳不是婆婆生，婆媳关系母女亲；凡事商量相计议，互敬互爱心连心。
　　婆媳虽是两代人，看法不同是常情；互教互学长补短，裂缝裂沟宜填平。
　　团结和睦万事成，婆贤媳惠家道兴；尊婆爱媳做模范，邻居大小受尊敬。

家庭团结和睦始终是民众对家庭生活的最终目标，如果婆婆把媳妇当作自己的女儿来疼，媳妇自然也就能够感受到婆婆的关爱。现实生活中，婆媳的矛盾根源恰恰就在这一点上，婆婆觉得媳妇抢走了儿子对自己的关爱，媳妇觉得婆婆老是干涉自己的家庭，互不忍让的结果往往就是婆媳不和。因此，"婆贤媳惠"方能家道兴旺，共建美好家园。

其次，家庭生活歌反映了上一代辛勤哺育下一代的过程，表达了民间百姓对孝道的重视。这方面的歌谣以十月怀胎歌为主，福建各地都有流传。十月怀

---

① 暝昏：今晚。

② 互：让。

③ 做阵：一起生活。

胎歌细致地刻画了女子怀孕期间的心理变化。如厦门流传的《病子歌》以夫妻对唱的形式讲述了孕期女子渴望有人关心的心理：

女：听你说这话有实意，我这身中有三月婴；咱是小姑嫂不对路，又怕公公他不欢喜。

男：听你说这话真仔细，什么言语我都担得起；这是有喜事合该吃，不怕一家人多嘴舌。

……

女：听你说这话真不仁，说出言语我不相信；我今身中有七月婴，脚酸手软行难进。

男：因为无赤肉你受气，骂我不仁真正不合理；有人比得我好夫婿，我看起来哪有这么坏。

妻子埋怨丈夫对她不够关心，想吃东西又怕公婆和小姑多嘴多舌，对丈夫买不到东西又心生埋怨。妻子絮絮叨叨，丈夫体贴关怀，字里行间充满了温情。

生活歌也详细描述了女子十月怀胎的辛苦：

二月怀胎懒动身，眼昏难穿绣花针；手酸脚软步难移，手拿花鞋不动身。

……

九月怀胎重如山，低头容易抬头难；堂前扫地身难转，行路好比上高山。

《十月怀胎》（浦城）

平和的《十怀胎》则讲述了母亲从十月怀胎到孩子出生、长大、成家过程中，对孩子无时无刻的关心和照顾，把父母对子女的爱淋漓尽致地抒发出来：

日来爹娘心头松，夜来啼哭搅娘眠。裙衫裤湿娘身受，放屎放尿母担当。
父母养子苦难当，含热含冷喂成人。养男未知娘艰苦，养女才知母艰难。父母
未吃想着囝，裙衫未破疼囝寒。

《十怀胎》（平和）节选

十月怀胎的辛苦，养育孩子的漫长煎熬，使福建民众十分重视孝道，对孩
子的教育着重强调孝顺之心。闽清流传的《千万要记父母恩》以说古人行孝的
方式，讲述孝顺父母的重要性：

古代侯祥生两子，善恶报应尽分明。侯大骂父招雷打，他妻不孝火烧身。
侯二夫妻多行孝，得中状元受皇恩。孟春行孝哭冬笋，董云行孝自卖身。立三
耕田他行孝，阳乌过坳远传名。宅安安本是行孝子，七岁送米养双亲。文端也
是行孝子，仙女下凡配他身。五娘剪发街前卖，万古传名到如今。

《千万要记父母恩》（闽清）

行孝就是行善，行孝就是报恩。孝顺的人人生道路显达，不孝的人天打雷
劈，这就是民众最朴素的观念。做人莫忘本，而这根本就是孝。父母对孩子而
言，就是保护神，就是真活佛，没有任何人比父母更疼爱孩子。所以，当老百
姓说到不孝子时，总是特别气愤，对他们忘恩负义的行为痛心疾首：

父母恩难报，苦劳海样深。十月怀胎苦，三年乳哺身。养大长成后，教化
你为人。送你书堂学，从师习礼文。又给求婚配，何等苦劳心！双亲年老日，
望你送终身。世间不孝者，开口逆双亲。在生不孝顺，死了哭鬼神。若能孝父
母，必添好儿孙。每见不孝者，皇天岂饶人！

《教子歌》（永安）

再次，家庭生活歌还反映了新中国成立后老百姓对家庭婚姻等方面观念的
变化。新中国成立后，"男尊女卑"的观念消失了，封建陋习被废止，新的婚

姻观念逐渐为老百姓广泛接受，自由恋爱代替了父母之命、媒妁之言。老百姓不再给孩子定娃娃亲，年轻人也认识到早婚的危害：

> 阿哥你常来书信，催我结婚要赶紧；小妹年纪刚十七，婚龄还未合规定。
> 阿哥请你免着急，结婚等候到年龄；小妹对你好感情，海枯石烂不变心。
>
> 《结婚等候到年龄》（漳州）

年轻人开始倡导新式结婚——"新式结婚不用哭，不用黑巾来罩头""不用红轿四人扛，新式结婚免嫁妆""不用准备买物件，简单朴素就会成"（厦门《新式结婚歌》），不给家人和自己增加生活负担。同时，也对社会上那些仍然沿袭旧有观念，依然大操大办婚礼的行为进行批判：

> 一套家具皮沙发，两个声道双喇叭；三洋彩电顶呱呱，四季衣裳时髦装；五十铃木大摩托，六双皮鞋后跟高；七色眼镜会变化，八件首饰敢炫耀；九只手表数梅花，十足奢侈难置办。
>
> 《彩礼十字歌》（浦城）

当然，家庭生活歌所反映的内容远不止这些，家庭生活当中的琐碎细事、矛盾纠纷、邻里关系等都在其中有着大量的表达，这里所提到的只是相对比较有代表性的内容，其他就不再一一介绍了。

## 三、风物知识歌

生活歌中还有对家乡美好风光的赞美、名特土产的推介，以及对各种生活事项的经验性总结等，这些我们将其纳入风物知识歌的表现范围。民间谚语中有专门一类地方风物谚语总结地方风物特点、传授经验知识，而民间歌谣中同样也有这方面内容。虽然二者在表现内容上有一定的交叉，但歌谣与谚语不同的形式特点和表现手法又使得二者存在明显区别。从总的来看，民间谚语较侧重于知识经验的传授，客观性较强，而民间歌谣则侧重于情感的表达，具有较浓郁的感情色彩。

将家乡的自然风光、名胜古迹、地方特产编成歌谣的形式进行演唱，历来是福建民众推广家乡名片的有效手段，同时老百姓也借以抒发自己对家乡风光的热爱和自豪感。如建宁的《路景歌》以移步换景的方式，如摄影镜头般逐渐展现建宁城外的各种自然风光；沙县的《水路歌》则介绍了从福州到永安水路各码头以及沿途滩流险阻的情况，有力的传达出不怕艰难、敢与天斗的豪情。又如将乐人民以"九曲黄河水，八斗七星街；金鸡对玉华，宝塔对县衙"（《景致谣》）概括县城地理人文景观。厦门人赞美当地佛教名寺南普陀：

> 厦门名胜南普陀，建筑壮丽真大座。后落有座藏经阁，很多古物都是宝。外宾华侨来厦门，常到此处来游乐。参观之后大夸奖，名不虚传南普陀。
>
> 《南普陀》（厦门）

歌词通俗朴实，但洋溢着对家乡风光的热爱与自豪。沿海人民则以海中生物为歌唱对象，将各种海鱼编成歌谣，如霞浦的《鱼名谣》、惠安的《海鱼歌》等。惠安的《海鱼歌》是一组大型的组歌，每一首歌咏一种鱼类，其习性功效等特点在歌谣中被清晰呈现，如《鳗鱼》《鲂鱼》等海鱼歌：

> 鳗鱼个性不相同，居住海底钻土洞；体力较大有气功，外衣滑滑跌倒人。
> 鳗鱼好吃又入药，关节风湿叫它医；另加当归用单味，吃过三次笑眯眯。
>
> 《鳗鱼》（惠安）

> 鲂鱼有刺不可玩，鼻孔张开脸向天；尾巴转弯动作变，好像一条毒药鞭。
> 鲂鱼展功尾直摇，暗动气功下毒药；劝您不可开玩笑，它有三支毒药镖。
>
> 《鲂鱼》（惠安）

各种地方特产也成了风物知识歌的表现对象，如清流的《林畲腊鸭干》介绍当地特产腊鸭干，充满了各种自豪之感：

清流老鼠干，连城地瓜干，永安竹笋干，上杭萝卜干，归化肉脯干，林畲腊鸭干，虽然地方小，也算有名扬。

沙县的《沙县特产歌》则把当地特产一网打尽：

沙县多财宝，花奈珍果世间少。晒烟名扬海内外，香菇圆圆多畅销。久负盛名毛边纸，豆腐细嫩味道好。香甜玉露人人爱，樟树松脂价值高。风味小吃品种多，来客品尝皆称妙。

此外，寿宁的《中药名故事歌》将各种中药拟人化，以它们为主人公编写了一出人间的悲喜剧。厦门的《中草药歌》则是将各种草药的功效编写入歌：

青草治百病，药性各不同：有毛消肿毒，红骨能退癀；刺尖益脾胃，香臭可治疯；苦寒能降火，甘淡利水通；辛热挽回阳，酸涩化痰脓；抽藤专解毒，中空可祛风；有乳生肌肉，齿叶破血攻；有毒能攻坚，叶长散气防。用药细辨认，对症有神功。

泰宁的《梅林戏》为我们介绍了当地地方戏曲的表演形式、演唱特点：

梅林十八坊，十个弟子九担箱。敲起叮咚鼓，唱起梅林腔；茅担扛白窟，扛到坪中央；搭起戏台来，唱到大天光。

这类歌谣还有很多，如《莆田特产歌》（莆田）、《节令菜名歌》（罗源）、《蔬菜名歌》（周宁）、《蔬菜歌》（顺昌）、《宁德特色歌》（宁德）、《八宝歌》（武夷山）、《天文歌》（华安）、《行血歌》（漳州）等。这些歌谣的传唱对老百姓认识自然事物、增加生活经验等无疑具有重要的作用。当然，这种总结经验、传播知识的任务还是更多的落在对各种自然现象、节气变化进行解说的知识歌谣上。在长期的观察实践中，老百姓对节令气候变化积累了丰富的经验，编写出大量带有浓厚经验知识色彩的歌谣。姑举几例：

惊蛰前三后四，寒死蛤蟆老鼠；寒观音九①，寒得你抽呀抽；寒清明，寒得你不会行；寒立夏，寒得你不会说话；寒了五月节，再也有寒得。

《寒春歌》（将乐）

这是对气温变化与节气之间关系的经验总结，用形象生动的口语进行传达，比自然气象谚语更多了几分亲切感。

东风吹，春水多，东南风，好年冬。东北风，有风险，五谷歉，疾病染。西风吹，秋雨飞，吹得早，六月吃不饱。西南风，早禾好，民多病，猪牛倒。午前无风早稻好，午后无风秋季丰收免烦恼。

《正月初一观风歌》（德化）

春天翘嘴白②腾空，不是下雨便是风；夏天蚂蟥浮水面，时不过午天要变；秋半天来欲走瀑，水面鲫鱼起泡泡；冬季泥鳅翻肚皮，不等鸡叫东风起。

《四季物象测天歌》（仙游）

风向与气候、年成的关系，动物行为与季节、气候的关系，都在歌谣中得到了非常形象的传达，多样化句式的交错使用、韵脚的不断变换，使歌谣读起来抑扬顿挫，非常富有音乐节奏感。

## 四、华侨生活歌

明清两代的海禁对福建沿海人民的影响很大，很多人迫于生计不惜突破海禁到南洋谋生。清末至近代，西方殖民列强到华招工，福建地区迎来了下南洋的大潮。其原因在《出洋歌》（闽清）中说得很清楚，"民国时代天下乱，穷人饿死成堆山。逼得有脚行无路，只好出外走番邦"，但是抛家弃子来到南

---

① 观音九：指二月十九观音诞。

② 翘嘴白：白露。

洋，却发现南洋的生活并不是那么美好，能赚到钱的毕竟只是少数，大部分人依然挣扎在死亡线上，饱受"红毛"的压迫和剥削，于是表现下南洋的痛苦经历、到南洋后过的牛马不如的生活、对家乡亲人的思念就成了华侨生活歌的主旋律。

首先，华侨生活歌表达了下南洋谋生的艰辛生活和对家中父母妻儿的思念。这类歌谣代表有《去番传》（福清）、《南洋记》（闽清）、《黄乃裳出洋记》（屏南）、《过番歌》（石狮）、《我去过番吃苦头》（龙海）、《下西番》（寿宁）等。其中对下南洋漫长旅途和到了南洋后所受非人待遇的描写是这类华侨生活歌的主要内容，如《南洋记》中对下南洋旅程的描写：

> 三点起锚船离岸，船只驶向马尾洋；回头不见神州地，何时得见爹和娘？
> 船过白犬浪乱翻，浮上摔下心头惊；头晕目暗吐苦水，吐得脚手冷冰冰。

旅程中，下南洋的人们被赶入船舱，舱面用铁钉封住，结果"也有饿死船舱里，尸身丢落海洋中""天气热毒难堪尽，寒疹逼死在船舱。死人气味真难受，无奈抛落海洋中"（寿宁《下西番》）。而到了南洋后，生活也不是那么美好：

> 才才安顿好铺盖，红毛指挥就上山；有去搬石千斤重，有去开山不放松。谁想偷闲歇一气，拳打脚踢待华工；红毛手持孩儿杖，两句昧①讲火就铳②。可恨红毛无天理，剋扣伙食剋扣工；三顿吃饭抢、打、夺，半吃半饿腹老空。鸡叫头更就起床，鬼叫半盲③才收工；做牛做马也有歇，华工牛马还不如。

《南洋记》（闽清）节选

---

① 昧：没。

② 火就铳：发火。

③ 半盲：半夜。

"在家千般好，出门一时难"，下南洋的劳工几乎都有着同样的遭遇。一边是当地的各种苛捐杂税：

> 红毛课税心真狠，搜你烟叶中国钱；私藏书信和红酒，一经发现罪非轻。
> 随带笼箱都搜尽，全身上下都搜光；上岸关口又纳税，客栈楼上方歇身。
>
> 《黄乃裳出洋记》（福清）节选

另一方面又语言不通，无人帮衬：

> 六把白扇画花厅，五点爬起拉车行；话语不通没人坐，脚踏生地心会惊。
>
> 《去番传》（福清）节选

好不容易赚点钱想寄回家，又可能被捎信者中饱私囊。眼看着一起到南洋的伙伴遭遇各种不幸，这种痛苦让主人公后悔不已：

> 华工十人到番地，回去唐山剩两人；不如在家耕田亩，悔不当初租地耕。
> ……
> 来到番地受苦楚，怨天怨地怨爹娘；埋怨不听亲人话，埋怨时辰八字差。
>
> 《南洋记》（闽清）节选

远离家乡的痛苦、生活的艰难、残酷的打工环境，越发的让下南洋的主人公抑制不住对家乡父母妻儿的思念，只能是"不知何时可相见，保佑阿母百二岁"（惠安《保佑阿母百二岁》），只能是"离父离母无奈何，离妻离子心头酸。铁打心肝也会软，眼泪流落到天光"（石狮《番邦真正远》）。

其次，华侨生活歌抒写了留守家乡的妻子孤苦无依、艰难度日的悲苦和对丈夫的思念之情。代表如《我君去番邦》（惠安）、《十送郎君去番邦》（福清）、《洋客妇》（光泽）等。思念从离别的那一刻就已经开始，福清的《十送郎君去番邦》以"十送"的形式细致的描写了妻子送丈夫从出房门、过厅堂、出门埕一直送到渡船边的情形，一路送一路叮嘱，道不尽殷勤留念之意。《阿哥过番几时回》（龙海）、《送别歌》（石狮）、《要记家乡妻儿情》（厦门）等均是如此。丈夫一去不知何年才能归来，"春天南风阵阵吹，盼君搭船顺风归。几十春风不见返，鬓发苍白要怨谁？"（石狮《相招到番邦》），日夜盼望，双鬓渐华，思念早已汇聚成河！

丈夫去南洋，家中妻儿无所依靠，面对困苦的生活，妻子只能发出无力的悲叹：

> 风葱，风葱，捻断腹内空，厦门一条水路透番邦。番邦真正远，短命离妻离子心头酸。三担番薯二担芋，叫我母子要怎样度？
>
> 《风葱风葱》（惠安）

"风葱"就是家中妻儿的现实忧虑——留下的这番薯芋头可怎么把生活维持下去啊！下南洋苦，留在家乡无所依靠的女子更苦。这种痛苦往往是十分漫长的，儿子忘了父亲的模样，孙子更是只知道有个爷爷：

> 阿公生来啥模样？是肥是瘦是斯文？为何一去几十年？我一夜乱猜睡不稳。
>
> 去问阿爸他摇头，去问奶奶她忧闷；哀声叹气说不出，两只眼睛牵红丝。
>
> 忽听门外人叫声，说是阿公回家门；奶奶三步并两步，笑得眼睛展双痕。
>
> 我也赶紧出去看，两个老人泪纷纷；阿公抱着奶奶说：总算见到老妻和子孙。
>
> 年关过了又新春，阿公离家几十春；月初他从南洋来，月尾又要去搭船。
>
> 啥时才会回唐山，全家再也不离分？
>
> 《阿公离家几十春》（惠安）节选

分别几十年，"总算见到老妻和子孙"的感慨显得那么沉重。"月初他从南洋来，月尾又要去搭船。"夫妻相见后又面临再次的分别。"啥时才会回唐山，全家再也不离分？"是刻骨的思念，也是对团聚的无限渴盼。

此外，在生活歌中还有相当数量的劝世歌，其中有不少是宣传封建思想，比如主张命由天定等，这些思想是需要加以批判的。也有很多的劝世歌表达了对真善美的追求，比如提倡勤俭节约、倡导家庭和睦、提倡孝顺父母等。因此，对这些劝世文需要辩证对待，不宜一棍子打死。比如《劝世文》(畲族)中对不良品性的批判、对人情冷暖的抨击等，到现在仍有借鉴意义：

> 大道劝君三件事，戒酒除花莫赌钱，哪见赌钱起家计，赌博场中莫去缠。赢来输去庄家好，劝君莫赌是赢钱。多言多语皆因酒，义断亲疏只为钱。君子有话当面讲，是非莫听小人言。官府衙门八字开，有理无钱莫进来，衙门不管亲共戚，不使银钱总不赢。相争相骂没好处，一损家财二损身。当今世界目头浅，只重衣衫不重人。君子虽贫知礼义，小人一富欺别人。有钱有酒皆兄弟，患难何曾见一人。

这些生活歌从各个方面为我们展现了福建人民的喜怒哀乐，书写了一部色彩斑斓的福建民间生活史，极具思想与认识价值。

# 第五节　仪式歌谣

所谓的仪式歌谣，就是用于各种节日庆典、婚丧礼仪、宗教祭祀等互动吟唱的歌谣。仪式歌谣与民俗之间的关系非常密切，而福建"信巫鬼，重淫祀"的风气和多神崇拜观念又使得日常生活中处处可见宗教思想的影响，仪式歌也因此反映了非常复杂的内容。尽管其传播有一定的限制，一般只用于特定仪式的歌唱，不如其他民间歌谣那样广泛运用，但它与民众民俗生活的紧密性又使得仪式歌谣在民间歌谣中有着独特的地位。

从仪式歌谣反映的内容来看，大致可分为婚嫁歌谣、丧葬歌谣、建房歌、节令歌、祀典歌、诀术歌、酒令歌、生育歌等多种类型。有些在现代生活中还继续发挥着影响，并随着时代的变化而推陈出新；有些则因其带有迷信消极的成分，不适应时代的发展需要，而逐渐走向没落，因此我们需要辩证地对待。下面以婚嫁歌、节令歌、酒令歌等几种仪式的歌谣为例，逐一作介绍。

## 一、婚嫁歌谣

婚嫁歌谣中广泛展现了结婚的各个程序，从最开始新娘出嫁前要先把脸上的汗毛用红丝线绞去这一习俗开始就有《挽面歌》。边挽面边唱，表达了对新娘出嫁以后生活的美好祝愿：

……

第六挽嘴边，今夜好团圆，十月生儿子，勤俭剩大钱。

最后挽你嘴，给你早富贵。

吉语讲在先，上轿十八变。赐你富贵万万年，吉时同夫结良缘。

《挽面歌》（厦门）

然后是梳头的《上头歌》、化妆的《新娘搽粉歌》《梳妆歌》等。以光泽地区流传的《结婚仪式歌》为例，在结婚的每一个步骤中都有相应的民俗，也就有相应的仪式歌。比如，新郎迎亲的轿子必须先在新娘家门口远点的地方停轿，因为相传轿有煞气，不能直接进新娘家门，这称为"宿轿"，所以要唱《宿轿歌》；等新娘试尝过男方饭后（《试饭歌》）；轿子来到大门口停下，等待拦门（《拦门歌》）；然后宰鸡或者宰猪羊拦门（《宰鸡歌》《宰猪羊歌》）；接着唱《拦煞歌》开轿门（《开轿门》）。新娘到了男方家下轿（《新娘下轿》），叩拜天地祖宗（《拜天地》《拜祖宗》），然后开始举行结婚仪式（《祝圣歌》《进洞房歌》）；结婚三天后，新娘首次进厨房（《进厨房歌》）。除了这些外，还有《家宴歌》《十打房门诗》《十见新娘》《撒帐歌》等。这些歌谣内容多为对新郎、新娘未来生活的美好祝福，由此也形成了各种各样的吉祥语歌谣，如新娘挽面、插花、上轿、出轿时念：

鸡蛋脸，鸭蛋脸，子孙传得一大群。开面开面，大户郎君来相配，大兄小弟紧紧跟。

一对白花笑眯眯，男孩子先出世。头上插花插成双，上头做髻成大人。吉花一对，万年富贵；吉花一双，吉子吉孙。

新娘坐正正，去了得人疼。新娘坐直直，入人厝门旺人家。

新娘请出轿，千租食，万担粜。新娘牵入厝，发大财，起大厝。

《婚嫁吉语》（永春）

这些嫁娶歌和吉祥语在各地均有所不同，一般都由送嫁妈（也就是现在所谓的"司仪"）演唱。这些送嫁妈经验丰富，口齿伶俐而嗓门又大，婚嫁歌在她们的演绎下非常好地烘托了婚庆的喜气氛围。在婚嫁歌中，新娘子唱的哭嫁歌最有特色，因为它是主人公内心情感的真实流露，女子出嫁时对父母兄弟的不舍在哭嫁歌中得到了尽情的展现。各地哭的内容大同小异，但表现方式各有不同。有的是新娘子一人唱，有的是母亲与女儿对唱，有些还加入了兄弟姐妹一起哭。哭嫁的形式也多种多样，有的只唱不哭，有的又哭又唱。但从民间风俗来说，老百姓认为女子出嫁如果不哭就显得不孝顺，所以哭嫁歌一般以又哭又唱为主。从实际情况来看，女子出嫁时不哭的其实也比较少。如建宁流传的《哭嫁歌》：

母：阿妈生个宝贝女，辛苦养成大姑娘；今日大喜要出嫁，女儿听妈诉衷肠。

女：娘您生下苦命女，不想今日要离乡；未报父母养育恩，未尽孝心侍爹娘。

母：女儿安心做新娘，阿妈嘱咐有几桩；孝敬公婆头件事，夫妻相爱永莫忘。

女：娘您嘱咐记心上，孝敬公婆理应当；夫妻和睦同到老，女儿要为娘争光。

母：妯娌邻居要和睦，对待姑叔似亲人；吃苦耐劳人勤快，乡邻族中受赞扬。

女：娘您交代女不忘，当好媳妇当好娘；挥泪拜别爸和妈，保佑爸妈得安康。

哭嫁歌以对唱的形式展现，由母亲和女儿互相表达不舍之情。其表现内容大多是母亲表达对女儿的不舍，叮嘱女儿嫁到婆家要孝顺公婆，与丈夫相亲相爱；女儿则感谢父母的养育之恩，表示一定听母亲的话，并祝愿父母身体健康。

## 二、节令歌谣

节令歌谣是中国岁时节令文化的重要一员。每逢年过节，老百姓都会举行庆祝活动，节令歌谣多围绕这些民俗活动展开。二者是相辅相成的关系——民间节庆活动给节令歌谣提供素材，节令歌谣则为节庆活动增加喜庆氛围并扩大其影响。

新中国成立前闽江沿线一带生活着一个特殊的水上族群——疍民。他们长期居住在船上，只有过年才登岸向岸上居民唱贺年歌、讨斋粿。贺年歌一般先唱十字令之类的吉祥话，以讨主人家欢喜，如：

一官大娘高厅坐，二子携孙来拜年；三女夫婿人品好，四盏红灯挂门前；
五色龙凤双飞舞，六张靠椅排两边；七世同堂好名声，八仙月桌圆又圆；
九落大厝好魁巍，十全如意福连绵。春节贺年把歌唱，送我糍粿迎新年。

然后再唱贺年词：

姑嫂双双贺新年，红红罩灯挂门前；好好糍粿送给奴，金字牌匾好庄严。
旧年过去换新年，恭喜发财多赚钱；生意兴隆通四海，财源茂盛喜连连。

《疍民贺年诗》（福州）

歌词多为七言，以押开口韵为主，曲调舒缓悠扬。

福建逢年过节有舞龙灯的习俗，龙灯队伍穿越大街小巷，如有人家邀请，就进宅表演，主人家会包红包答谢。以顺昌流传的《龙灯歌》为例：

日吉时良泰吉祥，黄龙滚滚上华堂；龙灯弟子恭贺你，今冬造座好屋场。
……
一要人口千千万，二要金玉满华堂；三要钱财得富贵，四要添丁又增粮；
五要五子登金榜，六要孙孙状元郎；七要年年大吉顺，八要吉宅喜朝阳；
九要风调又雨顺，十要黄金用斗量。

> 龙头对龙尾，代代穿绸衣；龙尾对龙头，代代胜公侯；
>
> 龙头龙尾对龙珠，代代在朝中。龙灯弟子恭贺后，荣华富贵人添寿。

龙灯进宅前，主人家放鞭炮迎接；龙灯进宅时，先说恭贺祝愿的吉祥语；然后进入宅中，或绕着厅柱，或在厅中上下翻舞，边舞边唱。

十五元宵闹花灯是民间重要习俗，看花灯、踩花灯、闹花灯等歌谣亦充满了喜庆气息，如福鼎的《灯歌诗》从一唱到八，每一节都是美好的祝愿：

> 一唱正月走马灯，千家万户庆花灯；喜气盈门财丁旺，荣华富贵千万年。
>
> ……
>
> 八唱八仙过海灯，家家户户聚团圆；丰衣足食幸福多，五谷丰收太平年。

民间端午节有划龙舟的习俗，龙船歌谣自然是标配。常见的龙船歌一般是由一人领唱，划龙舟的人齐声唱和，如《邵武龙船歌》（邵武）：

> 领：五月五日端阳节啰，　　　齐：来嗬哩嗬，来嗬哩嗬！
>
> 领：龙船下溪水漂漂呵，　　　齐：来嗬哩嗬，嗬嗬嗬！
>
> 领：山外青山路弯曲啰，　　　齐：来嗬哩嗬，来嗬哩嗬！
>
> 领：高山流水响连连呵。　　　齐：来嗬哩嗬，嗬嗬嗬！
>
> 领：深山百鸟声声叫啰，　　　齐：来嗬哩嗬，来嗬哩嗬！
>
> 领：路上行人万里难呵，　　　齐：来嗬哩嗬，嗬嗬嗬！
>
> ……

龙船歌有些像劳动歌中的号子。划龙舟是一项需要多人配合的活动，如何协调动作、节约气力是有讲究的。龙船歌实际上就起到了这么一个作用，关键就在对歌曲节奏的把握，自然形成一种齐心合力、奋发向上的气氛。

仙游的《龙鼓诗》也是端午赛龙舟歌谣，于赛龙舟前演唱。姑举第一节：

击龙鼓兮唱留春，唱留春兮吊忠魂；春光虽去兮还复来，忠魂安眠兮千古存！

划龙船，划龙船，划出龙船快如云；划龙船，划龙船，划出龙船快如云！

《龙鼓诗》为仙游人民纪念南宋陆秀夫所做的祭歌。前四句吊忠魂而沉重舒缓；后六句语气短促，情感悲怆，有力地表达了民众对这位忠臣的悼念之情。

此外，像七夕节的《乞巧歌》、冬至的《搓糍歌》、祭灶的《祭灶歌》等也在民间长期广泛的流传，尤其是反映民间祭灶习俗的祭灶歌：

糖甜甜，橘圆圆，放火炮，大做年。灶公灶婆吃了去上天，好话拣来讲，坏话丢一边。

《祭灶公灶婆》（寿宁）

一盏清泉一灶香，今日送君上天堂：但求处处田园熟，唯愿人人寿命长；国有贤臣安社稷，家无逆子恼爹娘；四方平静干戈息，吾纵贫穷也无妨。

《祭灶词》（尤溪）

从保佑一家平安到希望国泰民安，表达出了福建人民对生活的美好期望。

## 三、猜拳酒令歌谣

酒席上行酒令是民间娱乐的一种重要形式，其中最常见的就是"猜拳"，一般为单手猜拳，两人同时报十以内数字，猜两人同时出的指头总数，猜对的赢，猜错的喝酒。猜拳酒令歌在福建全省均有流传，而又以闽西、闽南地区最为兴盛。猜拳起初只是单纯的数字，后来为了助兴的需要，逐渐加入了各种文化元素，比如《食品酒令歌》《药名酒令歌》《三国酒令歌》等。句式灵活多样，而又以三字句、四字句为主，盖因猜拳时语短速快，过长的句式不利于表达。从具体的表现形式上看，有的是每次猜拳时都要先喊个吉利话，也作为开始的标志，如三明地区流传的《酒令》：

全福寿，一定高升；全福寿，两两相好；全福寿，三元及第；

全福寿，四季发财；全福寿，五金魁首；全福寿，六和顺意；

全福寿，七七巧来；全福寿，八仙高寿；全福寿，九九快发；

全福寿，满堂红彩。

有的则是直接喊：

单操一个，两相好来。三星高照，四季花开。五子登科，六六连来。七七巧妙，八仙过海。九九快到，满堂喝彩。

《酒令》（漳州）

猜拳酒令歌一般都有讨吉利的意思，由于形式简单易学，又有酒精助兴，所以在福建民间极为盛行。也有些酒令歌加入了一些带有劝诫意义的内容，如惠安的《旧时监狱酒拳歌》："一进监狱，二门铁锁，三顿稀粥，四肢无力，五官变色，六戚不亲，七刑罚，八打骂，九九（久久）不放，十分残酷。"把罪犯在监狱中的遭遇用猜拳酒令歌的方式表现出来，既满足了人们的好奇心，又能起到一定的教育作用，具有较广的传播范围。

## 第六节　民间情歌

民间情歌"亦名恋歌。农歌、山歌、秧歌、牧歌、船歌、渔歌、樵歌、采茶歌等，凡和职业上无关系而只描写男女爱情者，也可归入此类"[1]。题材内容的广泛性与多样性，使情歌在民间歌谣中占据了较重要的地位，同时因其主题内容最受民众关注，情歌成为民间歌谣中最能倾诉心声、反映现实的载体。

---

① 朱自清：《中国歌谣》，长春：吉林人民出版社，2013，第134-135页。

### 一、主要内容

《中国民间歌谣集成·福建卷》将情歌分为赞慕歌、择偶歌、诘问歌、相思歌、相爱歌、热恋歌、情物歌、送别歌、情变歌、等郎妹歌、抗婚歌十一个类别，非常细致而深入地反映了青年男女在爱情道路上的心路历程。

爱情的道路始于思慕，对意中人的赞美是爱情初期的不变主题。正所谓"情人眼里出西施"，女子的容貌、打扮、姿态都成为民间情歌的主要表现内容：

真鸟仔，飞过河，对面侬妹像嫦娥；下塘抓鱼鱼欢喜，上树抓鸟鸟唱歌。

真鸟仔，啄棉花，对面侬妹真是佳；走路如同风摇摆，讲话如同雪中花。

真鸟仔，啄木柴，对面侬妹好人才；行路好比蝴蝶舞，坐着好比莲花开。

《上树抓鸟鸟唱歌》（福州）节选

妹妹少年花正开，人人看见心都爱；好花开在高树上，树高人矮摘不来。

《妹妹少年花正开》（永安）

如何才能让对方明白自己的心意？在一来一去的爱情试探中，民间情歌充分表达了心中的忐忑与不安：

一条河水绿油油，有朵梅花顺水流，君若有心捞花起，不要让花任水流。

《不要让花任水流》（漳平）

隔河牡丹开盈盈，郎想采花怕水深。找根竹竿把水探，唱个山歌试妹心。

《唱个山歌试妹心》（福州）

桔仔段落古井心，一半浮来一半沉。你爱沉来沉到底，莫要浮起费哥心。

《桔仔段落古井心》（福州）

试探容易造成误会，但如果不试探又无法明白对方的心意，爱情的痛苦就这样慢慢滋生：

> 恋妹实在是艰难，好比鲤鱼上急滩。水深恐怕鸿鹤打，水浅又怕网来拦。
>
> 《好比鲤鱼上急滩》（南靖）

当误会消除，双方互相明白心意后，原先还比较含蓄的情感一下子就变得热烈而直白：

> 上山采花花不开，百样山花等春来；小妹心中花一朵，情哥一来花就开。
>
> 《情哥一来花就开》（武夷山）

> 阿妹好比一朵莲，莲花生来面朝天。阿哥好比天上露，滴滴润在花芯间。
>
> 《滴滴润在花芯间》（福州）

心中的花只为爱人而开，青年男女两情相悦，就像莲花与雨露的关系，双方沉浸于爱情世界之中。因为有了爱情，他们对未来充满幻想，坚信可以靠自己的双手创造美好的未来：

> 家住高山不怕风，海里捞鱼不怕龙。有心跟哥不怕死，妹有双手不怕穷。
>
> 《妹有双手不怕穷》（福州）

"不怕"二字形象地传达出女子对未来生活的坚定信念。然而，爱情的道路并不平坦，两厢厮守的期盼常被离别的痛苦粉碎：

> 一步送哥出绣房，伸手牵哥不愿放，哥你单身要返去，不知何时再成双？
> 二步送哥出客厅，初次别离乱心情，望哥此去早回转，免得误妹一条命。
> 三步送哥出门庭，一半送哥一半惊，恐怕外人来议论，亲送情郎坏名声。
> 四步送哥祖祠边，与哥恩爱有三年，当初月下结连理，嫦娥为咱做证人。

五步送哥到后山，眼泪流落痛心肝，阿哥回还莫拖延，免得小妹守孤单。

六步送哥到大路，小妹心中暗叫苦，出外不比在乡土，阿哥身体自己顾。

七步送哥大桥头，看见桥下水清清，清水照人如镜明，小妹眼泪流不尽。

八步送哥到莲池，鸳鸯水鸭在游戏，禽鸟成双在一起，咱今分开要怎呢？

九步送哥到海岸，一时心头烦烦乱，阿哥此去无处看，好像风筝断了线。

十步送哥下渡船，看见海水心头闷，今天小妹来送君，一路顺风水也顺。

《十步送哥》（厦门）

不舍、盼归、担心、无助等情感交织在一起，化作了沉甸甸的爱情苦痛。在来自家庭的干涉、社会的压力面前，他们坚守爱情：

心肝阿哥心肝郎，挨打挨骂都为郎。前门赶到后门转，眼泪未干又恋郎。

《眼泪未干又恋郎》（上杭）

昨日恋郎屋背坪，父亲听来打一顿；父亲要打打到死，要我断情难上难。

《要我断情难上难》（宁化）

他们悉心维护着爱情，如武夷山流传的《护情歌》用坚定的信念喊出保卫爱情的宣言：

女：行船不怕水翻波，谁敢欺侮我情哥！有朝一日我知晓，拖条棍子撵上他家门，打了他的甑，砸了他的锅，看他还敢欺侮我情哥！

男：行船不怕急滩险，谁敢欺侮我娇莲！有朝一日我知晓，拖把锄头撵上他门前，抄了他的瓦，折了他的梁，看他还敢欺侮我娇莲！

《护情歌》（武夷山）

在大众印象中，女性的情感表达得较含蓄委婉，对待爱情的观念也多趋于保守。但是我们从民间情歌中所看到的女性形象，却往往与我们的认识大相径庭。她们对爱情的追求热烈而执着，勇敢而无所畏惧，甚至愿意付出生命的代价：

> 生爱郎来死爱郎，不怕家中八大王。砍了头颅还有颈，挖了心肝还有肠。
>
> 　　　　　　　　　　　　　　　　　　《挖了心肝还有肠》（上杭）

> 赤脚过河不怕沙，有心相爱我不怕。不怕毒蛇来拦路，不怕老虎张开牙。
>
> 　　　　　　　　　　　　　　　　　　《赤脚过河不怕沙》（诏安）

> 生要连来死要连，不怕官司到衙前。头落好像风吹帽，班房好似桃花源。
>
> 　　　　　　　　　　　　　　　　　　《生要连来死要连》（福州）

甚至对私情也坦然承认，这在封建教条制约下的古代是难以想象的，而这也恰恰展现出女性冲破封建束缚的莫大勇气，在情歌中她们这样咏唱：

> 老爷捉我衙门前，话我有夫敢再恋。我驳老爷三妻又四妾，为何无人用索缠？
>
> 　　　　　　　　　　　　　　　　　　《老爷捉我衙门前》（武平）

> 鸡蛋打破就是黄，打起官司妹上堂。双脚飞到大堂上，杀了丈夫留情郎。
>
> 　　　　　　　　　　　　　　　　　　《打起官司妹上堂》（上杭）

在她们心中，爱情是神圣不可侵犯的。"神仙都有风流事，哪有凡人不知情"（福州《罗汉伸手摸观音》），即使是菩萨神仙，尚且都有七情六欲，更何况是普通人？处于热恋中的青年男女心思洁净如小孩，为了自己喜欢的人可以忍受各种各样的磨难。他们只希望能够长相厮守，像蜡烛一样一心一意，像白糖入水那样不分彼此：

新作衬衫要合身，阿妹连郎要正经。莫像灯笼千只眼，要像蜡烛一条心。

《要像蜡烛一条心》（福州）

泉水清清石缝来，白糖甜甜蔗中来；我是白糖妹是水，白糖落水难分开。

《白糖落水难分开》（仙游）

情到深处，只要和爱人在一起怎么都是好的，仅凭回忆恋人的只言片语就能扛饥饿：

两条河水长又长，一同流入大海洋；同妹行路脚不酸，同妹喝水水变香。

《同妹食水水变香》（诏安）

一出山门二渡江，妹哩坐船哥划桨；两人出门没带米，对面说话当干粮。

《对面讲话当干粮》（诏安）

真鸟仔，飞过墙，妹讲其话句句香。出门三日不带米，念妹言语当干粮。

《真鸟仔》（福州）节选

"说话当干粮""言语当干粮"看似夸张，却是处于热恋中的青年男女真实心理的体现。

## 二、艺术特色

民间情歌根源于现实生活，同时又寄寓了福建民众的爱情理想，情感热烈而又真挚感人，具有动人的艺术魅力。首先，福建人民总是善于从生活取材，选取生活中的常见意象，灵活运用各种喜闻乐见的艺术表现手段自如地书写情感。需要指出的是，民间情歌的作者们虽然普遍文化层次不高，不能像文人那样通过雕琢精美的意象来传情达意，但在意象的运用上与作家文人相比却毫不逊色。他们总是能从身边常见的事物中攫取最合适的意象来寄托情感，信手拈来，毫无艰涩之感。举凡生活中常见的鲜花、竹子、手帕、剪刀、针线、罗鞋、戒指等都能成为起兴之物，表达出浓烈的主体情思。比如，民间情歌中对常见的梅、莲、茉莉等花卉的巧妙运用。在文人诗词中，这些花的意象常与人格象征、春愁秋怨、韶华短暂等相关联，而在民间情歌中人们赋予了花更多的寓意，如美好的爱情、绽放的青春、美丽的容颜、生命繁殖的象征等。在青年男女的心中，这些花以其宜人的香气、漂亮的外观成为青年男女表白爱情的最佳载体：

七月茉莉值千金，哥有情义妹有心。对面虽然无言语，两人暗里结同心。

《丫头恋歌》（福州）节选

在爱情的初生阶段，花是情感交流的纽带。在爱情的成熟阶段，花则成为爱情的象征：

垂柳丝丝映塘中，塘中荷花朵朵鲜。哥妹塘中双照影，恰似塘中并蒂莲。

《恰似塘中并蒂莲》（福州）

"塘中并蒂莲"作为两人爱情的写照，于"朵朵鲜"的观照中映射出对美好爱情的向往。如果爱情发生波折，花也就丧失了绽放时的色彩，与伤心人默默相伴：

十二月梅花风雨残，做个下人泪暗弹。今生今世难如愿，但愿来世偕白头。

《丫头恋歌》（福州）节选

除了花之外，青年男女在抒写情感时还经常取生活常见事物作喻，表达他们彼此之间齐心合力、永不变心的誓言：

郎有真意妹真情，隔河种竹连成林。河水相隔两边分，竹根相连一条心。

《竹根相连一条心》（福州）

半斤蒜仔煮一碗，三粒鸭蛋煎一盘；妹的心事给哥讲，永远和哥结成伴。

日头出来红艳艳，阿哥阿妹情意坚；等到公鸡生石蛋，铁树开花也相连。

《永远和哥结成伴》（华安）

石榴花开慢慢红，赤糖落水慢慢溶；阿兄阿妹在一起，两人心事慢慢通。

《石榴花开慢慢红》（仙游）

只要两人真心相爱，自然能把爱情这份事业经营壮大。只要两人之间彼此恩爱，爱情就能永葆长青：

妹是梅花开满园，哥是紫竹长青山。梅爱紫竹千个节，竹爱梅花朵朵鲜。

《竹爱梅花朵朵鲜》（福州）

郎有情来妹有情，人有情来赛赢人；泥鳅生鳞马生角，铁树开花不丢情。

《铁树开花不丢情》（上杭）

阿哥靓妹藤缠树，妹爱哥来树缠藤，藤死树生缠到死，树死藤生死也缠。

《树死藤生死也缠》（福州）

树与藤之间，生死缠绕巧妙地传达出男女之间生死不渝的爱恋情感。类似的成对意象还有剪刀与尺子、针与线等：

一株芹椿一抱围，哥那先行妹后随。哥是家刀妹是尺，家刀共尺两头随。

《十二株芹椿》（福州）

哥一声来妹一声，好比花线配花针。妹是花针朝前走，哥是花线随后跟。

《莲花并排共一蓬》（福州）

妹哩有情哥有心，铁杵磨成绣花针；妹是花针哥是线，针行三步线就寻。

《妹是花针哥是线》（诏安）

日常生活中，这些常见事物由于其成对性成为青年男女抒写爱情的重要意象，"家刀共尺两头随""妹是花针哥是线，针行三步线就寻"形象的描写出处于热恋之中的青年男女一刻也舍不得分离的情感。

其次，细致的心理刻画也是民间情歌重要的抒情手段。通过各种细节描写，借助各种修辞手段，情歌的作者们细腻地传达出爱情道路上的喜怒哀乐：

姐儿立在纱窗前，眼观孤雁好凄惶。黄连抹筷筷头苦，好像败落山门无走廊。

《无郎》（福州）

姐儿推开窗去看天上星，阿娘她认道约私情。好似漂白布衫落在油缸里，透夜淋灰洗不清。两人先看看镜前保留，天空下大雨大水流入更一边。

《看星》（福州）

一连两个比喻将处于青春期的少女内心那种渴盼爱情，而倍感孤单苦楚的心绪形象地传达出来。更多的情歌则着力于对处于热恋之中的恋人复杂而又微妙的情思的刻画，最常见的场景见于男女约会。面对即将到来的约会：

阿哥要来讲妹知，拿来清水润门枢；润了门枢润门碗，半夜哥来无人知。

《阿哥要来讲妹知》（永定）

栀子花开六瓣头，情哥约我黄昏头。日常遥遥难得过，双手扳窗看日头。

《等》（福州）

用水将门枢弄湿，这样情郎开门时就不会发出声音。内心由于充满期待，白天就变得极其漫长，难以忍耐。"双手扳窗看日头"的细节更生动地传达出女子内心渴望时间加速，好与情郎相会的焦灼情绪。这时候的心情往往极度不安与羞涩：

> 妹在房中把头梳，梳好拆了拆了梳。不是妹子爱打扮，只为今日接郎哥。
>
> 《梳好拆了拆了梳》（福州）

> 郎在楼下唱山歌，妹在楼上织绞罗；亲郎山歌唱得好，妹子失魂乱丢梭。
>
> 《郎唱山歌妹丢梭》（永安）

> 郎在后山割牛草，妹在窗口把手招。娘问细妹做什么，风吹头发用手撩。
>
> 《招手》（建宁）

> 郎在高山装鸟叫，妹在园中把手招。爷娘问妹招什么，风吹头发随手撩。
>
> 《郎在高山装鸟叫》（武平）

"梳好拆了拆了梳"，一个下意识的动作生动反映出女子在约会之前忐忑不安的心理状态，而听到意中人声音后那种手忙脚乱的动作更是细腻刻画出了女子内心那种既欢喜又紧张的情感状态。

后两首情歌则有异曲同工之妙，父母似乎看出了女儿的内心，故意询问女儿在做什么。女儿怕羞，找了个理由进行掩饰，但这掩饰恰恰暴露出其真实内心。这种末句画龙点睛的手法在民间情歌中被大量使用，如果没读到最后一句，根本体会不到其独特之处。它既传达出主人公细腻的心理变化，同时又能造成一种意蕴悠长的审美意味。

再次，借助富有表现力的方言，民间情歌传唱出福建人民的爱情理念，也传达出许多书面语言无法表述的复杂情思。虽然这在一定程度上影响了民间情歌的传播性——不了解民间情歌所属方言的听众往往很难理解其情感的蕴含，但从另一方面来看，民间情歌鲜明的地域特色也由此而生，如福州地区传唱的《十粒荔枝》：

四粒荔枝四角框，毛姆<sup>①</sup>求人洗和浆。有柴有米"定尸"<sup>②</sup>煮，有事没人来商量。

五粒荔枝五梅花，有钱找姆要细查，找着好妻做家贵<sup>③</sup>，找着坏姆会败家。

《十粒荔枝》（福州）节选

讨到一个好老婆已经上升到家业兴隆与否的高度，体现了福州人民对家庭关系的重视。因此，情歌的作者们总是善于选择使用那些最恰当的言语来传情达意，在看似通俗的语句中寄寓丰富的思想情感，比如歌谣中固定结构、句式的广泛运用。情歌的歌唱大多是即兴表演，掌握大量的固定结构和套语句式，有利于歌手们在演唱时可根据现场情况临时创作出新作品。由于对这些套路非常熟悉，民众在欣赏过程中也很容易产生既熟悉又新鲜的感受，容易唤起情感上的共鸣，如男子对女子容貌的赞美，就常以"妹生人样实在好""妹妹人样生得好""妹的人样过作佳<sup>④</sup>"等套语开头，老百姓一听开头就能明白歌唱内容，并迅速进入歌者营造的情境之中，建立起歌者与听众之间的情感通道；又如《十把白扇》《十粒手只》《十二条手帕》《十双罗鞋》等以数字为题的情歌亦是如此。这类情歌大多采取递进的形式逐层铺叙渲染，通过类似句子的不断重复对听众的听觉进行刺激，造成一种萦绕在耳的节奏感与音乐美。

善于借助各种表现手段来传情达意，也是民间情歌的重要特色。比兴、拟人、谐音、夸张、想象等老百姓喜闻乐见的艺术手段层出不穷：

一年过了又一年，清明过后又莳田。单纱拿来做棉卷，因为无双日夜缠。

《因为无双日夜缠》（诏安）

---

① 毛姆：没老婆。

② 定尸：懒得动。

③ 做家贵：添家产。

④ 过作佳：太美丽。

以单线纱比喻自己的孤单,"日夜缠"形象而直观地传达出对长相厮守的企盼:

妹妹说话理由多,没有半句欺骗哥。把话刻在石板上,千年大雨洗不脱。

《把话刻在石板上》(福州)

坚贞的爱情,经得起千年的风雨。表达虽然夸张,但其间蕴含的真情却沁入人心。

太阳出来四山黄,十八情妹洗衣裳。双脚踏在石板上,一双眼睛望情郎。棒椎捶了手指上,只怪棒椎不怪郎。

《只怪棒椎不怪郎》(福州)

虽是生活小事,却写得妙趣横生,"只怪棒椎不怪郎"非常形象的刻画出处于热恋中女子心有所属的情感状态。

最后,民间情歌的句式不仅有整齐的齐言体,也有长短相间的杂言体,句式运用较为灵活。情歌以书写青年男女在感情道路上的细腻感受为主,而处于爱恋中的男女往往情思复杂多变,因此民间情歌不仅在表现形式上灵活多样,在语句表达上亦是因情而发、变化多端。如:

春季里相思,阴雨天天,百草发芽,遍地又来生,柳如烟。才郎一去长长在外面,梳妆来打扮,菱花照容颜。可怜奴,打扮娇容无郎见,莫不是,郎在外面另有女天仙,忘却了当初一对并蒂莲!(奴呀奴的天)你是年轻人,为何却把良心变?

《四季相思》(宁化)节选

思君已到月东升,夫君为何不回程?记得不记得,临行前一夕,阿爸千吩咐,阿母万叮咛!

膝下并无三男和二女,神明公祖全望你来奉承。但愿你,早日打胜仗,夫你快快返家庭。如今抗战已胜利，夫你为何不回程？

《思君》（漳州）节选

两首表达相思的情歌，均是句式错落，三四五七九十句式交错为用，一韵到底，读之琅琅上口，具有流畅的韵律美。歌词不做润饰，完全从心臆之中流出，很好地传达出女子对丈夫的相思与担心之情。

# 第七节　儿　歌

儿歌不同于古籍中带有时政歌谣性质的童谣，而是专指那些反映儿童心声的歌谣。这类歌谣一般都以天真、自然取胜。从反映内容来看，从初生婴儿到儿童的各个年龄段都有相应的儿歌，如催眠歌、游戏歌、常识歌、童趣歌、绕口令等。

## 一、催眠歌

催眠歌也叫"摇篮曲"，是成年人抚慰婴幼儿入睡的儿歌。节奏简单，音调轻柔，多用哼唱形式表达对婴儿的怜惜、期望等。比如，用摇篮摇孩子睡觉时唱的"摇啊摇"，这是流传最广的催眠曲之一，各地均有，异文很多。

摇呀摇，摇呀摇，摇到罗溪桥。阿公去上山，阿妈去下庙。阿舅看阮来，问阮来啥代①。阿舅阿妗②恁③免问，若无公妈疼惜阮，任你鸡鸭和鱼肉，阮无看在目睭④内。

《摇啊摇》（华安）

---

① 啥代：干什么。

② 阿妗：婶婶。

③ 恁：你们。

④ 目睭：眼睛。

"摇啊摇"也名为《外婆桥》。在民众印象中，外婆似乎最疼爱外孙，去外婆家玩也是很多成年人美好的童年回忆。霞浦的摇篮曲《浪拍风吹囝莫惊》则明显加入了沿海地区的特色：

囝哦哦，哦眠眠，我囝船里来困眠；浪拍风吹囝莫惊，奶奶身边陪困眠。
囝哦哦，哦眠眠，海面浪推风不停；响雷打闪莫惊囝，我囝要困到天明。

建阳的《宝啊宝你莫哭》则反映了典型的山区环境：

宝啊宝，你莫哭，河滩那边有幢花花屋。鸡抓柴，狗烧火，小猫煮饭笑呵呵；老鼠放油跌下鼎，小猴担水洗饭甑；蛇咬屁股做馍馍，宝宝听了睡呼呼。

## 二、游戏歌

游戏歌是儿童玩游戏时所唱的歌谣，内容活泼、形式丰富，既是儿童天真童趣的鲜明体现，又寓教于乐，对开发儿童智力、锻炼身体等都具有很大的益处。它可以锻炼孩子的团结协作能力，如玩过城门游戏时唱的游戏歌：

猴穿针，溜穿门，穿来穿去过城门。三个城门翻跟斗，四个城门脱肠头。

《过城门》(霞浦)

孩子手牵手围成一圈，其中任意一个孩子都可以从任意两人腋下穿过，而与这孩子牵手的同伴也必须紧紧跟随其穿行。这样周而复始，如果谁被绊倒或卡住，就会被赶出队伍，直到下次有人失误才能再次进入游戏。

可以通过游戏歌认识数字，如龙海的《跳橡皮筋数字歌》：

一二三四五六七，马兰开花二十一，二五六，二五七，二八二九三十一，
三五六，三五七，三八三九四十一，四五六，四五七，四八四九五十一，……
九五六，九五七，九八九九一百一。

还可以通过游戏歌掌握计数能力，如福州的《连根竹》：

> 连根竹，连根猫，连根竹树一只猫。一个猫头二个耳，一条猫尾四只脚。
> 连根竹，连根猫，连根竹树二只猫。二个猫头四个耳，两条猫尾八只脚。
> ……

如此不断循环，可以一直计数到几百，能有效锻炼儿童的计算能力和记忆
力，又不会让孩子觉得枯燥乏味。

当然，游戏歌中还有一类不掺杂功利色彩的内容，纯粹就是为了让孩子玩
得开心。这种游戏歌数量也很多，比如闽南地区很流行的点王公（"点捶"）游
戏歌：

> 指指叠叠，桃花李叶；胭脂白粉，荔枝竹笋；乌罩男女（乌合之众），小
> 人君子；不知是谁，原来都是你！

《点捶歌》（永春）

> 点啰点叮咚，放屁弹尫公①，尫公妈，举铁锤，遇着老贼仔偷开门，门一
> 开，揍甲②老贼仔屎尿漏漏一脚仓③。

《点啰点叮咚》（龙海）

---

① 尫（wāng）公：菩萨。

② 揍甲：打得。

③ 一脚仓：一屁股。

孩子围坐一圈，领唱儿童每唱一个字就点一个同伴，唱到最后一个字时点到的同伴就得受罚。需要说明的是，游戏歌基本上都是用当地方言演唱，所以押的是方言韵。这些游戏歌用当地方言唱起来是琅琅上口，特别适合儿童记诵。

## 三、常识歌

常识歌主要是将各种需要了解的基本常识，通过歌曲的形式灌输给儿童，一般是动物、植物、器物、人际礼仪等方面的常识，比如了解动物知识的常识歌。在儿童的世界中，动物们是他们的小伙伴、好朋友，因此有关动物的常识歌大多很注重动物的形象刻画，侧重点多在其习性上，让孩子知道动物们的优缺点。动物一般以猫、狗、老鼠、蛇、鸡、鸭、鹅、青蛙、蜘蛛、蜜蜂等最为常见。如流传于闽南地区的《青蛙》：

一只青蛙四条腿，腹肚大大身躯肥。眼睛真大粒，长舌又阔嘴，食蚊子做饭顿，会跳会泅水。

对青蛙的描写非常形象鲜活，很容易引起儿童的好奇心，从而让儿童对青蛙的生活习性、捕食特点等有进一步了解的兴趣。老鼠也是生活中常见的动物，儿歌中对老鼠的描绘也大多形神毕肖：

土墙土壁土门楼，日里藏身夜里游。脚小肚轻乖似鬼，眼明嘴利滑如鳅。有朝一日猫遇见，连皮带骨一时收。

《老鼠歌》（永安）

也有将各种动物知识合在一首儿歌中进行传唱的：

鸡有冠，不插髻，会报晓，不打更。
猪有尺，不量布，会掘土，不做墓。

鱼有鳞，摇不响，会过江，不荡桨。

猴有袋，不装谷，会做戏，不唱曲。

《鸡有冠不插髻》（罗源）

蜘蛛结网车车圆，蚕仔牵丝真值钱；要做蜜蜂去劳动，莫做苍蝇爬碗沿。

《蜘蛛结网车车圆》（闽清）

儿童还不能正确明辨是非，不懂好恶，儿歌就扮演了教导角色——哪些动物是好动物、哪些是坏动物。要学习什么优点，摒弃什么缺点，都在欢快的儿歌中对儿童产生潜移默化的影响。

动物儿歌中还有一部分涉及民众比较喜欢谈论的婚姻嫁娶问题，像经常出现的动物们娶亲情节，让孩童对生活中礼仪习俗获得一定的认识与了解，如建宁的《蛤蟆嫁女》：

蛤蟆嫁女，叽叽呱呱。老鼠嫁女，蹿上跳下。猫咪嫁女，眼泪僻啪。人家嫁女，吹吹打打。

德化的《海龙王要娶妻》、漳州的《龙虾娶妻》则更加热闹：

天乌乌，要落雨，海龙王，要娶妻。蜻蜓赶紧来织布，织出一尾鲤鱼牯；鸟吹箫，龟打鼓，萤火虫挑灯来照路；蚂蚱举旗兼打鼓，青蛙扛轿花脚肚。扛呀扛，摇呀摇，对面遇到一堆乌石鼓；蟾蜍颠颠来拦路，掀起龙轿看龙妻；龙妻脸白皮又嫩，蟾蜍乌乌腹肚粗；蟾蜍硬要去龙宫，酒席宴上不自顾，大吃大饮胀腹肚。

《海龙王要娶妻》（德化）

天乌乌，要落雨，举锄头，巡水路，看见龙虾在娶妻。蟳举灯，龟打鼓，青蛙扛轿叫艰苦，蛰仔大腹肚。金鱼不愿做新娘，哭得两目凸凸凸。

《龙虾娶妻》（漳州）

儿童了解和模仿成人世界的方式在很多时候都是通过对游戏的想象来完成的，比如孩子都非常喜欢玩"过家家"，有时还会和自己的玩具进行对话，一人同时扮演好几个角色。然而正是在这样的模仿中，孩子进行了换位思考和动手实践，这非常有助于开发儿童的想象能力和思维能力。儿歌中这种动物娶亲的情节既形象生动，又在很大程度上满足了儿童对家庭组成关系的好奇之心，能帮助儿童了解人与人之间相处的方式。

儿歌中还有向孩子介绍自己身体的常识歌，让孩子知道各个器官的作用，懂得如何保护身体。比如，认识自己的双手：

摇钱树，两个权，一个权上五个芽，一摇开金花，有吃有穿全靠它。这棵树，何处有？就是一人两只手。

《十指歌》（永安）

在了解自己身体的同时，又巧妙地把劳动创造生活这样一个富有哲理性的观念包含其中，虽然在短时间内儿童还不能明了其内涵，但随着年龄的增长，这种观念就会越来越明晰。又如同样认识双手的《十个好朋友》（石狮）：

一二三，打上山；四五六，水里游；七八九，拍皮球；十个小指头，我的好朋友。

把双手当作自己的好朋友，实际上也是向孩子传递要爱护自己身体的观念。

## 四、童趣歌

童趣歌主要以表现儿童的天真童趣为主。儿童天真烂漫、活泼开朗、调皮捣蛋的个性让他们对这个世界充满了好奇，大人世界的规矩对他们没有任何约束。他们对每种新奇的事物都格外感兴趣，比如玩手指，唱《五指歌》（平和）：

一二三四五，上山打老虎，老虎打不到，打到小松鼠。松鼠有几个，让我数一数，数来又数去，一二三四五。

他们看天气，唱《天乌乌》（长泰）：

天乌乌，要下雨，举锄头，巡水路，巡着一群鲫仔鱼，要娶某，"客鸟"做媒人，内叶（老鹰）作公祖，龟挑灯，蛇打鼓，扛轿喊艰苦。

他们讨压岁钱，唱《拜年歌》（武夷山）：

拜年，拜年，拜到灶前。不要你的橘子，不要你的甘蔗，只要你的压岁钱。

在这些充满天真童趣的儿歌中，孩子们尽情释放着活泼好动的天性。他们几乎对所有的小动物都充满了好奇：

白白鹅，找鸡婆，鸡婆窝里叫咯咯。白白鹅，找鸭婆，鸭婆水里找田螺。白白鹅，找猪婆，猪婆栏里打呵呵。白白鹅，找兔婆，兔婆笼里做窝窝。白白鹅，喔喔喔，回到窝里孵小鹅。

《白白鹅》（光泽）

禾雀鸟，跳跳跳，猫儿跑来赶快走；飞呀飞，跳呀跳，一飞飞到屋檐口；狗赶来，汪汪叫，禾雀鸟仔唧唧笑。

《禾雀鸟仔》（连城）

他们会去设想动物们的处境，体会动物之间的关系，对它们充满怜爱之心。成年人觉得充满童趣的儿歌对于儿童来说，却是他们探索世界的最佳途径。

儿歌中还有一种常见的顶针格形式，其基本要求是每一句的末字是下一句的首字，然后将各种生活事项串联起来。这种儿歌唱念起来流畅顺口，能形成自然的音节停顿，而且内容易读易记，对培养儿童的联想能力和想象能力有着很好的作用，比如：

天上一块铜，掉落砸到人；人在走，砸到狗；狗在吠，砸到碓；碓在舂，砸到宫；宫在起，砸到椅；椅在坐，砸到被；被在盖，砸到鸭；鸭在宰，砸到梨；梨在摘，砸到龙眼；龙眼在开花，砸到竹杪；竹杪在打人，不乖团打到跳脚筒。

《天上一块铜》（德化）

天顶一块云，落下变大船。船里会唱歌，水面会撑船。船撑快跑又快跑，小巫学割草。草割齐又齐，小巫学做鞋。鞋做一双又一双，小巫学扛杉。杉扛一条又一条，小巫学铺桥。桥铺正又正，小巫学磨镜。镜磨光又光，小巫学拔秧。秧拔一把又一把，小巫学抓虾。虾抓一尾又一尾，小巫学蒸粿。蒸粿黏又黏，小巫学爬树。树爬高又高，摔下做两爿：一爿炖豆渣，一爿填粪池！

《天顶一块云》（仙游）

天上的云朵会掉下来，又或是天上会突然掉下个东西，这种开头很容易引起儿童的兴趣。这个落下的东西又发生着种种奇怪的变化，一切都显得那么新奇。

## 五、绕口令与颠倒歌

绕口令是锻炼儿童表达能力，提升注意力的儿歌形式。它要求将那些发音较容易混淆的字句用较快的速度念出，有较强的节奏感。如建宁的《半边钵》：

墙上有个半边钵，墙下有个钵半边。打烂半边钵，补起钵半边。

"半边钵"三字声母相同，发音相似，对儿童来说有一定的发音难度，所以在念诵绕口令的时候需要儿童时刻保持注意力以起到锻炼效果。再如龙海流传的绕口令《一个老人九十九》：

　　一个老人九十九，左手牵猴，右手牵狗。猴吼狗走，一只乌龟吓得翻跟斗。翻到沟仔口，遇到一只狗。狗咬猴，猴咬狗，主人一来拢着走。

　　这首绕口令是训练韵母"ou"的发音，儿童在念到"猴吼狗走"四字时必须注意不能读错。

　　颠倒歌则是故意将各种生活现象反过来说，以起到诙谐幽默的效果，为儿童展现一个完全颠倒的客观世界。内容很荒诞，但对开发儿童的想象力有着很好的效果。

　　灯芯草，捅破鼎。四两面线煮半鼎，落五百斤盐还嫌淡。脚踏车，倒退行，跛脚赛跑第一名。盲人开车进县城，老鼠和猫结亲成。

《真无影》（石狮）

　　月光照水，贼来偷米；聋子听见，哑巴喊起；瞎子看见，瘫痪爬起；跛脚追去，瘸手捉来。

《贼来偷米》（福安）

　　"无影"在闽南语中是"没这回事"的意思。颠倒歌通过各种不可能事件的排列，从各方面向孩子们展现了种种荒诞的场景，既满足了孩子们的好奇心，又达到了认识事物的目的。

　　儿歌的表现形式还有很多，这里只是选取了几种较有代表性的儿歌进行介绍。但不管是哪类儿歌，都蕴含着成人对儿童世界的回忆、对儿童成长的期许。儿歌伴随着儿童的成长，也将各种需要了解掌握的知识传输给了儿童。让孩子们在快乐中成长，或许就是儿歌的价值意义之所在。

# 第八节　历史传说故事歌

历史传说故事歌是民间歌谣中的一朵奇葩，它是民间传说、民间故事和民间歌谣的结合。一般多以历史事件、历史人物、民间传说故事等为题材，大部分历史传说歌的篇幅都远较其他民间歌谣长。从反映的内容来看，我们可以将其分为历史歌、传说歌、故事歌三类。

## 一、历史歌

历史歌以历史事件或历史人物为歌唱对象，并对其进行评判。据此，可以将历史歌分为两种类型。

一种是以单个历史人物为主人公，对其事迹进行歌唱，可称之为"唱名人"，这些名人或为福建本土名人，或为对福建做出重大贡献的外来名人，如歌唱王审知、戚继光、郑成功、林则徐、陈靖姑等人事迹的歌谣在民间广为流传：

> 说名人，唱名人，福州有一位大功臣，大名鼎鼎王审知，八闽上下传英名。
> 唐末世衰吏如虎，盗贼蜂起害万民，天灾人祸不聊生，饿殍遍地人吃人。
> 王审知，竖义旗，惩治贪官爱万民，义军到处毫无犯，箪食壶浆夹道迎。
> 王审知，治八闽，轻徭薄赋化人民，规善罚应严法纪，奖励农耕恤下情。
> 王审知，治八闽，大兴土木建罗城，工商牧副大发展，八闽经济起繁荣。
> 王审知，治八闽，尊礼设学重文人，人人安居得乐业，八闽社会大安宁。
> 王审知，好声名，通商四海亲睦邻，勋功业迹垂闽地，千年万代仰英名。
>
> 《王审知》(福州)

王审知建立闽国后，轻徭薄赋，大力发展地方经济文化。在当时纷乱的五代，福建俨然是一片乐土，大量北方文人拖家带口迁入闽地，有力推动了闽地经济文化事业的发展。老百姓将这些事迹编写成传说歌进行传唱。又如明清时期福建人民深受倭寇之害，戚继光率军入闽抗击倭寇，福建人民深感其恩，沿海地区流传着许多戚家军的故事，也有许多歌颂戚继光的歌谣流传，如流传于福州地区的《戚继光》：

明朝倭患太猖狂，侵犯沿海逞凶强，奸淫烧杀如禽兽，百姓遭殃受凄凉。保家卫国戚继光，吃到光饼来征东，三军神速敌丧胆，消灭倭寇立勋功。光复林浦就出征，全乡忙着煮点心，急急煮成锅边糊，父老感激传至今。执法如山纪律明，许进不许退灭胡尘，斩子为民兼为国，于秋共仰思儿亭。

老百姓甚至将其当作万家生佛般崇拜：

生我兮父母，长我兮疆土，我生不展兮疆土多故，莫我再生兮唯戚元辅，于皇元辅兮允文允武，系我今日兮汉仪复睹。

《戚公歌》（莆田）

福建是畲族的聚居区，歌颂畲族始祖盘瓠的歌谣数量众多，如罗源的《祖宗歌》《高皇歌》《畲族祖歌》、古田的《龙皇歌》等。歌中称始祖为龙麒或龙皇，传诵始祖的神奇一生。歌曲详细叙述了龙麒杀番王娶三公主，后因化形时间不足变为狗头人身。龙麒与三公主生下盘、蓝、雷三子和一女，后来龙麒被鹿撞死，其子孙迁徙到潮州凤凰山繁衍生息的全过程，古田畲族的《龙皇歌》情节基本一样，只是最后说龙皇是看到山羊打斗去追，结果跌死石岩边。歌中充满了对始祖的崇敬，是畲族民众对族源由来、族群变迁的抒情性表达。

另一种历史歌是将历代名人的事迹串联成歌，可称之为"唱历史"。"唱历史"歌唱的范围极为广泛，有对整个中华历史发展脉络的梳理，如仙游流传的《历代史诗》从盘古开天辟地唱起，一直唱到明亡吴三桂入关，可谓是一首波澜壮阔的历史歌；也有具体某个朝代的传承变迁，如厦门的《清朝皇帝歌》传唱清代十帝，一直到孙中山推翻清朝，建立民主共和国为止。尤溪的《盘清诗》则以盘诗的方式，讲述了从清兵入关到宣统帝的清代历史：

何人围攻大使馆？何人逃走入长安？几国联军入北京？何人奉旨议和平？
义和团围攻大使馆，慈禧逃走入长安；八国联军入北京，鸿章奉旨议和平。

正是在一问一答中传达出民众对历史的评判，同时也有使民众了解历史的教育作用。

此外，民众也往往将他们熟悉的历史人物或小说戏曲中的人物事迹编成历史歌，对其进行评判，如仙游的《孝顺歌》《二十四孝歌》等连缀古代孝顺人物事迹进行歌唱，表现出民间对孝道的重视。值得注意的是，小说中的人物占了"唱历史"歌谣中的很大比重。《三国演义》《水浒传》《西游记》等通俗小说的广泛流传，使民众对其中的人物非常熟悉，他们善于从各个角度来表达对这些人物的评价。如平潭流传的一组歌谣就是以不同主题把各个人物串联在一起，较有独特性：

征南挂帅杨令公，征东挂帅尉迟恭，征西挂帅薛仁贵，征北挂帅是罗通。
《挂帅歌》

太白酒醉和番诗，洞宾酒醉无廉耻，刘郎酒醉卖江山，娘娘酒醉杨贵妃。
《酒醉歌》

刘备白面五缕须，六郎白面看天书，子龙白面存阿斗，孔明白面做军师。
《白面歌》

篇幅不大，琅琅上口。也有以长篇的形式来"唱历史"：

周瑜妙计安天下，赔了夫人又折兵。孔明连摇羽毛扇，三气周瑜命归阴。
三国刘备多勇将，个个骁勇如神灵。关羽五关斩六将，巧用拖刀斩吕蒙。
张飞长坂桥上吼，曹兵百万魂魄惊。万人头上救幼主，精忠英勇数赵云。
更有勇将老黄忠，屡屡战功八十龄。可怜阿斗不争气，三国尽归司马懿。

《三国》（三明）节选

出场人物众多，形象鲜明，歌词洗练自然，富有概括性，也可当一部诗歌体小说来读。

## 二、传说歌

福建地区的传说歌以中国四大传说和地方民间传说为主要歌唱内容。其中四大民间传说在福建地区有着诸多的内容变化，而传说歌在情节上基本上是以民间传说为参考对象，变化主要是在抒情的比重上，其中又以孟姜女和梁祝的传说歌最有代表性。

罗源的《孟姜女哭长城》中令人印象最深刻的就是歌中大量的抒情语句，其运用了不同的民歌调来表达主人公的悲痛之情。范杞与孟姜女新婚就被公差抓走，孟姜女一路相送，从"送夫一里转东门"一直到"送夫十里到长亭"，沿途借物起兴，以十里送别的形式抒发依依不舍之情：

送夫五里到桥头，二人挽手泪水流，夫君莫学桥下水，水归东海不转头。
送夫六里到池塘，风吹树叶满池上，有根有叶先结好，无根无叶亦成双。

《孟姜女哭长城》节选

范杞走后，孟姜女思念丈夫，唱"十二月歌调"，然后是孟姜女寻夫，唱"十月歌调"，这三组歌将孟姜女对丈夫的不舍、思念，以及寻夫路途的艰辛淋漓尽致地抒发出来。三明《孟姜女》也是以十二月诗形式歌咏孟姜女对丈夫的思念。此外，孟姜女传说歌中还有不少对民间传说内容进行了延伸扩展。如《孟姜女送寒衣》（安溪）对孟姜女传说进行了很多细节上的补充，杞郎逃避徭役与孟姜女成亲之事被秦王知悉，派人抓回打杀并筑于长城中。杞郎魂魄化鸟托梦给孟姜女，孟姜女醒后出发寻夫，一路上遇到长蛇、猛虎、山贼，历尽千辛万苦在神仙的帮助下终于来到长城，在知道丈夫的死讯后哭倒长城。负责督造长城的蒙恬把此事报给秦王，秦王垂涎孟姜女美色，孟姜女提出三愿：

一愿蒙恬得斩死，身尸抛海喂大鱼；二愿为夫建宫庙，五百和尚来超生；三愿你得穿麻衣，杞郎阴魂请安灵。

在要求被秦王一一满足后，孟姜女怒斥秦王，与杞郎乘坐五色彩云上天而去。传说歌对孟姜女传说的结局上做了改编，原来孟姜女与杞郎是天上神仙转世。一个悲剧故事被演化成大团圆式的结局，使得传说歌的浪漫主义色彩极为浓厚。

梁祝的传说故事也深受福建民众喜欢。出于对梁祝爱情悲剧的不满，福建人民对梁祝传说歌进行了诸多改编。如古田的《梁山伯与祝英台》就增加了祝英台扑墓后，马俊自杀去阴间告梁山伯的情节，借此表达对破坏梁祝爱情者的强烈愤恨：

阎王开起阴阳簿，山伯英台是夫妻。马俊自己本是猪，今旦转世做公猪。
英台与你无缘分，派你阴间做猪狮。今放英台与山伯，回转阳间做夫妻。

让阎王来主持公道，让马俊转世为猪，情节大快人心。不仅如此，老百姓还进行了进一步的演绎。梁祝还阳后，梁山伯进京赶考，高中状元，结果丞相女儿抛中绣球。梁山伯拒绝后被丞相派往扬州买马，六年内不得还乡。梁山伯进京后音讯全无，祝英台便进京寻夫，途中为山贼所掠。在得知祝英台寻夫的缘由后，山贼王放走祝英台。祝英台至京师已是六年后，祝英台在客栈店婆的指引下找到了已回京师的梁山伯。祝英台状告丞相，丞相被罢免，祝英台受皇帝诰封。后来番邦献九曲夜明珠，以穿线刁难中原。祝英台献计，用丝线绑蚁脚，再用糖油引诱，解决了此难题，皇帝封其为镇国太夫人，最后梁山伯与祝英台双双返乡。

这个传说歌将各种民间故事母题串联在一起，以祝英台为主人公，刻画了一个机智聪明而性格坚毅的女性形象。其他如三明的《梁山伯与祝英台》叙述二人相遇、相恋、生死相随及化蝶的故事，抒情意味浓厚；南安的《英台二十四拜》唱英台祭墓，思往事，骂马俊，诉衷情。传说歌大多是用方言演唱，很好地传达了民众的鲜明爱憎。

除了四大民间传说外，地方民间传说也是传说歌的重要表现内容。如德化的《舜哥歌》传唱舜的孝顺故事，舜与华首两兄妹的母亲早逝，其父再娶妻，两兄妹受后母虐待。后来后母屡次要谋害舜，舜得太白金星相救，带上历山耕作。舜的孝行受到尧的赞赏，将女儿娥皇和女英许配给他。舜为帝后，后母又要舜将帝位让给自己的儿子象，结果象一坐上殿，天就变黑头就晕。后母不死心也要坐上帝位，当场被雷劈死。传说歌对人物的刻画较为细致，细节、心理、动作等描写手法交互运用，把舜的后母心狠手辣而又贪得无厌的性格特点刻画得非常鲜明。

临水夫人陈靖姑在福建地区有着很大的影响力，传说多，歌谣也不少，较有代表性的是福州的《奶娘歌》和古田的《陈靖姑》。《奶娘歌》传唱陈靖姑为乡亲除妖的故事。陈靖姑收服白蛇、老鸦、蜘蛛精后，应二郎之请祈雨。为了防止长身鬼破坏，便将腹中胎儿脱出放于大桶内，并把桶变作金钟，花带变作大蛇，粪斗变作老虎，房子之上变作海洋。不料阿娘被长身鬼所骗，说出实情，婴儿被长身鬼害死，陈靖姑当场腹痛血流。后来在仙人的帮助下，陈靖姑降服长身鬼并将其磨成灰，可是灰又变成蚊虫继续侵扰人间。古田的《陈靖姑》说陈靖姑是三世转修救万民而来——第一世是仙尊、第二世是观音、第三世是陈四娘。传说歌演绎陈靖姑上闾山学法的过程。陈靖姑学艺有成后下山降服了白虎精、蜘蛛精、白蛇精，然后就是祈雨、脱胎、丧子、归天等情节。歌谣的情节内容与民间传说相似，但不像传说那样注重细节和人物形象的刻画，而主要侧重于表达人民对陈靖姑救民众于危难之中，为民众现献身的牺牲精神的赞颂，具有浓郁的抒情色彩。

### 三、故事歌

故事歌或以历史故事，或以爱情故事，或以生活百态为表现题材。其中，历史故事歌如德化流传的清光绪年间讲述陈珙起义的《陈珙歌》、清末民国初德化人苏亿举事的故事歌《苏亿歌》和厦门流传的反映洋人拐骗贩卖人口的《林桃拳砸"卖人行"》等。这些故事歌传唱真人真事，是福建民众爱憎情感最直接的体现，具有很强的现实意义。

爱情故事歌如福州、宁德等地流传的《陈妙娘与潘必正》，福州、古田、南平等地的《钓鱼郎》，闽南地区的《陈三五娘》，福安的《红连歌》，古田、福州等地的《担花记》和福州的《莲姐》等。民间爱情故事歌是故事歌中较有特色的一类歌谣，其篇幅一般都比较长，多属民间叙事长诗。内容上主要反映民间青年男女的爱情追求，强烈表达了爱情的喜悦与痛苦。叙事与抒情相结合、语言自然生动、情节细腻曲折、多用对话体、注重对人物内心世界的挖掘，是这些爱情故事歌的共同特点。

流传于福州、南平、古田等地的《钓鱼郎》讲述吕赞庚（或叫郑赞庚）与杨青兰（或叫程七兰）的爱情故事。歌曲详细描写了二人从相遇、相会、相别、相思到青兰病逝、赞庚日夜思恋的过程。诗歌采取男女对唱的形式，有开场白，类似于俗讲的入话，交代故事背景。在相别、相思两部分大量采用复唱的手法，以"十送郎""十二时辰相思""十二啼妹"等形式表达了二人之间的爱情。以南平地区流传的《钓鱼郎》中的"十二时辰相思"为例：

> 申时想妹日落山，心中也无一下宽。不知奴妹怎样想，害哥日夜苦万般。
> 酉时想妹到夜时，妹走这路没处来。走亲走戚会转来，妹走这路毛转来。
> 戌时想妹人睏眠，翻起覆去难落眠。梦见我妹在床前，十分面貌真聪明。
> 亥时想妹到半夜，做梦也见私妹眠。睡中和妹谈思爱，醒时毛妹讲笑谈。
> 子时想妹难落眠，二夜没睡半夜眠。若是有妹同床睏，粗食清汤目也眠。
> 丑时想妹到五更，还是妹死心早宽。一更想妹毛得讲，二更有鸟栖栏杆。
> 寅时想妹想五更，妹是哥说落阳间。阎王殿上要求乞，后世跟哥做夫妻。
> ……

从黄昏到天亮，主人公经历了一夜的刻骨相思。歌谣非常细致地描绘了主人公的心理变化，传达出了热恋中青年男女的爱情痛苦，情感真挚动人，富有感染力。

《红连歌》（福安）是广泛流传于闽东地区的长篇叙事诗，亦名《金钗记》。内容上不离男才女貌，讲述一对青年男女的爱情悲剧。长诗歌颂了忠贞不渝的爱情，同时对拈花惹草的行为进行了严肃的批评。全诗长达 600 多节，15000 多字。歌曲以七言为主，押方言韵，有大量的内心独白和对话，语言具有较强的动作性。如红连哭拜三郎一段：

说了就入后厅去，看见三郎倒在床；红连倒在郎身上，啼天号地哭三郎。十分惨伤无声出，即时气绝倒在床；合家大小都来救，姜汤良药还魂汤。救起坐在床中哭，一句丈夫二句郎；诉长诉短心肠断，林中百鸟也凄惶！

《高文举》（永定）讲述一个糟糠之妻不下堂的爱情故事。高文举为奸人陷害，身陷囹圄。王员外出钱营救高文举，并将女儿玉珍许配于他。高文举进京应考高中状元，温相国为女招亲，绣球落入高文举怀中。高文举被迫与温小姐做假夫妻。玉珍进京寻夫，得知高文举入赘相府，遂扮成卖唱女入相府怒斥高文举。高文举说出实情，温相国无奈，请包拯断案。包拯断二女共侍一夫。故事歌对高文举不忘结发夫妻的行为进行了歌颂，塑造了王玉珍这样一位敢爱敢恨的女性形象。歌中玉珍进京寻夫和相府怒斥高文举的情节，将描写、抒情、叙事有机地结合起来，极富感染力。如玉珍进京的细节描写：

单身上路出门去，不见夫君不回程。不顾风霜和雨雪，日日行到日西沉。脚小鞋尖难行走，一身酸痛汗淋淋。不顾虎狼山中吼，不怕河上独木桥；不管林深藤绊脚，不怕山高路途遥；不怕落雨没伞遮，不怕天晴没水尝。行别七七四九日，四十九日到帝乡。

《高文举》（永定）节选

　　陈三、五娘的故事在闽南的流传十分广泛。故事讲述泉州人陈三路过潮州观花灯时，与黄五娘一见钟情，黄五娘投赠罗帕荔枝。陈三扮成磨镜人入黄府，故意打破宝镜在黄府为奴三年以亲近五娘，后来陈三与五娘私奔到泉州成亲。老百姓将他们的爱情故事编成各种歌谣传唱，代表有南安地区流传的《陈三磨镜》《五娘思君》《益春留伞》等。其他如《陈妙娘与潘必正》（福州）讲述潘必正与陈妙娘的爱情故事。陈妙娘为潘必正未过门妻子，但二人素未谋面。一日潘必正偶遇陈妙娘，调戏陈妙娘，被她所拒，遂相思成疾。后误会冰释，二人成亲。《莲姐》（福州）则是讲述一对青年男女的爱情悲剧。泽官到许家遇见莲姐后，相思成疾。泽官父母到许家提亲，许父以泽官无功名为由拒绝。莲姐得知后，脱下"肚爿仔"托人交给泽官，以慰相思。不料泽官见后，相思之疾加重，终至不治。莲姐得知后，不顾爹娘反对，执意嫁入泽官家，为泽官守寡。最后莲姐因思念泽官，亦悲啼身亡。这两个故事歌一喜一悲，强烈表现出青年男女的相思之苦。

　　除了这两类故事歌外，反映现实生活、对人性阴暗面的揭示也是故事歌的表现重心。《金姑放羊》（三明）讲述金花找兄嫂借盘缠让其丈夫刘永进京赶考，熟料嫂子不肯借钱给她。金花愤而与其夫一同进京，不料途遇山贼，夫妻二人双双投江。金花被救起后找不到丈夫，无奈回家投靠兄嫂，嫂子让她去放羊。刘永也被人救起，进京赶考高中状元，回家省亲途中经过当时夫妻落水之处，意外发现蓬头垢面的妻子。夫妻双双返家，金花宽宏大量的原谅了嫂子。

　　类似这种针砭欺贫爱富、鞭挞势利小人的故事歌，在福建各地均有不少流传。《赵玉林》（永定）讲述赵玉林夫妻家遭遇火灾，一贫如洗。赵玉林携三弦卖唱进京赶考，妻子梁四珍在家苦熬日子。梁父做寿，在寿宴上梁四珍受尽父亲和三个姐姐羞辱。赵玉林高中状元，依旧扮作卖唱艺人回乡。恰好梁府请客，赵玉林上堂拜见岳父，被岳父吩咐用皮鞭打出。真相大白后，梁四珍扬眉吐气，教训了三个势利姐姐。故事歌通过三个姐姐和妹妹的大量对话，揭示了嫌贫爱富的社会现实，歌颂了夫妻之间的真情。

无论是历史歌、传说歌还是故事歌，它们都是福建民众借以表达爱憎情感的载体，其内容虽与民间传说故事有极大的重合，但歌曲所特有的浓郁的抒情意味却是传说故事所比不上的。它将叙事与抒情有机融合起来，配合人物对话、动作以及细节描写等手段，以诗的方式展现了人间百态。

# 第五章　民间谚语

## 第一节　概　述

　　古人对谚语的认识主要有三种观点：第一种观点指流传在民间的各种熟语，这种认识较多侧重于谚语的通俗性特征；第二种观点指古代的各种格言警句，这是注重谚语的教育意义；第三种观点以清人杜文澜为代表，他认为谚语的产生在文字之先，"谣谚之兴，其始止发乎语言，未著于文字"[①]，这是注重民间谚语的口头性特征。这三种观点都只是谈及民间谚语某一个方面的特点。2001年出版的《中国谚语集成·福建卷》将民间谚语界定为："民间集体创作、广为流传、言简意赅并较为定型的艺术语句，是民众丰富智慧和普遍经验的规律性总结。"[②]刘守华、陈建宪的《民间文学教程》对民间谚语的界定基本与之相同，但更强调认识和教育作用："民间谚语是人民群众集体创作并广为流传的、简洁凝练的、具有一定认识和教育作用的定型化语句。"[③]综合以上观点，我们认为：民间谚语是民间大众集体创作，以口耳相传的方式在民间流传，运用文学表现方式总结民众的生产生活经验智慧和价值判断，具有一定知识传承和情感教育作用的定型化语句。

---

① 杜文澜：《古谣谚》，长沙：岳麓书社，1993，第4页。

② 中国民间文学集成福建卷编辑委员会：《中国谚语集成：福建卷》，北京：中国ISBN中心，2001，第3页。

③ 刘守华、陈建宪：《民间文学教程》，武汉：华中师范大学出版社，2002，第228页。

## 一、分类

福建民间谚语的内涵非常丰富，广泛涉及天文地理、历史人生、家庭伦理、风土人情等诸多方面，往往在简简单单的一两句话中浓缩着福建人民的经验与智慧，可谓是福建的"大百科全书"。其反映社会生活、自然规律等方面的广泛性和深刻性，是其他民间文学体裁所不能相比的。《中国谚语集成·福建卷》在谚语分类上采用传统分类法，将其分为时政、事理、修养、社交、生活、自然、生产、其他等11类，各类下又细分成几个中类、小类。这种分类较为详细，有利于对民间谚语的全面了解。但为认识方便起见，我们对这11类谚语进行整合，将其分为时政、生活、农业气象与自然风土等三大类。

首先，民间谚语中的时政谚语体现了福建人民鲜明的爱憎情感。福建人民用时政谚语来表现阶级对立和社会斗争，对社会问题进行褒贬，体现民众的觉醒意识。从时政谚语所表现的内容来看，涉及国家、民族、政治、军事、敌我忠奸、人情世态等多方面，其中表现社会阶级矛盾的尖锐、贫富分化等主题较为集中，体现了民间谚语重揭露、批判的特点。各行各业的劳动人民过着穷困的生活，而统治阶级的生活却是淫靡奢侈，时政谚语深入思考了造成贫富对立的原因，将批判的矛头对准上至皇帝下至地主老财这一系列依附在劳动人民身上的吸血鬼，表达了福建民众对统治阶级剥削压迫人民的强烈愤恨。此外，贫富对立带来的世态人情的变化也是时政谚语主要的反映内容。与生活谚语中对世态人情的表现不同的是，时政谚语偏向对趋炎附势者的揭露与讽刺。除此之外，时政谚语还记录了各个历史时期的重要事件，体现出对时事的密切关注，同时也表达了对国家、民族的认识，成为福建人民表达家国情怀的载体。

其次，民间谚语中的家庭生活谚语凝聚着人民群众的生产生活经验与智慧，是福建人民道德意识、行为规范和价值观的体现，承担着福建文化传承的重要使命。家庭是福建民众生活的中心，老百姓在爱情、婚姻、治家、家庭对内对外关系等方面积累了丰富的经验，平等、和谐、互助成为家庭生活谚语的核心原则；衣食住行关系到每一个人，应该如何对待，有什么注意事项，衣食住行方面的谚语给我们提供了各种有益的参考；卫生保健是福建人们密切关注的问题，养生成为卫生保健谚语的中心内容，谚语围绕如何养生提出了一系列养生方案；勤俭是致富之本、交友是人生之基，勤俭类谚语讨论了"为什么要勤俭""如何勤俭"等诸多问题。在福建人民眼中，勤俭是人生幸福的开端，而交友则是关系着人生道路是否顺畅的重要因素。交益友、良友、仁友，朋友之间真心相待，互相体谅成为交友谚语的核心表达内容。这四类生活谚语集中展示了福建人民对生活的理解和思考。

再次，民间谚语中的农业气象与自然风土谚语体现了福建人民与大自然的亲密关系，抒发了福建人民对家乡的自豪情感。福建人民在长期劳动生产实践中积累了丰富的经验。他们特别关注天气变化对农业生产的影响，如雨水的多寡、风向变化、雾的浓淡、云的形状、虹霞的方位、雷声的大小等与季节变化、节令物候之间的关系都成为老百姓观察的重点；在农业生产方面，土地耕作要领、施肥诀窍、农作物的栽种时节、不同农作物的习性特点，也以农业谚语的方式进行总结；在自然物产方面，山水谚语展示了福建迷人的自然风光，名胜谚语概括出福建各地的文化蕴含，而物产方面的谚语则展现了福建人民对家乡的无比自豪之情。

以上对福建民间谚语的划分仅仅只是考虑到叙述的方便。事实上，还有许多类型的谚语未能一一介绍，而且由于闽方言众多，很多民间谚语都是由方言组成，如果不加解释，很难为其他方言区人们读懂，这也大大影响了民间谚语的流传。此外，还有一部分谚语带有较明显的时代局限性和落后的思想观念，如男尊女卑观念、对妇女的歧视等内容的民间谚语还在一定范围内大量存在，这也是我们在看待福建民间谚语时必须注意的。

## 二、素材来源

福建民间谚语数量众多，其素材来源也非常广泛。福建人民从日常生活、文学经典、历史掌故中提炼出言简意赅的民间谚语，用以教育子女、塑造理想人格、扬善黜恶等。

首先，民间谚语来源于福建人民强烈的情感表达需要。福建人民爱憎分明，对社会上各种不良风气、不公正现象义愤填膺，他们用谚语来表达不满；对好人好事赞不绝口，他们用谚语来表示赞赏。福建人民热爱家乡，他们将家乡的美好凝练成琅琅上口的民间谚语，为自己的家乡做广告，宣传自己的家乡。福建人民勤劳善良，将长期摸索出的生产生活经验总结出来，用谚语的方式无私地传授给其他人，实现共同进步。

其次，民间谚语来源于福建人民对中华优秀传统文化的认识和理解。他们从历代传诵的文学经典作品中寻觅佳言警句，用谚语的方式进行流传。很多民间谚语就来源于古代经典作品，如"天下兴旺，匹夫有责"（漳州）出自顾炎武《日知录》"天下兴亡匹夫有责"；"上有所好，下有所效"（安溪）出自《孟子·滕文公上》"上有好者，下必有甚焉者矣"、《礼记·缁衣》"上好是物，下必有甚者矣"；"宁可食无肉，不可饮无茶"（建阳）出自苏轼《于潜僧绿筠轩》"可使食无肉，不可居无竹"；"葱薤丹田麦补脾"（顺昌）原为朱熹诗句，演变为谚语；"莫愁皇帝无老婆，须念路有冻死骨"（武平）对杜甫的"朱门酒肉臭，路有冻死骨"进行改编，既符合老百姓的认识水平，又很好地起到了针砭现实的作用。这种例子还有很多，民众对这些经典语句原本就很熟悉，再加上巧妙的语言改造，流传非常广泛。

再次，民间谚语来源于民间广泛流传的传说故事。福建人民在这些传说故事中发掘富有哲理内涵的情节，将其改造成民间谚语，如宁德地区流传的"蒙正摘瓜瓜落水，黄金赠富不赠贫"谚语就来源于民间广泛流传的吕蒙正的传说。传说北宋宰相吕蒙正穷困时偷瓜充饥，在桥头破瓜，结果瓜掉到河里，他什么也没吃到。吕蒙正后来发达了，想起穷时求佛不灵之事，一时气恼把家里佛像打破，结果在里面发现了父亲给他留下的黄金。宁德人民将这一故事概括成谚语，用来反映世态人情的凉薄。福州地区流传的"黄狗偷吃，白狗遭罪"出自《闽都别记》，小偷黄狗盗闽王属官薛文杰女之墓空手而归，小偷白狗后到，顺手拿走一床被褥。薛文杰大举搜城，发现白狗所盗之物，便将其缉拿归案。福州人民以此谚讽那些是非不分之人。"油三油，不如一过漆"（福州）出自戚继光抗倭的传说，明嘉靖时福建巡抚游振得三次抗倭三次失败，戚继光入闽抗倭则连战连捷，闽人以此谚赞颂戚继光。

### 三、艺术特色

福建民间谚语的特色首先来源于其富有地域色彩的语言表达。福建地区方言众多，语音语调的差别非常大。这种驳杂性一方面影响了谚语的传播，但另一方面也使得福建民间谚语的地域方言特色极为明显。比如，南安人民说"饲囝唔读书，较惨饲只猪"，意思是说养孩子如果让他不好好读书，将来比养头猪还惨。读书与养猪的形象对比反映出了老百姓对孩子读书重要性的认识，而不懂闽南方言就只能靠猜。又比如"鸭虫土蜥一畚箕，怀当蜈蚣一尾"（龙岩），闽西人民用来形容做事的关键不在人员数量多少而在于有真本事，就像蚯蚓、四脚蛇再多也没用，只要蜈蚣那样厉害的角色一个就够。这样具有明显地域特色的方言谚语，需要有一定的方言储备才能明了其内涵。当然，对于方言谚语流传区域来说，老百姓一听到这样带有浓厚乡音的谚语无疑是非常亲切的，也非常乐于接受传播。

其次，民间谚语展现了福建人民丰富多彩的语言艺术。民间谚语的语言非常凝练，富有概括性。民间谚语多为二句式的表达，虽然每句字数不限，但一般在六七字以内，这就决定了语言必须要做到言简意赅。同时由于其民间流传的特点，通俗易懂也自然是语言创作标准。比如，生活谚语中福州人民对"富不过三代"的表述——"一代富，扎袖卷裤；二代富，长衫马裤；三代富，有裙没裤"，第一代人劳动致富，第二代人享受先人余荫，只懂享受，第三代人就家财荡尽了。"有裙没裤"形容破落户的丑态，既形象又富有象征意义。福州流传的"四眼开，状元来"说的是清乾隆时福州出了四个榜眼，道光年间又出了个状元。语言简单凝练，一"开"一"来"中充分表达了老百姓用以表达对家乡人杰地灵的自豪感。"两张无主张，两何无奈何"概括了1884年中法马江之战中巡抚张兆栋、福建会办海疆事务张佩纶、总督何景、船政大臣何如璋等人束手无策，媚洋求和造成惨败的事实。人们因而用此谚语嘲讽清统治者的无能。

民间谚语的语言富有形象性，既生动活泼又幽默风趣。福建民众擅长将抽象的概念蕴含于生动的形象之中，用形象的语言进行表达。如对福建惠安女的形象描写："封建头，民主肚，节约衣，浪费裤。"惠安女戴斗笠，又用一块花方巾遮住了半个脸，上衣很短小，露出肚子，裤子又特别的宽大。老百姓用此谚语形容其既保守又开放的打扮，非常形象，令人忍俊不禁。又如福州人用"铁打延平府，纸裱福州城"形容延平府固若金汤，福州城一打就破。南平处闽江上游，山高水险，易守难攻；福州处闽江下游入海口，无险可恃。此谚语同样非常形象生动。武夷山人民用"贼来如梳，兵来如篦，官来如剃"形容兵贼之祸，用梳、篦、剃三字讽刺为官者盘剥百姓的行为，比强盗还凶残。"举人无手，进士无脚"（福州）指古代中举后，就有很多人服侍，所以不需要自己用手；中了进士更是出入车马，所以不用脚。老百姓用此谚语对那些"衣来伸手、饭来张口"的知识分子进行了非常形象的描述与讽刺。

　　民间谚语的语言还富有音乐性，音韵和谐。口头传播的特点决定了谚语的语言表达需要琅琅上口。民间谚语在押韵上较为灵活，一般是双音节组成一个音步。不论句式长短，形式上大多很整齐。还有一种是不整齐的，但实际其中也有固定的节奏，散而不乱，字数的不一致和内部韵律的一致造成一种错落有致的感觉。有押韵也有不押韵，有表面看起来不押韵实际上押的是方言韵。单句子的谚语大多靠句中字声的平仄交错形成韵律感，如"狗走千里仍食屎"（武夷山）、"鱼身上剪不下羊毛"（武平）、"牛牵到京城还是牛"（石狮）等。双句子的谚语有不押韵的，或是仄起平收，或是平起仄收，较为灵活，靠上下句之间的对应关系形成节奏感，如"扶猴猴上树，扶猪压死人"（福安）、"蛀枣先红，破蛋先臭"（明溪）、"劣马行不得千里，杉尾做不得正梁"（建阳）等。也有讲究押韵的，或是每句押韵，如"一行须服一行，糍粑米粳服白糖"（宁化）、"汤壶打掉汤壶在，茶壶打掉做两块"（南平）、"冬瓜再大也是菜，憨人再装也是呆"（福安）；或是二三两句押韵，如"情归情，理归理，互相不代替"（闽清）、"龙惊铁，虎惊叉，没牙欺负豆腐渣"（霞浦）、"龙是龙，鳖是鳖，好铜不能比废铁"（云霄）；或是靠最后一个字的重复形成韵律感，如"高山滚石头，永远唔回头"（平和）、"草遮不住鹰眼，水遮不住鱼眼"（永春）、"软的怕硬的，硬的怕横的，横的怕愣的，愣的怕唔要命的"（泰宁）等。不管是押韵还是不押韵，老百姓都力图使每条谚语读起来都很顺口，谚语的音乐性由此产生。

再次，民间谚语的句式灵活多变，不受拘束。民间谚语一般用一个句子或者几个句子就能表达一个完整的意思。其外部形式一般有两种情况，一是句子长短一致，形式整齐，每句三至八九言不等。除了五七言两句型外，常见的还有三言四句型："半天月，镜里花，看得见，摘不下"（福鼎）、"有春风，有夏雨，有丢下，有捡起"（南安）、"站着跳，跳不高；蹲着看，看不远"（仙游）。四言四句型："近日来客，往日有意；今日打架，往日有气"（邵武）、"山有高低，水有深浅；心有好歹，人有恶善"（龙岩）。另一种是上下两句长短不一致，这种情况下的句式变化就非常多样了。如三三九句式："不怕贫，不畏富，开了三十六个典当铺"（宁化）、"龙是龙，鳖是鳖，好铜不能比废铁"（云霄）、"宫归宫，庙归庙，没宫没庙归瓦窑"（福鼎）。二四句式："狗死，咬走也死"（武平）、"猴死，乞丐无命"（武平）。四五句式："师公无眠，孝男免想困"（漳浦）、"有哪一物，就有哪一主"（古田）。四七句式："树根不动，树尾摇死都没用"（福清）、"过桥多了，总有落水的时候"（尤溪）。五七句式："龙头一下忽，龙尾走得无脚骨"（漳平）、"猪姆会过得去，猪仔总不会夹死"（南安）。灵活多变的句式对于谚语的表达有着非常大的助益，很好地起到了配合内容、情感表达的作用。

最后，民间谚语虽然篇幅较小，结构也比较简单，但是在艺术表现手法的运用上却是蔚为大观，可以说老百姓把他们最熟悉、运用最娴熟的手段都安排进民间谚语当中了。比喻、排比、拟人、夸张、想象、重复、谐音等手法在民间谚语中都是常客。这里我们要特别指出民间谚语表现手法上的一大特点，那就是对数字灵活巧妙地运用。这种数字运用在民间歌谣中也很常见，比如《十二月歌》《十送郎》等，而在民间谚语中，在短短的几个到十几二十个字中，福建人民大量使用了数字词来概括事物，表达情感。像一、二、三、百、千、万等数字，在民间谚语中可谓屡见不鲜。

民间对数字"三"似乎有着一种异乎寻常的喜好。《说文解字》对"三"的解释是"三，天地人之道也"，体现了古人对"三"的尊崇。《道德经》上也说"道生一，一生二，二生三"，"三"寓意万物为阴阳合和所生。因此，民间作品很喜欢用这个数字来表现各种事物。人物上常有"三姐妹""三女婿""三媳妇"等设置，情节上常用三段式结构。民间谚语更是对"三"情有独钟，比如在农业生产谚语中，老百姓用"三"来赞美农业用具："锄头底下三件宝，防旱、防涝、除杂草"（南靖）、"农家三件宝，锄头、镰刀、棕衣都要好"（政和）；用"三"来总结生产经验："种田防三害：旱灾、水灾和虫灾"（晋江）、"作田有三窍：抓虫、施肥、除杂草"（泰宁）、"世间三项丑：爱吃、懒做、三只手"（南靖）、"板栗种子有三怕：怕干、怕热、怕冻"（永泰）、"耐寒三种树：松树、腊梅和竹子"（邵武）、"茶叶三惊：受潮、失香、串味"（福安）。在生活谚语中，人们用"三"来反映旧社会人们生活的困苦："穷人三宝：蓑衣，柴刀，破棉袄"（武夷山）、"穷人剩下三件宝：瘦田、丑妻、烂棉袄"（武平）、"寿宁三件宝：火笼当棉袄，地瓜当粮草，棕衣当皮袄"（寿宁）、"屏南三件宝：番薯当粮草，火笼当棉袄，松明当火宝"（屏南）。这些只是对数字最单纯的运用。同一个数字还可在一条谚语中重复出现，起强调、对比等作用，如"马怕一条绳，球怕一根针"（福安）、"一种虫蛀一样树"（诏安）、"一口吃不下一碗，一步迈不到天边"（光泽）。也可以是不同的数字在一条谚语中重复出现，如"一手难掠两尾鳗，一人难理两家事"（诏安）。或是在谚语中运用不同的数字进行对比，如"歪说三千，真理一条"（宁化）表现真理的唯一性、"一智抵百愚，一巧胜千钧"（古田）表现智慧的力量、"一刀杀一人，一笔扫千军"（尤溪）形容文学创作水平、"做了一回贼，见人矮三分"（政和）告诫人们不要做坏事、"十穷九有志，十富九不仁"（诏安）表现人性的善恶、"一人收地租，十人白辛苦"（福鼎）揭示社会不公等。这种对数字的巧妙运用，极大增强了民间谚语的表现力。

比喻应该是所有民间文本中最经常运用的修辞手段了。在民间谚语中，老百姓也将比喻手段运用到了极致。福建人民对喻体的选择往往就是日常生活中最常见的事物。民众经常用动物的习性来比喻敌我关系，如狗、蛇、虎、鼠等在民间谚语中就常作为反面教材被民众运用，如狗："会吠犬，不咬人；不吠犬，咬死人"（福州）、"恶犬咬人无声音，恶人害人笑面面"（诏安）、"莫救落水狗，回头咬一口"（诏安）、"木枯（不会叫）狗子咬死人"（永定）；蛇："蛇虽蜕皮，本性难移"（泰宁）、"人死心不死，蛇死尾不死"（连城）；虎："磨刀割手，养虎伤身"（泉州）、"放虎归山，后患无穷"（明溪）、"猫教老虎虎咬猫，幸好爬树还没教"（安溪）；鼠："回头鼠，咬死人"（福州）、"棒丢狗咬人，猫走鼠伸腰"（武平）、"家里无猫，老鼠跷脚"（永春）。这些比喻形象地揭示出坏人的本质，提醒人们要警惕那些本性狠毒的人，不要被他们表面装出来的模样所欺骗。比喻修辞手法也经常与兴的表现手段相结合，如"天下鼎底一般乌，世上穷人一般苦"（政和）、"一狗落坑百狗啮，一人落难众人欺"（浦城）、"毒蛇不分粗细，歹人不分远近"（云霄）、"毒蛇过处草木枯，坏人当道好人苦"（连城）等，就是比和兴的结合。

因为民间谚语常见的两句式结构，所以对比、对偶的手法也被广泛运用于民间谚语。通过两两对比，能使谚语要揭示的主旨鲜明、具体。如老百姓对清官与贪官的不同就有"清官爱才，贪官爱财"（古田）、"清官要法，贪官要钱"（宁德）、"清官凭法，贪官看钱"（宁化）的表达，一对比二者的不同就鲜明体现出来了。又比如，对世态人情的揭示、有钱与没钱的不同，用对比的手法表现也非常形象："有钱人伺候，无钱伺候人"（厦门）、"有钱人日日肉，没钱人日日粥"（永定）、"有钱住洋楼，无钱困街头"（宁德）、"有钱无理大小声，无钱有理没人听"（厦门）。在对比的同时，老百姓也往往用对偶的手法使句式整齐，读起来抑扬顿挫，富有节奏感。

夸张的修辞手法也被广泛运用在民间谚语的创作中，如对"理"的强调："千人扛不起一个理字"（宁化）、"有理压得泰山倒"（福安）；对坏人难以改变自己的表达："坏人本性若能改，箩筐也能扣住海"（福鼎）、"老鸦窝里掏不出白鸡蛋"（福鼎）；形容近朱者赤近墨者黑或固有观念难以改变："白布掉在靛缸里，千担河水洗不清"（闽清）、"丝瓜藤游入扁豆藤，一世子分不清"（福鼎）。夸张手法的运用极大地增强了民间谚语的说服力。

在民间谚语中，我们还经常可以看到各地流传着很相似谚语的情况，这固然是由于民间文本变异性的体现，但从另一个方面看，何尝不是老百姓的一种模拟创作？老百姓很善于利用生活中常见事物将其套入固定框架进行表达，而民间谚语在形式上带有固定性的特点，也使得这种套用变得寻常而普遍。如民间谚语常说"一朝被蛇咬，十年怕井绳"，这一条谚语在福建各地广泛流传，但一入乡随俗就变成了"头回被蛇咬，三回不走草"（邵武）、"一日被蜂叮，三年怕苍蝇"（厦门）、"一回被蛇咬，二回怕黄鳅"（建宁），以此为思路进行模拟，就又变成了"豆腐烫一下，见冻菜也害怕"（福安）、"给热汤烫了，见冻菜都惊"（闽清）。又比如，民间常说"学好难学坏容易"，长汀人说"学好一世难，学坏一时易"，南安人说"学好着三年，学歹免三日"，福州人说"学歹三日半，学好三年半"，邵武人说"学好三年，学坏三更"。这种模拟手法的运用对于民间谚语大家庭的壮大，无疑是起到巨大作用的。

## 第二节　时政谚语

说到时政谚语，首先必须注意它与时政歌谣的区别。除了形式上的不同外，时政歌谣所反映的社会生活面要比时政谚语来得广泛。时政歌谣既有对社会黑暗、阶级对立等方面的揭露和批判，也有对高尚品质、真善美的赞美与追求。而时政谚语则较多以对社会的揭露和批判为主，关注焦点主要集中在贫富对立、阶级剥削与压迫、官府黑暗等主题上，带有明显的阶级倾向性。

在阶级社会中，贫富对立问题是最严重的问题，同时它也是一系列社会问题的根源所在。统治阶级霸占了绝大部分社会财富，又拼命剥削压迫人民大众，人为制造了贫富对立的社会现实。老百姓用谚语描绘了旧社会各行各业的人们生活的艰难，如"会弹又会纺，身上穿破网"（三明）、"烧瓦的住茅房，摇扇的住厅堂"（上杭）、"织布人着破衣，卖柴人烧茅冬（茅草）"（建宁）、"编席睡木板，烧瓷吃粗碗"（武夷山）、"度灵（木匠）门扇用篾箍，土匠厝顶用草遮"（平潭）、"卖鱼人，吃鱼屎；卖柴人，烧柴皮"（华安）、"裁缝师穿破衫，木匠师无眠床"（龙海）。人们一年到头辛苦工作却换来了越来越贫穷的生活，如"一年做到二十九，柴没一枝，米没一斗"（福鼎）、"一年忙到头，鼎唎无汤嗵润喉"（石狮）、"一年到头冇得歇，饭碗里头总是缺"（邵武）。老百姓依旧过着"禾刀上壁仓无米，野菜粗糠当主粮"（连城）、"东黄西黄，饿到眼睛黄"（长汀）、"目汁流下掺饭食，牙齿打断拌血吞"（福安）的生活，只好希望明年能好过一些。可是"今年指望明年好，明年指望后年好，后年还是破棉袄"（寿宁）。

人民的生活是如此困苦，而富人们却是奢侈豪华："财主一席酒，穷人半年粮"（宁德）、"富者田连千亩，贫者无地立锥"（龙岩）、"富人吃一顿，穷人使一年"（福州）、"富人有米砌岭，穷人无米落鼎"（沙县）。为了生存下去，人们只好举债度日，结果又陷入了更悲惨的境遇之中。正所谓"借债还债，窟窿还在"（南平），老百姓深刻揭示了高利贷的危害："谷折钱，钱折谷，借一石，死一屋"（长汀）、"高利贷、五分利；水反翻，鼎盖浮"（泉州）。"水反翻，鼎盖浮"指潮水一天涨两次，煮饭锅盖浮起三次，加起来五次，用来比喻五分利的高利贷。"债主上了门，三魂去二魂"（南平）形象地刻画出举债度日的惶惶然心理。高利贷使老百姓苦不堪言，一借上高利贷就意味着慢慢落入死亡的陷阱，"欠债人头抵"（浦城），但不借高利贷死亡就摆在面前，这两难的选择使得穷苦大众只好眼睁睁地看着自己慢慢滑落深渊。福建人民对富人这种不顾穷人死活的行为，进行了愤怒的控诉："穷人面前三条路：跳海、上吊、坐监牢"（平潭）、"穷人头上三个钉：交租、还债、卖壮丁"（福州）。老百姓辛辛苦苦的劳动使富人积累了大量的财富，可是富人们还不满足，非得逼老百姓走上绝路。

福建人民深入思考了造成贫富对立的社会原因。富人的富归根结底是建立在盘剥穷人的基础之上。"世上真有双脚兽，富人吃的穷人肉"（永安）、"富人的饭，穷人的汗；富人的酒，穷人的血"（上杭）。阶级剥削与压迫是阶级社会的一大痼疾，而旧社会中地主与长工之间的矛盾又是最基本的矛盾，地主老财也因而成为时政谚语猛烈攻击的对象，"虫中最毒蜈蚣嘴，人间最毒财主心"（武夷山）、"地主的斗，老虎的口"（三明）、"天下乌鸦一般黑，世上财主一般狠"（永安）。

旧社会人民不仅受到地主老财的盘剥，还要忍受官府的苛捐杂税，受各级官吏的层层剥削。正所谓"财主心狠，官吏心毒"（连城），封建统治阶级的残酷剥削才是劳动人民困苦的根源所在。因此，民间谚语把批判的矛头指向了暗无天日的官府衙门，揭露其凶残贪婪的本质："武官会杀，文官会刮"（南平）、"有钱就有理，没钱押牢里"（宁德）、"贪官身上钱财多，百姓身上鞭痕多"（龙岩）、"见官就要落层皮"（将乐）。他们认钱不认人，认钱不认理，"要进官府，先把钱数；要得不败，先把田卖"（南平）、"衙门没门限，用钱作门限"（平潭）、"原告有钱原告赢，被告有钱被告赢，两头有钱无输赢"（龙海）。这种将司法公正当作儿戏的断案方式，更使老百姓的处境越发不堪忍受。"官府一点墨，百姓一滴血"（顺昌），老百姓对这一切有着清醒的认识，他们用谚语诠释了"官"字："官字两口连，说扁又说圆"（德化）、"官字两个口，上讲上话，下讲下话"（泉州）。用谚语揭露出封建官府的官官相护："官向官、吏向吏，牢头向着把门的"（南平）、"官官相护，百姓有脚行没路"（南平）、"只许官家拌火烧山，不许百姓点灯食饭"（三明）。用谚语揭露出为官者的言行不一："做官两个面，有钱一个面，无钱一个面"（武夷山）、"求官亲像鼠，做官亲像虎"（泉州）、"谋官如鼠钻孔，得官似虎威风"（福州）、"乌纱帽上头，目珠仔就歪"（政和）、"未当官讲百姓话，当了官打官家腔"（平潭）。用谚语揭露出为官者的贪婪无耻："哪个神明不要纸，哪个为官不要钱"（泉州）、"官那不贪财，犬都不吃屎"（福州）、"做官不贪财，良田美屋哪里来"（南平）、"大官无贪财，三妻五妾从何来"（厦门）。用谚语讽刺为官者的无能昏庸："老爷三项会，撚须、拍桌、蛰（退堂）"（晋江）、"太平之时嫌官小，乱世出征无半人"（福州）。用谚语表达出对这些贪官的强烈愤恨，诅咒他们"一世奸官，九世为牛"（福州）、"一世赃官，九世做牛"（宁德）。

在现实生活中，除了为官者的盘剥外，还有一大批为虎作伥、欺压百姓的小人无赖。他们占着"相府奴才七品官"（浦城）的声势，依仗权贵欺压百姓，肆无忌惮的程度甚至比官员还有过之："自古官廉吏不廉，打也要钱，枷也要钱"（南平）、"当官的不凶，站衙门的凶"（政和）、"阎王好见，小鬼难缠"（蒲城）。他们是统治阶级盘剥百姓的实际执行者，老百姓对他们更是痛恨，讥讽其"狗靠主人恶"（南靖）、"恶狗恶门口"（长泰）。

在批判贪官恶吏的同时，人民群众也表达出对"清官"的盼望。黑暗的社会现实使老百姓走投无路，只能将希望寄托在能为他们做主的清官身上。他们殷切地盼望着清官的出现，表达着对清明时世的憧憬："官清民自安"（罗源）、"廉洁不愁民反"（武夷山）、"水清鱼头现，官清百姓兴"（政和）。老百姓希望官员能以"清廉"要求自身，"做官要学包公，做将要学狄青"（长汀）、"闹市衙门做清官"（建瓯）；提醒他们要防备底下的小人从中作梗："唔怕清官似水，只怕吏猾如油"（长汀）、"清官难逃滑吏手"（寿宁）、"清官难敌滑吏，强官难做贼主"（平潭）；希望他们能为民众办实事："为官一任，造福一方"（古田）、"当官不为民做主，不如回家种番薯"（漳平）。老百姓还将清官与贪官进行对比，来表达这种期许，如"清官爱才，贪官爱财"（古田）、"官清胥吏瘦，官贪百姓瘦"（龙岩）、"忠良舍生取义，奸佞见利忘义"（政和）等。

对人情世态的反映也是时政谚语的一项重要内容，主要针对人际关系的淡漠、人情冷暖等方面，正如建宁谚语所说"当家才晓盐米贵，处世方知世情难"。旧社会中阶级矛盾的尖锐，贫富悬殊之间的对立，都使老百姓深刻体验到世态人情的冷暖。单单对"人情"这两个字，福建民众就有着无数的感悟："人情似纸张张薄，世事如棋局局新"（建瓯）、"人情弯弯曲曲水，世事重重叠叠山"（建阳）、"人情似水分高下，世事如云任卷舒"（同安）。人们对权、钱、势有着深刻的体会："有权靠权，无权靠钱，无权无势靠要手段"（泉州）、"势能压人，钱可通神"（德化）、"得势众人扶，失势众人诛"（建阳）、"有钱人人迎，无钱人人惊"（南安）；对趋炎附势的小人行径无比痛恨："当今世界目头浅，只重衣衫不重人"（宁德）、"人欺孤贫，虎咬单丁"（永春）、"上头放个屁，下头做本戏"（浦城）、"会做奴才，就会叫老爷"（永春）、"会做奴才，就晓得责轿夫"（永春）。这些谚语深刻反映出封建社会人们对不公正的社会现实的不满与愤慨。

时政谚语还对时事作了及时、有强烈针对性的反映。最早反映时事的时政谚语出自《全唐诗》"杂辞"部分，如卷875所记两则时政谚语："不怕羊入屋，只怕钱入腹。"（《又报王审知十字谶》）、"潮水来，岩头没。潮水去，矢口出"（《福州记》）。前者反映了当时闽国之外，有杨行密吴政权和钱镠吴越国虎视眈眈的现实。"羊"指杨行密，"钱"指钱镠，"腹"则指福州。后者则反映了当时福建观察使陈岩死后，王潮取而代之，后来王审知又接替王潮的史实。这两则谚语的出现时间与这两段史实相距不远，体现了反映时事的及时性。卷 876 也有两则，一则是《建安语》"龙门一半在闽川"，反映了晚唐时期闽人屡屡科场折桂；一则是《闽人语》"欧阳独步，藻蕴横行"，反映当时欧阳詹、林藻、林蕴在福建文坛的地位。

明清以后，这类反映时事的时政谚语大多以讽刺为主，揭示了封建后期社会人民生活的真实状况。比如，反映皇位更替的"天启换崇祯，三食两点心"（霞浦），三餐饭只等于以前的两餐点心，新皇帝上台，老百姓的日子更苦了。"乾隆换嘉庆，钵仔做饭甑"（寿宁），钵比甑小，老百姓吃的比以前更少了。一明朝一清朝，不管是哪个皇帝登台，民众的生活境遇仍然每况愈下，"嘉庆嘉庆，家家空饭甑。道光道光，户户喝米汤"（寿宁）、"嘉庆换道光，三年两饥荒"（龙岩）。清道光、宣统年间，通货膨胀很厉害，人们以"道光钱莫买盐，宣统钱莫买醋"（霞浦）道之；民国时期官场盛行高谈阔论，人们以"清朝重风水，民国重嘴水"（泉州）讽之；国民党在战场上屡屡失利，却又在报纸上鼓吹胜利，人们用"输地头，赢报纸"（龙海）进行嘲讽。这些时事记录通过时政谚语的形式流传下来，表达了福建民众鲜明的爱憎情感，具有重要的史料价值。

通过对这些社会黑暗面的揭露，时政谚语尖锐地反映了旧社会劳动人民水深火热的现实生活的困境，直至今天，仍有巨大的批判意义。

除了以上侧重揭露和批判的时政谚语之外，还有一部分谚语反映了福建人民对国家、民族的认识，表现出福建人民强烈的集体主义精神和家国情怀。老百姓对国与家的关系有着非常清楚的认识。国家的安定稳定是幸福生活的根本所在，正所谓"先有水后有鱼，先有国后有家"（建宁）、"民爱国，国护民，国强民定百业兴"（华安）、"国是树，族是枝，民是叶"（霞浦）、"有港才有船，有国才有家"（长乐），国与家的关系是土与花、水与鱼、叶与树、港与船……的关系，一荣俱荣："国家兴、百姓富"（漳浦）、"国强民富，江山永固"（南平）、"船随水涨步步进，民随国富日日兴"（厦门），也一损俱损："国不安，家不安"（古田）、"失去好友，难过三年。失去祖国，痛苦终生"（武平）、"无家流落外世头，亡国恰如丧家狗"（漳浦）。一方面，国家的兴盛强大能使老百姓安居乐业；另一方面，家的安定稳定也影响了国的安定，"家和万事兴，国兴享太平"（漳浦）、"家不和要穷，国不安要乱"（云霄）、"家不和外人欺，国不宁番邦侵"（平潭）。正是有着这样的认识，在这类谚语中爱国情感成为主旋律，"燕爱古老窝，人爱祖家地"（福州）、"鸟爱林，蜂爱花，人民爱国家"（武平）、"有国才有家，爱家先爱国"（龙岩）、"爱子女莫惜奶汁，爱祖国莫惜热血"（永定），不管走到哪里，国家都装在心中，就像"日日想出国，出国想祖国"（华安）、"只惜本国一点土，不贪他国万两金"（沙县）所云，这种对祖国的爱已经融进了每个人的血脉之中。

正因为对国家的热爱，所以老百姓关注社会现实，提倡"先行报国，而后守家"（南安）、"尽忠报国，尽孝守家"（龙岩）；积极为如何促进国家强盛出谋献策："国强靠心齐，树高看出势"（霞浦）、"国要常选才，户要常开窗"（永定）、"国盛靠贤士，家兴靠子孙"（光泽）、"政廉官爱民，民富国方兴"（漳浦）、"得民心者得天下，得人才者安天下"（建瓯）。

此外，福建是畲族的主要聚居地，汉畲一家的观念在时政谚语当中也得到了很好的传达："树叶连根根连藤，山哈汉佬一条心"（畲族）。正因为同顶一片天，同耕一片地，"千金难买同种族，万银难买同故乡"（厦门），在福建这个大家庭中，"畲汉一家亲，黄土变成金"（畲族），汉、畲齐心建设美好家园成为福建人民的共识。

## 第三节　生活谚语

生活谚语是人民在日常生活中经过无数的经验检验，而总结出来的关于家庭生活、衣食住行、处世交友、卫生保健等方面的心得体悟，是福建人民积极乐观心态和勤劳善良品质的体现。其范围十分广泛，可视为民间生活的百科全书。

## 一、家庭生活谚语

家庭生活谚语涵盖了爱情婚姻、持家治家、家庭关系等诸多方面，表达了福建人民的家庭生活观。它是福建人民在长期的生活过程中总结出来的经验智慧，富有借鉴教育意义。

爱情是民间生活的永恒话题，在各种民间文学体裁中都有广泛表现。民间谚语由于其言简意赅的创作要求，使得它在表现人们爱情婚姻内容时往往高度凝练，出语明白但意蕴丰富。这类婚恋谚语广泛表达了人民对爱情各个阶段的认识。首先是爱情的根据和前提，"无心不知音，无情难共眠"（漳州），只有两情相悦，才能白首一生；"有情不怕吃黄连，无情蜂蜜不当甜"（武夷山）、"男有意，妹有心，笊篱捞水也甘心"（南靖），只要两情相悦，就无惧人生的风雨。"心里有谁，谁就漂亮"（长汀）出语通俗，却道出了"情人眼里出西施"（长汀）的恋爱心理。在有情人的眼中，一切都是美好的，但是美好的爱情也需要双方的共同维护，"鲜花要时常浇水，爱情要双方珍惜"（南靖）。爱情不能勉强，不是买卖，"爱情不是强扭的，幸福不是天赐的"（安溪）、"夫妻不是买卖，买卖不成夫妻"（平潭）。人们用朴实的语言揭示了在爱情追求上男女的区别，"妹子想男隔张纸，郎想老妹万重山"（将乐）、"公唤母，没处讨，母唤公，没得脱"（福州），也就是说女子主动追求男方的婚姻往往容易成功。

那么，如何才能找到称心如意的配偶呢？福建人民将之归结为"缘"字，"有缘不怕刀来劈，无缘捆绑都无用"（晋江）、"婚姻天注定，缘分一到自然成"（长汀），但是现实是"也有好女配错夫，也有好男做单身"（霞浦），因此，对待婚姻应该慎重，"夫妻一世代，订亲不能信采采 [①]"（南靖），"终生不能当儿戏，一错便成千古恨"（安溪），所以"婚前少思考，婚后多烦恼"（武夷山）。那么择偶的标准是什么？"粥要吃浓厚，妻要娶忠厚"（云霄）、"择婿重才莫重聘，娶妻看德莫看奁"（福州）、"选偶重德莫重色，结亲爱勤不爱银"（南靖）。在福建人民眼中，"德"排在首位，然后是"勤"，只要符合这两个标准，爱情就能美满幸福。

---

① 信采采：随便。

　　成家以后，如何治家就成了需要考虑的问题。在福建人民心中，治家比治国还难："国好治，家难理"（霞浦）、"能管千军万马，难管厨房灶下"（建宁），正所谓"家家都有一本难念的经"（霞浦），所以如何治家，关键就是要夫妻齐心，"男主外，女主内"（长汀）、"翁是田，嬷是岸，白头偕老好作伴"（漳州）。老百姓始终把"家和万事兴"当作治家的最高宗旨，强调夫妻间要互相忍让，不要动不动就吵架，"家和万事兴，家败吵不停"（宁德）、"吵家吵得多，酱油也变苦"（福鼎）。人们普遍认为，家中经常吵架、夫妻不和往往会招来祸事，"家不和招祸"（武平）、"夫妻不和奸人来，兄弟不和外人欺"（南平）。所以夫妻相处要和和顺顺，"夫妻夫妻，只能互爱，不能相欺"（光泽）、"夫妻只要感情好，不怕家中箱笼空"（诏安），老百姓非常强调"糟糠之妻不下堂，贫贱夫妻不相忘"（连城），因为"糟糠妻子是块宝，患难夫妻好中好"（清流）。只要夫妻相敬如宾，互相忍让，"若要家庭和，老公让老婆"（顺昌）、"夫以妻为室，妻以夫为家"（明溪），这样自然能家业兴旺，百事顺达。

　　除了夫妻之间的相处外，家庭生活谚语还对父母与子女之间、公婆与媳妇之间、兄弟之间、妯娌之间的相处，总结出大量的生活经验。父母对子女的爱是难以用语言来表达的，"父母爱子是天性，子爱父母是德性"（闽侯），但往往子女要长大了才会懂。"手上抱孩子，方知父母当初时"（永春），因此民间百姓非常强调孝道，"父母饲子大，子养父母老"（厦门）是天经地义的事。子女不孝顺在古代是要被天打雷劈的，老百姓也将其表现在谚语之中，"孝顺大人唔怕天，忤逆大人雷公尖<sup>①</sup>"（长汀）。父母在世时就要多孝顺，等到父母过世了再后悔也无济于事，正如武平的谚语所说，"千跪万拜一炉香，不如生前一碗汤"。

　　婆媳关系是家庭生活谚语中较为重要的一个组成部分。"婆媳合，合家乐"（漳平），因为女儿是嫁出去，而媳妇是娶进来。媳妇与婆婆朝夕相处，关系和谐是最重要的，"孝顺诸娘仔在天边，不孝的媳妇在身边"（福州），"媳妇虽无孝，也有三顿烧；女儿再有孝，也是路上摇"（南靖），所以做婆婆的要把媳

---

① 尖：击、打。

妇当作女儿来对待，"媳妇莫当别人子，台家要当亲生母 ①"（福州）。而从媳妇的角度出发，老百姓也强调媳妇要孝顺婆婆，"媳妇孝大家，越过越发家"（南靖）。这样一来，"婆婆有德媳妇贤"（闽清），家庭就会和睦了。

对于兄弟关系，生活谚语说得很透彻，"父母是天地，兄弟如手足"（诏安），"兄弟合心，门前土变金"（同安），但是兄弟毕竟要各自成家立业，正所谓"合家是兄弟，分家是乡里"（龙岩），所以"亲兄弟，明算数"（同安），这样的兄弟之情才能长久。

对待子女，谚语较为关注的是子女的教育问题，"有田唔种误一春，有子唔教害终身"（上杭）。老百姓始终认为，父母的榜样是无穷的，应言传身教，"父母身教言讲，子女模仿学样"（清流）、"好底好帮好做鞋，好爷好娘出好儿"（福鼎）、"中梁不正桁子斜，爷娘不正子女歪"（武平），所以"教子须教德"（寿宁）、"早起呼儿勤耕作，夜来教子多读书"（清流），读书明理才是教子正道。那些过分宠溺孩子的行为，实际上是害了孩子，"容鸡会上灶，宠囝多不孝"（石狮），所以老百姓始终认为"严父出孝子，慈母多败儿"（云霄）、"若要好，从小教"（长汀），从小培养好的习惯、好的品行，长大了自然能孝顺父母，光耀门楣。

需要说明的是，家庭生活谚语之中也还有大量的充满了消极色彩、表现性别歧视的表达，这是旧社会封建统治思想影响的残余，在阅读时要注意区分。

## 二、衣食住行谚语

衣食住行是人类生活的基本需求，看似简单，其中却也包含着大量的经验智慧。生活谚语中关于这四方面的表述数量相当多，其中反映的福建民众的生活观念颇有值得关注之处。

正所谓"佛要金装，人要衣妆"（政和），老百姓很注重日常穿着打扮。人们常说"三分人才，七分打扮"（惠安）、"身上无衣难出众"（龙岩），这不仅涉及外观相貌，还涉及别人的评价、世俗的眼光等。"有吃看脸，有穿看身"

---

① 台家：婆婆。

（莆田），穿着打扮就是外包装，"衣破被人欺，裤破无人知"（顺昌），包装不好，就容易被人轻视，所以福建人民很重视穿着打扮。至于如何穿，生活谚语也给出了建议，"女装要花样，男装要自然"（古田）。衣着要合身，"衣不差寸，鞋不差分"（武夷山）。女子穿着讲究颜色搭配，"若要靓，红间青"（宁化），男子穿着要干净整齐，"衣贵洁，不贵华"（屏南）。

在生活中，人们经常衣食并举，生活谚语也常把"衣"和"食"经常联系在一起，"食要合口，穿要合身"（武夷山），但如果问二者谁更重要的话，答案是没有疑问的，"宁穿十年破，不挨一顿饿"（邵武）、"不怕做得苦，只怕饿瘪肚"（蒲城）。福建人好吃，对吃的重要性有着深刻的体会。武平人说"千事万事，吃是大事"，长汀人说"人生在世，'食桌'二字"，厦门人甚至说"饭神比皇帝大"，南平人说"终日忙忙走，都是为个口"，宁德人则说得通俗形象，"人是铁，饭是钢，一顿不吃饿得慌"。因为重视吃，所以对"怎样做好吃"也积累了丰富的经验。食材处理要恰当，"横切猪肉直切笋，横切牛肉直切姜"（将乐）、"长切韭菜短切葱"（长汀）、"包粽要包结①，春糍要春烂"（邵武）；烹调要注意火候，"煮粉子要水多，煮饺子要火猛"（龙岩）、"文火蒸肉烂，暴火炒菜香"（大田）；食物要搭配好，"鲗鱼配菜脯，好吃唔分某②"（漳州）、"糯米酒炖梅鲟，要食没处寻"（福州）、"腌菜煮兔红糟蛋，韭菜禾鳝（黄鳝）肠灌蛋"（永安）、"墨鱼炒韭菜，嗨吃是恁代③"（明溪）、"薯丝放锅边，味比白米甜"（龙岩）、"红酒炖鲟，补人精神"（福安）、"红菜（茄子）煮虾公（虾皮），吃得饱咚咚"（永春）、"牛肉炒生姜，味香透牙根"（霞浦）；什么东西好吃："山食鹧鸪麂鹿獐，海食油鲹鲛鲳"（连江）、"山上三项臊：蒜仔、葱仔和韭菜。海里三项菜：浒苔、海带和发菜（紫菜）"（泉州）；哪个部位好吃："猪塞胸，狗投弄，羊月扁，牛肚仁，鸡翅鸭颔颈"④（同安）、"猪前狗后⑤"

---

① 包结：结实。

② 唔分某：不分给妻子。

③ 嗨吃是恁代：不吃是你的事，怪你自己。

④ 塞胸：胸脯；投弄：颈边肉；月扁：腹边肉；肚仁：腿上肉。

⑤ 猪前狗后：通常认为猪的前脚、狗的后腿肉最好吃。

（寿宁）、"鱼唇羊尾"（寿宁）、"席上佳品，斤鸡两鳖"（宁化）、"三两蛤蟆四两姜，响得嘴巴喷喷香"（明溪）；吃的注意事项："宁吃飞禽四两，不吃走兽一斤"（顺昌）、"四只脚的冇两只脚的好吃，两只脚的冇冇脚的好吃"（邵武）、"吃肉平闭直①，吃鱼补三日"（同安）。对于吃，福建人民可谓是经验丰富。

"幸福不幸福，一看衣食足，二看住房屋"（武平），老百姓很早就认识到住的重要性，认为建房子要注意朝向："坐北朝南，没吃也安"（永泰）、"厝宅向北西，寒死热死无人知"（诏安）、"买田要买坝头田，起厝要起厝中心"（福安）；建房子不能赶工："三年备料，三年起厝，三年修装"（明溪）、"一年盖新房，三年住破房"（建阳）；要特别注意防火安全："柴离灶，水满缸，烟筒通，灶门关"（宁德）、"执烛须防干燥物，吹灯要看火星飞"（闽清）。住得安全舒适，才能身心愉悦，家庭幸福。

"在家千日好，出门一时难"（宁德），福建人安土重迁的意识比较浓厚，对家乡有深深的眷念，"情愿住厝吃粥，不想出门吃饭"（石狮）说的就是不轻易出门的心态。人们有一种观念，认为居家才是享福，经常出门容易招致各种麻烦，给自己带来伤害，"长年出门客，皆是薄福人"（武平）。如果不得不出门，也一定要做好各种防护工作。世道险恶，防人之心不可无。思想上首先要重视，武平人民用"出门人神仙老虎狗"来形容出门有时快活似神仙，有时须显威风以防被欺负，有时又要夹起尾巴做人。要根据具体情况灵活应变，比如出门要多问路，宁德人说"有嘴就有路，没嘴多走路"，三明人说"路在人的鼻子下，张嘴勤问走天下"，宁化人说"两个肩膀抬一口，走遍天下不发愁"，反映的都是同样的观念；要赶早不赶晚，"日头没落先落店，日出三丈起身行"（武平）、"赶路宜早不宜晚，时间要挤不要拖"（德化）；要注意天气变化，"出门要防三九月，晴阴风雨变化多"（晋江）、"晴带雨伞饱带粮，出门万事需提防"（福州），这些都是福建人民长期以来对生活经验的总结。不仅如此，老百姓还从中领悟到了人生哲理，如"心安草棚好，人穷菜根香"（政和）、"豆腐青菜，各有所爱"（永春）、"身净唔怕衣裳破，心宽唔怕厝下窄"（泰宁）、"别

---

① 平闭直：刚好够营养。

怕上岭苦，上岭还有下岭补"（永安）等，侧重不一，但知足常乐的人生理解却是一样的。心安即是家，这就是福建人民的生活心态。

### 三、勤俭与交友谚语

为人当勤俭是劳动人民根深蒂固的观念，生活谚语中对此有着大量的表述。"富贵本无根，都从勤里生"（宁德），勤俭是致富之本，谚语对此说得很形象，"爹会娘会，不如自己会；爹有娘有，不如自己有"（福安）、"靠兄靠妹，不如靠手靠背"（沙县）、"不靠亲，不靠邻，只靠自己日日勤"（福鼎）、"指望一座金山，不如双手打拼"（云霄）。老百姓坚信只有靠自己的双手创造出来的财富才是真正的财富，过于依靠别人终究只能是一场空。

光有"勤"还不行，勤必须和"俭"相配合。正所谓"勤俭不分家"（古田），谁也离不开谁，"有勤无俭白操劳，有俭无勤白枵饿"（长泰）。勤劳再加上节俭，就能积少成多，聚沙成塔。老百姓是这么想的也是这么做的，"蛋变鸡，鸡换牛，养牛起大厝"（福鼎）、"钱是一块一块上万，麦是一粒一粒上石"（闽清）、"一天一根线，一年织成缎"（云霄）。也许是长时间的贫困生活使老百姓产生了浓厚的忧患意识，"饱时省一口，饿时得一斗"（闽清）。勤俭逐渐成为民间大众最为推崇的美德，也是评判一个人甚至是一个家庭的重要标志。一个家庭生活是否幸福，关键就看夫妻是否勤劳节俭。男的要勤快，女的要节俭，似乎已经成为老百姓的共识，"男在外勤，女在内俭；外勤内俭，不愁吃穿"（福安）、"一个好内头①胜过十把好锄头"（惠安）、"丈夫会趁②一升米，妻子要拾一篮柴"（南平），都是这种认识的体现。

提倡勤俭，必然就要反对懒惰。对于懒惰品性，民众可谓深恶痛绝。正如宁德谚语所说，"人勤生百巧，人懒生百病"（宁德）、"馋与懒相随，勤与俭作伴"（安溪），懒惰是百病之源，"不怕厝下穷，只怕出懒虫"（光泽）、"饿不死，穷不死，最怕懒惰死"（三明）。穷并不可怕，只要勤劳就可以战胜它，但

①　内头：妻子。

②　趁：赚。

是如果懒惰的话，就像闽清谚语所说"懒汉靠在井边也会渴死"，因懒生贪、因贪生骗……生活就没有了希望。民间歌谣、民间故事有大量表现懒人的文本，民间谚语中也对各种懒人的形象作了很形象的刻画，如"懒羊总觉毛太重，勤马总嫌背上轻"（闽清）、"懒汉坐着睡，吃饭想人喂"（霞浦）、"夜里千般想，天光懒爬起"（清流）、"半暝想来千般样，白日做来没一样"（南平），光想不做，嫌脏又嫌累就是这类懒汉的写照。

生活不易，赚钱辛苦，"赚钱好像龟爬壁，开钱好像水流沙"（南靖），所以如何开源节流、如何勤俭，成了老百姓关注的重心。生活必须精打细算，因为"有打算手头松，乱打算米瓮空"（同安）、"不会精打细算，枉有家财万贯"（将乐）、"样样打算盘，一年胜一年"（政和）。大吃大喝、挥霍无度只会坐吃山空，"家有千金，坐吃山崩"（武平），福建各地都有对"富不过三代"的表述：

一代富，破袄破裤；二代富，长衫丝裤；三代富，不知来路。（南平）
一代富，扎袖卷裤；二代富，长衫马裤；三代富，有裙没裤。（福州）

如果丢了父辈们勤俭持家、精打细算的优良传统，就必将与懒惰为伴，不思进取，纵使有万贯家财，也逃不了没落贫穷的结局，这也是老百姓对勤俭的深刻认识。

在日常生活中，老百姓视交结朋友为一件大事，"一人一双手，做事没帮手；十人十双手，抬山也能走"（漳州），一个好汉也要三个帮，所以交到能与自己心意相通，能在人生中互帮互助的朋友就显得特别重要。在交友谚语中，我们读到了许多启人深思的人生智慧。

虽然说"多一个朋友多条路"，但并不是朋友越多越好，因为"河水有清有浑，朋友有真有假"（政和），如果交友不慎很容易给自己和家人带来危害，所以交友要有选择，要有分辨。"和人做堆是人，和鬼做堆是鬼"（永安），老百姓深谙物以类聚、人以群分的道理，所以要交益友、良友、仁友。尤溪人民说"人多仁少，择仁而交"，诏安人民说"结有德之朋，绝无义之人"，就是以仁、德为交友标准的。那么怎样才能交到良友呢？老百姓一致认为，交友要真诚，"浇树要浇根，交人要交心"（宁德）。老百姓信奉"君子之交淡如水"的古训，对朋友之间的交往强调真心，"有心不论早迟，无心只卖嘴皮"（浦城）、"十两黄金，不如一个知心"（古田）。朋友之间要交心，不因为金钱、利益交朋友，那样交不到真朋友。"真朋友，同打虎，同吃肉。假朋友，见利来，见害走"（云霄），老百姓由此总结出结交朋友的一套经验："要想朋友好，莫受金钱扰"（建阳）、"仁义莫交财，交财仁义绝"（永春）、"交人要交呱呱叫，交人不交吟吟笑"（建宁）、"宁交双脚跳，不交眯眼笑"（武夷山）。

人无完人，每个人身上都会有这样那样的不足，老百姓深悉其中的道理，所以交朋友除了真心相待之外，还需要互相包容，要能接受对方的优点和缺点，"你不嫌我笋疏，我不嫌你米碎"（尤溪），需要礼尚往来。"投之以桃，报之以李"是老百姓交友的准则，"吃笋要念栽竹汉，喝水不忘掘井人"（福安）、"受人恩惠，担情一世"（泉州）、"食人一口，报人一斗"（永定）、"吃人一瓯茶，还人一瓯酒"（永安）等都是这种准则的体现；需要讲究信用，"有借有还再借不难，有借无还一次就断"（武夷山）；朋友有难要热情帮助，如"多下及时雨，少放马后炮"（宁德）、"打鼓打在点子上，帮人帮在根子上"（宁德）。对酒肉朋友要敬而远之，因为"酒肉兄弟好找，患难之交难寻"（福州）等。

这些带有格言性质的交友谚语是福建人民处世经验的智慧总结，在传播过程中为广大民众普遍接受，也在一定程度上对福建人文化性格的形成起着潜移默化的作用。

## 四、卫生保健谚语

在生活谚语中，有一类谚语较为特殊，它与衣食住行、家庭生活、人生处世等方面的谚语有所交叉，但关注的重心明显不同，这就是福建人民在长期生活经验的基础上概括出的卫生保健谚语。

健康养生，一直是福建民众较为关心的问题。老百姓有一种朴素的养生观念，那就是对吃的重视。"吃千吃万，不如吃饭"（南平）、"千补万补，会吃最补"（政和）。能吃是福，能吃身体就没病，这是福建民众的广泛认识。对于一日三餐、吃什么、怎么吃、有什么饮食禁忌等问题，老百姓都阐述了自己的经验。

老百姓很重视一日三餐，"早饭要好，中饭要饱，晚饭要少"（武夷山）、"三顿饭菜吃得饱，胜过仙丹灵芝草"（政和）、"三餐吃得着，胜过吃补药"（永定）；对吃什么很讲究，"小暑吃荔枝，大暑吃羊肉"（福州）、"大暑吃荔枝，胜过一只鸡"（福州）、"三月枇杷四月李，吃了桃李防痢疾"（宁化）、"一天三个枣，七十不见老"（晋江）、"冬吃萝卜夏吃姜，免请医生免烧香"（南靖）、"大蒜是个宝，常吃身体好"（武夷山）；讲究少食多餐、细嚼慢咽，"少一口，走一走，九十九"（宁化）、"食饭不过饱，食茶莫太浓"（宁德）；注重饮食搭配，"粗茶淡饭长筋骨，鱼肉满桌坏肚肠"（光泽）、"想长寿，多吃豆菜少吃肉"（仙游），尤其是对食物之间的相冲相克有着丰富的经验，如武平流传的一组养生谚语，"吃了羊肉吃西瓜，要防惹上病冤家""蟹反茄子蜜反葱，羊肝竹笋两相冲""李子反鸭蛋，田螺莫煮面""吃了柿子吃螃蟹，去了钱财把命买"。甚至还开出了许多民间秘方，如"头晕多汗症，煮糜加薏仁"（晋江）、"心虚气不足，煮糜加桂元"（南平）、"若要不失眠，煮糜添白莲"（南平）、"西瓜利小便，李子利大便"（南平）、"酸解蟹毒醋醒酒"（武平）等。与此相关的是，民间注重食补，经常在食物中放入滋补药材，由此也产生了药材谚语，着重于药材与养生之间的关系，如"黄连有泻火之能，蛇胆有明目之功"（武平）、"川穹治头，杜仲医腰"（武夷山）、"冰糖下痰，山楂消食"（武平）、"鼻孔不通，吃点蒜葱"（福清）、"参叶炖糖霜，专治喉无声"（清流）、"知母贝母款冬花，专治咳嗽一把抓"（武平）、"乳妇乳汁少，猪蹄炖通草"（武平），这些药材谚语所涉及的都是日常生活中的常见问题，特别具有指导意义。

饮食卫生、个人卫生也是养生的关键。东西要煮熟了才能吃，"鱼过千滚，吃肚自稳"（连江）；水要煮沸才能喝，"莫喝阴阳水①"（厦门）、"呣吃唔熟肉，

---

① 阴阳水：没烧开的水。

唔啉<sup>①</sup>无滚水"（厦门）、"冇有生病鬼，只有生病水<sup>②</sup>"（邵武）；要做好个人卫生，"先洗手，后吃饭，四季唔要端药碗"（长汀）、"饭前洗手，饭后漱口，不活一百一，也活九十九"（安溪），因为"眼病手传，肚病嘴得"（闽清）。从这些饮食谚语的内容来看，它们很好地扮演了养生知识传播者的角色。

养生要有良好的生活习惯，顺应自然的规律。首先，保持乐观的心态。周宁人民说"说说笑笑，通了七窍"，南靖人民说"精神振奋，病去七分"。科学研究表明，心理因素与疾病关系密切，老百姓对此深有体会，"快快活活活成命，气气恼恼恼成病"（建宁）、"乐乐悠悠千年在，愁愁郁郁身体坏"（政和）、"气气恼恼伤成病，嘻嘻哈哈活长命"（武平），快乐健康的心态是祛除疾病与烦恼的法宝，"忧愁思虑催人老，心情舒畅才是宝"（尤溪）、"不恼心地清凉，不怒百事顺畅"（福州）。其次，注重睡眠质量对养生的重要性。"一宵不宿，十宵难补"（武夷山）、"一夜无眠，三日失神"（南安），所以提倡"早起早睡，活到百岁"（宁德）、"睡个好觉，赛吃良药"（建宁）、"中午睡一觉，犹如拾块宝"（上杭）。睡前最好再泡个脚，以消除下肢的沉重感和全身疲劳，"睡前烫烫脚，胜服安眠药"（尤溪）、"困前洗脚手，胜过啉补酒"（长汀）。当然，睡眠时间也不宜过多，"床是病窝"（宁化），睡多就变懒，容易生病，"贪吃贪睡，添病减岁"（南平）。再次，坚持锻炼，季节变化注意防寒保暖。正所谓"有静有动，无病无痛"（尤溪）、"少年多锻炼，老年少病缠"（建宁）、"卫生是妙药，锻炼是金丹"（永安）、"治病不如防病，吃药不如锻炼"（尤溪）。生命在于运动，此乃养生之关键。养生还应注意季节变化，根据天气冷暖变化增减衣服，宁德人民说"四大立要大防、老弱重病易伤亡"，指的就是立春、立夏、立秋、立冬这四个节气的气温变化大，需要注意防寒保暖，要"冬衣慢慢添，春衣慢慢减"（宁德）。日常生活中同样也要注意，老百姓常说的"坐卧避风如避箭"（闽清）、"睡眠不点灯，洗澡勿吹风"（古田）等，就是如何避免风寒入体的诀窍。

---

① 啉：喝。

② 生病水：指水不洁净。

除此之外，养生谚语还对喝茶特别青睐。福建是产茶大省，福建人民对茶有着丰富的认知和经验，一是建议多喝茶，"适当啉茶有路用，止渴防病提精神"（同安）、"常喝茶，少烂牙"（泰宁）；二是喝茶对预防疾病有着很大益处，如"透早一杯茶，赢过百医家"（南靖）、"饭后一口茶，医生饿得爬"（南平）、"清早一杯茶，赛过吃鱼虾，饭后茶一杯，胜似吃雄鸡"（厦门）、"日日空腹一杯茶，长年与药无交加"（东山）等对喝茶的推崇；三是对如何喝茶才能更有效养生也有心得，"饭后茶消食，睡后茶提神。空肚茶心发慌，隔夜茶伤脾胃"（福鼎）、"肯食凉井水，唔食叽叽茶①"（永定）、"果后唔啉茶，茶后唔吃果"（同安）。

如何养生？民间谚语交出了自己的答卷，本书所涉及的只是其中很少的一部分。当然，这些养生谚语是否都具有科学性，是否能按图索骥，这需要具体问题具体分析，对其进行科学判断。

## 第四节　农业气象与自然风土谚语

福建是个农业大省，对大自然的依赖性较大，因此农业谚语中有关自然物候认识的谚语也比较多。一方面，正是凭借长期以来对气象物候的认识，福建人民合理安排各项农事活动，指导农业生产。另一方面，福建人民也将家乡自然风光、土特名产概括浓缩为短小精悍的风土谚语，传达出了对家乡的热爱与自豪之情。

### 一、农业气象谚语

农业气象谚语源自福建人民在长期生产劳动实践中，对自然气象、节令物候与农业生产之间关系的观察。农业生产对气象、节令物候变化的较大依赖，

---

① 叽叽茶：未烧开的水泡的茶。

使农业气象谚语在内容上主要体现为对气象、节令物候变化规律的总结，其范围广泛涉及雨、风、雾、云、雹、虹、霞、雪、雷、物象、地象等诸多方面。

作物的生长需要阳光和水分，而雨水的多寡又直接影响到作物的生长，因此，对下雨规律的观察与总结就成了气象谚语中最重要的内容。什么时候会下雨，哪个时间段的雨多，哪个时间段的雨少，有哪些因素影响了雨水的走向等问题，在谚语中得到了集中的体现。

四季变化与雨水的关系是带有宏观性的规律总结。人们密切观察季节变化、物候变化与雨水多少的联系，如"春前有雨花开早，秋后无霜叶落迟"（云霄）、"春雾晴，夏雾雨，秋雾曝死芋"（长泰）、"春挂东风雨涟涟，夏刮东风绝水源"（仙游）、"春发南风日日晴，冬发南风烂泥坪"（清流）、"一场秋雨一阵寒，十场秋雨穿上棉"（永泰）、"冬天下雪主丰收，冬天无雪虫害忧"（霞浦）等，季节、风向、气温、花开叶落等因素都紧密与雨水相联系。而具体到每个月、每一天的雨水变化的观察就更细致了，一年之中几乎每个月都会下雨，那么这其中是否有规律呢？

"正月初一雨，八月要抗旱。"（福清）

"正月初三雨，棕蓑穿到生虱母。"（德化）

"正月初四如下雨，一年四季无干土。"（古田）

"元宵雨，清明晴；元宵晴，清明雨。"（宁德）

"正月十五没见星，滴滴答答到清明。"（上杭）

"上元无雨多春旱，清明无雨少黄梅。"（泰宁）

这仅仅只是一月份的雨水观察记录，但其中所反映出的民众经验智慧却非常丰富。其他月份也举几例：

"二月二龙抬头，春水遍地流。"（宁德）

"二月初二晴，树叶三遍青；二月初二雨，树叶一遍粗（一次长大）"（福鼎）

"六月初三雨，七八两月少风台。"（南靖）

"八月中秋雨，节后雨水多。"（南安）

"九月三日晴，晴到明年春草生；九月三日雨，牵牛落地圃（旱田可作水田耕作）。"（永定）

同样，节气变化也与雨水联系起来，尤其是二十四节气那二十四天是否有雨在很大程度上影响未来的天气状况，如"立春雨、一春雨"（宁化）、"惊蛰雷雨大，米谷无高价"（永春）、"雨水雨，禾苗蓬勃起"（龙岩）、"雨水有雨好年景"（清流）、"立冬晴，一冬淋；立冬淋，一冬晴"（永春）、"冬至乌，年关酥；冬至晴，沤大年"（南平）、"立秋无雨最堪忧，谷物从来欠丰收"（宁德）、"立秋三场雨，稻薯如吃补"（南靖）等。端午、重阳那天是否有雨也成了未来天气的重要评判依据，"端午下雨七月旱"（宁化）、"端午有雨是丰年"（大田）、"重阳无雨一冬晴，立冬无雨到年暝"（永春）、"不怕重阳雨，只怕重阳风；重阳若刮风，明年岁不丰"（顺昌）、"重阳雨，烂一冬"（霞浦）等。二十四节气的变化还会影响到农作物的生长态势，如"清明种菜，谷雨种芋，夏过再种小如箸"（武夷山）、"惊蛰有打雷，番薯大如锤"（仙游）、"春分春分，种子蛮扔"（三明）、"谷雨不雨，五谷不起"（宁化）、"雷打秋，山区眉忧，平洋丰收"（惠安）、"处暑雨，粒粒都是米"（南安）。这种观察并不是单一孤立的，而是从全年天气变化的层面去推测的内在规律。元宵节下雨与否关系到清明的晴雨情况，正月初四那天如果下雨则可能一整年的雨水都会多，当然这都是一种经验判断，并不代表必然结果。

以上是以雨水为中心，介绍了民众对气象变化的细致观察和精心总结。类似的这种气象谚语数量非常多，其涉及的范围也相当广泛，如对庄稼收成的好坏与天气之间关系的观察：

"三月多晴，麦丰收。"（霞浦）

"四月初八晴，瓜果好收成。"（永春）

"四月十四东南风，今年包你五谷丰。"（政和）

"八月十三晴，香菇好收成。"（宁德）

"十月有霜，五谷满仓。"（永定）

"十月无霜，来年无粮。"（浦城）

"今年雷打秋，明年对半收。"（闽清）

"立春天气晴，春稻好收成。"（南安）

福建海岸线很长，夏季经常有台风登陆。在长期观察中，老百姓也总结出了相关的无数经验：

"五月做风台，月月都有台。"（寿宁）

"五月风台母，一水来两倒。"（宁德）

"春暖台风来早，春寒台风来迟。"（惠安）

"风台没回南，连下八九暝。"（福州）

"六月初一一声雷，今年台风少来临。"（浦城）

"七月初七来挂虹，近日必会起台风。"（泉州）

民间将农历五月刮台风称为风台母。五月如果刮台风，夏季台风、雨水就会多；台风如果来得早，开春气温就比较高；六月初如果雷比较多，那么一年的台风数量就比较少。还有许多谚语把气象变化与当地自然地理条件结合起来，如"云推去南平，小雨就来临。云推去福州，小雨慢慢休"（南平）、"云行兴化，棕衣壁上挂。云行闽清，棕衣背上身"（福州）、"云上连城，天晴莹莹。云落永安，蓑衣蓑麻"（三明）。这部分谚语有着较大的地域局限性。

通过观察动物的举动来判断天气变化，是老百姓的一大生活经验，这在现实生活中也屡屡被证实，具有一定的客观性、科学性。比如，通过动物们的行为变化来判断是否有雨，不管是天上飞的："白蚁生翅飞满天，不过三日大水来"（莆田）、"蜻蜓矮矮飞，大雨紧紧追"（政和）、"燕子低飞，没伞莫归"（政和）、"乌鸦中午啼，下午有风雨"（南靖）；还是地上跑的："蚂蚁搬家，大雨哗哗；蚯蚓沾沙，大雨到家"（建宁）、"蚂蚁上路大水推，蚯蚓上路晒成灰"（武夷山）、"蜈蚣出洞蛇过道，一场大雨少不了"（邵武）、"蜗牛爬树有大水"

（德化）、"牛打喷嚏天将雨，牛舔前蹄雨将至"（惠安）；或是水里游的："泥鳅静，天气晴；泥鳅动，天气闷；泥鳅跳水，天将下雨"（明溪）、"团鱼石上曝，大雨就要到"（将乐）、"鱼儿水面跳，大雨就来到"（明溪）。动物们对天气变化有着超越人类的感受力，动物们的异常就成了民众判断是否下雨的基本依据。

除了观察动物举动外，人们也可以通过观察自然事物的异常来辅助判断，如"水缸穿裙山戴帽，灶灰结块阴雨到"（福安）、"鼓山戴帽，水缸穿裙，必然雨至"（福州）。如果有阴雨天气，云层就会比较低，越低雨就会越大，同时空气湿度增大，水缸壁会凝结水分，灶灰受潮就会结块。其他如"盐出水，铁出汗，雨水不久见"（将乐）、"石壁水淋漓，大雨落长暝"（漳州）、"炊烟直上晴，炊烟绕屋雨"（武平）、"水底露青苔，不久有雨来"（宁化）等基本上是同一原理使然。

通过观察云的变化来判断天气，同样也是源自长期的观察实践。云的形状、颜色、数量、方位、走向等都引起了老百姓的强烈兴趣，如："天上扫帚云，三五日内雨淋淋"（长汀）、"棉花云，雨快临"（福清）、"天上云像犁，地下雨淋淋"（仙游）、"清早宝塔云，暗晡①雨倾盆"（安溪）、"朝看东南乌，必有午前雨；朝看北方乌，半夜见风雨"（诏安）、"西北明，来日晴；西北乌，来日雨"（寿宁）、"今天日落云吃火②，明天大雨无处躲"（三明）、"天上鲤鱼斑，明天晒谷不用翻"（龙岩）、"天上现箭云，必定起台风"（安溪）、"云行东，车马通；云行西，雨溅犁；云行南，水积潭；云行北，好晒谷"（周宁）、"云走西，雨凄凄。云走南，雨成潭"（福州）。从科学角度上说，云层增厚，高度降低就可能引起降水。比如扫帚云，它属于钩卷云的一种，一般出现在暖锋或低压过境前，移动速度相对不快。又比如棉花云，是云量增加的表现，随着重量增加，高度逐渐下降，同样是下雨的前兆。老百姓可能不懂这些道理，但他们通过长期观察，以形象的方式阐释了气象变化的规律，确实值得称赞。

---

① 暗晡：傍晚。

② 云吃火：云边泛红。

还有对雾的观察，如"春雾天晴酥，夏雾曝死虎，秋雾水淹路，冬雾无大雨"（诏安）、"春雾日头夏雾雨，秋雾狂风冬雾雪"（安溪）；对虹霞的观察，如"虹出南面无台风，虹出西北台风来"（霞浦）、"早出红霞晚落雨，晚起红霞晒死人"（光泽）；对雷电的观察，如"东闪西闪无一点，南闪北闪大雨点"（永定）、"先雷后雨不湿鞋，先雨后雷水浸街"（诏安）、"雷追雨，没大雨；雨追雷，没停歇"（政和）、"午起雷，落一阵；暗起雷，落到明"（南平）等，无不凝聚着福建民众的经验智慧。这些经验经过无数年的验证，至今仍有借鉴意义。

## 二、农业生产谚语

福建人民在具体农作过程中也总结出许多带有经验性的生产谚语，几乎包含了农业生产的全过程，举凡土地、水利、肥料、播种、田管、防灾、收获等都纳入了农业生产谚语的表现范围。

农耕社会，土地是生命之本，老百姓对养育他们的黄土地有着极其深厚的感情。他们把土地比作父母，"地是父母面，一日见三遍"（寿宁）、"地种三年亲如母，再种三年比母亲"（宁德）；当作是根本，"田是根，地是本；人要勤，富要临"（政和）、"船只是花粉（运输有风险），田园是根本"（泉州）；因为生活所需来自于土地，"白米细面，土中提炼"（武平）、"田中有元宝，世代挖不了"（闽清）。所以，没有什么比种田更让他们快乐，"走遍天下走遍山，不如在家把土翻"（政和）、"百般武艺，不如锄头掘地"（仙游）、"坐贾行商，不如开荒"（宁化）。然而，"三年易考文武举，十年难考田秀才"（罗源），种田也有着许多讲究，福建人民把这些讲究用生产谚语的形式做了系统的总结。

种田要注意季节特点。"种田有诀窍，季节抓得牢"（沙县）、"播田不靠命，季节要抓定"（龙海）、"人误田一工，田误人一冬"（漳州）。农作物的生长有季节性，只有遵循自然规律，不误农时，才能把田种好。"插种不过清明，移栽不过立夏"（龙岩）说的是移栽和插种的季节要求。"柿子花落插秧时"（福清）、"大暑插秧大丰收，秋后插秧要减收"（光泽）、"小雪种小麦，大雪种大麦，冬至不种麦"（建瓯）等则说明了谷物播种与季节的联系。

种田要做好水利灌溉工作。因为"水是禾苗命，缺它没好景"（宁化），老百姓对"种不好庄稼一年穷，搞不好水利一世穷"（尤溪）、"蓄水如蓄粮"（福州）的道理有着深刻的认识，这是农作物成长的前提基础；要做好土地的深耕工作，"土地深耕，胜过掘金"（诏安）、"深耕密植得珠宝，浅耕稀植割稻草"（诏安），因为"田地不犁深，禾根无处伸"（浦城）、"犁得深，犁得烂，块块泥巴都变饭"（连城）。正是因为掌握了"耕田深一寸，产量多一成"（浦城）的诀窍，所以老百姓对田地深耕非常重视。当然，季节不同，犁的时间、方式也不同，"冬深挖，夏浅锄"（龙岩）、"冬翻田，胜过春施肥"（古田）、"冬至前犁金，冬至后犁银，立春犁铁"（福州）就是老百姓的经验之谈。

种田要注意换土施肥。田里的土要经常加，"田土一年加一寸，较好天天去巡粪①"（晋江）、"不管粪不粪，每年塘土高一寸"（政和）；经常换，"山土换塘土，一亩顶两亩"（邵武）、"沙掺土，一亩顶两亩；土加沙，会长大西瓜"（邵武）。要注意施肥，正所谓"七十二行农为首，百亩之田粪当先"（浦城），肥料是作物苗壮成长的基础，老百姓认为"种田无师傅，只要肥水足"（寿宁）、"五谷一枝花，全靠肥当家"（罗源）。人与地之间是互相帮助的关系，"人养地肥，地养人肥"（政和）、"人不给地吃，地不给人吃"（南平）。怎么施肥，什么肥好，老百姓也有丰富的经验："施肥一大片，不如一条线；施肥一条线，不如蔸蔸点"（将乐）说的是施肥技巧；"化肥成片倒，不如人粪尿"（寿宁）谈的是哪种肥料好。人粪最好，其次是牛粪、猪粪、稻草等。"一头牛的粪，三亩田的肥"（南平）、"鸡粪肥田，仓加一层"（武平）、"猪粪和青草，种田两件宝"（龙海）、"稻草回田，肥效三年"（永泰）。要注意冷粪和热粪的不同效果，"冷粪果木热粪菜，生粪上地连根坏"（浦城）。另外，施肥时注意区分不同作物对肥料的不同需求，"种豆免用粪，只壅草木灰"（漳浦）、"油菜施磷肥，荚大枝穗垂"（漳浦）、"如要花生好，磷钾不可少"（闽清）。

种田要掌握农作物的习性特点。首先是挑种子，"选麦技术无奇巧，穗长

---

① 巡粪：拾粪。

穗大麦粒满"（惠安），然后是挑种植环境，"向阳荔枝，背阴龙眼"（宁德）、"稻要沤泥田，麦要沙土田"（浦城），最后是根据不同作物的生长要求进行有针对性的栽种。比如，有些作物需要经常松土，"番薯喜人抓痒，越抓越痒越肯长"（宁化）、"芋头怕痒，越摸越长"（龙岩）、"花生十八翻，粒子土里钻"（永泰）；有些作物需要不同的栽种深度，"深栽树，浅栽菜"（明溪）、"深栽茄，浅栽葱"（建阳）、"番薯种浅，芋头种深"（龙岩）、"早稻深一分，晚稻浅一分"（宁德）；有些作物需要密植，有些则要稀植，如"种杉要挤，栽桐要稀"（三明）、"密麦疏芋，密稻收半数"（惠安）。"油菜浇花，小麦浇芽"（浦城）、"寸麦不怕一尺水，尺麦只怕一寸水"（漳州），则是浇灌的诀窍；"七葱八蒜九韭菜"（莆田）、"七月葱，八月蒜，九月油菜，十月麦"（云霄）是指栽种月份；"正葱二韭三月荞，四苋五豆六月瓜，七笋八豆芽，九白十蒜头，十一月芹菜，十二月芥菜"（霞浦）、"桃三李四梨五年，枣树当年就赚钱"（武夷山）、"桃三李四橄榄七"（南平）、"四十天萝卜一百天豆"（寿宁），都是指作物成熟的时间。

以上这些仅仅是从种田的角度来看待农业生产谚语的基本内容与特点。不难发现，农业生产谚语涵盖的内容极其广泛，其经验介绍也是极为具体而且深入。相比于时政谚语与生活谚语，农业生产谚语具有一定的科学性，因此在创作上也较少使用民间百姓常用的比喻、夸张等手段。其语言一般比较质朴简洁，通俗易懂。需要说明的是，由于福建复杂的地理环境，农业生产有很大的局限性，因此大部分农业气象谚语并不具有普遍性，往往只适用于某一个或几个地方，这一点必须注意。

## 三、自然风土谚语

福建地区山清水秀，物产丰富，孕育出许多介绍地方风景名胜、土特产以及民风习俗的风土谚语。在这些谚语中，深深传达出福建人民对家乡的热爱与自豪之情，同时也是了解福建的一个重要窗口。

福建人民对家乡有着极其浓厚的情感。在他们眼里，什么地方都比不上自己的家乡，"金窝银窝，不如厝里狗窝"（三明），虽然表达有些粗俗，但情怀却非常真诚。不管走到哪里，家乡总是最美的。"尝遍天涯水，还是家乡美"（武平）是因为"家乡的水最甜，家乡的土最香"（莆田），"七遛八遛，不如福州"（福州）、"千好万好不如穷家好"（明溪）背后包含着对家乡的热爱之情，所以当要离开家乡时，"人是他乡客，难忘故乡情"（南安）、"离家三千里，故乡土也亲"（武平）。一旦遇到了家乡人，"老乡见老乡，两眼泪汪汪"（武夷山）、"外乡见老乡，生分（生疏）也情长"（政和）。不管出门多久，不管离乡多远，一颗心总是牵挂着家乡。古田人说"人奔家乡马奔草，乌鸦也爱自己巢"，诏安人说"人想家乡马想草，燕子也爱自己兜（巢）"（古田），家总是福建人民最幸福的安身之所。

正因为这份对家乡的热爱，福建人民把各地的山水、名胜、土特产、民风民俗等概括成简练扼要的风物谚语进行传诵。这些谚语各有侧重，体现出了浓郁的地方特色和乡土气息。

福建山区多，地势高，道路曲折崎岖，老百姓用"站在三仰巅，好比上九天"（武夷山）形容武夷山的最高峰高耸入云；周宁是福建海拔最高的地方，其周边山岭高俊耸立，山路极为曲折，老百姓用"南岭攘到天，北岭爬三年。车岭车上天，九岭爬九年"（周宁）形容之；"低头不见底，伸手摸到天"（福安）用来形容福安范坑乡所在位置的地势之高，而范坑乡又处于福安、泰宁、柘荣、浙江泰顺四县交界处，故福安人民也用"鸡叫一声，传到两省四县"来表现其高。"平阳平阳平上天边，高阳高阳高上天边"（顺昌），这是形容顺昌平阳、高阳二乡的海拔之高；"湖塘诸娘到岭头亭，天下实在阔"（福安），这是形容福安湖塘、岭头亭两地高地悬殊，岭头亭高高在上；"行到的宁化，撞到的汀州"（长汀），这是形容去宁化的道路平坦，而去汀州的路弯弯绕绕，往往是走到近前才发现目的地。武平人则用"行死上杭，转眼汀州"来表示武平至上杭道路平直，而通汀州的路弯多。地势高，气温变化就大，"礼门洋，寒死老诸娘"（周宁）是形容周宁礼门洋一带冬天的寒冷："没衣裳，不过沈屯洋；没雨伞，不过范屯坂"（政和）是说沈屯洋冬天风大，范屯坂夏天阳光毒烈。

福建山多水多，自东向西地势逐渐降低，老百姓用"南平水，鼓山平"

（福州）形容流经南平的水在海拔上和鼓山齐平。这种地形变化也使福建山区多急流险滩，"上到晒口，下到拿口，撑船的都要抖三抖"（邵武）形容富屯溪河道险恶；"九龙十八滩，滩滩鬼门关"（永安）描写的是九龙溪的十八处险滩；"顺水过折纸，船头难拉直，眨眼工夫，非生即死"（南平），"折纸"是闽江上游的险滩，"眨眼功夫"形容其弯多水急，危险性大。

　　福建各地名胜古迹极多，物产也很丰富。与地方歌谣对这些名胜、物产的描摹形容不同的是，福建人民用极简练的语言对其进行概括而又做到特点突出，令人印象深刻。"三坊七巷出乡绅"（福州）把福州衣锦坊、文儒坊、光禄坊、杨桥巷、郎官巷、塔巷、黄巷、安民巷、宫巷、古庇巷这十个景点一并涵盖，又突出了这个地方是古代官宦人家的聚集之处，有浓郁的文化氛围。"天下无桥长此桥"（晋江）既有浓厚的自豪感，又容易引起人们兴趣，去了解晋江安平桥。"要穿着苏杭二州，要住着福建泉州"（南安）、"要穿，苏杭二州；要吃，厦门漳州"（南靖），这两条谚语概括了泉州、漳州两地不同的文化特色，又用苏杭作衬托，有很好的宣传效果。物产方面，福建人民同样是非常自豪的，吃、穿、用应有尽有。说水果，"南丰桔，福州柑"（福州）、"涵江荔枝粒粒红，沙江诸母甭使拣（沙江女子都很漂亮不用挑）"（霞浦）、"拓洋林擒福鼎袖，霞浦杨梅福安梨"（周宁）、"州洋蜜桃甜，崇儒李干香"（屏南）；说海鲜，"竹屿马蛟官井瓜，盐田河蛤勿会粘沙"（霞浦）、"三沙春秋笼乌贼，西洋夏秋捕鳍参"（霞浦）、"大湖虾，一钱两三把"（永安）；说各种地方特产，"金坑的红菇拿口的姜，水尾的西瓜台上的香"（邵武）、"夏茂三件宝，茶叶、花奈和烟草"（沙县）、"延平斗笠邵武伞，将乐馒头顺昌饼"（顺昌）、闽西八大干"武平猪胆干，上杭萝卜干，长汀豆腐干，连城番薯干，宁化老鼠干，龙岩粉干，永定菜干，漳平笋干"（武平）、"石城萝卜宁化蒜，归化剪刀清流钻口"（清流）、"德化瓷，薄如纸，白如玉，声如磬"（德化）……实在是数不胜数。这些物产谚语与风物歌谣一短一长，一质朴一抒情，形成了互补关系，很好地把福建丰饶的地方物产展现了出来。

　　从表现手法来看，风土谚语也善于利用数字、方位词来概括表现。对地方名胜的介绍，就很多使用数量词，比如用"一二三四"句式，介绍平潭四大渔港是"一安海，二葫芦，三苏澳，四下湖"，介绍泉州古城是"一条大街，两个石塔，三个岗亭，四个城门"，介绍福州名山是"一旗二鼓三高四虎"等，这是一种用法。又比如用数字"三"介绍泉州名胜，用"三××"的格式，如"泉州三名山：清源紫帽罗裳山""泉州三名镇：丰州安海崇武镇""泉州三名桥：安平洛阳乌屿桥""泉州三名寺：开元承天南少林""泉州三大名塔：仁寿镇国关镇塔""泉州三特产：白糖陶瓷龙眼干"等，令人印象深刻。其他像"金银铜铁"格式，如"金党城，银盖林。铜钱山，铁上范"（柘荣）、"金浦城，银崇安"（武夷山）、"金浦城，银建哑，铜南平"（明溪）、"金同安，银漳浦"（漳州）等。还有"有……无"句式，如"有朵桥富，无朵桥厝。有朵桥厝，无朵桥富"（南安）、"有仕渡富，没仕渡厝"（诏安），"朵桥""仕渡"均为地名，老百姓用有无对比来形容两地的富庶情况。还有"前……后"句式、"未有……先有"句式、"东西南北"句式等，这些固定结构便于老百姓创造谚语，也有利于谚语的流传。

# 第六章　民间说唱和小戏

## 第一节　民间说唱

民间说唱，顾名思义就是以说说唱唱的形式来敷演故事、刻画人物的艺术形式。福建的民间说唱艺术孕育于福建独特的地理环境和人文环境，既有中原说唱艺术的影响，又有着鲜明的闽越本土文化特点。

### 一、发展历程与特色

福建的开发较迟，唐初泉、潮"蛮獠"叛乱，固始人陈政奉命入闽平叛。后来陈政的儿子陈元光上奏朝廷，获准增设漳州。中原歌舞百戏也随陈政父子入闽，而在闽南地区逐渐流传开来。安史之乱后，唐王朝开始注重开发南方，派到福建任职的官员都肩负着传播文化的重任。在他们的大力倡导下，福建地区的经济文化事业有了长足的发展，各种说唱曲艺逐渐孕育形成。唐咸通年间，福州玄沙宗一高僧"南游莆田，县排百戏迎接"[①]，反映了当时福建民间百戏的流行情况。五代时期，王审知建立闽国，崇奉佛教，俗讲活动在福建地区颇为流行。到了宋代，民间说唱曲艺已经非常兴盛。北宋嘉祐二年，福州太守蔡襄在虎节门立《教民十六事》碑，其中有一条明令禁止"僧人不得止宿俗家，妇人不得听讲及非时入僧院"[②]，这也从反面反映了当时寺庙俗讲活动的盛

---

① 林庆熙、郑清水、刘湘如：《福建戏史录》，福州：福建人民出版社，1993，第6页。

② 梁克家：《三山志》，福州：海风出版社，2000，第634页。

行乃至泛滥的情况。"俗讲"将散文和韵文相结合,以讲唱故事来传播佛法教义的方式极大促进了民间说唱曲艺的发展。南宋诗人刘克庄《村居书事》其二"新剃阇梨顶尚青,满村看说法华经。安知世有弥天释,万衲如云座下听",《田舍即事》其九"儿女相携看市优,纵谈楚汉割鸿沟。山河不暇为渠惜,听到虞姬直是愁"[①],这些都反映了宋代民间说唱曲艺的繁荣。明清以后,随着地方戏曲文艺的兴起,各种民间说唱曲艺逐渐定型、发展。

福建地区的民间说唱既汲取了中原说唱艺术的精华,又结合了福建自身文化传承,使兼容并蓄成为其一大特色,具有浓郁的地域色彩,如福州评话就不同于国内其他省区评话的以讲为主,基本不唱的表演形式。福州评话仍然保持着唐代寺庙俗讲有讲有唱的做法,内容亦不拘于讲史而广泛涉及历史人生,这就使福州评话不仅在福建乃至在全国也是独树一帜。其他如芗曲说唱,是在吸收了"锦歌""答嘴鼓"以及当地俚曲小调、地方戏曲如"芗剧"曲调的基础上形成的。福州"伬艺"则是由江湖伬、儒林伬、老虎伬、十番伬、洋歌伬等多种曲调融汇而成,不仅是音乐曲调上的吸收,内容选择上也是博采众家之长,不受传统所囿。只要是民众喜欢的题材都可以纳入说唱范围,尤其是多向地方戏曲取经,如评话、伬艺、飏歌的很多曲目与闽剧的剧目互通,闽剧《新茶花》在观众好评后就被说唱艺人改编为评话、伬艺。唱腔曲牌之间也存在互相学习借鉴。同样,福州评话也向闽剧输送了不少新鲜血液,如闽剧《龙凤金耳扒》《白扇记》《贻顺哥烛蒂》《桐油煮粉干》等,都是依据福州评话改编而来。

福建是个方言大省,境内有闽方言、赣方言、客方言、吴方言、官话方言等多种方言,闽方言中又分闽东方言、莆仙方言、闽南方言、闽中方言、闽北方言等。而民间说唱就孕育于这大大小小的方言区内,因其服务于民间的表演目的,以方言来说唱也就成了大部分说唱曲艺的选择。方言在说唱中的使用,一方面能极大地拉近表演者与听众之间的情感距离,因为这些语言是最鲜活的,最为广大民众所熟悉的,听起来也自然产生亲切感。另一方面,说唱艺人

---

① 刘克庄:《后村先生大全集》,成都:四川大学出版社,2008,第314页。

对方言的巧妙运用也往往能够制造一种陌生化或者出人意料的表达效果，使听众产生好奇心，从而提高表演效果。

福建民间说唱的表演灵活简便，如漳州说书（俗称"讲古"），表演不挑环境地点，也没有乐器伴奏，全凭说书人一张嘴讲，一个人就可以成为一个演出单位。表演时间可长可短，篇幅长中短都有，短则几分钟十几分钟，长则连讲几个月。其表演形式也很多样，有单口的，如俚歌、竹板歌、答嘴鼓、唱歌册、讲故事、说古文等，一般没有伴奏。也有单口、对口结合，而以单口为主，如南曲、锦歌、评话等。有一人领唱、数人帮腔的，如莲花落、建瓯鼓词等，也有演唱小折戏的，如南词、伬唱、飑歌等。

## 二、主要形式

福建民间说唱数量众多，地域性较为明显，如福州地区的福州评话、伬唱、飑歌、弹词；南平地区的南词、建瓯鼓词；莆田地区的十番八乐、梆鼓咚、九莲唱；泉州、厦门地区的南音、讲古、答嘴鼓；漳州地区的锦歌、芗曲说唱、唱歌册；宁德地区的嘭嘭鼓、闽东评话；闽西地区的竹板歌，以及福建畲族绍鹊苟、觥瓠祈等。下文选择几种有代表性的说唱形式做一介绍。

### （一）福州评话

福州评话，又称平话、清书。相较于其他地区的评书评话多只说不唱，福州评话有说有唱。它是以说、吟、做（做功）、花（插科打诨）、打作为艺术手段的一种说唱艺术。属评书评话类曲艺，以说为主，吟唱句式多样，押韵较为灵活。传说因明末清初柳敬亭与其弟子曾来福州传艺，故福州评话奉敬亭为祖师。

福州评话的表演形式有别于兄弟评话。除了常见的醒木、折扇等道具外，福州评话还有铙钹作为击打乐器，兼起道具的作用。演员左手戴一个大而厚宽的斑指，执钹，右手拿竹箸敲击。钹又与斑指相击，再配合醒木、折扇等道具的运用，福州评话因而形成了不同于兄弟评话的独特的音响表达效果，很好地烘托了演员的表演。演员一般为一个人，一人饰一角或多角。表演形式一般是先扣击醒木，敲奏"开头钹"吟唱"序头"，也就是吟开场诗，然后再转入有说有吟诵的正话。演出方式以高台应聘为主，以书场演出为辅。各地听众可以指名聘请评话表演者到当地演出。由于演出时间有限，一般以中篇评话为主。结构紧凑、环环相扣是其一大特色。

福州评话的书目数量众多。按传统划分方式，主要分为说公案（公案书）、说演义（长解书）、说武侠（短解书）、说忠奸斗争（君臣书）、说才子佳人（家庭书）、说喜剧故事（花书）、说神话传说（神话书）、说近现代社会生活（时装书、现代书）等类别。

从福州评话的内容来看，大小书都有。大至国家政治、忠奸斗争、公案侠义，小至世俗风情、家庭伦理无所不包，体现了福州自古及今的时代变化、风土人情和福州人的精神风貌。代表书目有《马铎一日君》《甘国宝》《九命沉冤》《龙凤金耳扒》《百蝶香柴扇》《桐油煮粉干》《长泰十八命》《长生恨》《玉环龙凤帕》《陈若霖斩皇子》《林则徐禁鸦片》《珍珠被》《红橘记》等。其中有对旧时代黑暗现实的揭露，如《龙凤金耳扒》中俞世富因女儿、外甥翻供不成而痛不欲生，坐在府衙门前茶店喝茶的一番描写：

常言道，官府衙门八字开，鬼哭神号莫进来，这衙门口开茶座，怎有闲人来喝茶？按说应该门庭冷落才是。可是事实不然，这茶店不但生意兴隆，而是茶钱比鼓山、西湖这些名胜去处以及临街闹市更贵三成。这是何故？莫非有人爱在这人肉市场上消闲解闷？原来这衙门口另有一种生意好做。就是探听官府内幕，揣摸达官口风，踏门路，打关节，行贿受贿，接赃分赃，包揽词讼，代办文书……；因此，这些茶店里便断不了衙门里官亲师爷，佐吏差役，豪绅恶棍，落第秀才，市井无赖，帮闲篾片；……再就是缴税纳粮、涉讼求告的平民百姓。茶店上各色人等纷至沓来，有的鬼鬼祟祟，有的愁眉苦脸。真是地狱天堂都在此，死生苦乐各自投。①

---

① 陈竹曦：《福州评话选》，北京：中国曲艺出版社，1987，第231页。

　　旧社会官府的黑暗，地方势力与官府盘根错杂的关系，通过一个小小的茶店就形象地展现出来了。

　　也有福州世俗风情的细致刻画，把情节的推进和对世态人情的描摹很好地结合起来。如《桐油煮粉干》中王绍兰查案来到姜文店前，就有一大段环境描写：

　　王绍兰下了座轿，抬头细看，这是一溜合掌长街靠北一间小铺面，正像俗语所谓"铜南平，铁邵武，纸糊福州城"。福州街市，全是杉木搭就的连片柴屋，这铺面也是杉木构架，梁柱板壁虽然老旧起了瘰，却也洗刷得木色牙黄，纹路清晰，显见主人主妇的勤快。此时门面敞开，靠左边单开独扇大门，门板内开，紧贴在左边板壁上，门板上方红底黑字，漆写着"姜记四时鲜蔬"六个大字，就算招牌，一看就知道是小本经纪模样。门前一溜菜摊案子时值夏令，摆列着的瓜豆水菜，花样不少，有丝瓜、冬瓜、南瓜、黄瓜、苦瓜、合掌瓜、圆匏、葫芦匏、金刚腿匏，京豆、青豆、筷子豆，甜椒、圆椒、羊角椒，还有油菜、芥菜、蕴菜、荇菜、葵菜、甘篮菜、达摩菜，……可是此时摊歪担倒，满地都是零乱的水菜、滚动的瓜果。[1]

　　描写当时福州城内多木质建筑，引用"铜南平、铁邵武、纸糊福州城"的民间谚语，一方面对前面郑玉娘上吊，被邻居厚厚奶从壁缝中瞧见，厚厚一脚加一肘把两家间的木质板壁撞开救下郑玉娘做了解释，另一方面也通过对姜文菜店的描写展现了福州的建筑特色，后面细致的环境描写更增添了浓厚的生活气息。

　　福州评话的语言非常简练、形象、通俗易懂，对各种民间俗语、成语、谣谚信手拈来，极大增强了评书的表现力。评书演员经常一人扮演多种角色，所以在讲述故事情节、塑造人物形象的过程中，很注重对语言表现力的挖掘，如《龙凤金耳扒》中写到史文龙藏身箩筐中被新郎发现：

---

[1]　陈竹曦：《福州评话选》，北京：中国曲艺出版社，1987，第 152 页。

当下新郎便把烛火放在楼板上，俯身来翻这箩筐。史文龙怕败露，心打横，想拼命。新郎手摸着箩筐缘，刚要把箩筐翻起，歹徒便使尽力一刀刺过来。这一刀好狠，正中新郎的心肝。只"哎"一声，立时致命。尸身倒地，鲜血喷、喷、喷，脚手缩、缩、缩。[1]

"怕败露，心打横，想拼命"，连续三个短句，写出了史文龙在被发现前那一短短时间内从内心忐忑到想行凶的复杂心理变化。"鲜血喷、喷、喷，脚手缩、缩、缩"，三个"喷"字、三个"缩"字更是把新郎身死写得活灵活现，顿起惊心动魄之感。

对人物形象的刻画也富有世俗生活色彩，如《桐油煮粉干》中婆婆疑心媳妇偷吃了鸡肉，媳妇内心充满委屈。丈夫姜文回来：

转身看老婆，老婆眉毛锁成一条线，嘴巴噘起像犁头，脸拉成三尺长；再看娘奶（母亲），脸庞捏成一团，像一粒扁肉燕，两颗眼睛冒出火来。[2]

用生活中常见事物作喻，再以夸张的手法勾勒出婆媳俩不同的神情相貌，情景如在眼前。

### （二）东山歌册

大约在明代洪武年间，潮州歌册随着东山的开发逐渐传入东山岛，在流传过程中又受到了南音的影响，逐渐形成具有东山本土特色的东山歌册。东山歌册有歌有册，采用闽南方言，以当地民谣"观姑歌"腔调吟诵，用册子来记录文本，是一种富有地方特色的民间说唱形式。主要流传于东山、云霄、诏安等地。2006年，东山歌册进入全国首批非物质文化遗产（曲艺类）保护项目行列。

东山歌册演唱形式灵活简便，一般为一人唱众人听，没有乐器伴奏，主要靠歌手的演唱内容来吸引听众。也有多人围聚坐唱、沿街走唱、登台演唱等

---

[1] 陈竹曦：《福州评话选》，北京：中国曲艺出版社，1987，第204页。

[2] 陈竹曦：《福州评话选》，北京：中国曲艺出版社，1987，第146页。

形式。东山歌册的内容广泛，以反映本土生活为主，具有强烈的故事性。唱本大多来自潮州歌册，内容或是取材于小说，演义类如《隋唐演义》、薛刚反唐、十八寡妇征西，公案类如大红袍、小红袍，才子佳人类如西厢记、临江楼等。或是根据戏曲故事或民间传说改编而成，如《陈世美》《八美图》《双凤奇缘》等。新中国成立以后，东山人民更多是以歌册的形式表达了对中国共产党带领人民过上好生活的赞美之情，歌颂爱国主义、歌唱党的领导成为主旋律。以20世纪50年代东山传唱的《织网唱歌颂党恩》为例：

十五月亮圆又明，手提网桶出厅前，坐下椅中来歌唱，唱出新歌表心情。
正月立春雨水时，想起封建愁心机，头梳燕尾像风扇，凄惨双脚着来缠。
二月惊蛰甲春分，父母包办来主婚，选婿唔通女儿愿，致使夫妻歪同群。
三月清明谷雨来，今见青天愁眉开，青年妇女自选婿，同心生产过日来。
四月立夏小满天，组织网社喜心机，姐妹入社相呼叫，同心纺织无时离。
五月芒种夏至来，订好计划来安排，虽然原料不够好，为着生产克服来。
六月小暑大暑天，为着渔业想措施，找出窍门织好网，好送阿兄去讨鱼。
七月立秋处暑凉，兄去生产咱安然，抽出时间学文化，文化生产要两兼。
八月白露甲秋分，党拿幸福给咱分，咱着感谢共产党，姐妹才能来同群。
九月寒露霜降和，姐妹同心笑呵呵，积极踊跃认公债，国家建设生产多。
十月立冬小雪天，政府发动咱养猪，养猪养鸡搞副业，养大卖出也有钱。
十一大雪冬至来，卫生检查是应该，卫生若是做得好，合家才能健康来。
十二小寒甲大寒，家家户户备过年，社会治安要做好，平安过年无祸端。

　　歌册以传统的十二月歌的形式，讲述了新中国成立以后东山人民生活翻天覆地的变化，可以说是时代的缩影。东山女子终于从包办婚姻、裹小脚等封建礼教对女性的摧残之中解脱出来，走向了新生。她们用歌册尽情演唱了从旧社会走向新社会的喜悦，内容通俗易懂，极富生活气息。

　　东山歌册在艺术上秉承民间口头文学的基本特色，形式简单易记，多采用民间喜闻乐见的表现形式。前文所引《织网唱歌颂党恩》所用句式为东山歌册的基本形式，以七言为主，采取四三句式，每四句一节，每节一韵。读起来非常整齐，富有节奏感。末句一般声音拉长，造成意蕴悠扬的表达效果。除了七言四句这种形式外，东山歌册还有五言四句、三三四、三三五、三三七等多种句式穿插交错的形式，以此来表达情感的起伏升降。从表现手法上看，东山歌册擅长运用各种修辞手段来推进情节，塑造人物形象。最常用的手法有比喻、拟人、夸张、对比、反复等，如歌册《罗通扫北》中对史大柰女儿的相貌描写：

> 咬金听了吃惊骇，抬头一看许面前，有座楼台甚清爽，窗前站着人一个。
> 面如锅底似漆乌，那个七孔世上无，左边凸出右凹入，歪嘴裂目如屎涂。
> 头毛曲曲如扫芜，茹茹像只蓬毛鸡，身穿一件红衫仔，双脚长短行唔齐。

用闽南方言押韵，综合运用夸张、比喻、对比等多种修辞手段，塑造出一个栩栩如生的人物形象。有没有这么丑的女子，老百姓不会去详究，但这样夸张生动的表述却很好地迎合了听众的好奇心，使老百姓的娱乐心理得到了满足。

### （三）答嘴鼓

答嘴鼓是闽南独有的说唱艺术，与相声类似，也叫"拍嘴古""接嘴鼓""答嘴歌"等。在闽南语中，"嘴鼓"的意思就是嘴或腮帮的意思。简单地说，答嘴鼓就是你一言我一语互相斗嘴的意思。闽南话对这种斗嘴形式有一个专门的称谓，叫作"练仙敲嘴鼓"。闽南答嘴鼓就是在民间"练仙敲嘴鼓"的基础上，经过"市声"（带有韵律节奏的吆喝叫卖声）的实践逐渐发展而成的，以说为主、以逗乐为目的的民间说唱形式。

答嘴鼓的表演形式有单口、对口、群口等。早期以单口答嘴鼓为主，注重情节的曲折生动。对口答嘴鼓是以两人互相争辩的方式来展开。群口答嘴鼓则是三人或三人以上互相争辩的形式。对口答嘴鼓是主要的表演形式，内容主要选材于现实生活，或讽刺或赞颂，以演员的口齿伶俐、内容的妙趣横生来引起听众的爆笑，如对女子长相的调侃：

　　这个查某是涨食兼臭惮①，衫裤规年唔八换②，弓鞋横比三寸半，头壳③一粒米斗大，目周④若酒盏，嘴若八角碗⑤，鼻篱广若虎头山⑥。嗳哟！正实是蟳看哼澜⑦，虾看倒弹⑧，鬼仔看著流清汗，田蛤仔⑨看著跳过田岸，你若看著呀，准定规股栗咧互人拖⑩！

　　"惮、换、半、大、盏、碗、山、澜、弹、汗、岸"等字读起来似乎没什么韵律感，但是一用闽南方言读，它的节奏感就出来了。所使用的的喻体都是生活中常见事物，非常形象，语言夸张但又有一种真实感。可以这么认为，答嘴鼓最主要的艺术特点是以闽南方言押韵来组织"包袱"，通过闽南语丰富的内涵来制造包袱，达到出人意料的表达效果。如答嘴鼓《变》⑪：

　　甲：(打手提)乎！喂！

　　乙：我找老吴。

　　甲：死孩子灾，死伬知影啯倒，也无问岁数，一声说要找老婆，伬惊雷公起雷走无路，伬惊断舌"烂嘴箍"⑫。

　　乙：平白无故犯着雷路，被人误会老猪膏⑬。人说：惹熊惹虎不惹"赤查

---

① 涨食兼臭惮：贪吃，还有很多坏习惯。

② 衫裤规年唔八换：衣服整年都不换。

③ 头壳：脑袋。

④ 目周：眼睛似酒杯大。

⑤ 八角碗：早期的大碗，比喻嘴阔如碗。

⑥ 鼻篱广若虎头山：比喻鼻宽大如山。

⑦ 蟳看哼澜：真是螃蟹看了冒口水。

⑧ 倒弹：反弹逃跑。

⑨ 田蛤仔：青蛙。

⑩ 规股栗咧互人拖：一定会瘫着被抬走。

⑪ 陈清平：《集美答嘴鼓》，北京：中国文联出版社，2006，第58页。

⑫ 烂嘴箍：烂嘴巴。

⑬ 老猪膏：老色狼。

某①"。恐怕伊咧吃醋敢会吃无"嘴箍"粘酱糊。

　　甲：乎！原来伊说佚陀②，伓是找老婆。阮厝七桃②场所甚多，单说大楼俱乐部，看书读报老人泡茶桌，电视演出几十频道，影碟唱歌：妹妹坐船头，哥哥岸上……

　　乙：哈！哈！简直是关帝庙口舞大刀，在鲁班面前弄大斧，说甲秦汉飞天行孙会钻土，佚陀娱乐还无够格作我的学徒。

　　……

　　如果没有注释，非闽南人是很难看懂其所要表述的内容，而不懂闽南方言，更不能理解答嘴鼓的押韵特点。从乙说找老吴被甲听成找老婆开始，每一句话都押方言韵，内容紧密扣合现实生活，运用谐音、比喻、引用等各种手段制造笑料。正因为它源自生活，所讲内容是老百姓最为熟悉的话题，所以很容易引起听众的共鸣。

## （四）南词

　　福建南词源于苏州滩簧，沿用其早期曾用名——南词。苏州滩簧大约于清道光年间由江苏、江西等地传入福建，流传于南平市、三明市、漳州市以及龙岩地区部分县市，其中尤以将乐、南平、漳州、长汀等地最为盛行。福建南词因流传途径不同，而有南北派之分。流传于南平地区的南词为苏派南词，流行于漳州地区的称赣派南词。苏派南词用一种被称为"中州韵"的"土官话"演唱和道白，而赣派南词早期用江西官话，新中国成立后唱、念、白等均用普通话。

　　南词的表演形式大多为坐唱。演唱者操三弦、二胡、鼓板等乐器，三面围坐一方桌，自弹自唱，以唱为主，间以说白。早期演唱者均为男性，以假嗓唱女声。新中国成立后才有女演唱者参加，表演形式也逐渐以二人对唱为主。

　　南词的曲目早期大多源自对昆曲剧目的改编，并把昆曲的长短句形式改为

---

① 赤查某：凶女人。

② 七桃：玩乐、玩耍。

老百姓较为熟悉的七言句式，也有八、九、十等字数不等的句式，一般一个唱段一韵到底，音韵柔婉。《天官赐福》为南词艺人必学曲目，因其所蕴含的内容最适合喜庆节日，故南词一般都以《天官赐福》开场。如果连演几天，就会有不同的天官开场，天官有福、禄、寿、喜、财、牛郎星、织女星等。传统南词唱本有《天官赐福》《秋江》《昭君和番》《断桥》《貂蝉拜月》《乌龙院》《张紫燕盗令》《孔子游春》《春香闹学》等。近代以来，涌现了不少反映社会现象、民间生活的南词，代表有《打花鼓》《当代七品官》《问路》《长征》等。

追求唱词与宾白的词采是福建南词的重要特色，这和它最初的演唱者有关。早期南词表演大多属业余性质，参加者大多为文人、商人、小官吏，演唱多是为了娱乐和消遣。为了显示他们与职业表演艺人的区别，东家邀请他们上门表演要通过中间人发请帖，演出后乐器也必须由东家派人送回。所以，他们对待曲文是比较精心雕琢的，如南词《貂蝉拜月》①中描写貂蝉内心的曲文：

蝉引：清夜无眠暗自叹，光阴月转粉墙间，欲知无限含情处，十二栏杆不语时。

蝉白：奴家貂蝉，自从身投王府称为侍女，多蒙老爷夫人不把我当作下人看待，这亦不在话下，想往日老爷上朝回来欢容笑脸，今日老爷上朝回来面带愁容闷闷不乐，不知何故且自由他，想奴今晚独成坐深闺好不凄凉也！

唱：（雪韵）三更三点静悄悄，（上韵）越思越想越心焦，

（惟韵）想起终身无限事，（千韵）心肠片语向谁消，

（松韵）漫把纱窗往外见，（重韵）一轮明月照九霄。

白：你看夜静更深星明月朗心中忧闷，不免手执香盘往花园祝告一番则可。

唱：（松韵）手执香盘往前进，（蟒韵）要到花园把香烧，

（惟韵）放开金莲连步走，（千韵）只见鲜花满地铺，

（松韵）月照池塘双鲤现，（蟒韵）口含金线风吹柳，

（松韵）漫把香案来排开，（重韵）焚起心香透天空。

---

① 沈丽水、吴长芳:《漳州曲艺集成》，北京：中国文联出版社，2017，第 74–75 页。

貂蝉的两段唱词俗中见雅。貂蝉的心事借助传统诗词以景寓情的手法，得到了很好的展现。作者用老百姓较熟悉的明月意象来延展愁情，进而由望月引发拜月的行为，写拜月时又注重用环境烘托，从而刻画了貂蝉的满腹心事。抒情委婉但语言又较为浅显，既满足了普通听众的要求，又符合演唱者的文化层次，可谓雅俗共赏。南词的语言风格虽以典雅含蓄为主，但也有较为直露通俗的唱本，如《卖什货》[①]选段：

白：卖什货！卖什货！

旦唱：〔进兰房调〕上场

奴在楼上绣花鞋，忽听摇鼓声，

摇鼓声音闹扬扬，不知是何人，

放下针线莲步行，来到后门旁，

双手就把门来开，瞧见什货郎。

生唱：一见姑娘作一礼，

旦唱：奴家心中暗欢喜。

生唱：就请姑娘买什货，我货多又美，

旦唱：奉请客官到厅堂，让奴来看货。

……

旦唱：奴看花镜心欢喜，让奴请问多少钱。

生唱：花镜算来真正好，只要收你三百钱。

旦唱：客官买卖开大价，让奴还你二百钱。

生唱：本钱实在是这样，姑娘中意请添价。

旦唱：待奴再添四十钱，这价可算不便宜。

生唱：有意买货莫讲价，送你双凤月皎镜。

……

旦唱：奴家姓黄名桂枝，父母和奴共三人。

---

① 沈丽水、吴长芳：《漳州曲艺集成》，北京：中国文联出版社，2017，第83页。

生唱：记住姑娘姓和名，天时不早该回程。

旦唱：客官请慢请留步，绫罗手帕送给你。

生唱：多谢姑娘送罗帕，永将情意记在心。

《卖货郎》是常见的民歌，青年男子往往通过卖货的方式达到与姑娘相见的目的。《卖什货》也沿袭这一内容，最后以互换信物结束。唱本形式整齐，其中又有七五言句式与七言句式交错为用，造成一种整齐中又富有变化之美。语言通俗，读起来连贯直下，一气呵成。

### （五）锦歌

锦歌有很多种别称，如俚歌、弦歌、锦曲、杂凑歌仔、杂锦歌仔、乡音、歌仔、什锦歌等，这也反映了锦歌在其形成过程中所受到的多方面的影响。这恰是锦歌区别于其他说唱文学的特点。唯其杂，故能兼容并蓄，在音乐曲调上杂取众家之长，在内容上广泛表现社会人生，这也使得锦歌成为漳州地方戏曲芗剧的重要来源。1953 年 10 月正式定名为"锦歌"，2006 年被列入国家非物质文化遗产名录。

锦歌用闽南方言演唱，其文字唱本称"歌仔册"或"歌仔簿"，主要流传于漳州和厦门地区。其早期演出形式是一人弹唱，后来发展为对唱、走唱（手持月琴边走边唱）、坐唱（固定场所或应邀赴会，有时在厅堂，有时在户外）、歌仔阵（演唱者手持拍板或弹奏月琴，伴奏者将乐器挂在身上，随演唱者边走边唱，称为"出阵"）等多种形式。锦歌没有专业演唱团体，以自娱自乐的形式流传。伴奏乐器用月琴、大管弦、三弦、渔鼓等，演唱风格分亭字派、堂字派和盲人走唱三大流派。亭字派流传于漳州市区，曲风细腻；堂字派多流传于农村，风格粗犷；盲人走唱遍及城乡，风格朴实。

锦歌代表曲目有"四大柱""八小折""四大杂嘴"之说。"四大柱"为《陈三五娘》《山伯英台》《商辂》《孟姜女》；"八小折"为《妙常怨》《金姑赶羊》《井边会》《董永遇仙姬》《吕蒙正》《寿昌寻母》《闵损拖车》《玉贞寻夫》；"四大杂嘴"为《牵尪姨》《土地公歌》《五空仔杂嘴》《倍思杂嘴》。另有《王昭君》《火烧楼》《郑元和》等一百多个曲目。早期多取材于民间故事，近代以后多以时事为说唱内容，出现了许多反映时代变化的曲目，如《农民歌》《参加儿童团》《抗战歌》《嘲日军》《抗敌八劝歌》等。因为其形式灵活，杂取歌谣、谚语、诗词、戏曲等内容，流传范围广，所以在很大程度上扮演了政策宣传者的作用。新中国成立后，演唱新人新事、传达时政要闻、弘扬传统文化成为锦歌的重要内容。

锦歌句式灵活多变，根据其配合曲调的不同，锦歌采取不同的句式来表现。风格或平实，或委婉，或活泼，呈现出多样化的特点。如《奉汤药》①（大调）：

二叔去到东京城，杨管得病在西厅，头眩腹疼身受苦，全然饮食句未尽。翠玉见说心惊疑，差人上街请先生，食药须着看病症，致惹一病会障生。

七言四句一节，二二三句读，读起来抑扬顿挫，节奏感很强。又如《海底反》②（杂嘴调）唱段：

听唱天变地也变，海底鱼虾大交战，交战为啥起？为着鲤鱼旦。生成真标致，珠唇玉貌石榴齿，柳叶眉，葱管鼻，黑鬓木耳耳。龙王游宫有看见，想要娶她偏宫做细姨，敕令水母做媒婆，龙虾执事喊礼号，空铿喊唱扛大锣，虾姑娘举红伞戴红帽，海鲈举宫灯，鱼鳖放大枪，土虾搬嫁妆……

三五七八九言交错，韵脚多变，语言生动活泼，富有生活气息，内容通俗易懂。

又如《新十劝妹》③（鲜花调）：

---

① 沈丽水、吴长芳：《漳州曲艺集成》，北京：中国文联出版社，2017，第56页。

② 中国曲艺音乐集成编辑委员会：《中国曲艺音乐集成：福建卷》，北京：中国 ISBN 中心，2001，第 1134–1135 页。

③ 沈丽水、吴长芳：《漳州曲艺集成》，北京：中国文联出版社，2017，第52–53页。

一劝妹，勿思君，现在世界乱纷纷，

要劝阿哥去投军，打日本，国家责任人人份，

赶紧来，大家都来打日本。

……

十劝妹，免悲哀，妇女团结齐起来，

消灭汉奸亲日派，各党派，团结合作一起来，

日本军，最后一定会失败。

每节三句，均是三三七，七三七，三七句式，通过节与节之间的关系构成韵律节奏。每节一韵，表现一个主题。

# 第二节　民间小戏

"小戏"一词较早出现在明代传奇中，或指过场戏，或指次要角色的戏，或指插科打诨的戏。随着晚清时期地方戏的兴起，小戏也常指地方小剧种。20世纪以来，学术界也多把小戏看成是地方戏的前身。福建是个戏剧大省，流传在福建地区的剧种数量非常多。据不完全统计，福建历史上存在过的再加上现存的剧种，共有30余种之多。《中国民族民间舞蹈集成·福建卷》说全省共有大小剧种29个[①]，那么这些剧种是不是都属于民间小戏呢？学界对民间小戏有几种代表性的看法。

刘守华、陈建宪主编的《民间文学教程》认为："民间小戏是由劳动民众集体创作并演出的一种有歌有舞、有唱有白、有故事情节和舞台表演的小型综合艺术。"[②]曾永义则认为："所谓'小戏'，就是演员少至两三个，情节极为简

---

① 中国民族民间舞蹈集成编辑委员会：《中国民族民间舞蹈集成：福建卷》，北京：中国ISBN中心，1996，第6页。

② 刘守华、陈建宪：《民间文学教程》，武汉：华中师范大学出版社，2001，第254页。

单，艺术形式尚未脱离乡土歌舞的戏剧之总称；反之，则称为'大戏'，也就是演员扮饰各色人物，情节复杂曲折，艺术形式已属完整的戏剧之总称。大抵说来，'小戏'是戏剧的雏形，'大戏'是戏剧艺术完成的形式。"[①]谭达先在其《中国民间戏剧研究》中提出："直接由人民大众或其民间艺人所创作或传播的小型歌舞剧，反映的思想感情和艺术趣味，完全是民间的。在专业剧作家中，有时也创作过一些小型戏剧，有的经过长期流传后，得到人民大众和民间艺人所加工、润色，基本上或完全民间化了，这也应承认它是民间小戏。"[②]根据以上几种对民间小戏的界定，大致可以归纳出民间小戏的几个基本特征：一是它多截取于生活片段，以反映老百姓身边事为主，以此区别于情节完整、主题鲜明的大戏。二是演员主要以"二小"（小旦、小丑）或"三小"（小旦、小丑、小生）为主，一般至多四五个演员，以区别于行当齐全的大戏。三是表演形式简单灵活，不择时间、场地，以此区别于固定舞台演出的大戏。四是与民间歌舞、民间说唱关系十分密切，载歌载舞是其重要表现形式。五是小型综合艺术，以此和地方大戏相区别。因此，民间小戏不仅指那些流行在特定区域、传播范围较小、戏剧表演程式较简单的"小戏"，还包括从各种地方剧种的剧目当中析出，具备情节的完整性、独立性而又与戏剧主体关联度不高的"小戏"，演员少、情节简单、表演时间短是其共通的要素。

张紫晨在《中国民间小戏》中将小戏分为花灯戏、花鼓戏、采茶戏、秧歌戏、道情戏、道具戏等六个系统。这是从全国范围来划分。福建是个戏剧大省，而几乎大部分的剧种都有小戏的存在。福建民间小戏除了道具戏外，并没有形成专门的花鼓戏、采茶戏等其他系统。其一方面与福建民间小戏的产生过程有关。福建民间小戏的产生与民间舞蹈、民歌、民间说唱等艺术形式密不可分。福建素有歌舞之乡的美称，民歌众多，民间说唱形式众多。这些丰富蕴含对福建民间小戏的形成起到了极其重要的作用。福建民间小戏有不少是由民间歌舞演变而来，如在闽南民间舞蹈"跑马灯"基础上演变而成的竹马戏，在闽

---

① 曾永义：《诗歌与戏曲》，台北：联经出版事业公司，1988，第16页。
② 谭达先：《中国民间戏剧研究》，台北：商务书馆，1988，第30页。

西山歌基础上形成的山歌戏。也有从民间宗教活动中演化而来，如闽南师公戏就是由道教闾山派在民间春秋社祭及寺庙打醮仪式中的表演活动演化而来。另一方面，也与福建文化兼容并蓄、善于吸收借鉴的特点有关。以声腔为例，福建地区方言众多，各地区腔调各异。本土诞生的地方剧种往往是融合各种曲艺唱腔发展而成，而流传入福建的戏曲、声腔也往往会入乡随俗，在不同地区形成不同的剧种。比如高腔，有流传在大田、尤溪、永安等地的大腔戏，也有流传于闽北闽东的四平戏，更有流传于福州长乐、福清的词明戏。皮黄腔有闽西汉剧、北路戏、小腔戏、梅林戏等。民间小戏也存在相同情况。有些民间小戏虽演变为地方大戏，但其中仍有小戏存在，这种情况比较常见。有些地方小戏在本地还保持着原始风貌，但在其他地方则已演化为新的剧种。比如，发源于江西的三角戏流传到福建光泽、邵武等地后，一直保持着原始风貌。又如花鼓传入闽南后，与当地的音乐和表演形式相结合，形成歌舞小戏车鼓戏等。

## 一、题材内容

正如前面我们对民间小戏的界定所说，小戏以反映老百姓身边事为主，其表现触角遍及家庭、社会、人生、历史等诸多方面，而地方戏曲中常见的帝王将相、历史演义、英雄传奇等题材在民间小戏中基本是看不到的。从小戏所反映的题材内容来看，主要有以下几个方面：

首先，家庭、邻里关系是民间小戏中最常见的题材。俗话说"家和万事兴"，老百姓最为关注的话题就是如何处理好家庭内部关系，尤其是原生家庭成员与外来家庭成员之间的关系问题，因此，民间小戏把更多的关注点放在夫妻之间、妯娌之间、姑嫂之间，描写她们之间或亲密或疏远的关系上，通过各种误会、巧合来制造喜剧效果。这方面的小戏作品数量很多，单从小戏的名称上就可以了解其内容，如《姑嫂观灯》（三角戏）、《唐二别妻》（竹马戏、梨园戏）、《看女儿》（竹马戏）、《石三怕某妻》（芗剧）、《探亲相骂》（闽剧）、《公婆拖》（梨园戏）、《十劝夫》（游春戏）等。夫妻之间、姑嫂之间、亲家之间、婆媳之间如何相处，存在什么问题，有什么忌讳等，老百姓都通过这类家庭小戏进行表现，或是赞颂，或是同情，或是讽刺批判。正因为其所反映的都是家庭生活中的常见问题，所以很受观众欢迎。

其次，是对社会生活的广泛表现，涉及阶级矛盾、劳动生活、男女爱情、日常琐碎小事等诸多方面。表现劳动生活的，如《打窑》（梅林戏），《打磨》《刘二妹刈草》（白字戏），《磨豆腐》《雇长工》《割麦草》（三角戏）等；反映日常生活琐事的，如《看相》《取学钱》（三角戏），《赶会》《拿蝴蝶》《丝线鼓》（游春戏）等；讥讽人性丑陋黑暗的，如刻画官吏丑态的《打面缸》（莆仙戏），讽刺怕妻的《官三怕》（汉剧），讽刺小尼姑不守清规的《尼姑下山》（梨园戏、竹马戏）、《思凡》（梨园戏），讽刺人性丑陋的《一文钱》《和尚讨亲》（也叫《招姐做新妇》）（闽剧）等。这其中有两类小戏较为突出，一类是以"买""卖"等字为题的民间小戏，表现小商贩的辛苦叫卖，如黄梅戏中的小戏《买胭脂》《买杂货》《卖疮药》《卖大蒜》《卖斗笠》《卖花篮》《卖老布》等；游春戏中的小戏《卖广货》《卖茶》《卖酒》《卖花线》等；闽剧中的小戏《卖菊花》《卖鲤鱼》《卖蜜枣》《卖雪梨》等，还有如《卖樱桃》（三角戏）、《卖草囤》（肩膀戏、梅林戏、南词戏）等。一类是表现青年男女感情的小戏，这类小戏往往被称为"弄字戏"或"弄仔戏"，属于典型的二角戏，多以青年男女之间的嬉闹来结构情节，如《番婆弄》《管甫送》（梨园戏、芗剧、竹马戏）、《尾旗弄》《士久弄》（芗剧、竹马戏）、《咀口刘须弄》（也叫《割须弄》）《砍柴弄》《过渡弄》《美旗弄》（竹马戏）、《葛婆弄》《妙泽弄》（梨园戏）等。小戏多以对自由爱情的追求和赞颂为主。《刘海砍柴》写刘海在山中邂逅美丽姑娘，通过对唱山歌互诉衷情，最终结成连理。剧中姑娘明确表示要嫁人的对白更是把老百姓对爱情的向往表达得淋漓尽致；《美旗弄》写的是大旗兄在游玩路上遇见美旗娘，二人相互嬉戏、互诉衷肠，最后喜结良缘；《管甫送》写旅居台湾的管甫返台途中，与其未婚妻美娟依依惜别。也有对恶势力阻挠爱情的反击和批判，如《过渡弄》叙述一位摆渡的年轻姑娘与一个名叫"臭骚"的过渡客在渡船上斗嘴的故事，通过一唱一对，刻画臭骚的无赖品性，表现姑娘的美貌机智；《刘须弄》写一地痞无赖刘须垂涎少妇鸳仔美色，趁其丈夫赶考未归企图调戏她，鸳仔巧施计谋，使无赖落荒而逃。

再次，除了取材于现实生活之外，小戏还从文人作品、民间传说故事中撷取素材。有取材于文人小说的，如取材蒲松龄《聊斋志异》中"姐妹易嫁"故事改编而成的闽剧小戏《一文钱》。抨击张兰英嫌贫爱富，不认爹娘的恶行，赞颂了妹妹蕙英的高尚品质。采自民间故事改编而成的闽西木偶小戏《金斧头》，叙述小长工玉男上山砍柴不慎把斧头失落于深水河中，河神先后从河里摸出金斧、银斧、铁斧，玉男认领了自己的铁斧。财主得知此事，也扮成樵夫上山故意把斧头扔入河中。河神先后拿出铁斧、银斧，却被财主否认。最后河神拿出金斧，财主高兴得俯身去拿，结果跌落水中淹死。[①]这类小戏青少年儿童特别喜欢，在观看过程中也受到了培养诚实善良美德的情感教育。

## 二、主要特色

福建多山地丘陵，交通不便，而民间小戏演员人数少，服装道具等装备简单，表演又不择场地的特点使小戏能够深入大戏戏班没办法进入的山区等偏远地带，甚至可以进入到家里进行表演，这也使得民间小戏表现出了与地方大戏的诸多不一样的特色。其文学艺术魅力主要体现在以下几个方面：

首先，民间小戏的艺术魅力来自于其"小"。这里的"小"不仅指的是前面所说的演员少、演出时间短等形式特点，还更多体现在其内容的"小"。与地方大戏不同的是，民间小戏所演大多是小事，是日常生活中的琐碎细事，但却能以小见大，在逗得观众大笑的同时又隐含着对社会现实人生的思考与体悟。闽剧小戏《贻顺哥烛蒂》说清末福州南台丝线店老板马贻顺得知船工陈春生覆舟死讯后，设计谋娶陈妻林春香。林春香新婚前与马贻顺约定，如果陈春生未死，则婚约失效。十年后，陈春生返回福州欲接回林春香，马贻顺不肯履约。林春香感于前夫有情，后夫有义，难以选择。最后陈马二人对簿公堂，知府王绍兰采用其妻白恭人计策，用春香假死来考验二人。结果春生愿领回尸体，马贻顺愿领红包。真相大白后，马贻顺后悔不已，因为红包里面只有一截烛蒂。情节虽然简单，却形象地再现了清末福州南台地区的历史人情风貌，也

---

① 王远廷：《闽西戏剧纵横》，福州：鹭江出版社，2010，第139–140页。

反映了福州人民对人性的思考，具有浓郁的地方风味。

其次，小戏很注重人物形象塑造。小戏演出时间短，没时间介绍人物，所以小戏在如何塑造人物上总是习惯采取简单直接的方式。人物性格鲜明，符合老百姓的审美兴趣是其重要要求，因此小戏很注意运用多种手段刻画人物形象，人物的一言一行都紧密围绕人物性格特点来表现。以小戏《一文钱》为例，我们首先注意到的是三个主要人物的姓名。秀才叫史书，财主叫林色，县官叫谭财。史书即"死书"，意味着死读书。民间文本中的秀才似乎并不怎么受老百姓待见，民间故事中的读书人似乎也多迂腐、不通世故之气。林色即吝啬，谭财即贪财。这三个人物一上场，老百姓一听他们的名字就心领神会了，也很容易能跟着剧情的展开去关注他们的性格特点。然后再写人物上场：

史书：（唱）秋风吹人愁满面，低头无语过村前。

唉！想我史书，身为簧门秀才，只因家贫如洗，我那妻子总是吵闹。是我与她说道：受得苦中苦，方为人上人。待我皇榜高中，你，便是夫人了啊！喏，头戴凤冠身披霞帔，吃的珍馐美味。出门鸣锣一对，回府来使奴唤婢。谁知这个贱人，非但不听我的话，反把我骂了一顿，是这样推推攘攘，将我逼出门来，叫我村中借米借钱。借！借！借！你叫我哪里去借呀！

（唱）恨世态炎凉人情淡，

不重文章重衣冠。

我空有傲骨充诗胆，

谁惜寒儒受饥寒。

家中无米妻埋怨，

怎知借米难开言。

亲戚朋友都借遍，

一次更比一次难！

免得人前着冷眼，

还是空手把家还。

史书上场这段唱白既揭示了身份，又把人物个性特点暗示了出来。在向林色借钱未果被林色推倒在地后，史书在地上捡到了一文钱，不禁百感交集：

（唱）你内方外又圆，

有了你亲友换笑脸，

无有你妻离子散，

看来钱财势利眼。

我秀才岂爱这一文臭铜钱！（赌气地扔钱于地）

为了这一文钱，史书和林色互相用土吹对方的眼睛，甚至把衣服都扯破了，最后还闹上了公堂。这一系列描写生动地塑造了一个自命清高，而又不得不在现实面前低头的穷酸秀才形象。

再如林色形象塑造。小戏围绕"吝啬"这一核心，运用夸张手段，亦是把林色这一吝啬鬼的形象刻画得非常鲜活。史书向林色借钱未果，被林色推倒在地后意外发现了一文钱。两人为这一文钱起了争执。林色为了占有这一文钱，不仅说这钱是昨天他掉的，还把钱塞进嘴巴里，结果被钱卡住了喉咙：

林婆：天哪！我当你把钱含在嘴里吓唬秀才哪，谁想真卡在喉咙里啦！这可咋办呀……有啦，待我拿秤钩子给你勾出来吧？

林色：（暗哑地）不要，不要！秤钩子太大，小心钩坏钱边子。

林婆：呸！你这吝啬爹！人要紧，还是钱要紧呀？这个样吧，我打二两香油，你喝下去，钱就顺啦，或是吐出来，或是拉出来吧！

林色：不要，不要。他告我去了。这样上堂，官司就赢了！

林婆：要是卡死了你？

林色：钱落我手。

在一文钱面前，生命并没有那么重要。林色所担心的是"小心钩坏钱边子"，而"钱落我手"的满足更形象地塑造了一个吝啬鬼的形象。

再看县官谭财看状纸前后的一系列言行变化：

谭财：呃，既是穷秀才，就该安分守己，为何鸣冤生事？此状老爷不准。(将状递予衙役)转来。(衙役跪捧状纸，谭财读状)状告林色不义，吞没钱财……唉呀呀，这吞没钱财大事，老爷焉能不管？都是你这奴才，回事不明，几误大事，还不叫一那秀才上堂！

从"既是穷秀才，就该安分守己"到"吞没钱财大事，老爷焉能不管"的戏剧性转变，生动演绎出一个贪财枉法的县官形象。在谭财眼中，"钱财"二字比什么都重要，告状者的身份、案子的实情都可以不用考虑。他所关心的就是如何赚取钱财，甚至没有细听史书告状内容：

谭财：他是怎样的讹诈？
史书：他把学生的铜钱吞吃！
谭财：这还了得！他吞没你的钱财很多吧？
史书：念学生一文钱来之不易。
谭财：不错，也得来不易呀！本县要他把全部钱财都吐了出来！

他把吞吃铜钱理解为吞没钱财，他所关心的是钱财的数量，甚至把心里话都说了出来："本县要他把全部钱财都吐了出来！"可以说，《一文钱》通过三个不同性格的人物形象，活灵活现地展现了世俗的众生相。

再次，语言生动幽默，文白掺杂，地方特色浓郁。如布袋小戏《孙翠娥替嫁》[1]中选段：

翠娥：内面官人，出海蛟请近前。
赵胜：娘子有声请。
洪惠：娘子有声请。

---

[1]　白勇华、洪世键：《南派布袋戏》，杭州：浙江人民出版社，2012，第74–77页。

赵胜：呸，狗奴才啊，我叫娘子，你跟我叫啥娘子。

洪惠：勿记得，跟嘴尾煞呼出来。

赵胜：不准。

洪惠：不准就莫用，大娘有声请。

赵胜：入内问分明，都是娘子。

洪惠：都是娘子。

赵胜：呸，奴才啊，我叫娘子，你也跟我乱仁叫娘子。

洪惠：你的人也真无度量，叫一声半声煞会干啊。

赵胜：娘子哪会乱仁叫得，不准。

洪惠：不准而莫用，都是大娘。

翠娥：是啊官人。

洪惠：喂。

赵胜：呸，官人是埭叫我，你煞共我应去。

洪惠：应一下英咧煞会啥代，你的人也真无度量。

孙翠娥与丈夫赵胜有矛盾，来学武的洪惠在旁边起哄。一个非常简单的应答情节，在方言的映衬下妙趣横生，这有些类似闽南说唱艺术中的"答嘴鼓"。

## 三、代表剧种

一般而言，地方剧种绝大部分都是由民间小戏发展而来，有些民间小戏还保持着原来的风貌，而有些已演化成其他剧种，也有些民间小戏昙花一现，逐渐消失在历史长河之中。较有代表性的，有流行于福建光泽、邵武等地的三角戏，流行于闽南地区的竹马戏，流行于闽北地区的游春戏，流行于闽西地区的山歌戏以及独树一帜的道具戏——傀儡戏。下文做一简要介绍。

### （一）三角戏

三角戏源自江西，在传入福建光泽、邵武等地后就与当地的花鼓灯、茶灯戏、游春戏以及地方民歌等熔为一炉，成为福建戏曲大家庭中具有独特魅力的一员。江西的三角戏后来慢慢演变成采茶戏，而福建的三角戏则更多保持了早期演出形态。三角戏表演形式灵活，演员一般呈三角方位，按顺序台中演员唱完第一句后，走到台右唱第二句，然后走到台中唱第三句，接着走到台左唱第四句。因为三角戏的唱词一般为四句，所以演员的台位除中央外，一直保持三角形不断变换，故称为三角戏。演员着装简便，以生活装为主，唱词明白晓畅，句末多拖尾腔，每段末句往往重复一遍。

三角戏的内容多以家庭生活为主，也称"家庭戏"。因为三角戏演员少，一般只有两三个，表演不择场地，所以能深入大剧团不易进入的山区为当地老百姓演出，而且表演的内容又多是百姓所喜闻乐见的生活，故深受山区人民喜爱，有"村里来了三角班，锄头耙子扔到光""村里来了三角班，家中门窗忘了关"谣谚形容其受欢迎的程度。

三角戏的小戏多是其一大特色，大戏只占很少的一部分。代表剧目有《姑嫂观灯》《磨豆腐》《三字经》《雇长工》《看相》《卖樱桃》《取学钱》《割麦草》《卖花线》《砂子岗》《送表妹》《桃妹反情》《下南京》等。

### （二）竹马戏

竹马戏，源自闽南民间舞蹈"跑竹马"，是在竹马灯歌舞的基础上，融合了闽南民间歌谣、小调以及木偶戏、梨园戏的一些唱腔发展而成。主要流行于漳浦、华安、龙海、南靖、长泰等地。竹马戏大多在秋收后或冬末农闲时演出，一般由"跑四喜"开场。四个小姑娘用竹竿代马扮成春夏秋冬在台上跑四角方位，边舞边唱四季诗，然后再合唱一段祝词，这一段就叫"跑四喜"，也叫"乞冬"，祈求神明能保佑好收成，然后开始演出。从"跑四喜"的唱词来看，既有老百姓熟悉的民间小调，又把老百姓熟悉的历史传说故事蕴含其中：

"春"唱：春游芳草地，古人范蠡进西施，吴王忆着西施女，后来败国正是伊。

"夏"唱：夏赏绿荷池，宋郊宋祁亲兄弟，东坡游船赤壁江，艄婆佛印答歌诗。

"秋"唱：秋饮黄花酒，山伯英台结朋友，二人同窗有三载，未知英台是女儿。

"冬"唱：冬吟白雪诗，古人相国千金女，千金不嫌吕蒙正，后来发福做夫人。

四旦齐舞合唱：看见一阵花鼓婆，哩哩啰啰唱阳和。紧打鼓，缓打锣，嗟嗟哩哩唱阳和。王娘姨，你叫我王和唱歌唱阳和，看这光景真好个"勤桃"（玩耍）。①

西施与范蠡、梁山伯与祝英台、吕蒙正与刘翠屏的爱情、同科双状元的宋郊宋祁兄弟、苏东坡与佛印的故事，都长期在民间流传。一段跑四喜唱词，有歌有舞有故事，全都是老百姓熟悉的，自然很受民众欢迎。

竹马戏中以"弄仔戏"（对子戏）最有特色。"弄"字有戏弄、嬉弄之意，演员的表演相对比较自由，可以在情节允许范围内自由发挥。代表剧目主要有《士久弄》《过渡弄》《刘须弄》《美旗弄》《管甫送》《尼姑下山》《闹花灯》《刘海砍柴》《公婆拖》《骑驴探亲》《王阿木卖老母》《老少换》《大闷小闷》《王大娘补缸》等。其说白唱词质朴粗犷，富有生活气息，对爱情的表达大胆直率，如《砍柴弄》中村姑与年轻樵夫之间的唱词：

五月初五人爬船，溪中莲花香十分，人有成双共成对，亏阮无翁要孤睡。
六月黄瓜当时黄，亏阮无翁自己睡，面风吹来香馨味，为君挂吊病相思。

"无翁"就是没有丈夫的意思，面对第一次见面的青年男子，"亏阮无翁要孤睡""亏阮无翁自己睡"的重复表达，把村姑对男女爱情的向往与追求非常直白地表达出来，丝毫也没有文人作品中那种含蓄羞涩。

①　曾金铮、黄以结：《竹马戏历史资料汇编》，漳浦县文化局，1984，第2–3页。

### （三）游春戏

游春戏是在农村老百姓农闲时期自娱自乐的演出基础上吸收了当地山歌、俚曲小调发展而成。福建省内主要流传于建瓯、建阳、松溪、政和等戏。演出形式灵活简便，一般演员两三个就可以进行演出。演员以折扇或花灯为道具，根据民众需要，可以逐家逐户演出。每户演出时间一般在半小时以内。因为游春戏的演出时间一般在春节期间，所以又带有拜年祝贺新春的美好寓意，老百姓也非常欢迎这种演出形式。

游春戏与其他小戏的演出内容大致相似，大多以农家生活为题材，涉及家庭生活、人际关系、社会现象等诸多方面，语言诙谐风趣，尤其是丑戏的滑稽表演善于营造节庆欢乐气氛。主要剧目有《十劝夫》《十怀胎》《闹花灯》《十采茶》《十采花》《十送金钗》《十盏灯》《闲花灯》《卖酒》《卖茶》《卖花线》《卖广货》《拿蝴蝶》《打花鼓》《大参拜》。如《大参拜》所唱：

> 女：拜哟拜个青（罗哎）天（罗哎），众（哪）民（哪）来拥护（啊）；二女拜个公（啊哎嗨哎嗨）公（啊），姐妹也（是的呵）是安（罗）心（呵）；三女拜个青（罗哎）天（哟哎），到（罗）位（罗）相照顾（啊）；（我）四拜个公（哎嗨哎嗨）公（啊），我公也是老（罗是）大人（耶罗）。①

配合曲调多为山歌小调，尾声多带"哎、啊、呵、罗"等，与采茶戏、三角戏的唱调靠近。内容亦多选取老百姓熟悉的历史传说故事，拉近观众的情感距离。如《十劝夫》中女子所唱：

> 一（呀）劝我的夫（来的），劝夫（的）莫爱酒（罗），夫把（呀的）酒爱（呀嗳是哎咳哟），妻子说你听（罗啊），前朝中（啊）有一个（呀）名字叫薛刚（罗），他因爱酒来闯祸（呀），打死唐太子（啊），惊死唐朝的王（啊），

---

① 中国民间歌曲集成编辑委员会：《中国民间歌曲集成：福建卷》，北京：中国 ISBN 中心，1996，第1116页。

薛刚（呀的）爱酒（呀噯是哎咳哟）一家都相亡（罗啊）。千劝（来的）万劝（啊噯是哎咳哟）劝夫莫爱酒（罗啊）。[①]

"薛刚反唐"是民间长期流传的传说故事，薛刚这一人物个性刚强，不囿于传统封建礼教，深受老百姓喜欢，小戏从薛刚爱酒这一细节出发，把喝酒误事这一传统观念与具体实例相结合，使表演富有故事性又容易引起观众的情感共鸣。

### （四）山歌戏

山歌戏以闽西山歌为基础，向黄梅戏、采茶歌、秧歌等剧种学习，与民间小调、民间舞蹈等结合发展而来。产生于龙岩，主要流传于闽西漳平、连城、长汀、上杭、永定等地。20 世纪 50 年代，龙岩县山歌戏实验剧团（1955 年）成立，山歌戏由此出现，在福建民间小戏大家庭中，山歌戏属于新生力量。代表剧目有《浪子回头》《茶花娶新郎》《山妹桥》《不识字的痛苦》《葵花向阳》《双喜临门》《补箩记》等。

山歌戏以普通话和龙岩方言演唱，唱词多七言四句体，一般二四句押韵，第一句可押可不押。内容以现实生活、时事要闻为主，表现山区人民的劳动生活、爱情理想等，将山歌与故事叙述结合起来。比如，小戏《山妹桥》写山歌妹用智慧战胜收取过桥费的地主恶霸；《王三卖肉》则通过对王三投机取巧、损人害己的行为表现来反映社会上不正当经营的风气。艺术表现手法上亦多用民间喜闻乐见的比兴、谐音、重复、夸张等。演员有不分行当，也有以小生、小旦、小丑为主，表演形式载歌载舞，有说有唱。以小戏《茶花娶新娘》选段为例：

叔公说话另有音（和：另呀么另有音），说是阳来又是阴（和：又呀么又是阴唉），他把孙子承给我（和：承给我呀呵咧），是真是假难分清。

---

① 中国民间歌曲集成编辑委员会：《中国民间歌曲集成：福建卷》，北京：中国 ISBN 中心，1996，第 1149–1150 页。

广亮妈妈闹退婚，（和：闹吆么闹退婚），因何选在这时辰（和：这吆么这时辰）。迟不说来早不说（和：早不说呀呵咧），偏偏今日找上门。

一团乱麻缠我心，心烦意乱难理清。左思右想解不开，急乱肝肠火烧心（啰）。

茶花呀，因何不见你人影，接回广亮把门进。莫非你，行船真遇顶头风，船到江心难行进，难行进。

演员一人主唱，有伴舞和伴唱。以七言四句为主，夹杂三七言句式。每四句换韵，运用比喻、谐音、重复、应和等手法表达人物思乡情感，韵味悠长，具有浓郁的山歌特色。

### （五）道具戏

道具戏中有傀儡戏（木偶戏）、皮影戏等。傀儡戏唐宋时期在福建地区流传已较为广泛，皮影戏传入福建地区则较晚，起初在闽南地区较为盛行，但民国以后皮影戏逐渐衰落，如今已较为少见，而木偶戏还保持着旺盛的生命力。木偶戏又有提线木偶、铁枝木偶、掌中木偶（布袋戏）之分。

木偶戏的起源一般认为是汉代，当时多用于宴会上的傀儡歌舞。到了唐代，傀儡制作及表演水平均已有长足进步。梁鍠《咏木老人》（一作李隆基《傀儡吟》）对傀儡戏有"刻木牵丝作老翁，鸡皮鹤发与真同。须臾弄罢寂无事，还似人生一梦中"[①]的描写，从这首诗中可以看出唐代傀儡戏的基本情况。"刻木牵丝"即提线木偶，"与真同"说明当时木偶的制作工艺已经比较高超，三四两句则表明当时的傀儡表演应包含一定的故事情节，而且从观众反应来看，其表演应不止于技巧的展示，还演绎一定的故事情节，已经能使观众有身临其境之感。宋代的傀儡戏开始走向繁盛，除了悬丝木偶外，还出现了杖头、药发、水傀儡、肉傀儡等，当时《武林旧事》《繁胜录》《东京梦华录》《都城纪胜》等书均有这方面记载。宋末元初吴自牧《梦粱录》载其表演内容尤为详细：

---

① 彭定求:《全唐诗》，北京：中华书局，1999，第 2118 页。

凡傀儡，敷演烟粉、灵怪、铁骑、公案、史书历代君臣将相故事话本，或讲史，或作杂剧，或如崖词。如悬线傀儡者，起于陈平六奇解围故事也。今有金线卢大夫、陈中喜等，弄得如真无二，兼之走线者尤佳。更有杖头傀儡，最是刘小仆射家数果奇，大抵弄此多虚少实，如巨灵神姬大仙等也。其水傀儡者，有姚遇仙、赛宝哥、王吉、金时好等，弄得百怜百悼。兼之水百戏，往来出入之势，规模舞走，鱼龙变化夺真，功艺如神。更有弄影戏者，元汴京初以素纸雕簇，自后人巧工精，以羊皮雕形，用以彩色妆饰，不致损坏。杭城有贾四郎、王升、王闰卿等，熟于摆布，立讲无差。其话本与讲史书者颇同，大抵真假相半，公忠者雕以正貌，奸邪者刻以丑形，盖亦寓褒贬于其间耳。[①]

在福建地区，从现存文献来看，唐会昌三年（843）福州林滋在《木人赋》中就有对傀儡戏演出特点的描写，"既手舞而足蹈，必左旋而右抽。藏机关以中动，假丹粉而外周"；五代时晋江人谭峭在《化书·海鱼》对傀儡制作的精致亦有形容，"观傀儡之假而不自疑"。北宋浦城人杨亿作《咏傀儡》诗："鲍老当年笑郭郎，人前舞袖太郎当。及乎鲍老出来舞，依旧郎当胜郭郎。"[②]南宋绍熙元年（1190），朱熹任漳州知府时还发文"约束城市乡村，不得以禳灾祈福为名，敛掠财物，装弄傀儡"（《郡守朱子谕》）[③]。这些记载都可说明唐宋时期福建民间演弄傀儡的风气之盛，然此期间除了舞弄傀儡之外，是否还有剧本参与演出呢？这从南宋莆田诗人刘克庄的几首诗中可找到答案。刘克庄有《闻祥应庙优戏甚盛二首》，其一云：

空巷无人尽出嬉，烛光过似放灯时。山中一老眠初觉，棚上诸君闹未知。
游女归来寻坠珥，邻翁看罢感牵丝。可怜朴散非渠罪，薄俗如今几偃师。

---

① 吴自牧：《梦粱录·卷20》，杭州：浙江人民出版社，1984，第194页。

② 鲍老、郭郎都是傀儡的别称。南宋西湖老人《繁胜录》载："福建鲍老一社，有三百余人，川鲍老亦有一百余人。"

③ 朱熹：《晦庵先生朱文公集》，上海：上海书店，1989，第7页。

还有《无题二首》：

郭郎线断事都休，卸了衣冠返沐猴。棚上偃师何处去，误他棚下几人愁。
棚空众散足凄凉，昨日人趋似堵墙。儿女不知时事变，相呼入市看新场。[①]

这几首诗一方面反映了当时福建莆田地区傀儡戏的兴盛局面，也透露出傀儡戏并不单纯只是技艺的表演，还兼有故事性的演出这一基本事实。明清以后，随着地方戏曲的兴起，傀儡戏虽受到一定影响，但在民间仍然流传广泛，如闽东以霞浦、福安为中心、闽西以上杭、连城为中心，闽南以泉州、漳州为中心，闽北以建瓯、政和为中心，闽中以莆田、仙游为中心，木偶戏仍广受民众欢迎。

### 1. 提线木偶

提线木偶指由人操纵傀儡丝线，模仿人的动作，借助演出者的掌控，按一定故事情节进行表演的艺术。一般由四名演员表演，分生、旦、（北）净、杂四中行当，演员在围屏内操纵，不露面，故称"内帘四美"，戏班也称为"四美班"。后来增加了副旦（贴）这一行当，称为"五名家"，形成了"四美班"和五名家这两种演出体制。

提线木偶在闽南称嘉礼戏，主要流传于厦漳泉地区，分泉州和漳州两个流派，泉派木偶较小，约两尺五，提线较粗，一般用16线。漳派木偶较大，提线较细，用11线。在闽东称"木头戏""柴头戏"，主要流传于于福鼎、寿宁、屏南、柘荣等地。

木偶戏的演出剧本大多为手抄本，称为"簿"。有"落笼簿"（四美班演）、"笼外簿"（五名家演，多演连台大戏）、"散簿"（其他零星戏目，或指已经失传而仅存戏目）之分。木偶戏的剧目内容大多以历史为脉络，将各时期历史情况、人物传说等熔为一炉，类似地方大戏。如四美班所演戏目从《武王伐纣》到《洪武开天》，一共42本，可以说就是一整套历史通俗演义。落笼簿可以择演，而笼外簿一般都是大型剧目，须事先准备。从民间小戏的角度看，傀儡小

---

① 刘克庄:《后村先生大全集》，成都：四川大学出版社，2008，第581页。

戏多为落笼簿中的折子戏，如全簿《三国》中的《苗泽弄》说马腾妻弟苗泽与姐夫小妾春香私通。一日苗泽潜入春香闺中，见其闷闷不乐。苗泽通过不断猜测得知缘由，遂嘱咐春香用同样的方式去套出马腾发怒缘由，结果知道马腾欲刺杀曹操。苗泽为夺春香做妾，于是向曹操出首。整出戏人物只有三个，情节完整，苗泽与春香之间，春香与马腾之间的猜测对话诙谐风趣，是一出典型的小戏。又如莆仙傀儡小戏《三鞭回两铜》，演尉迟恭与秦琼之交战，亦是如此。

民间小戏以贴近现实生活为主要特色，傀儡小戏尽管大多取材于历史，但在表演过程中又有很多富有生活气息的内容，这主要源自傀儡戏剧本的一个特点，就是在剧本当中有允许表演艺人自由发挥的部分。这部分在剧本当中以"自意"二字标出。傀儡戏的演出除了艺人的手头功夫之外，全凭艺人的一张嘴来展开剧情，在表演过程中，如何让观众在看傀儡表演的同时，能够既了解剧情又能产生逗笑的效果就显得很重要了。所以在剧本当中有标明"自意"的地方往往就是艺人吸引观众的地方。在表演至"自意"之处，艺人就可以结合自己的生活经验进行自由发挥，或是与剧情相关，或是游离于剧情之外，但大多围绕插科打诨展开，借助各种手段博观众一乐。

### 2. 掌中木偶（布袋戏）

掌中木偶俗称布袋戏，大概在宋代泉州就已经有布袋戏流传。刘克庄《已未元旦》有"久向优场脱戏衫，亦无布袋杖头担"之句。其表演灵活简便，一个布囊就能把所有行头切末装下用挑担挑走，故也叫"布袋戏"或"扁担戏"。

布袋戏有南北派之分。南派以泉州晋江为中心，北派以漳州为中心。南派多以右手操纵，北派则相反。表演风格上南派较为细腻，北派则以粗犷简取胜。从剧目来看，南派布袋戏的剧目大多源自傀儡戏和梨园戏，而北派则受京剧、歌仔戏影响较大，多搬演京剧和歌仔戏剧目。南派一人负责表演、唱腔和道白。北派则较注重木偶表演技巧，曲白较少，常是师傅表演，徒弟配合唱腔和道白。传统剧目分连台本戏、全本戏、坠仔戏（折子戏）三种，其中坠仔戏属于民间小戏，大多是喜剧，代表剧目如《白贼七》《死心想》《屎桶官》《摸漏皮》《番婆弄》《土久弄》《武松打虎》《审尿壶》等。

布袋戏源自闽南说唱说书讲古，因此其剧本在语言表达方面的特色比较突出。其道白以押闽南语韵最有特色，一般多为七言四句或五言四句。不同角色出场各有不同的"入场白"或"定场白"，以交代身份，铺叙故事情节，完成形象初步塑造，如：

文生出场：

诗礼传家读古书，为人勤俭且耕锄。但把一身行正道，积善持家庆有余。

妖怪出场：

把守洞中几千年，腾云驾雾小神仙。凡夫若还只路过，叫他性命送九天。

山寨王出场：

风高好放火，月暗要刣人①。好命别路去，却命来相逢。

押闽南方言韵，道白既符合人物身份特点，又通俗易懂，琅琅上口。配合演员手中的表演动作，定场白一念，人物的基本形象就立起来了。

---

① 刣人：在吴语、闽语中，是"杀人"的意思。

# 参考文献

［1］中国民间文学集成全国编委会：《中国民间故事集成：福建卷》，北京：中国ISBN中心，1998。

［2］中国民间文学集成全国编委会：《中国谚语集成：福建卷》，北京：中国ISBN中心，2001。

［3］中国民间文学集成全国编委会：《中国歌谣集成：福建卷》，北京：中国ISBN中心，2007。

［4］中国民间歌曲集成全国编委会：《中国民间歌曲集成：福建卷》，北京：中国ISBN中心，1996。

［5］中国民族民间舞蹈集成编辑委员会：《中国民族民间舞蹈集成：福建卷》，北京：中国ISBN中心，1996。

［6］福州市民间文学集成编委会：《中国民间故事集成：福建卷·福州市分卷》，1990。

［7］福州市郊区民间文学集成编委会：《中国民间故事集成：福建卷·福州市郊区分卷》，1989。

［8］福州市鼓楼区民间文学集成编委会：《中国民间故事集成：福建卷·福州市鼓楼区分卷》，1989。

［9］福清市民间文学集成编委会：《中国民间故事集成：福建卷·福清市分卷》，1990。

［10］罗源县民间文学集成编委会：《中国民间故事集成：福建卷·罗源县分卷》，1990。

［11］长乐县民间文学集成编委会：《中国民间故事集成：福建卷·长乐县分卷》，1991。

［12］平潭县民间文学集成编委会：《中国民间故事集成：福建卷·平潭县分卷》，1990。

［13］涵江区民间文学集成编委会：《中国民间故事集成：福建卷·涵江区分卷》，1995。

［14］莆田县民间文学集成编委会：《中国民间故事集成：福建卷·莆田县分卷》，1991。

［15］仙游县民间文学集成编委会：《中国民间故事集成：福建卷·仙游县分卷》，1991。

［16］泉州市鲤城区民间文学集成编委会：《中国民间故事集成：福建卷·鲤城区分卷》，1990。

［17］永春县民间文学集成编委会：《中国民间故事集成：福建卷·永春县分卷》，1991。

［18］安溪县民间文学集成编委会：《中国民间故事集成：福建卷·安溪县分卷》，1988。

［19］德化县民间文学集成编委会：《中国民间故事集成：福建卷·德化县分卷》，1993。

［20］惠安县民间文学集成编委会：《中国民间故事集成：福建卷·惠安县分卷》，1992。

［21］晋江县民间文学集成编委会：《中国民间故事集成：福建卷·晋江县分卷》，1991。

［22］石狮市民间文学集成编委会：《中国民间故事集成：福建卷·石狮市分卷》，1991。

［23］漳州市民间文学集成编委会：《中国民间故事集成：福建卷·漳州市分卷》，1992。

［24］云霄县民间文学集成编委会：《中国民间故事集成：福建卷·云霄县分卷》，1991。

［25］诏安县民间文学集成编委会：《中国民间故事集成：福建卷·诏安县分卷》，1989。

［26］南靖县民间文学集成编委会：《中国民间故事集成：福建卷·南靖县分卷》，1992。

［27］武安镇民间文学集成编委会：《中国民间故事集成：福建卷·漳州市分卷》，长泰武安卷，1993。

［28］漳浦县民间文学集成编委会：《中国民间故事集成：福建卷·漳浦县分卷》，1991。

［29］华安县民间文学集成编委会：《中国民间故事集成：福建卷·华安县分卷》，1993。

［30］龙海县民间文学集成编委会：《中国民间故事集成：福建卷·龙海县分卷》，1992。

［31］龙岩地区民间文学集成编委会：《中国民间故事集成：福建卷·龙岩地区分卷》，1991。

［32］厦门市民间文学集成编委会：《中国民间故事集成：福建卷·厦门市分卷》，1991。

［33］同安县民间文学集成编委会：《中国民间故事集成：福建卷·同安县分卷》，1989。

［34］武平县民间文学集成编委会：《中国民间故事集成：福建卷·武平县分卷》，1991。

［35］永定县民间文学集成编委会：《中国民间故事集成：福建卷·永定县分卷》，1991。

［36］尤溪县民间文学集成编委会：《中国民间故事集成：福建卷·尤溪县分卷》，1989。

［37］武夷山市民间文学集成编委会：《中国民间故事集成：福建卷·武夷山市分卷》，1990。

［38］将乐县民间文学集成编委会：《中国民间故事集成：福建卷·将乐县分卷》，1991。

［39］建瓯市民间文学集成编委会：《中国民间故事集成：福建卷·建瓯市分卷》，1990。

［40］古田县民间文学集成编委会：《中国民间故事集成：福建卷·古田县分卷》，1991。

［41］顺昌县民间文学集成编委会：《中国民间故事集成：福建卷·顺昌县分卷》，1990。

［42］松溪县民间文学集成编委会：《中国民间故事集成：福建卷·松溪县分卷》，1991。

［43］建阳县民间文学集成编委会：《中国民间故事集成：福建卷·建阳县分卷》，1991。

［44］光泽县民间文学集成编委会：《中国民间故事集成：福建卷·光泽县分卷》，1993。

［45］屏南县民间文学集成编委会：《中国民间故事集成：福建卷·屏南县分卷》，1992。

［46］福安县民间文学集成编委会：《中国民间故事集成：福建卷·福安县分卷》，1989。

［47］三明市民间文学集成编委会：《中国民间故事集成：福建卷·三明市分卷》，1992。

［48］永安市民间文学集成编委会：《中国民间故事集成：福建卷·永安市分卷》，1991。

［49］大田县民间文学集成编委会：《中国民间故事集成：福建卷·大田县分卷》，1991。

［50］建宁县民间文学集成编委会：《中国民间故事集成：福建卷·建宁县分卷》，1987。

［51］明溪县民间文学集成编委会：《中国民间故事集成：福建卷·明溪县分卷》，1989。

［52］福鼎县民间文学集成编委会：《中国民间故事集成：福建卷·福鼎县分卷》，1989。

［53］柘荣县民间文学集成编委会：《中国民间故事集成：福建卷·柘荣县分卷》，1992。

［54］周宁县民间文学集成编委会：《中国民间故事集成：福建卷·周宁县分卷》，1988。

［55］福州市民间文学集成编委会：《中国歌谣集成：福建卷·福州市分卷》，1990。

［56］福州市鼓楼区民间文学集成编委会：《中国歌谣集成：福建卷·鼓楼区分卷》，1989。

［57］福州市仓山区民间文学集成编委会：《中国歌谣集成：福建卷·台江区分卷》，1989。

［58］福州市仓山区民间文学集成编委会：《中国歌谣集成：福建卷·仓山区分卷》，1990。

［59］罗源县民间文学集成编委会：《中国歌谣集成：福建卷·罗源县分卷》，1989。

［60］连江县民间文学集成编委会：《中国歌谣集成：福建卷·连江县分卷》，1990。

［61］长乐县民间文学集成编委会：《中国歌谣集成：福建卷·长乐县分卷》，1991。

［62］泉州市鲤城区民间文学集成编委会：《中国歌谣集成：福建卷·鲤城区分卷》，1992。

［63］石狮市民间文学集成编委会：《中国歌谣集成：福建卷·石狮市分卷》，1992。

［64］南安县民间文学集成编委会：《中国歌谣集成：福建卷·南安县分卷》，1991。

［65］德化县民间文学集成编委会：《中国歌谣集成：福建卷·德化县分卷》，1992。

［66］永春县民间文学集成编委会：《中国歌谣集成：福建卷·永春县分卷》，1991。

［67］安溪县民间文学集成编委会：《中国歌谣集成：福建卷·安溪县分卷》，1989。

［68］惠安县民间文学集成编委会：《中国歌谣集成：福建卷·惠安县分卷》，1993。

［69］漳州市民间文学集成编委会：《中国歌谣集成：福建卷·漳州市分卷》，1991。

［70］诏安县民间文学集成编委会：《中国歌谣集成：福建卷·诏安县分卷》，1992。

［71］漳州市芗城区民间文学集成编委会：《中国歌谣集成：福建卷·漳州市分卷·芗城区卷》，1992。

［72］东山县民间文学集成编委会：《中国歌谣集成：福建卷·东山县分卷》，1992。

［73］南靖县民间文学集成编委会：《中国歌谣集成：福建卷·南靖县分卷》，1992。

［74］龙海县民间文学集成编委会：《中国歌谣集成：福建卷·龙海县分卷》，1991。

［75］云霄县民间文学集成编委会：《中国歌谣集成：福建卷·云霄县分卷》，
1991。

［76］长泰县民间文学集成编委会：《中国歌谣集成：福建卷·长泰县分卷》，
1993。

［77］华安县民间文学集成编委会：《中国歌谣集成：福建卷·华安县分卷》，
1993。

［78］厦门市民间文学集成编委会：《中国歌谣集成：福建卷·厦门市分卷》，
1992。

［79］同安县民间文学集成编委会：《中国歌谣集成：福建卷·同安县分卷》，
1991。

［80］连城县民间文学集成编委会：《中国歌谣集成：福建卷·连城县分卷》，
1991。

［81］永定县民间文学集成编委会：《中国歌谣集成：福建卷·永定县分卷》，
1992。

［82］长汀县民间文学集成编委会：《中国歌谣集成：福建卷·长汀县分卷》，
1991。

［83］漳平市民间文学集成编委会：《中国歌谣集成：福建卷·漳平市分卷》，
1992。

［84］建阳县民间文学集成编委会：《中国歌谣集成：福建卷·建阳县分卷》，
1992。

［85］泰宁县民间文学集成编委会：《中国歌谣集成：福建卷·泰宁县分卷》
1991。

［86］古田县民间文学集成编委会：《中国歌谣集成：福建卷·古田县分卷》，
1997。

［87］三明市民间文学集成编委会：《中国歌谣集成：福建卷·三明市分卷》，
1992。

［88］三明市梅列区民间文学集成编委会：《中国歌谣集成：福建卷·梅列区分卷》，1992。

［89］建宁县民间文学集成编委会：《中国歌谣集成：福建卷·建宁县分卷》，1991。

［90］霞浦县民间文学集成编委会：《中国歌谣集成：福建卷·霞浦县分卷》，1992。

［91］邵武市民间文学集成编委会：《中国歌谣集成：福建卷·邵武市分卷》，1992。

［92］将乐县民间文学集成编委会：《中国歌谣集成：福建卷·将乐县分卷》，1991。

［93］顺昌县民间文学集成编委会：《中国歌谣集成：福建卷·顺昌县分卷》，1991。

［94］武夷山市民间文学集成编委会：《中国歌谣集成：福建卷·武夷山市分卷》，1990。

［95］福州市民间文学集成编委会：《中国谚语集成：福建卷·福州市分卷》，1989。

［96］福州市鼓楼区民间文学集成编委会：《中国谚语集成：福建卷·鼓楼区分卷》，1989。

［97］福州市仓山区民间文学集成编委会：《中国谚语集成：福建卷·仓山区分卷》，1990。

［98］福州市台江区民间文学集成编委会：《中国谚语集成：福建卷·台江区分卷》，1991。

［99］罗源县民间文学集成编委会：《中国谚语集成：福建卷·罗源县分卷》，1991。

［100］福清县民间文学集成编委会：《中国谚语集成：福建卷·福清县分卷》，1990。

［101］连江县民间文学集成编委会：《中国谚语集成：福建卷·连江县分卷》，1990。

［102］长乐县民间文学集成编委会：《中国谚语集成：福建卷·长乐县分卷》，1991。

［103］长汀县民间文学集成编委会：《中国谚语集成：福建卷·长汀县分卷》，1991。

［104］龙岩市民间文学集成编委会：《中国谚语集成：福建卷·龙岩市分卷》，1990。

［105］漳州市民间文学集成编委会：《中国谚语集成：福建卷·漳州市分卷，1991。

［106］漳州市芗城区民间文学集成编委会：《中国谚语集成：福建卷·芗城区卷》，1992。

［107］龙海县民间文学集成编委会：《中国谚语集成：福建卷·龙海县分卷》，1992。

［108］东山县民间文学集成编委会：《中国谚语集成：福建卷·东山县分卷》，1992。

［109］泰宁县民间文学集成编委会：《中国谚语集成：福建卷·泰宁县分卷》，1991。

［110］邵武县民间文学集成编委会：《中国谚语集成：福建卷·邵武县分卷》，1991。

［111］将乐县民间文学集成编委会：《中国谚语集成：福建卷·将乐县分卷》，1991。

［112］建阳县民间文学集成编委会：《中国谚语集成：福建卷·建阳县分卷》，1992。

［113］霞浦县民间文学集成编委会：《中国谚语集成：福建卷·霞浦县分卷》，1990。

［114］建宁县民间文学集成编委会：《中国谚语集成：福建卷·建宁县分卷》
　　　1991。

［115］泉州市民间文学集成编委会：《中国谚语集成：福建卷·泉州市分卷》，
　　　1990。

［116］南安县民间文学集成编委会：《中国谚语集成：福建卷·南安县分卷》，
　　　1990。

［117］晋江市民间文学集成编委会：《中国谚语集成：福建卷·晋江市分卷》，
　　　1992。

［118］安溪县民间文学集成编委会：《中国谚语集成：福建卷·安溪县分卷》，
　　　1989。

［119］永春县民间文学集成编委会：《中国谚语集成：福建卷·永春县分卷》，
　　　1992。

［120］惠安县民间文学集成编委会：《中国谚语集成：福建卷·惠安县分卷》，
　　　1993。

［121］厦门市民间文学集成编委会：《中国谚语集成：福建卷·厦门市分卷》，
　　　1992。

［122］顺昌县民间文学集成编委会：《中国谚语集成：福建卷·顺昌县分卷》，
　　　1992。

［123］大田县民间文学集成编委会：《中国谚语集成：福建卷·大田县分卷》，
　　　1991。

［124］三明市梅列区民间文学集成编委会：《中国谚语集成：福建卷·梅列区分
　　　卷》，1991。

［125］黄仲昭：《八闽通志》，福州：福建人民出版社，1990。

［126］沈瑜庆、陈衍：《福建通志》，北京：方志出版社，2016。

［127］戴冠青：《想象的狂欢：作为文化镜像的闽南民间故事研究》，厦门：厦
　　　门大学出版社，2012。

［128］王耀华：《福建文化概览》，福州：福建教育出版社，1994。

［129］徐晓望：《福建思想文化史纲》，福州：福建教育出版社，1996。

［130］朱维干：《福建史稿》，福州：福建教育出版社，1985。

［131］杨琮：《闽越国文化》，福州：福建教育出版社，1998。

［132］向忆秋：《闽南民间文学研究》，北京：社会科学文献出版社，2018。

［133］夏敏：《闽台民间文学》，福州：福建人民出版社，2009。

［134］初学敏：《浦城民间文学》，福州：福建人民出版社，2017。

［135］翁惠文：《临水夫人陈靖姑》，福州：海峡出版社，1995。

［136］李冬青、陈瑞统：《郑成功的传说》，福州：福建人民出版社，1982。

［137］中国民间文艺研究会福建分会编：《兰竹荔枝》，福州：福建人民出版社，1982。

［138］《姑嫂塔》编写组：《姑嫂塔》，福州：福建人民出版社，1982。

［139］太姥山民间传说采风组采编：《太姥山民间传说》，福州：福建人民出版社，1982。

［140］章义泓：《白鹭的传说》，福州：福建人民出版社，1983。

［141］中国民间文艺研究会福建分会主编：《乌塔与白塔》，福州：福建人民出版社，1983。

［142］《武夷山民间传说》编写组编：《武夷山民间传说》，福州：福建人民出版社，1981。

［143］福建省宁德地区文化局选编：《畲族传说故事》，福州：福建人民出版社，1984。

［144］中国民间文艺研究会福建分会编：《九龙江的传说》，福州：海峡文艺出版社，1985。

［145］高中良：《灵芝仙子》，福州：海峡文艺出版社，1985。

［146］中国民间文艺研究会福建分会编：《相思鸟》，福州：海峡文艺出版社，1986。

［147］福建建阳地区文化局：《银针姑娘》，福州：海峡文艺出版社，1985。

［148］曾阅：《望夫山》，福州：海峡文艺出版社，1986。

［149］李辉良：《李贽的传说》，福州：海峡文艺出版社，1987。

［150］郑惠聪：《蛇郎君与莲子脸》，福州：海峡文艺出版社，1987。

［151］龚永年、汪梅田：《佛跳墙》，福州：海峡文艺出版社，1987。

［152］珍泉搜集整理：《藤仙》，福州：海峡文艺出版社，1988。

［153］中国民间文艺家协会福建分会编：《鸳鸯溪民间传说》，福州：海峡文艺
　　　出版社，1988。

［154］陈炜萍：《厦门的传说》，福州：海峡文艺出版社，1988。

［155］李辉良：《九日山传说》，厦门：鹭江出版社，1991。

［156］陈斯福、陈金水：《福建茶叶民间传说》，北京：新华出版社，1993。

［157］康模生、邹子彬：《客家母亲河的传说》，福州：海峡文艺出版社，
　　　1993。

［158］陈瑞统：《泉州名人传说》，北京：中国文史出版社，2008。

［159］王武龙：《妈祖的传说》，福州：海峡文艺出版社，1992。

［160］谢小建：《冠豸山传说选》，北京：中国文联出版公司，1999。

［161］陈金敏：《九鲤湖传说》，福州：海潮摄影艺术出版社，2001。

［162］张子曲：《闽南民间传说》，北京：中国文史出版社，2005。

［163］陈钧：《妈祖传奇》，北京：东方出版社，2008。

［164］陈德铸：《九鲤湖传奇》，北京：中国文史出版社，2004。

［165］蔡铁民、陈育伦：《福建60年民间故事选评》，福州：海峡文艺出版社，
　　　1989。

［166］武夷山市志编委会编：《朱熹的故事》，福州：海峡书局海潮摄影艺术出
　　　版社，2013。

［167］泉州清源山风景名胜区管理处：《清源山传说》，福州：海峡文艺出版
　　　社，1991。

［168］俞达珠：《玉融古趣》，福州：海峡文艺出版社，1991。

［169］池传锌：《尤溪县汤川乡民间故事选》，福州：福建人民出版社，1998。

［170］林秋荣、林桂卿：《厦门民间故事》，厦门：鹭江出版社，1998。

［171］高洪：《武夷山民间故事》，福州：福建省地图出版社，2000。

［172］柳滨：《妈祖传奇故事》，福州：海潮摄影艺术出版社，2000。

［173］柳滨：《妈祖传奇》，福州：海潮摄影艺术出版社，2003。

［174］林定泗：《东山岛故事》，福州：海潮摄影艺术出版社，2003。

［175］方炳桂：《乌龙江传奇》，福州：福建人民出版社，2004。

［176］赵勇：《泉州十八景故事传说》，呼和浩特：远方出版社，2003。

［177］岫云：《鼓山传奇》，福州：海峡文艺出版社，2004。

［178］彭望涛：《林则徐民间传说故事》，北京：海潮摄影艺术出版社，2002。

［179］傅孙义：《泉州俗语故事》，福州：福建人民出版社，2004。

［180］陈庆浩、王秋桂：《福建民间故事集》，台北：远流出版事业股份有限公司，1989。

［181］福建省三明市文化局、福建省三明市文联：《麒麟山民间故事》，福州：福建人民出版社，1984。

［182］莆田地区文化局：《九鲤湖的故事》，福州：福建人民出版社，1984。

［183］张帆：《泉州讲古》，福州：福建人民出版社，2004。

［184］吴建生：《泉州讲古新编》，福州：福建人民出版社，2008。

［185］卢奕醒、郑炳炎：《揽胜美漳州》，长春：吉林出版社，2014。

［186］施恭文：《福清民间歌谣故事集》，广州：珠江文艺出版社，2006。

［187］李文生、张鸿祥：《客家山歌300首》，北京：中国言实出版社，2000。

［188］肖孝正：《闽东畲族歌谣集成》，福州：海峡文艺出版社，1995。

［189］福建省龙岩地区文化局：《闽西革命歌谣》，福州：福建人民出版社，1980。

［190］陈炜萍：《客家传统情诗》，福州：海峡文艺出版社，1985。

［191］张鸿祥：《福建客家歌谣赏析》，台北：五南图书出版股份有限公司，2003。

［192］林华东：《泉州歌谣》，福州：福建人民出版社，2006。

［193］彭永叔：《厦门歌谣》，厦门：鹭江出版社，1993。

［194］吴福兴：《日光岩边小金菊》，厦门：鹭江出版社，1993。

［195］曾阅：《闽南谚语》，福州：海峡文艺出版社，1987。

［196］王建设：《蔡湘江泉州谚语》，福州：福建人民出版社，2006。

［197］王陶宇：《谚语之花》，福州：福建教育出版社，1984。

［198］黄守忠：《厦门谚语》，厦门：鹭江出版社，1996。

［199］卢美松：《八闽文化综览》，福州：福建人民出版社，2013。

［200］陈清平：《集美答嘴鼓》，北京：中国文联出版社，2006。

［201］徐鹤苹：《福州民间曲艺》，北京：中国文联出版社，2017。

［202］沈丽水、吴长芳：《漳州曲艺集成》，北京：中国文联出版社，2017。

［203］游明元：《铜山娘仔会唱歌——东山歌册初探》，北京：中国文联出版社，2017。

［204］孙星群：《福建音乐史》，北京：中国戏剧出版社，2008。

［205］刘春曙、王耀华：《福建民间音乐简论》，上海：上海文艺出版社，1986。

［206］黄少龙：《泉州傀儡艺术概述》，北京：中国戏剧出版社，2011。

［207］陈雷、刘湘如、林瑞武：《福建地方戏剧》，福州：福建人民出版社，1997。

［208］中国戏剧家协会福建分会，福建省戏曲研究所：《福建戏曲剧种》，福建省戏曲研究所，1981。

［209］叶明生：《福建傀儡戏史论》，北京：中国戏剧出版社，2004。

［210］郑政、林志杰：《闽南民间表演艺术》，厦门：鹭江出版社，2009。

［211］王晓珊：《闽剧史话》，北京：社会科学文献出版社，2015。

［212］陈竹曦：《福州评话选》，北京：中国曲艺出版社，1987。

［213］邹自振：《闽剧史话》，福州：海峡文艺出版社，2008。

［214］王远廷：《闽西戏剧纵横》，厦门：鹭江出版社，2010。

# 后 记

十多年前，出于补充中国古代文学教学内容的需要，我开设了《民间文学》选修课，从此便与民间文学结下了不解之缘。在教学过程中，我陆续收集了不少民间文学的资料，后来又参与了《闽都文学》《闽台文学大辞典·文学卷》《闽都文学词典》等书中福建民间文学部分的撰写工作，对其基本情况有了进一步的了解，于是逐渐将关注的视角转移到福建地区，产生了撰写《福建民间文学概论》的想法。原先的写作计划是涵盖福建地区民间文学的所有文类及其子类，但后来发现自己力有不逮，遂以神话、传说、故事、歌谣、谚语、说唱与小戏这七大类作为探讨对象，力求能使读者对福建民间文学形成一个总体的认识。由于自身水平有限，书中浅陋之处在所难免，希望读者朋友多提点指正，以待将来做进一步的修订补充。

最后，衷心感谢支持与帮助本书出版各项事宜的学院领导和出版社编辑老师们！

陈毓文

2021.10.21